invert
［インヴァート］城塚《じょうづか》翡翠《ひすい》倒叙集
相沢沙呼
Sako Aizawa
講談社

invert

［インヴァート］

城《じょう》塚《づか》翡《ひ》翠《すい》倒叙集

contents

＊この作品は『medium 霊媒探偵城塚翡翠』の結末に触れています。未読の方はご注意ください。

カバーイラスト——遠《えん》田《た》志《し》帆《ほ》
ブックデザイン——坂野公一（welle design）

in•vert [ɪnvə́ːrt]

他…を逆さにする, ひっくり返す, …を裏返しにする;

〈位置・順序・関係を〉反対にする;

〈性質・効果などを〉逆転させる;

inverted detective story : 倒叙推理小説

invert

［インヴァート］

城《じょう》塚《づか》翡《ひ》翠《すい》倒叙集

雲《うん》上《じょう》の晴れ間

「どうしても、考えを改めてくれる気はないのか」

僅《わず》かばかりの希望を抱きながら、狛木繁人《こまきしげひと》は静かに訊《き》いた。こちらの声は、震えてしまっていたかもしれない。だが、吉田直政《よしだなおまさ》はそれに気づいた様子もなく、キッチンでの作業を続けながら答えた。

「なんだ、そんなことを言いに来たのか」

どこか鼻で笑うような、そんな調子の声だった。

吉田はカウンター越しに背を向ける格好になっており、その表情はこちらからは覗《うかが》えない。長い付き合いだが、料理が趣味だなんて話は聞いたことがなかった。狛木はリビングの中央に所在なく立ち尽くしたまま、キッチンスペースに眼《め》を向けた。洗い物は放置され、調味料の類《たぐい》は七味唐辛子くらいしか目につかない。料理にこっている男のキッチンには見えなかった。それにもかかわらず、吉田はコンロの前に立って、鍋《なべ》でなにかを煮込んでいる。

吉田が質問に答える気配を見せなかったので、狛木は苛立《いらだ》ちを抑えながら、仕方なく別のことを口にした。

「すごい臭《にお》いだな。いったいなにを作ってるんだ」

キッチンからは、鼻の曲がりそうな異臭が漂っている。

吉田は背を向けたまま笑った。

「漢方薬だよ。誰かさんのせいで未《いま》だに脚が痛むからな。昨日、処方を変えてもらったところなんだが、これは効いてる気がする」

狛木は押し黙った。

吉田が訴えるその脚の痛みの原因には、狛木にも責任の一端がある。

そう、すべては、あのときに始まった。

あのときから自分の頭上には、分厚い雲が立ちこめていて。

それはひとときも晴れることなく、狛木の人生に暗い影を落とし続けていた。

だが、それも、今日までだ。

「なぁ」

狛木は息を吐《は》きながら言った。

「考え直す気はないのか」

「だめだ」

吉田はようやく振り返って、こちらを見た。その口元には、嘲笑《ちょうしょう》の笑みすら浮かんでいる。

「あのサービスはもう売ると決めた。外部に買ってもらった方が金になる」

「ピクタイルは僕のプロジェクトだ。僕が企画して、開発した。粘《ねば》り強く待てばユーザー数だってもっと伸びて、ペイできる。それを簡単に――」

「あれはお前のものなんかじゃない。俺の会社のプロジェクトだ」

「好きにできると思ってるのか」

「みんな賛成してる。来週の会議で本決まりだ」

「なら、せめて、僕の名前を？」

「お前の名前を――」

吉田はおかしそうに眼鏡《めがね》の奥の瞳《ひとみ》を光らせた。

「あれは、もう俺の名前で大々的に出してるんだ。お前みたいな顔も売れていないエンジニアの名前がついたところで、なんの話題にもならないだろう？　新時代を切り開く天才プログラマー吉田直政が手掛けた新しいサービス――。だからこそ、みんなが興味を抱いてバズるし、サービスごと買いたいって企業が出てくるんだ」

自分のことを平然と天才と語ってみせるところに、吉田という男の性格が強く表れていた。狛木が啞然《あぜん》としていると、吉田は饒舌《じょうぜつ》に語りながら冷蔵庫からなにかを取り出した。黄色いラベルが特徴的な、炭酸飲料のペットボトルだった。それを片手にキッチンから出てくると、狛木へと差し出す。

「まぁ、こいつでも飲んで落ち着けよ」

狛木は、呆然《ぼうぜん》としながらそれを受け取る。

「君は……。そうやって、いつも自分だけ美味《おい》しい思いをする」

「言っておくが、会社をここまで育てたのは、俺なんだ。お前はコードを書くことしかできないだろう？　俺の経営判断が間違っていたことがこれまであったか？　お前は俺の言うことに素直に従っていればいいんだよ」

吉田はキッチンへ戻ろうとする。その背中へ向けて、狛木は決意を投げかけた。

「いつまでもこういうことが続くのなら、僕はよそへ行くぞ」

「お前が、転職？」吉田は愉快そうに笑った。「無理無理。ろくに人とコミュニケーションも取れない根暗《ねくら》なやつを、よその企業が拾ってくれるわけないだろうが」

狛木は手にした炭酸飲料を、リビングのテーブルへ置く。あまり掃除をしていないのか、彼の会社のデスクと同じように埃《ほこり》っぽいテーブルだ。身の回りのことを片付けられないやつに、コミュニケーションがどうのと言われたくはない。狛木は怒りをぐっと堪《こら》えながら、ポケットから取り出したスマートフォンで、時刻を確かめた。

十九時五十八分。

ここまでだ。

すべての我慢は、今日このときまで。

足元に置いたリュックから、素早くそれを取り出す。

傷のかたちが残りにくくなるよう、重いレンチに薄手のウレタンシートを巻きつけたものだ。

「吉田」

「うん？」

キッチンへ戻ろうとしていた吉田が、呼びかけに振り向く。

狛木は勢いよく、掲げた凶器を振り下ろした。

そのとき、どんな音が響いたのか、狛木にはわからなかった。

ただ、自身の血流だけが、耳の奥で轟々《ごうごう》と唸《うな》っているのを感じる。

悲鳴があったかどうかすらも、わからない。

気づけば、吉田はその場に膝《ひざ》をついていた。

自分の顔面を片手で押さえ込んで、黒縁の眼鏡が大きくずり上がっている。

苦悶《くもん》に歪《ゆが》んだ表情の瞳は、驚愕《きょうがく》の色と共に狛木を見上げていた。

だが、言葉はない。

吉田は、そのまま俯《うつぶ》せに倒れ伏す。

死んだか?

それとも……。

興奮に、自分の息が弾んでいる。狛木はまず、その呼吸を落ち着かせた。それから、足元のリュックに凶器を押し入れる。リュックの外側のポケットからビニルの手袋を取り出し、それを装着する。時間はあまりない。吉田の身体《からだ》を仰向けにして、呼吸を確認した。

まだ息がある。

計画どおりだ。

ドラマなどと違って、そう簡単に死んだりはしないだろうと楽観視していたが、自分は運がいい。これで呆気《あっけ》なく死んでいたら、あまり効果的ではない別のルーチンに移行しなくてはならないところだった。

ひとまず気絶している吉田の眼鏡を外し、それをリビングの低いテーブルに載せた。そしてリュックからビニル袋を取り出し、窒息しないよう鼻は露出させたまま、吉田の頭へとかぶせる。見たところ額の出血は僅かだが、血が床などにつかないようにするための処置だ。それから吉田の身体を どうにか抱《かか》えて、浴室まで引《ひ》き摺《ず》る。

これには想像していたとおり、かなりの労力を必要とした。吉田は細身な方ではあったが、リビングにあるリハビリ用のウォーキングマシンで筋肉をつけていたし、それを抱える狛木自身がデスクワークばかりで運動不足だったからだ。何度か呼吸を整えながら、どうにか浴室へと引き摺っていく。途中で吉田が意識を取りもどすといった不運なアクシデントに襲われることはなかった。どうやら今日の自分は運がいいようだ。これまでさんざん不運な人生だったのだから、このときくらい天が味方をしたって構わないはずだ。

脱衣所で吉田の服を脱がす。これも面倒な作業ではあったが、どうにか終えることができた。シャツや靴下、下着を脱衣所の洗濯機に放り込んで、ジーンズを畳んで籠《かご》に置く。全裸にした吉田の頭部からビニル袋を引っぺがし、再び抱え上げた。浴室へと引き摺り込んで、浴槽の縁に、傷ついた額を押しつけて血の跡をつける。それから空っぽのバスタブの中へと、上半身を突っ伏したかたちで放《ほう》った。尻《しり》をこちらに向けた、なんとも情けない体勢だった。

この男の末路に、相応《ふさわ》しい格好だろう。

誰が吉田の遺体を発見するのかはわからないが、そのときのことを想像すると、狛木の唇《くちびる》には自然と笑みが浮かび上がってくる。

パネルを操作し、湯張りを開始した。事前にこのタイプの型番をメモし、ネットで説明書を確認してある。給湯器の駆動音が鳴り響き、お湯が注がれ始めた。それは見る見るうちに、吉田の鼻と口を塞《ふさ》いでいった。途中で吉田が目を覚ましたときのために、狛木はしばらく彼の身体を押さえつけて様子を見守っていた。だが、最期まで吉田が目を覚ますことはなかった。

吉田の身体が動かなくなり、溺死《できし》したのを確認する。

狛木は浴室から出ると、扉を閉めた。それから吉田のスマートフォンを探す。ジーンズのポケットにはなかった。リビングに戻ると、背の低いテーブルの上、眼鏡ケースや眼鏡拭《ふ》きが置いてある場所の近くにスマートフォンが置かれていた。狛木はスマートフォンと、吉田の眼鏡を手にして脱衣所へと戻る。洗濯機の上に拝借したバスタオルを畳んでおき、更にその上に眼鏡とスマートフォンを置いた。

リビングに戻り、最終確認をした。第一段階における重要な作業は終えていたので、少しばかり気持ちに余裕が出てきた。そのせいか、ここでようやく自分の五感がこれまで遮断していたものに気がついた。

ひどい悪臭がする。

キッチンの方から、その臭いと共にぐつぐつと煮えたぎる音が響いている。吉田は漢方薬だと言っていたが、それの火がつけっぱなしになっていたのだ。少しばかり肝が冷えたが、気づくことができてよかった。狛木はキッチンスペースに入り、コンロの火を消した。土鍋の中には、毒々しい黒い液体が満たされている。鼻を突くような悪臭と相まって、吐き気を催しそうだった。こんなものを飲もうとする人間の気が知れない。

それから、忘れずに炭酸飲料のペットボトルについた指紋を拭《ぬぐ》いとる。これを受け取ってしまったのはミスではあったが、上半分だけを持つようにしたので、指紋を拭う箇所は最小限で済んだ。すべて拭ってしまったら、吉田の指紋がひとつも残らないことになってしまう。これなら、どこかには彼の指紋がついたままのはずだ。持ち去ることも考えたが、なるべく現場をいじらない方がいいだろう。狛木はそのペットボトルを冷蔵庫へと戻す。

初夏を迎える時期ということもあり、額を汗が伝っていく。狛木は用意したタオルでそれを丁《てい》寧《ねい》に拭った。自分は友人として二ヵ月前にこの場所を訪れたことがあるから、自身の毛髪などが落ちていたとしても不自然ではない。だが、DNAなどの痕跡《こんせき》はなるべく残さない方がいい。

さて、ここまでで、なにか見落としていることはないだろうか？

計画は完璧《かんぺき》のはずだった。

コードのテストを書くときのように並べた、頭の中のチェック項目を確認していく。

ひとつひとつを振り返り、狛木はすべてに成功を示すグリーンをつけていった。

大丈夫。ここまでは完璧だ。

最後に、狛木は浴室を覗《のぞ》いた。

先ほど見たときと同様、バスタブに上半身を突っ込んで、吉田が倒れている。

湯は半分ほど張られていた。

完全に、死んでいる。

「吉田」

狛木は言う。

その言葉を告げることに、高揚感《こうようかん》すら覚えて。

「今日から、僕は自由だ」

*

デスクの椅子《いす》に腰を下ろして、狛木はしばらくの間、その達成感に酔《よ》い痴《し》れていた。

これですべてが終わった。

大丈夫。

吉田さえいなければ、これからの人生、きっとうまくいく。

あとは、警察の目をごまかすだけ……。

スマートフォンが、メッセージアプリの通話受信を報《しら》せている。

思わず、びくりと身体が震えてしまった。通知相手を見て、狛木は気を取り直す。

呼吸を落ち着かせ、居住まいを正してから、その通話に出た。

「狛木です」

『あ、狛木さん。ああ、よかった、出てくれて』

相手は須郷《すごう》だった。声の様子を聞くに、ひどい慌《あわ》てようだった。

「どうしました？」

『それが、こっちにアラートの通知がたくさん来ていて。まだ原因が摑《つか》めてないんですけど、サーバー側でアプリが落ちてるんですよ。再起動させたんですが、またすぐに落ちちゃって』

「こんなときに……」

『こんなときって？』

須郷が聞き返してくる。狛木は笑った。

「いや、こっちの話。ほら、もう夜だし、なにもみんなが帰ってから落ちなくてもと思って」

『狛木さん、やっぱり帰っちゃいました？』

「いや、まだ会社だよ」

狛木はそう答えながら、スマートフォンをスピーカーモードにしてデスクへと向き直った。

『僕も戻った方がいいっすかね？』

「いや、須郷さんは、インフラ担当なんだから、こういうときのために、自宅からでもサーバーにアクセスできるよね？　その、ひとまずエラーの原因を調べてもらえるかな。僕は会社からリポジトリを覗いて、とりあえずテストを走らせてみるから。えっと、なんの例外が投げられてるのかわかる？」

『スタックトレースがスラックに出てるんで確認してもらえますか。いやぁ、寝る前でよかったっすよ。気づかないまま寝てたらと思うとぞっとしますよね。順調にユーザー数も伸びてきたところだっていうのに』

「なるほど、この例外でサーバー側が落ちてるってことは、アクセス負荷じゃなさそうだ。すぐに直るといいんだけれど」

『でも、どうして突然、こんな例外が出たんでしょう？』

「先週のアップデートに原因がありそうだな……。ほら、新機能追加に伴って、いくつか外部ライブラリのバージョンを上げちゃったから、そっちが絡んでるのかも……」

会話を交《か》わしながら、狛木は黒いデスクに載せられているキーボードを脇《わき》に除《の》けた。リュックから、スリーブに収められていたノートパソコンを取り出す。須郷が原因を探ろうと苦戦している声音が聞こえてきた。それを耳にしながら、キーボードが置かれていたデスクのスペースに、ノートパソコンを設置する。

デスクの上は少しばかり窮屈だった。デスク自体は大きいのだが、左側には書類の類が山積みになっていて、それがスペースを圧迫していた。電気代や電話会社の明細や大きな封筒など雑多なものが重ねられていて、庇《ひさし》のようにデスクの表面を覆《おお》っている。狛木はここを片付けたい誘惑にかられてしまう。

ノートパソコンを開いて、デスク上に置く位置を調整した。ノートと繋《つな》いだウェブカメラを、奥に鎮座《ちんざ》するディスプレイの上側に設置する。適切なアタッチポイントがないので、セロテープを使った。ノートパソコンの標準カメラとは違って、これは画角をある程度調整できるし、ワイヤレスなので使い勝手がいい。

狛木はWi-Fiが繋がるのを待って、ノートパソコンを操作した。

「これは」画面に表示したエディタのソースコードを確認し、狛木は呻《うめ》く。「もしかすると、C

ＳＲＦが通るようになってるのかもしれない。想定外の処理が来て、そこから芋づる式に……。でも、なんでだ？　えっと、原因を完全に突き止めるのに時間がかかりそうだから、メンテ告知出してもらえますか。それと、その、須郷さん、よかったらビデオ通話にしてもいいかな」

『え？』

「長丁場になりそうで……。実は、けっこう眠気を感じてて」狛木は笑った。「誰かに見張られてないと、眠っちゃいそうなんだ」

『ああ』須郷は笑う。『構いませんよ。手分けしてやっちゃいましょう』

「分担するファイルを洗い出して指示するから。修正が終わったら、あとでプルリク出しておいてもらえるかな。終わったら一気にマージするんで」

狛木はノートパソコンでメッセージアプリを立ち上げた。ビデオ通話モードで、須郷を呼び出す。画面の中央に、眠たげな表情の須郷が表示された。

『遅くまで、お疲れさまです』

画面の向こうの須郷が言う。

それから、画面越しに会社の様子を探るみたいに、須郷が訊《たず》ねた。

『そっちには狛木さんしか残ってないんですか？』

狛木は後ろを振り向いて言う。

「あ、うん、みんな帰っちゃったところ。僕だけ」

『いやぁ、狛木さんが残っててくれて助かりましたよ。コードの修正は社内からじゃないとできませんからね。誰も残ってないなら、会社に戻らないといけないとこだった』

狛木は頷《うなず》く。

「うん、まったく。この作業は社内からじゃないと不可能だ」

＊

株式会社ジェムレイルズの代表取締役社長、吉田直政の死は業界でのちょっとしたニュースになっていた。

小さなＩＴベンチャー企業ではあるものの、先進的なウェブサービスの運営や品質の高いアプリケーションの下請け開発など注目は高く、ＳＮＳ上での吉田直政自身の人気の高さもあって、今後のジェムレイルズの先行きを不安視する声は社の内外を問わず散見された。

混乱が大きいのは確かだろう。しかし、それもすぐに落ち着くはずだと狛木は予測していた。確かに会社の舵《かじ》をとっていたのは吉田だったのかもしれない。しかし、吉田の才能は経営に偏っていて、システムエンジニアとしての能力は皆無に等しいものだった。ここ数年は、ろくにコードを書いたことなんてなかっただろう。その事実を知っているのは社内の人間だけだったが、ジェムレイルズには狛木を筆頭に優秀なエンジニアが数多くいる。経営自体も、副社長の生沼《おいぬま》がいれば不安視する要素はどこにもない。むしろ、業績はこれまで以上に伸びるはずだ。そう。狛木が開発したピクタイルが、いずれ成功を収めれば……。

犯行の翌日、吉田の遺体が発見された当日こそ、警察の聞き込みで慌ただしかったが、それは一過性のものに過ぎなかったらしい。警察による狛木への聞き込みは、たったの一度だけだった。聴取はジェムレイルズの小会議室で行われた。担当した刑事は岩地道《いわちどう》という大仰な名前の警部補で、念のためですがと前置きをしながら狛木にこう訊いた。

「昨晩の十九時から二十一時まで、どこにいらっしゃいました？」

「それって」

狛木は用意していたセリフを、不自然にならないよう、注意しながら口にする。

「ひょっとして、アリバイですか？　ちょっと待ってください。吉田は、殺されたんですか？」

「いやいや、検視官の見立てでは、事故ということです」岩地道は厳《いか》めしい顔つきに不似合いな、朗《ほが》らかな笑みを浮かべて説明してくれた。「こう、風呂《ふろ》に入るときに、滑《すべ》って転んで、運悪く頭を縁に打ちつけてしまったようなんですわ。吉田さん、脚を悪くしておられたんでしょう？　そうして気を失ってしまって、まぁ、風呂の水で溺《おぼ》れてしまったわけです。ですがまぁ、事故であっても、こういうときは念のため、関係者全員に訊いておくものでして。報告書にね、きちんとまとめないとあかんのですよ」

「えっと、十九時から、二十一時ですか？　その時間なら、会社にいましたよ」

狛木は記憶を思い起こすふりをして答えた。

「それを証明できる人はおりますかね？」

「社内には他に誰も残っていなかったから……。ああ、システムエンジニアの須郷さんに訊いてください。僕は二十時くらいから、彼とずっとビデオ通話をしていました。あ、それに確か、十九時ごろに隣のコンビニで買い物をしたので、防犯カメラに写ってるんじゃないですかね。そのあと、二十時から二十三時まで、ずっとここで須郷さんとビデオ通話をしながら、作業をしていました。須郷さんと通話を切ったあとも、僕は零時過ぎまで会社に残っていたかな」

「なるほど、ここから吉田さんのご自宅までは片道一時間かかりますから、事故でなかったとしても、アリバイ成立というわけですな」

もう少し詳しく説明を求められると思ったが、警察になにかを訊かれたのはそのときだけだった。狛木はそれに安堵《あんど》したものの、拍子抜《ひょうしぬ》けしてしまったのもまた事実だ。狛木のアリバイは鉄壁だ。その時間帯、狛木は社内にいなければ絶対にできない作業をしていたのだから。記録も残っているし、他のエンジニアたちもそれを証明してくれるだろう。だが、そんなものを用意する必要は、もしかしたらなかったのかもしれない。

事件は事故として処理されるらしく、瞬《また》く間に数日が過ぎ、それから警察の姿を見かけることもなくなっていった。

*

予想に反して、あまり眠れない日々が続いていた。

自分の犯行が露見するのではないかという恐怖に加えて、自分が殺人を犯したのだという罪悪感が、じわじわと狛木の日常を蝕《むしば》んでいった。

狛木と吉田直政との付き合いは、小学校時代にまで遡《さかのぼ》る。少年時代の吉田を一言で表すなら、同学年のガキ大将、といったところだった。当時の吉田は狛木とはまるで正反対で、背丈《せたけ》が高く快活な少年だった。教師も手に負えないくらい乱暴なところがあったが、端整な顔つきのせいか人気者で、彼の周囲にはいつも大勢の子どもたちがいた。吉田にとって狛木は自分の周囲にいる子どもの一人だったろう。そして狛木にとって吉田は嫉妬《しっと》の対象だった。暴力的で横柄な態度を取り、平気で他人を傷つけることをするのに、どういうわけか吉田の周りには多くの仲間が集まった。狛木にはそのことが不思議で仕方がない。その思いは今も変わらなかった。

狛木と吉田の関係が決定的な変化を迎えたのは、二人が中学生のときだった。文化祭の準備中、狛木の不注意が原因で吉田が怪我《けが》をしてしまったのだ。それをきっかけに吉田は脚にハンディキャップを負うことになってしまった。歩行に問題はないものの、歩く度に痛みを感じるようになってしまったという。

学校側も両親たちも、狛木に過失があったとは判断しなかった。だが、狛木自身は自分の不注意が招いたことだったと未だに負い目を感じていた。吉田は最初は気にしていない様子だったが、次第に狛木のことを陰《かげ》で責めるようになった。クラスメイトたちの前で狛木を侮辱し、パシリのように面倒事を押しつけるようになっていったが、責任を感じていた狛木はそれに逆《さか》らうことをしなかった。教室の空気も、原因が狛木にあると知っていて、悪者のように扱っていたように思う。それ以来、狛木は吉田の忠実なる下僕として生きてきた。

もちろん、吉田が会社を立ち上げる際も、狛木はその誘いを断ることができなかった。狛木は優れたプロジェクトを多く生み出し、会社は成長を遂げたが、それらの成果はすべて吉田のものとされた。わかりやすい言葉を使うなら、狛木はゴーストライターであることを強要された。暴言を吐かれ、侮辱され、成果をすべて独占されていく日々が、淡々と続いていた。

狛木に陽《ひ》の光が当たることはなく、吉田は天才プログラマーとして脚光を浴び続けた。

だが、いつまでも我慢を続けられるはずがない。

吉田を殺したことに、後悔はしていないはずだった。バスタブに上半身を突っ込んだ吉田の最期を見たときには、清々《すがすが》しい感情すら湧《わ》き起こっていた。だというのに、あれから仕事でどんなに疲れていたとしても、寝入るまで明らかに時間がかかるようになっていた。ひどいときには、悪夢を見ることも多い。あのときの光景の再生だ。吉田の頭を殴りつけたときの感触。注がれるお湯に水没していく吉田の哀《あわ》れな姿。そして証拠隠滅を図り、念のために狛木が浴室を覗くと、そこに吉田の姿はない……。

振り返ると、血に塗《まみ》れた吉田が、無言で狛木を見ている。

悪夢に、狛木は目を覚ました。しかし身体がなかなか言うことを聞かず、起きあがることができなかった。自分が窒息死するのではという恐怖に襲われて、彼は身体をばたつかせた。しかし、手も足も動かない。ベッドの傍らで誰かが自分を見下ろしているような気がするが、首が動かない。そちらに視線を向けられなかった。ありえない。自分の部屋に、誰かがいるなんてことは。どうにか恐怖を振り払い、叫びながら一気に身体に力を込めて、起きあがる。

狛木の身体は汗でぐっしょりと濡《ぬ》れていた。

自室の電灯は点《つ》いている。スマートフォンを手繰《たぐ》り寄せると、まだ二十時過ぎだった。

自分が吉田を殺した時間だ……。

馬鹿《ばか》な、と狛木は僅かに浮かんだ考えを棄《す》てた。

寝不足が祟《たた》り、定時に退社して、帰宅後すぐにベッドへ倒れ込んだことは憶《おぼ》えている。

しかし、悪夢のせいで一時間ほどしか眠れなかったようだ。

このまま朝まで眠ることができたら、どんなによかったか。

通りから離れたマンションで、室内はひどく静かだった。車の走行音ひとつ聞こえてこない。それが気に入ってこの部屋に住むようになったものの、今はこの静寂が不気味に感じられた。物音ひとつ耳に届かないのは、改めて考えると、息苦しい。

なんの音も聞こえない。

それなのに、誰かがいるような気がする。

狛木は笑った。考えすぎだ。ベッドから出ると、サイドテーブルに置かれていたペットボトルの炭酸水で喉《のど》を潤《うるお》した。昨日、冷蔵庫から出して置きっぱなしになっていたもので、ぬるい上に炭酸は抜けきっていた。それから、確認するように室内を見ていく。ワンルームの狭いマンションなので、トイレや浴室をざっと確かめるだけだ。なにもない。だいたい、なにがあるというんだ？　自分が寝ている間に泥棒でも入り込んで隠れているって？

馬鹿馬鹿しい。

とたん、インターフォンが鳴って、狛木の心臓が大きく脈打った。

こんな時間に、誰だ？

もしかして、警察だろうか？

息を潜めながら、ドアフォンのモニターを確認する。

だが、モニターに映っていたのは、狛木の予想に反した人物だった。

若い女だ。

ウェーブした茶色い髪が特徴的で、大きなフレームの眼鏡をかけているが、画質の粗《あら》いモニター越しにでもはっきりとわかるほど、整った顔立ちの娘だった。鎖骨が覗くほど胸元の開いたワンピースに、小洒落《こじゃれ》た刺繡《ししゅう》のカーディガンを羽織《はお》っている。そんな小娘が狛木の部屋を訪ねて来る理由がまるでわからない。宗教の勧誘かなにかだろうか。

女はもう一度インターフォンを鳴らした。

「あのう。夜分遅くにすみません。わたし、隣に越してきたものです。どなたか、いらっしゃいませんでしょうか」

女は途方に暮れたような表情だった。

そういえば、昨日、引っ越し業者のトラックを見かけた。隣の部屋だったのか。

若い女性が、わざわざ挨拶《あいさつ》に来るというのは珍しいことなのかもしれない。礼儀正しい相手に居留守を決め込むのもばつが悪く、狛木はドアを開けて応対することにした。

「こんばんは」

顔を覗かせた女が、ひょこりと頭を下げてお辞儀をした。

モニター越しではなく、直接目にする彼女は、驚くほどに美しかった。

歳《とし》は二十代半《なか》ばくらいだろうか。異国の血が混じっているのかもしれない。肌は白く、目鼻立ちがくっきりとしていて、眼鏡の向こうの大きな茶色い瞳は愛嬌《あいきょう》のある輝きをたたえ、こちらをまっすぐに見上げている。眼鏡の赤い大きなフレームは、その完璧すぎる容貌《ようぼう》を遮るわけでもなく、むしろより魅力的にその可憐《かれん》さを引き立てるアクセントとなっている。狛木は息が詰まりそうになった。アイドルか、女子アナか、そういう、テレビの中にしか存在しないような人種だ。そんな女性が目の前に立っていることに、非現実めいた感覚を覚えた。

「あのう、お疲れのところ、申し訳ありません。わたし、隣に越してきた城塚《じょうづか》といいます」

彼女は大きな瞳で、狛木を見つめている。

狛木は彼女の眼を見返すことができず、すぐに顔を背けた。

彼女は、こちらがなにか言葉を返すのを待っているようだった。

「ええと」狛木は慌てて声を出した。「いや、その、どうも」

突然のことで、なんとも情けない声が出てしまう。

昔から、こうだった。見知らぬ相手と話をするときは、どうにもあがってしまって言葉が出てきてくれない。相手が女性だと、なおさらだった。吉田にはそれでさんざんからかわれたものだ。今も、この若い娘に笑われるのではないかと怯《おび》えて、頬《ほお》が熱くなった。

しかし、城塚と名乗った若い女は、柔らかい笑顔を見せて言った。

「あのう、ご迷惑でなければ、お名前をお訊ねしてもよろしいでしょうか」

「え？　ああ、や、すみません。狛木です」

「狛木さん」

娘はやはり朗らかに笑った。

「あの、これからご迷惑をおかけするかもしれませんが、よろしくお願いします。あ、もちろん、そのう、大音量で音楽を聴く趣味はありませんし、ゲームをしたりもしません。呼べるような友達はこっちにいないので、静かだとは思うんですが、あ、えっと、でもでも、映画をよく観《み》たりするので、もしうるさかったら、遠慮なくおっしゃってくださいね」

「はぁ」

「すみません。東京には頼れるお友達があまりいなくて。いざというとき、ご近所付き合いは大事だからと母が――、あ、これ、実家で穫《と》れた林檎《りんご》なんです。もしご迷惑でなければ」

城塚はそう言いながら、抱えていた茶色い紙袋を差し出した。が、勢いよくこちらに差し出してきたせいだろう。紙袋が滑り落ちて、中に入っていた林檎が玄関に投げ出されていく。

「はわわわ」

慌てふためきながら、彼女はその場にしゃがみ込み、転がり出そうとする林檎を拾い上げる。狛木が、指先で林檎を小突くかたちになってしまい、林檎は更に遠くへ転がっていこうとする。狛木は呆気に取られて、あたふたとする彼女の頭頂部を見下ろした。それから、白い薄手のワンピースの胸元から覗く、ほっそりと浮き出た鎖骨に視線が吸い寄せられる。林檎のものとは違う、甘い匂《にお》いが鼻腔《びこう》を擽《くすぐ》った。狛木は慌てて視線を引き剝《ひ》がし、林檎を拾うのを手伝った。なるべく彼女の方を見ないようにして、拾い上げた林檎を差し出す。彼女はそれを受け取りながら言う。

「す、すみません。わたしったら、本当におっちょこちょいで」

「いえ」

なにが、いえ、なのかは自分でもわからなかったが、狛木は落ちている最後の林檎に手を伸ばした。それを掴んだ瞬間、自分の指先に白い手が重なった。その感触が、まるで電流のように狛木の身体を駆け抜けていく。

「あっ、ごめんなさい」

娘が、狛木の指に触れた手を引っ込めた。

「ああ、いや、いえ」

狛木はそっぽを向きながら立ち上がり、林檎を差し出す。

必死になって、平然としているふうを装《よそお》った。

「あの、汚れてしまったかもしれませんから、わたし、新しいものを」

「あ、いや、大丈夫です。そんな。洗って食べますから」

「よろしいんですか？」

見ると、彼女は不安そうな表情で顔を傾け、レンズ越しの大きな瞳で狛木を見つめた。

「ええ。その、林檎、好きですから。ありがたく頂戴《ちょうだい》します」

「そうなんですね。わぁ、よかった」

花が咲くような笑顔とは、こんな表情を言うのだろう。

狛木はそれを直視することができず、横顔を向けながら後頭部に手をやった。

「あの、狛木さん――」

だから、突然、彼女の声音が緊張を孕《はら》んだものへ変化したことに、狛木は驚いた。

彼女は眼鏡の位置を調整しながら、真剣な表情で狛木の背後へ眼を向けている。

「その、変なことをお訊ねしますが、今、ご家族か、お友達がいらっしゃっていますか？」

「え？」

狛木は彼女の視線につられるように背後を見た。

もちろん、そこには誰もいない。

どうして、そんなことを訊ねるのだろう。

「いや、一人ですが」

「あ、そうなんですね」

彼女は、どこか気恥ずかしそうに笑う。

「えと、そのう、どなたかのお声が聞こえたような気がして。テレビとかでしょうか」

「いや、テレビは観ていませんよ。ご近所さんの部屋かな」

なんだろう。

奇妙な胸騒ぎが、一瞬、狛木の心を駆け抜けていく。

だが、それはすぐに霧散した。

目の前に、魅力的な笑顔があったからだ。

「わわ、じゃ、わたしの勘違いですね」

娘が、笑って言う。

「遅くにすみませんでした。今後とも、よろしくお願いしますね」

おやすみなさい、と頭を下げて、彼女は去っていく。

嵐《あらし》のような出来事に、狛木は少しばかり呆然と玄関に突っ立っていた。

すぐ隣の部屋の玄関の開閉音が、静かに鳴った。

狛木は玄関の鍵《かぎ》をかけると、リビングへと戻った。

林檎の紙袋をテーブルに置き、そのまま意味もなく、その場に立ち尽くしてしまう。

城塚さん、か。

彼女の名前を心の中で反芻《はんすう》する。そそっかしく、ちょっと変わった子だったな、と思う。下の名前は、なんと言うのだろう。今後ともよろしくお願いします。という彼女の言葉を耳に甦《よみがえ》らせた。また、会えるだろうか。狛木は、城塚の白く細い手が触れた自身の手を見つめた。鼓動の高鳴りを感じる。こんなこと、今までの人生では考えられなかった。あんなに可愛《かわい》い子と、話をすることができるなんて。

しかも、隣に越してきたとは……。

あいつを殺したとたん、運が向いてきている。

自分の人生を暗く覆っていた雲が、ついに晴れ間を覗かせようとしているのを、狛木はいやがうえにも実感していた。

＊

彼女のファーストネームを知る機会は、思いのほか早くやってきた。

最初の出逢《であ》いから、二日後のことだ。

狛木は毎朝、出社前に駅前のカフェに寄り、そこで朝食を済ますことをルーチンにしている。自分で朝食を作るのは億劫《おっくう》だし、出社時間は一般的な企業に比べると自由が利くので、時間にはやや余裕がある。その日も、いつものように隅《すみ》の席でモーニングセットを食べながら、珈琲《コーヒー》を飲んでいた。そこでスマートフォンを覗き、最新の技術情報を追いかけたり、コントリビューターとして参加しているオープンソースの動向を見守るのが、狛木の日課だった。

「わぁ、狛木さん！」

ふわりと明るい声が上がって、狛木は驚きながら視線を上げた。

トレイを手に傍らに立っていたのが、翡翠《ひすい》だった。

そう。城塚翡翠、というのが彼女の名前だった。彼女は散歩がてら、朝食をとれる場所を探していたのだという。彼女の方から相席を申し出てくれたので、狛木は動揺しながらも、向かいの席で快活に話をする彼女の様子を見つめていた。

翡翠は、仕事を探している最中なのだと話した。去年に上京したばかりで、狛木も名前を耳にしたことのある某商社に就職したが、そこがすぐに倒産してしまい、途方に暮れているらしい。通勤しやすい場所にマンションを借りていたが、家賃を払える目処《めど》が立たなくなってしまい、現在の部屋に越してきたのだという。実家に帰ることも考えたが、もう少し憧《あこが》れの東京で頑張ってみたい、と翡翠は大きな瞳を輝かせて語った。

初めのうち、無邪気に自分の境遇を話している翡翠に、狛木は圧倒されてしまっていた。なんというか、若い女性の距離の詰め方というのが、狛木にはよくわからない。翡翠は熱心に狛木に視線を注いで話をしてくれた。こんなにも女性に見つめられたことなんて、これまで経験したことがなく、頬の紅潮をごまかすのが大変だった。ひょっとしたら、自分の無害そうな風貌《ふうぼう》が幸いしているのかもしれなかった。吉田にはよく、退屈で冴《さ》えない男だと嗤《わら》われたものだが、これでも自分なりに身なりには気をつけているつもりだ。翡翠だって、仕事を失って心細いのだろう。単なる近所付き合いの一環なのかもしれないが、ここから更に親しくなれるきっかけだって、摑むことができるかもしれない。

「狛木さんは、よくこちらへ来られるんですか？」

「えと、出社前は、朝食を済ますために、毎日来ています。その、料理がだめなもので」

「わぁ。じゃあ、またご一緒してもよろしいです？」

翡翠は両手を重ね合わせ、小さく首を傾《かし》げた。

「あ、ええ、はい、もちろん」

やっぱり、吉田を殺してから、運が味方をし始めている。

こんなことなら、もっと早くに殺しておけばよかった。

その日からというもの、どんなに寝つきが悪くとも、朝は清々しい気持ちで目を覚ますことができた。普段より三十分は早くに起きて丁寧に髭《ひげ》を剃《そ》り、丹念に歯を磨《みが》いた。何ヵ月も前に美容院で買ってから、ほとんど使ったことのないワックスで髪を整えて、鏡の前で右往左往を繰り返し、吉田を見習って買った高めのシャツを着て家を出る。

いつもカフェに着くのは狛木が先で、翡翠は少し遅れてやってきた。毎朝、二十分にも満たない時間ではあったが、彼女との朝食は至福のひとときで、おはようございますと声をかけてくれる彼女を狛木は眩《まぶ》しい気持ちで見つめていた。

お洒落《しゃれ》に気を遣《つか》う女性なのだろう、日々の翡翠の服装の変化を見るのが、狛木にとっては楽しみのひとつだった。日によって眼鏡をかけていたり、そうでなかったりするのだが、眼鏡をかけていないときの翡翠の美しさはより鮮烈で、狛木はまともに彼女の顔を見ることができないほどだ。ファッションのことにはまるで疎《うと》くてわからないが、モデルをしていると言われても通じるくらいに、彼女の立ち姿は華やかで人々の視線を引き寄せる。彼女とテーブルで向き合うと、周囲の視線がこちらへ向けられるのを狛木は感じていた。それはこれまで女性とろくに付き合ったことのない狛木にとって、大きな優越感をもたらすものだった。

翡翠は朝食を終えたあと、図書館へ行って資格の勉強をするのだという。それまでの僅かな時間、毎朝のように彼女と食事をし、優しく笑う彼女の話を聞いて、いってらっしゃいと見送られる。そんな幸せな日々が、続いた。

お前みたいな退屈な人間、一生女と付き合えるわけないだろう。

何度も吉田に言われてきた言葉が脳裏に甦る。仕事の関係で女性と知り合う機会は多少はあったけれど、すてきな女性だなと狛木が密《ひそ》かに思った相手は、すべて吉田がかっ攫《さら》っていった。容姿と話術に恵まれ、女遊びに慣れた男だった。けれど、今はもう吉田のことを考えなくてもいい。あいつはいない。自分から才能と機会を搾取する悪魔は既に死んだのだ。この可憐な人まで、あいつに奪われる危険はない。そればかりか、吉田だってこんなに可愛らしい人と付き合った経験はないはずだった。

だが——、と狛木は考えた。

女性を楽しませることに関しては、自分は退屈な男に違いない。翡翠はおしゃべりな性格で、以前の仕事での不満や愚痴《ぐち》、田舎《いなか》の両親からの重圧といった話ですら、面白おかしく装飾してこちらを楽しませてくれたが、彼の方は自分から女性に振ることのできる話題を持ち合わせていなかった。翡翠は些細《ささい》なことでも、興味津々といった様子で狛木に訊ねてくる。「昨日の夕食はなにを食べたんですか?」「昨日はお仕事が遅かったんですか?」いつも狛木はそれに退屈な返事しかできないが、翡翠は楽しげに笑って会話を転がしてくれた。

いつも、彼女はそんなふうに様々なものを自分に提供してくれるが、いつか翡翠を退屈させてはしまわないだろうかと狛木は不安に襲われた。どんなふうに、女性と会話をしたらいいのかわからない。それもこれも、すべては狛木が女性と付き合う機会を根こそぎ奪っていったあの悪魔のせいだ。

どうしたらいいだろうか。いずれ話題も尽きて、気まずい沈黙が訪れるようなことがあれば、この幸せな時間は終わりを迎えてしまうかもしれない。そうでなくとも、翡翠が本格的に職探しを始めたり、仕事を見つけたりしたら、もう会うことは難しくなる。たとえ隣に住んでいたとしても、なにかきっかけがなくては疎遠になってしまうだろう。

「狛木さん?」

これで、何度目の朝食だろう。

翡翠は、昨晩に動画配信サービスで観たという古い映画の話をしていた。しかし、狛木には映画鑑賞の趣味はあまりなく、映画館に行くのも年に一度あるかないかくらいだ。気の利いた受け答えがほとんどできずに、曖昧《あいまい》な返事をしてしまっていたせいかもしれない。翡翠が、小さく首を傾げて、不安そうにこちらを見つめていた。

「あのう……」眉尻《まゆじり》を下げて、翡翠が言う。「すみません。あまりご興味がありませんでしたでしょうか」

「あ、いや、そんなことないんですよ。ええと」

狛木は後頭部に手をやりながら、必死に言葉を考えた。

「その……、いや、楽しそうですね。城塚さんは、映画館には、よく行かれたりするんですか。えと、その、彼氏さんと、一緒にとか」

その質問をつけ足したのは、迂闊《うかつ》だったかもしれない。

だが、狛木はその不安をなるべく払拭《ふっしょく》しておきたかったのだ。

「彼氏さん」

不思議な言葉を耳にしたみたいに、翡翠はきょとんとした表情で眼を瞬かせた。

それから、ようやく思い至ったみたいに、顔を俯《うつむ》かせて言う。

「ええと、その、わたし……、なんていうのか、あまり男の人とのお付き合いが、長続きしないのです」

「そうは、見えないですが」

彼女を振る男がいるというのか。

信じられない思いで、狛木は翡翠を見る。

「そのう……、わたし、ちょっと変わっていて」

それはそうかもしれない、という言葉を、狛木は呑《の》み込んだ。

彼女ほど純粋で無邪気な女性は、そうそういないことだろう。そそっかしいところもあるが、それも彼女の魅力のひとつに違いない。吉田のような悪い男に捕まってしまわないか、不安になってしまう。

「変わっている、というと?」

「その、笑わないで、いただきたいんですけれど……」

「笑いませんよ」

「実は……。霊感……、みたいなものが、あるんです」

「霊感?」

「はい。昔から、そういうのがとても強くて……。それを知ると、皆さん、気味悪がって」

どう反応したらよいのかわからず、狛木は固まってしまう。

そういった類の話を、まるきり信じないわけではないが、本当だろうか。

「気味が悪い、ですよね」

先ほどまでの楽しげな様子とは一変して、翡翠は寂《さび》しげに肩を落としてしまった。

そのことで、よほど嫌な思いをしてきたのかもしれない。

「いえ、そんなことはないですよ」

「それなら、いいのですけれど……」

それから、翡翠は逡巡《しゅんじゅん》するような表情を見せる。

怪訝《けげん》に思って彼女を見返すと、翡翠は意を決したように、僅かにテーブルへと身を乗り出してきた。彼女の甘い香りが近づいて、狛木は僅かに身を硬くする。

「あの、狛木さん……。最近、ご家族か、お友達を亡くされていませんか」

「え」

予期していなかった言葉に、珈琲のカップを持ち上げた手が、中途半端《ちゅうとはんぱ》に止まる。

動揺に、視線が揺らいだ。彼女のことを直視できていなかったので、狛木の動揺は伝わらなかったかもしれないが。

翡翠が、勢い込んで言った。

「その、最初に狛木さんの部屋をお訪ねしたときに、視《み》えてしまったんです。男の人が、狛木さんの後ろで、なにか言いたそうな表情をして立っていて……」

どういう、ことだ。

ざわざわと、狛木の胸の内に、漣《さざなみ》が立っていく。

あのときの記憶が、甦る。

玄関に立った翡翠は、なにか意外なものでも見るような瞳で、狛木の背後を見ていた。

そこで翡翠は、家族か友達が来ているのか、と狛木に訊いてきたが――。

「すみません。不気味ですよね。手が、震えていらっしゃいます」

指摘されて、カップに注がれた珈琲が波打っていることに気づく。狛木は、慌ててそれをソーサーに戻した。戻す動作の最中であっても、自分の指が小さく震えていることに気づく。

「いや……。その男の人は、どんな人でしたか」

狛木は、思わず訊いていた。

「眼鏡の男性です。黄色っぽいラベルのペットボトルを持っていました。なにか意味があるのかもしれません」

ペットボトル？

どうしてそんなものを？

いや、確か、狛木が殴りつける前に、吉田は炭酸飲料のペットボトルを手にしていた。

吉田の死の直前の姿――。

まさか……。

そんなのは、誰も知らない事実のはずだ。

悪寒が、背筋を這《は》い上がる。

それと同時に、幾度も深夜に狛木を苦しめてきた悪夢の景色が、脳裏をよぎった。

本物の、霊能力者……。

「その男の人、狛木さんになにかを伝えたいようなのです。でも、それがなんなのか、わたしにはわからなくて……」

「ええと。男の人、ですか」

「お心当たり、ありませんか？」

翡翠の大きな瞳が、まっすぐに狛木の眼を見ている。

全身を、嫌な汗が駆け巡っていた。

どうする。

なんて答えるべきなのだろうか。

しらばっくれることもできるはずだが……。

翡翠は狛木の様子を覗っていた。その眼差《まなざ》しには、自分が拒絶されるのではないかという、怯えの色が混じっている。少なくとも、狛木にはそんなふうに見えてしまった。

「実は……、ええ。先月に、友人を事故で亡くしているんです」

大きく息を吐いて、どうにか狛木は、それだけを言った。

そう答えたところで、なにも支障はないはずだ。

まさか自分が殺したなんてことまで、彼女に伝わるはずがない。

「そう、なのですね」得心したように、翡翠が頷く。「その方のお名前は？」

「吉田と言います。吉田直政。僕の勤めている会社の社長でした」

「社長さん、ですか？」

「ええ。といっても、僕とは昔からの付き合いで、古い友人なんですが。警察の調べでは、風呂場で転倒して頭を打ったらしく。そのまま、バスタブに上半身を突っ込んで、溺死してしまったらしいんです」

「そうだったのですね……」

翡翠は眼を伏せた。

それから、顔を上げて、狛木に訴えた。

「あの、もしかしたら、それは単純な事故ではないのかもしれません」

一瞬、あらゆる音が自分から遠ざかったのを感じる。

早朝のカフェのざわめきが、唐突に途切れたような錯覚。

事故ではない？

「まさか」

狛木は、どうにか笑った。

自身の表情のぎこちなさを、自覚してしまう。

だが、翡翠はそれに気づいていないようで、言葉を続けた。

「今も視えているわけではないのですが、あのときの吉田さんの表情は……、その、穏《おだ》やかな雰囲気では、ありませんでした。もしかすると、狛木さんになにか伝えたいことがあるのではないでしょうか」

「伝えたいことって、なんです？」

狛木は、真剣に訴えてくる翡翠の視線から、逃れたい気持ちでいっぱいになった。

しかし、ここで眼を背けるわけにはいかない。

それに……。

ただの霊感に、怯えることなんて……。

「吉田さんは、誰かに殺されたのかもしれません」

喉を鳴らし、狛木は翡翠を見つめ返す。

「だから、その犯人を――、吉田さんは、狛木さんに見つけてほしいのではないでしょうか」

純真な瞳と共に発せられた翡翠の言葉は、奇妙な安堵を狛木にもたらした。

そうだ。たとえ本物の霊感があったとしても、目の前にいる人間が殺人者だなんて、翡翠は微《み》塵《じん》も考えていないのだろう。

「僕に――、ですか」

思わず、引《ひ》き攣《つ》った笑みを浮かべてしまう。

「いや……。そんな、殺人なんて、考えすぎじゃ、ないでしょうか」

「そう、かもしれませんけれど……」

狛木は、ソーサーに添えられた銀のスプーンを摘《つ》まんだ。それで、残った珈琲をかき混ぜる。ミルクや砂糖を入れたわけではなく、まるで意味のない動作ではあったが、緊張をごまかす手段が必要だった。指先の震えを、悟られたくはない。もっとも、少女のように無邪気でそそっかしい彼女に、そんな鋭さや観察力があるはずもないのだが。

「狛木さん。お願いがあります」

見上げると、翡翠は訴えるようなあの真剣な眼差しで、狛木の眼を覗き込んでくる。

大きな瞳に、吸い込まれそうだと思った。

「わたし、いつも、こういうのを放ってはおけないのです。わたしにしか、できない役目ですから。ですから……。わたしと一緒に、吉田さんがあなたになにを訴えようとしているのか――。それを突き止めるのを、協力してもらえないでしょうか」

吉田が、自分になにを訴えたいのか、調べるのに協力をする？

吉田の訴えは、明白だった。

俺を殺したのはこいつだ――。

吉田は、そう訴えたいに違いない。

このままでは、事故死として処理されたままになってしまう。

だからこそ吉田は無念を抱き、霊感のある翡翠に、真相を訴えようとしているのだ。

死んだあとにまで、僕の邪魔をしようっていうのか……。

「いや、ちょっと待ってくださいよ」

狛木は笑いながら、スプーンをカップから取り出し、ソーサーに置く。

「吉田は、間違いなく事故で亡くなったんです。警察がそう判断しているんですから、間違いありません。それを、霊感があるからって……」

「そう……。ですよね……」

大きな瞳が瞬いて、伏せられる。

翡翠は、項垂《うなだ》れていた。

俯くと、ウェーブのかかった髪が、僅かな瞬間、力なく揺れ動く。

「ごめんなさい。頭のおかしい女だと、お思いになりましたよね」

翡翠は前のめりになっていた身体を戻した。椅子を引いて、背に置いていたハンドバッグを手繰り寄せる。

「すみませんでした……。わたし、狛木さんが、いつも真摯《しんし》にお話を聞いてくださるから、舞い上がってしまって。狛木さんなら、わたしの話を、信じてくださるんじゃないかって……」

彼女は立ち上がり、頭を下げた。

「今まで、ありがとうございました」
彼女がテーブルを離れて、店を出ていく。
狛木は、その様子を呆然と眺《なが》めていた。
自分は、彼女を裏切ってしまった。
もう、会えなくなる。
そんな予感があった。
この美しい女性が欲しい。
その機会を、永遠に失うわけにはいかない。
嘲笑《あざわら》う吉田の顔が浮かんで消える。
見返してやりたい、と強く思った。
せっかく、雲が晴れたのだから。
幸運を、逃したくはない。
逡巡は、一瞬のことだった。
「城塚さん!」
雑踏の中へ去ろうとする彼女の背に、狛木は呼びかけた。
翡翠の華奢《きゃしゃ》な肩が震えるように跳ねる。
彼女が振り向く前に、狛木は言っていた。
「僕は……。僕は、あなたを助けるために、なにをすればいいでしょうか」

＊

目的地までの移動には、電車を使った。

道中、翡翠は狛木へと自分の能力に起因する境遇を語ってくれた。幼《おさな》いころから、翡翠はその霊感によって、周囲には見えないものが視えてしまう。けれど、なにが実際に見えるもので、なにが自分にしか視えないものなのか、その判断をつけるのは未だに難しいらしい。だから、あのときも家族や友人が家にいるのかと狛木に訊いたのだという。いつも、そうした質問を繰り返してきたせいで、周囲からは不気味がられた。理解を示してくれるのは家族だけで、地元ではろくに友人ができなかったらしい。東京に出てきて心機一転と思ったものの、やはり隠し通すのは難しく、孤独を感じてきたのだという。

翡翠は、救われない魂を救うのが、自らの使命なのかもしれないと語っていた。これまでにも、なにかを訴えるような霊を知覚して、その無念を取り払ったことが幾度もあったらしい。今回は、どうやら吉田の霊が狛木の部屋に居着いているらしく、隣に住んでいる翡翠の枕元《まくらもと》にも、度々立つのだという。

「夢の中でわたしの前に現れるとき、吉田さんはいつもペットボトルを持っているんです。きっとなにか、意味があるんだと思います」

「意味、というと？」

「たとえば……、吉田さんの死が、事故ではなく、殺人を示すような、証拠……」

翡翠は、考え込むような表情で、そう呟《つぶや》く。

殺人を示す証拠？

あるいは、犯人を示すような証拠が、あのペットボトルに？

電車が目的地に着くまで、狛木は息苦しさを感じずにはいられなかった。

吉田が渡してきたペットボトル。自分は、あれに触ってしまった。

だが、自分の指紋はすべて拭き取ったはずだ。

それとも、拭き忘れがあるのか？

たとえば、キャップは？

ボトルの底は？

そうしたところまで、自分は丁寧に指紋を拭い取っただろうか？

狛木たちが向かっているのは、吉田が住んでいたマンションの部屋だった。実際に現場を見てみたい、と翡翠に強くせがまれた結果だ。既に警察の現場検証は済んでいる。翡翠は、吉田の遺族から鍵を借りられないか交渉してほしいと狛木に頼み込んできたが、あの男が住んでいたマンションは会社名義になっている。そのため、役員でもある狛木は鍵を社内から持ち出すことができた。もちろん、鍵を使うのは難しいと言って翡翠の願いを断ることは可能だったろう。しかし、これは同時にチャンスでもある。もし、本当にペットボトルに殺人を示す手がかりがあるのだとすれば、その証拠を堂々と隠滅することができる。

時刻は十八時過ぎ。狛木は翡翠を案内し、マンションのエントランスに入った。エントランスといっても、セキュリティの類はなく、出入りは自由だ。エレベーターで目的の階へ向かい、会社から持ち出した鍵を使って、扉を開ける。

狛木がここを訪れたのは、あのとき以来だ。

広めの1LDKで、リビングと洋室を区切るはずの二枚の扉は取り外されている。開放感が欲しかったから、と吉田が言っていたのを思い出す。それほど大きなマンションではなく建物も古いのだが、都内への利便性が高い立地で部屋面積も広く、会社と距離が離れているにもかかわらず、吉田はこのマンションを気に入っていた様子だった。吉田は出社せずにオンラインで仕事を済ませてしまうことも多かったから、あまり気にしなかったのだろう。それは狛木の計画を後押しする要素でもあった。セキュリティの高いマンションへ引っ越されていたら、この計画は頓挫《とんざ》していたところだ。エントランスとエレベーターには防犯カメラがあるが、駐輪場のある裏手の方から非常階段を通れば防犯カメラに写ることがない。狛木は何度かこの場所に通う中で、その事実に気がついていた。犯行を終えたとき、会社にあった鍵で吉田の部屋を施錠すると、彼はそのルートを使ってカメラに写らず脱出したのだ。

玄関で靴を脱いで、室内に入り込む。スリッパを使うのは躊躇《ためら》われたので、靴下のままだ。翡翠は、涼しげなノースリーブのブラウスに、短い臙脂色《えんじいろ》のスカートだった。ストッキングの足で上がり込み、お邪魔します、と心細そうに呟いている。今日は初めて会ったときと同じ赤いフレームの眼鏡をかけている。

「なにか感じたりしますか」

訊ねると、翡翠はかぶりを振った。

「お部屋に、ペットボトルはありますでしょうか」

「さぁ、どうでしょうね」

二人でリビングに向かう。

狛木はリビングの電灯を点けると、カーテンと共に窓を少し開けた。初夏ということもあり、蒸《む》し暑《あつ》さを感じたからだった。

振り返ると、翡翠は洋室の方を覗き込んでいる。

だが、目的のペットボトルは見当たらないようだった。

と、なにか思い当たったかのように、ぽんと両の掌《てのひら》を合わせる。

「あ、冷蔵庫」

リビングのカウンターに入り、翡翠が小型冷蔵庫の扉を開けた。

狛木は、さり気なく彼女の後ろに近づく。

「あ、狛木さん！　きっとこれです！」

翡翠が振り返り、表情を輝かせた。

彼女はハンカチ越しに、炭酸飲料のペットボトルを手にしている。

殺人を示す証拠――。

「僕にも見せてください」

強引に翡翠から、素手でそのペットボトルを奪い取る。

はらりと、キャップを摘まんでいた翡翠のハンカチが落ちた。

「わわ、だめですよ、狛木さん、指紋がついちゃいます」

「え？」

狛木は、不思議そうな顔をする。

それから、慌てた様子を見せて、ペットボトルの端《はし》を摘まんだ。

冷蔵庫に入っていたせいか、ペットボトルの周囲は僅かに濡れていた。これでは指紋が残っていないような気はするが、あるいは採取が可能なのかもしれない。キャップは濡れていないから、そこには指紋が残り続ける可能性があるだろう。だが、これで狛木の指紋がペットボトルに残っていたとしても、なにもおかしくないことになる。

殺人を示す証拠は、隠滅されたのだ。

狛木は笑って言う。冷たいペットボトルを、シンクの脇に置いた。

「す、すみません。まぁ、でも、警察はもう調べ終えているでしょうし、僕らが持っていったところで、指紋の採取なんてしてくれるわけではないですからね」

そう言って翡翠を見るが、翡翠は狛木を見ていなかった。

冷蔵庫を覗き込んでいる。

「あ、ごめんなさい！　わたしったら……。こっちです。こっちでした」

翡翠がハンカチでキャップのあたりを摘まんだまま、冷蔵庫から別の炭酸飲料を取り出す。

「わたしが視たのは、こっちのラベルの炭酸飲料でした。わたしったら、うっかりさんです」

翡翠はちろりと舌を出して、自身の額を空いている拳《こぶし》で小突いている。狛木は唖然としたまま、翡翠が手にしているペットボトルのラベルを見つめた。

確かに、あの犯行直前、自分が触ったのはこのペットボトルだった。さっきのペットボトルではない。つまり、翡翠が手にしているペットボトルには、まだ――。

「あ、だめですよ。狛木さん。今度は指紋が残らないよう、気をつけましょうね」

まるでフィクションに出てくる学校の先生みたいに、「めっ」と窘《たしな》めるような口調で、翡翠が笑う。

「あ、ええ、そう。そうですね。気をつけないとな」

まさか、翡翠のそそっかしさに証拠の隠滅を妨《さまた》げられることになるとは。

これで、うっかり触って狛木が指紋を残すのは難しくなってしまった。

なら、翡翠が眼を背けている間に、ハンカチで指紋を拭い去るか？

いや、焦ることはない。

だいたい、警察の捜査は終わったではないか。

霊感があるだけの小娘が証拠物品を確保したところで、どうにかなるわけがない。

霊能力で、このペットボトルに証拠があることがわかった、なんて話を警察が信じるはずがないのだから。狛木は平静を装って訊ねた。

「それ、どうするつもりなんです」

「狛木さん――ジェムレイルズの方々がよろしければ、持って帰りたいと思います。お金はかかりますけれど、指紋の採取と鑑定をしてくれるところもたくさんありますから」

「そこまでするんですか？」

ぎょっとする狛木に、翡翠は困ったように微笑《ほほえ》んで答える。

「いざとなったら、ですけれど。それで吉田さんが夢枕に立つのをやめてくれるなら、安いものです。わたしも、ここのところ寝不足ですから」

「そういう、ものですか」

狛木も、未だに悪夢に魘《うな》され続けている。ひょっとすると、霊感のある翡翠は、自分以上に吉田の悪夢に苦しめられているのではないだろうか。

「次は……。お風呂場は、どこでしょう？」

翡翠が首を傾げる。

ペットボトルをどうするべきか？　放置しても安全なのか否か。

それを考えながら、狛木は翡翠の言葉に頷いた。

「えっと、風呂場はこっちです」

翡翠は、狛木が触った無関係のペットボトルを冷蔵庫に戻し、殺人の証拠の方をシンクの脇に置いた。狛木はその位置を視界の片隅で確認してから、リビングを抜けて廊下に出る。

脱衣所の扉を開けて、浴室の様子を確かめた。

当然ながら浴室は空で、扉は開いたままだった。

「あれれ」

息がかかるほど近くで声が上がり、狛木はどきりとする。

振り返ると、すぐ後ろに翡翠が立っていた。案内したのだから当然かもしれないが、距離が近い。電車の中でもそうだったが、翡翠は気にした様子もなく、狛木と腕が触れるほどの距離で座ったりするので、どうにも緊張してしまう。

「えっと、どうしました？」

「あ、いえ、そのう。迷うことなく浴室まで行かれたので、どうして場所がわかるのかなと」

狛木は、自身の表情が強《こわ》ばるのを自覚する。

しかし、一瞬で思考を巡らせた。

なにもおかしいことはないではないか。

「ああ、いや、ほら、ここは会社の持ち物でもありますし、会社を立ち上げたばかりのころは、よくここで飲み明かしたものなんです。風呂の場所くらい、憶えていますよ」

「あ、そうなんですね。すごいです。わたし、ぐるぐる迷子さんなので、友達の家に行っても、お手洗いを借りる度に、すぐ迷っちゃって」

翡翠は納得したようで、気恥ずかしそうにはにかんだ。

「まぁ、ここは狭いですからね」

鋭いようで、見当外れなことを言う。

だが、あまり彼女に怪しまれることはしない方がいいだろう。

「それで、なにか感じますか？」

「水の流れる音……」

「え？」

「濁流のように、水が流れる音を……。吉田さんが夢に出てくる度に聞くんです。今も……」

「僕には、なにも聞こえませんが……」

翡翠は真剣な表情で、浴室を見つめている。

水が流れる音。

それは、上半身をバスタブに突っ込んだ吉田が耳にしていた、湯張りの音だろうか。

「気のせいでは、ないでしょうか。吉田は足を滑らせて、バスタブの中に顔を突っ込んで、それで溺死してしまったんです。水が注がれる音だなんて、するはずがない」

「ええ……。あ、注がれる？」

「え？」

「そうです。注がれる音です！　きっとそうです。すごいです、狛木さん！」

「な、なんです？」

彼女は両手で狛木の手を包むように握る。

きらきらと表情を輝かせながら、翡翠がはしゃぐように言った。

「たぶん、そうなんです。わたし、水の流れる音ってなんだろうって、ずっと考えていたんです。シャワーが流しっぱなしになっていたのかしらって。けれど、そうですね。流れる音じゃなくて、注がれる音なんです！　吉田さんは、死の間際に、それを聞いていたんじゃないでしょうか？　たとえば、空っぽのバスタブに気絶したまま入れられて、そこにお湯を注がれてしまったのだとしたら――」

ぎくりとした。

どうやら自分の発言は、墓穴を掘ることになってしまったらしい。

翡翠は、水の流れる音としか言っていなかった。

そこにうっかり、注がれる音、と狛木が口にしてしまったのだ。

さながら、ワトソンからヒントを与えられるホームズのように、翡翠は推理を閃《ひらめ》いたのだ。

「そうだとすると、他殺の可能性は高まると思うんです！」

どこか得意げに瞳を輝かせて、翡翠が狛木を上目遣いに見つめてくる。その可愛らしい眼差しから、狛木は視線を背けた。正解だけに、どう対応したらいいかが困る。

「いや、まぁ、そうかもしれませんが……。城塚さんの言うとおり、シャワーの音という可能性も、棄てきれないんじゃないでしょうか」

「そう、でしょうか？」

すると、しゅんとして、自信なげな表情を見せる。

所詮《しょせん》は素人探偵だ。押しに弱いのかもしれない。

「それより、城塚さん、その……」

狛木はどぎまぎしながら、翡翠の両手に包まれた自分の手を見下ろす。

「わわ、ごめんなさい。わたしったら」

自分の手を包んでいた美しい指先が、ぱっと離れていく。

「いえ」

浴室での捜査を切り上げて、リビングに戻った。

奇妙な空気に流されるように、それぞれ別の箇所を調べることになった。翡翠は、まだ他殺を示す証拠を諦められないらしい。パソコンデスクのある洋室と、リビングの間をふらふらとしている。狛木はキッチンにあるペットボトルの方を気にかけながら、翡翠の様子を観察していた。彼女がこちらに背を向けている間に、あのペットボトルをどうにかできないだろうか。彼女に持ち帰られてしまっては、証拠を隠滅することができなくなってしまう。もし、警察に持ち込まれて、狛木の指紋が出てきてしまったら……。

「あのう……。これはなんでしょうか?」

不意に声が上がった。

翡翠が見ているのは、ホワイトボードだった。リビングの壁際に設置されているもので、それなりに大きく、キャスターがついている。翡翠は、そこに書かれている文字や図を不思議そうに見ていた。狛木は、手に残る翡翠の感触を確かめるようにしながら、説明する。

「ああ、えっと、そのボードは、吉田がよく思考の整理に使っていたやつですね。マインドマップといって、新しい企画を立てるときなんかに、アイデアを書き込んでいくんです」

「プログラマーさんも、こういうアナログなものを使われるんですね」

「あいつは、プログラマーというより、経営者といった方がよかったですが……。まぁ、そうですね。うちの会社だけかもしれないですが、プログラマーであっても愛用者はいます。UMLのクラス図とかシーケンス図——、ええと、プログラムの構造や流れみたいなものを示す図を試しに書くときに使って、設計を整理したりするんです」

「わぁ。なんだかカッコイイですね」

振り向いた翡翠が、顔を輝かせて言う。

「そ、そうですか?」

「これは、ずっとこの位置に置かれているんでしょうか?」

「そうだと思いますよ。少なくとも、僕が来たときは、いつもそこにありましたけれど……」

翡翠が、ボードの裏側を覗き込んでいる。

「こっちにも、なにか図みたいなものの跡があります。消えかけていますけれど……。吉田さんは、ご自宅でも熱心にお仕事をされる方なんですね」

「いや、それはどうかな」

狛木は笑う。

「亡くなった友人を悪く言うつもりはないですけれど……。あいつはプログラミングに対して、そこまで熱心な人間じゃなかった。金儲《かねもう》けの道具くらいにしか考えていなかったと思いますよ」

「そう、なんですか?」

裏側を覗き込んでいた翡翠が、不思議そうにこちらを見る。

吉田に対して、少し辛辣《しんらつ》になりすぎたかもしれない。彼女が助けたいと願う相手のことを、悪く言うべきではなかっただろう。抱えていたものを悟られないよう、狛木は押し黙った。

翡翠は再びリビングを縦断し、なにかを探し始めた。

狛木は彼女が背を向けている間に、ペットボトルの置かれたシンクへ近づく。

翡翠から注意を受けた以上は、うっかり触る手はもう使えない。逆に怪しまれてしまうだろう。となれば、布巾《ふきん》かなにかですべて拭い取ってしまうのが最良だ。吉田の指紋すら残らなくなってしまうが、指紋がなにも採取できなかった場合、結露かなにかで流れてしまったと考えられるだろう。

翡翠はホワイトボードの足元でしゃがみ込んでいた。

こちらに背を向けている。

今のうちだ。

狛木はキッチンに入り、ペットボトルが手に届く位置まで近づいた。

布巾の類を探す。

しかし、キッチンだというのに、タオルがひとつも見当たらない。

キッチンペーパーの類も、目につく場所には存在しない。コンロの上には、あの漢方薬を煮込んでいた土鍋はなかった。警察か親族かが片付けたのだろう。そのとき、布巾やタオルまで片付けられてしまったのか、あるいは杜撰《ずさん》な吉田のこと、もともと用意なんてしていないのかもしれない。

まだ翡翠は背を向けている。

仕方ない。自分のハンカチを使うしかないか。

量販店で買った安物だから、万が一、繊維が採取されても大丈夫なはず。

狛木はジーンズの後ろポケットに手を入れる。

ない。

翡翠が立ち上がった。まだ背を向けている。

狛木は自分のポケットをまさぐる。ショルダーバッグを開いて、そこも確認した。

ない。ハンカチが、どこにもない。

おかしい。電車の中で、汗を拭いた記憶はある。忘れてきたはずはないのだが。

早く探し出さなくては。翡翠がこちらを振り向く前に――。

だが、どのポケットにも、ハンカチが入っていない。

どこかに置き忘れたのか?

「あれれ、なにかお探しですか?」

唐突に声をかけられて、狛木はびくりと身を跳ねさせた。

振り返ると、真後ろに翡翠が立っていた。怪訝そうに首を傾げている。

「ああ、いや、その」

ポケットをまさぐっている姿を、滑稽《こっけい》に思われたのかもしれない。

しかし、翡翠は得心したように、ぽんと両手を合わせて言った。

「わわ、いけない。わたしったら、わすれんぼさんです」

それから、小さなハンドバッグを探り、そこからなにかを取り出した。

狛木のハンカチだった。

「どうぞ」

満面の笑みで差し出されて、狛木は呆然とそれを受け取る。

「えええっと」

「電車を降りる際に、落とされたんです。声をかけようとしたんですけれど、狛木さんに置いていかれないように焦っていたら、渡すのを忘れてしまって」

「ああ、そう、だったんですね。ありがとうございます」

「どういたしまして」

翡翠は柔らかく微笑んだ。

挙動不審に思われただろうか?

いや、自分はハンカチを探していただけだ。

なにもやましいことはしていない……。

翡翠は、洋室の方へとなにかを探しに行った。

今がチャンスだ。

狛木はペットボトルに手を伸ばす。ハンカチで包むように持ち、指紋が付着していそうな箇所を拭った。結露のせいでハンカチが水滴を吸って濡れてしまうが、背に腹は代えられない。

「あ、狛木さん」

狛木は、身体を凍《こお》らせる。

すぐさま翡翠が洋室から戻ってきたのだ。

「えっと、すみません、あのう、先ほどのハンカチ、貸してもらえますでしょうか」

「え、ハンカチ、ですか」

後ろ手にハンカチで包んだペットボトルを持ち、それが翡翠の視界に映らないようにする。

「はい。証拠品になりそうなものを見つけたんです。そのう、わたしのハンカチは、さっきのペットボトルを摑んだときに、濡れてしまったので」

「あ、いや、その……」

狛木は挙動不審気味に、視線を右往左往させる。

必死に言い訳を考えた。

汗が、だくだくと額を流れていく。

「あれれ？　すごい汗です」翡翠が近づいてきて、気遣《きづか》うように狛木を見上げながら言った。

「あの、大丈夫ですか？　蒸し暑いですものね。もっと窓を開けた方がいいかもしれないです」

「ああ、そう、汗を、拭いてしまったんです。その、汗を拭こうと思ってハンカチを探していたものですから。僕は、その、汗っかきで、だから、ぐしょぐしょになってしまって、それを女性にお渡しするのは、ちょっと気恥ずかしいといいますか、申し訳な――」

ゴトリ。

重たい音が、鳴り響いた。

翡翠と狛木は、その場で見つめ合って静止する。

時間と呼吸が、止まるようだった。

狛木の手から、ペットボトルが滑って、床に落ちたのだった。

狛木は、喉を鳴らす。

翡翠の、眼鏡のレンズ向こうにある大きな瞳を、見返した。

僅かでも視線を逸《そ》らしたら、露見してしまう。

そう、覚悟した。

数十分にも思える長い時間のあとで。

「あれれ」

翡翠は、きょとんとした表情のまま、小さく首を傾げた。

「なんの音でしょう？」

「さぁ」狛木は天井を見上げる。「子どもじゃないかな。確か、小さい子のいる家族が上に住んでいるんですよ。夏休みは特にひどいって、吉田が愚痴っていたかな……」

「なにかものが落ちたような音でしたけれど……」

「ボールかなにかだと思いますよ。その、それより、証拠品というのは？」

「あ、そうでした！」

翡翠は両手を合わせて、身を翻《ひるがえ》した。

うまく、ごまかせたようだ。

狛木は安堵の息を漏《も》らす。

彼女が洋室へ戻っている間、狛木はハンカチ越しにペットボトルを拾い上げて、元の場所に戻した。既に指紋は拭ったので、目的は達した。翡翠が戻ってくる。ハンカチの代わりにティッシュペーパーで妥協したのか、その上に、一枚の小さなレシートを載せていた。

「これを見てください」

「なんですか、これは」

近くのインテリア雑貨店の名前が記《しる》されたレシートだ。

これが、なんの証拠になるというのだろう？

グリーンラグ。ミドルサイズ。とだけ書かれている。

「グリーンラグというのは、このリビングに敷かれているものではないでしょうか？」

「ああ、ええ、そうかもしれませんね」

狛木は頷いて、視線を床に向ける。

リビングの中央には、毛の長い緑色のラグが敷かれてあった。

「購入日が、吉田さんが亡くなった日の、二日前ではありませんか？」

翡翠がレシートの日付を示して言う。

確かに、そうだった。

犯行の二ヵ月前に吉田の家を訪ねたときには、違う色のラグだったように思う。

珈琲かなにかを零《こぼ》して、買い換えたのだろうか？

「それが、どうかしたんですか？」

「おかしいんです」翡翠は、額に人差し指を押し当てて唸る。「へんてこさんです」

「だから、なにがです？」

狛木は、焦りを見せないように問う。

「このホワイトボードなのですが、見てください」

翡翠がホワイトボードに近づき、その足元にしゃがみ込んだ。

狛木もそこへ近づき、はっとする。

「キャスターに、ラグの毛が絡んでいるんです」

「ええと……。それは、どういう？」

問いながらも、それが示す意味を、狛木はよく知っていた。

「誰かが、ごく最近にホワイトボードを動かしたということではないでしょうか。ラグの上を、キャスターが通ったんです。たとえば、リビングから、洋室の方へと移動した……。そうです。きっと犯人が、なんらかの目的でそうしたに違いありません！」

翡翠の言葉は正しく、ボードはリビングから洋室へと移され、また戻されたのだ。ラグの毛がキャスターに挟まれたのは、そのときに違いないだろう。

なぜなら、ホワイトボードを動かしたのは、他ならぬ狛木自身だからだ。まさか、吉田が買ったばかりのラグの毛を、キャスターに挟んでしまっていただなんて……。

だが、狛木は動揺を隠しながら、なんでもないことのように言う。

「いや、それは単に、吉田が模様替えをしようとしたんじゃないですかね」

「えっ……。それは……、そう、かもしれないですけれど」

狛木に意見を肯定してほしかったのかもしれない。

翡翠は自信なげに、肩を落としてしまった。

「それに、なんらかの目的ってなんです？　ホワイトボードなんか動かして、なんの意味があるんでしょうか。僕は、やっぱり城塚さんの考えすぎのように思いますよ。他殺だなんて……。吉田はもっと別のことを、僕に言いたいんじゃないでしょうか。たとえば、会社を頼んだ、とか、そういう」

「そう、なのでしょうか……」

しょんぼりとした表情で、翡翠は俯いた。

危ないところだった。

いかに霊能力があったとしても、所詮は素人探偵だ。

勘は鋭いのかもしれないが、真相に辿《たど》り着《つ》かれなければどうということもない。ペットボトルの物証も、隠滅できた。あとは翡翠が納得するまで付き合って、適当に切り上げればいいだろう。これは、狛木にとってもチャンスだ。彼女に同情して、自分だけが味方なのだとアピールを重ねれば、もしかすると自分のような人間であっても、彼女の心を手に入れることができるかもしれない。いや、自分だからこそ、なのではないだろうか。これは、もう、巡り合わせだ。雲が晴れて、差し込んだ陽の光に咲いた花が彼女なのだ。運命なのだ。きっと、自分でなければだめだ。吉田のような顔だけの馬鹿な男ではなく、本当は誰よりも賢く、誰よりも先進的で、完全犯罪すら成し遂げる知性を持つ自分こそが、この美しい人を手に入れるのに相応しい……。

「もう遅いですし、そろそろ帰りましょう」

狛木の言葉に、気落ちした様子の翡翠が頷く。

彼女はとぼとぼとシンクの脇に近づくと、ハンドバッグの中からジッパーバッグを取り出した。そんなものまで用意しているとは、と狛木は驚く。翡翠はハンカチで掴んだペットボトルを、その透明バッグの中に入れる。と、なにかに気づいたようだった。

「あれれ」

首を傾げて、ペットボトルの入った袋を見つめている。

「今度はなんです？」

まさか、工作がばれたのだろうか。

ハンカチで拭ったために、結露が消えてしまっている。

それに、目聡《めざと》く気づいたか……？

だが、翡翠はぜんぜん別のことを言った。

「これ、キャップの封が開いているんです」

「え？」

狛木は、慌ててそれを覗き込んだ。

確かに、言われてみて初めて気づいた。キャップの封が切られて、ペットボトルに残ったリングとキャップの間に、僅かな隙間《すきま》ができている。

どういうことだ？

「中身はまったく減っていないように見えます。一度、封を切って、飲まずに冷蔵庫へ戻した、ということなのでしょうか？　吉田さんは、わたしにそれを伝えたかった？」

これは、まずいかもしれない。

予感が、狛木に危機を訴えている。

あのとき、吉田はわざわざご丁寧に、ペットボトルの封を切ってから、狛木に渡したということか……。そうだとすると……。

「や、単に、直前で飲む気が失《う》せただけかもしれませんよ。意味なんてないんじゃないですか」

「そうでしょうか」翡翠は首を傾げている。「これは炭酸飲料です。キャップを開けてから飲む気がなくなったのだとしても、きちんとまた強くキャップを閉め直すはずです。そうでなければ、炭酸が抜けてしまいますから。けれどこのキャップは、よくよく見ると少しだけ緩《ゆる》んでいるように見えます。まるで、誰かがキャップが開けられていることに気づかずに、冷蔵庫へ戻したみたいに……」

意外と、彼女は頭を使えるらしい。

のほほんとしているようで、油断ならない。

いや、落ち着け。

ここで彼女に腹を立てても仕方がない。

彼女に罪はないのだから。

「だとしても、それが犯罪の証拠になるとは、僕には思えませんよ」

「そう、でしょうか……」

翡翠は首を傾げていたが、やがて決心したように言った。

「わたし、やっぱり警察の方に相談してみようと思います」

「警察は、よした方がいいです。その、こんなことを言いたくはありませんが、彼らは僕と違って城塚さんの能力を信じたりしないと思います。門前払いですよ」

「いいえ、違うのです」

だが、翡翠は真剣な表情でかぶりを振った。

茶色い瞳が決意を携えて、狛木を見る。

「わたし、警察に知り合いがいるのです」

「え？」

「警視庁の、警視さんです。叔父なのですが……」

「警視？」

刑事ではなく、警視といったか。

警視というと、それなりの階級なのではなかっただろうか。

「はい。わたしの力のことも、理解していただいていて。これまでに何度か相談に乗ってもらったことがあります。数えるほどですが、殺人事件の捜査で、お役に立てたことも……」

「それは……、えっと、本当ですか？」

「わたし、嘘《うそ》はつきません」

ショックを受けたかのように、悲しげな表情で翡翠は言った。

「や、すみません。その、疑うわけではなく、驚いてしまって」

「もちろん、非公式なものです。霊感のある民間人が捜査に協力していただなんて話、露見すれば叔父だって立場が危うくなることでしょう。ですから、できるだけ頼るのは避けたかったのですけれど……。このペットボトルは、警察の方に調べてもらう価値があると思うんです」

狛木は話を聞きながら、頭を抱えたくなる思いでいっぱいだった。

勘弁してくれ。

霊能力者の証言で捜査をして事件を解決してきただなんて……。

日本の警察は、いったいどうなっているんだ？

＊

千和崎《ちわさき》真《まこと》は、耳に嵌《は》めたブルートゥースのイヤフォンを片手で押さえた。長時間、つけっぱなしにしているから、少しばかり耳に痛みを感じてしまう。もっと耳に合った製品に買い換えた方がいいかもしれない。JR駅の構内は、地下鉄から乗り換える人々でごった返していた。その濁流の海に呑まれないように歩みを進めながら、真は二人を追跡する。

視線の先で、城塚翡翠が、ぺこりと頭を下げてお辞儀をしていた。

これから叔父のところへ行く、という理由づけが真のイヤフォンに届く。狛木繁人は、しばらくの間、踵《きびす》を返した翡翠の背を見つめていたが、やがて諦めたように地下鉄へ下りていった。翡翠の方は、山手線《やまのてせん》へ向かうエスカレーターに乗る。狛木が戻ってこないか確認をしたあと、真は彼女を追いかけた。待ち合わせ場所を決めてあるので急ぐ必要はないのだが、あまり長いこと目を離すと、若い男や酔っ払いに絡まれていることもあるので気は抜けない。

ホームの端まで歩き、翡翠が座っているベンチに向かう。幸いなことに、周囲に人気はない。

真は彼女の隣に腰掛けた。イヤフォンを外しながら、真が言う。

「どうだった？　なんだかすごい慌てようだったけれど」

「当初の論理に違《たが》わず、やはり狛木繁人が犯人で間違いないでしょう」

そう断言して、翡翠はウェーブを描く髪を片手で払った。少し前、とある連続殺人鬼を逮捕したあとに、翡翠は髪を透明感のあるベージュベースのカラーに染めていた。気分転換だという。真は元の黒の方が好きだが、これはこれでゆるふわな印象を助長させていて、今回の作戦に合っているかもしれない。現に狛木繁人はすっかり騙《だま》されていることだろう。気の毒なことだ。とはいえ、対象に合わせて翡翠の雰囲気を変えるメイクを施すのは真の仕事なので、他人事《ひとごと》ではないのだが。

「ところで真ちゃん。喉が渇いていませんか?」

愛嬌のある茶色い瞳が、眼鏡の奥でいたずらっぽく輝いていた。あまり目立ちたくないとき、翡翠はカラーコンタクトで元の瞳の色を隠し、大きなフレームの眼鏡をかける。また、この眼鏡は印象を変える他にも、実用的な点があった。フレームに小さなカメラが仕掛けられていて、その映像をワイヤレスで送信することができるのだ。翡翠が見ているものを、サポートする真も確認できるというわけである。まぁ、お世辞にも快適な解像度とは言えないのだが。

「まぁ、渇いているといえば渇いているけれど」

「そんなあなたに、これをあげましょう」

翡翠はハンドバッグを探り、じゃーん、という効果音を可愛らしい声で奏《かな》でながら、ジッパーバッグに入った件《くだん》のペットボトルを取り出す。

真はそれを受け取りながら訊いた。

「これ、証拠品じゃないの?」

「いいえ。本物は鐘場《かねば》さんに頼んで、何日も前に押収してあります。それはダミーです。重たいだけなので、飲んじゃってください」

「ああそう」

陰湿なやつだな、と思いながら、真はジッパーバッグからペットボトルを取り出す。キャップをねじ切り、すぐに違和感を覚えたが、もう遅かった。

「あっ、ちょっと、これ！」

炭酸が噴き出してきて、真の手を濡らしていく。

翡翠はその様子を見て、お腹《なか》を抱えながら笑っている。

「こんのっ、この服気に入ってるんだから！」

ぼたぼたと垂れる炭酸水が自分の服にかからないよう、真は立ち上がる。溢《あふ》れる甘い液体が、ホームと真の手を濡らしていった。

翡翠はちろりと舌を出して笑う。

「ドッキリテヘペロ大成功」

「こいつ……！　どうりで冷たいし、キャップが閉まってると思ったら！」

くすくすと、可愛らしい声を上げながら、翡翠は口元を片手で覆う。

「こんな単純な手にかかるとは、真ちゃんもまだまだですねぇ」

いたずらな瞳には、しかし愛嬌よりも、陰湿さが秘められている。少なくとも、真にはそう感じられた。涙すら浮かべて笑っているので、腹が立ってきた。真は濡れた手を鞄《かばん》に突っ込んだ。退屈しのぎのために持っていた雑誌を抜き出すと、それを丸めて翡翠の頭頂部を思い切り叩《たた》く。

ぎゃっ、と不細工な悲鳴を漏らして、翡翠が屈《かが》み込んだ。

わりと本気で叩いたので、けっこう痛かっただろう。

ハンカチを取り出して、濡れた箇所を拭いながら、真は訊く。

「それで、あいつが犯人なら、もう公演は終了？」

「いいえ」

頭頂部を押さえながら、翡翠がのろりと顔を上げる。

痛みに顔を顰《しか》めたまま、彼女は眼鏡を外し、反対側のホームを睨《にら》んだ。

「本物のペットボトルですが、キャップの封は確かに開けられていたものの、狛木の指紋は残っていませんでした。いかに論理が犯人を示しても、見つかるのは迂遠《うえん》な状況証拠ばかりで、物証がなにも見つかりません。現状では起訴が難しいでしょう。たまにあるパターンですね。稚拙な犯罪のくせに幸運に恵まれ、指紋やＤＮＡなどの物証を残さず、たまたま監視カメラや人の目にも留まっていない犯行……」

「おまけに、相手にはアリバイもあるんでしょう？」

だが、世界でいちばん油断ならない女が、その双眸《そうぼう》を煌《きら》めかせて、不敵に笑う。

「ですが、そういうときこその城塚翡翠です。決め手は、このわたしが必ず見つけてみせましょう」

＊

狛木繁人はホワイトボードにペンを走らせていた。複雑なＵＭＬの試し描きをしているところだった。狛木自身が担当しているピクタイルに新たな機能を追加することが、今朝の会議で決定された。これまでに温めていたアイデアはあるものの、新機能が及ぼす変更範囲は大きい。影響は広範囲に及ぶだろう。簡単な機能であれば頭の中でクラス設計をまとめることができるし、ツールを用いて一気にUML図を作ってしまうが、試行錯誤を重ねながらのときは、やはり気兼ねなくフリーハンドで描くことのできるアナログ作業に軍配が上がる。すべての作業をデジタルに移行したいと考えている狛木にとっては、このときだけペンを握らなければならないことをもどかしく感じていた。

「狛木さん、ちょっと」

同僚の峰岸《みねぎし》の声に呼ばれて、狛木は振り返った。

それから、ぎょっとする。エンジニアグループのデスクの島の向こう、峰岸が連れている女性が、意外な人物だったからだ。

城塚翡翠。

目が合うと、翡翠は表情を輝かせ、ぺこりと深くお辞儀をした。突然会社にやってきた若い女性の姿に、男たちが仕事の手を止めて、何事かと腰を浮かせながら視線を注いでいる。狛木は内心冷や汗をかきながら、翡翠を連れている峰岸の下へ向かった。

「城塚さん」

「突然押しかけてしまって、申し訳ありません」

翡翠は再度頭を下げた。いつも勢いよくぺこりと頭を下げるので、ウェーブのかかった茶髪がふわりと揺れて、甘い匂いが狛木の鼻先を擽っていく。眼鏡がずれ落ちそうになったのか、彼女は慌ててフレームの位置を直した。

「あのう、お詫《わ》びというわけではないのですが、差し入れを持ってきましたので、どうぞ皆さんで召し上がってください」

翡翠はドーナツショップの大きな箱を差し出してくる。お調子者デザイナーの文山《ふみやま》が、口笛を吹いて喜んでいる。翡翠の相手を一時的に文山に任せて、狛木は峰岸に囁《ささや》いた。

「なにもここまで連れてこなくても」

「見られて困るものはSSDの中だけだろ。いつもあっちにお客さんを通すんだから」

峰岸はパーティションで区切られた打ち合わせスペースを示した。

なにぶん、狭い会社だった。埼玉の雑居ビルのワンフロアを借りているだけで、物理的なセキュリティにはそれほど気を遣う余裕がない。社員が増えてきたので、社屋を東京に移すという計画が持ち上がっているが、吉田の死を考慮するとそれはまだ先になるだろう。

「で、何者なんだ？　隅に置けんなぁ！」

峰岸を睨みつけて、狛木は翡翠の下へ戻る。対人能力に長《た》けている文山が、翡翠を口説こうとしていたが、彼女はふんわりと微笑んでいるだけだった。狛木は打ち合わせスペースの方へ翡翠を連れていく。

「すみません」翡翠が申し訳なさそうに言う。「狛木さんを呼び出していただくだけのつもりだったのですが……」

狛木は笑う。驚いたものの、翡翠の来訪は狛木にとって喜びと誇らしさすら感じられるものだった。翡翠を、パイプ椅子に座るよう促《うなが》す。

「小さな会社ですから、みんな家族のようなものでして。そのう、どうにも、面白がられてしまったようです」

「なんだか、誤解させてしまったみたいです。狛木さんにご迷惑がかからないといいんですけれど」

「ああ、いや」

狛木は後頭部に手をやって、椅子に腰掛けている翡翠を見下ろす。彼女がなにを考えているのか、まるでわからない。ただのお隣さん、という関係ではないと信じたいが、それ以上の関係性に踏み込んでいい段階なのかどうか、狛木にはそれがまったくわからなかった。

女性と付き合うためには、どんな要項を満たせばいいのか？　ユニットテストを走らせるときみたいに、ＯＫならば、グリーンで表示してくれたらわかりやすいのに。

だが、彼女はわざわざ会社にまで足を運んで自分に会いに来てくれたのだ。少なくとも今は、自分を必要としてくれているはずだった。

「あそこが、狛木さんの机ですか？」

翡翠はプログラマーの仕事場に興味があるのか、パーティションの向こうに顔を向けていた。

「え、ああ、はい……」

狛木はどうにか頷く。

「すぐ後ろにホワイトボードを置かれているんですね」

「ええ、まぁ。思いついたときに、さっと描けるようにしてあるんです。ええっと、そうだ。今日はどうしたんです？　わざわざ会社まで……」

「あ、そうでした。わたしったら、肝心なお話を……。実は、あのあと叔父に相談しまして、殺人事件の可能性を考慮して再捜査していただくことになりました。それで、いくつか新しく、殺人を示す証拠が出てきたんです」

殺人を示す新たな証拠？

なんだ、それは。

そんなものが、あるはずは……。

「それは……。いや、驚いたな」

狛木は視線を彷徨わせながら、翡翠の向かいの椅子に腰を下ろす。

しかし、まさか、本当に警察が動くとは……。

あのあと、ネットで軽く噂《うわさ》を調べた。本当に僅かな噂レベルで、きちんとした記事になっているものはひとつもなかったが、警察が霊能力者の力を借りて事件を解決したのではないか、という噂がオカルト関係のサイトに転がっていた。少し前に日本を震撼《しんかん》させた連続殺人事件の捜査にも、その霊能力者が関与していたらしい。もっとも、オカルト好きが証拠もなく語っているだけで、真偽のほどは怪しいものだったが。

「城塚さんの力は……、警察の方に、とても信用されているんですね」

「いちおう、実績がありますから」

少しだけ誇らしげに、翡翠は微笑んだ。

その表情を眺めながら、狛木は頭を回転させる。殺人の可能性の考慮。再捜査。そこまではいい。まだ焦る必要はどこにもない。ペットボトルの指紋だって消去した。アリバイだってある。そう、自分にはアリバイがあるのだ。こういうときのために、計画を立てたのだから。

「それで、新しく出てきた、殺人を示す証拠って?」

ここで彼女から情報を仕入れておけば、対処することが可能かもしれない。だが、翡翠はかぶりを振った。

「その前に、狛木さんにお訊きしたいことがあるんです。急いだ方がいいと思って、だから、わたし、わざわざこんな押しかけるみたいなご迷惑を……」

「ああ、いや、べつに大丈夫ですから。それで?」

「はい」

翡翠は居住まいを正して言った。

大きな瞳に、まっすぐに射貫《いぬ》かれる。

「狛木さんのアリバイについて――、詳しく、教えてほしいのです」

狛木は僅かに身構えた。

息を吐く。

「アリバイ……。どうして、そんなことを訊くんです？」

「え、あ、怒らないでくださいね？」

翡翠は眼を瞬《しばた》かせると、急に慌て出した。両手を動かしながら、焦った様子で言う。

「えと、その、狛木さんを疑っているとか、そういうことじゃ、ぜんぜんないんです。その、狛木さんにアリバイがあるというのは、警察の方に聞きました。けれど、わたし、ＩＴ系のお仕事って、ちょっとよくわからなくて、どうしてそれがアリバイになるのか、理解できなかったものですから。それで警察も殺人事件ということで、わたしと同じように考えたとしたら、狛木さんを疑っちゃうんじゃないかって」

たどたどしい説明だったが、翡翠は今にも泣き出してしまいそうな表情をしていた。ウェーブのかかった髪を梳《す》きながら、しどろもどろに言う。

「わたしのせいで大切な方に迷惑がかかってはいけないので、確認をしておかなくてはと……」

「ああ、そう、ですか」

狛木は自身の頬が綻《ほころ》んでいくのを感じた。

大切な方、か――。

少なくとも、翡翠は、自分をただのお隣さんだとは考えていない……。

「それなら、心配は要りません。僕のアリバイはしっかりとしたものです」

「あの、叔父にも狛木さんのアリバイを説明したいので、詳しくお話ししてもらえますか」

「あ、ええ」

狛木が頷くと、翡翠は大きなバッグからピンク色のシステム手帳を取り出した。

そのページを捲《めく》りながら、大きな瞳がきょろきょろと動く。翡翠が言った。

「ええと、警察の調べですと、吉田さんの死亡推定時刻は、十九時三十三分から、二十一時の間だそうです。十九時三十三分に、現場近くのコンビニで吉田さんが買い物をしている姿が防犯カメラに写っていました。あの炭酸飲料や菓子パンなどをお買いになったようです」

狛木は頷く。あのとき、触ってしまったペットボトルを持ち去ることも考えたが、現場に残したのは正解だったようだ。現場から見つからなかったら、第三者がいたことになってしまう。翡翠が言葉を続けた。

「そのあと、二十時十分ごろ、同僚の須郷さんから着信の履歴がありますが、吉田さんはこれには出ていません。おそらくこのときには既に亡くなっていて、電話に出られなかったのではないかと警察は考えているようです」

「なるほど。僕が最初に聞いたときより、詳しいですね。死亡推定時刻は、もっとざっくりしていた気がします」

「それで、あの日は夜遅くまで、狛木さんは会社でお仕事をなさっていたそうですね？　須郷さんとビデオ通話をされていたとか」

「ええ。僕たちが運営するウェブサービスのサーバーが、外部から攻撃を受けまして。たぶん、いたずらだったんでしょうけれど、新機能を追加した際に、こちらの処理にミスがあって、その弱点を突かれるようなかたちでサーバーサイドが落ちてしまったんです。その原因を突き止めたり、修正をするまでに時間がかかってしまって……。通話は二十時くらいから、修正の目処《めど》が立った二十三時くらいまでしていましたが、会社には二十四時過ぎまで残っていました」

「会社には、他に誰も残っていなかったんです？」

「うちは吉田の意向で残業を嫌うんです。あいつ自身が早く帰りたいからなんでしょうけれどね。毎日とはいきませんが、金曜日は、十九時を過ぎると誰もいなくなるのが普通です」

「それで、ここが、警察の人に言いがかりをつけられてしまったら、まずいと思うところなのですけれど……」翡翠はおずおずと言った。「会社には、お一人だったんでしょう？　ビデオ通話で、既にご帰宅されていた須郷さんと一緒にお仕事をされていた。でも、そのう……。ビデオ通話だと、はっきりとしたアリバイになりませんよね？　ほら、今は、背景を画像にできるソフトなんかもあるらしいですから」

「ああ、それは、須郷さんがちゃんと証言してくれるはずです。僕は背景を画像なんかにしてはいないですすし、間違いなく会社だったと言ってくれると思います。それに――」

「それに？」

「いや、ＩＴに詳しくない方には説明が難しいんですけれど、僕はこの社内からでしかできない仕事をしていたんです」

翡翠は不思議そうにきょとんとした。

「例の攻撃を受けたサーバーは、クラウド上にあるんです。要するに、この会社に実体があるわけではなくて、サーバー管理会社が管理しているどこかにあるわけです。そこにはネットワーク越しにアクセスするんですが、セキュリティの関係上、この会社のネットワークからでないとアクセスできないようになっています」

「会社からしかアクセスできないのに、攻撃を受けたのですか？」

「あ、いえ、そうですね、説明が難しいのですが、攻撃はウェブサービスの穴を突くようなもので、ＳＮＳに投稿するときのような通信に隠すことができるんです。サーバーへ不正にアクセスするわけではないので、やり方を知っていれば誰でもできる方法でした。穴を作ってしまっていたこちらに不手際があった」

なるほど、と口にしながら、きちんと理解できているのか、翡翠は必死になって手帳になにかを書き込んでいた。狛木はできるだけわかりやすいように、言葉を選んでいる。もちろん、嘘を交えるわけにはいかない。警察にもＩＴに詳しい人間がいるはずだし、齟齬《そご》が判明したら、狛木が怪しまれるかもしれない。

「なので、サーバー自体にアクセスするのは、社内からじゃないとできません。唯一、そうしたサーバーを管理している須郷さんだけは、いざというときのために自宅からアクセスできますけれど、それ以外の社員は社内からでなければ、たとえ吉田であってもアクセスできません。もちろん、外から会社を経由してアクセスする、といったこともできません。もし、世界一のハッカーが不正なアクセスをしたとしても記録に残るので、須郷さんが気づくと思います。そういうセキュリティなんです」

「なるほど、この会社からでないと、絶対にアクセスできない……」

「他にも開発サーバーや、ソースコードのあるリポジトリサーバー……。修正作業をするにはいろいろと触らなくてはいけなくて、それもやはりこの会社からでないと無理なんです。僕は二十時ごろから二十四時まで、ずっとその作業をしていました。攻撃を受けたのは偶然ですし、原因の調査と修正には何時間もかかってしまった。もし会社を抜け出し、往復二時間をかけて吉田の家まで行っていたら、とてもじゃないが復旧なんてできませんでしたよ。それは須郷さんや他の社員も同意してくれるでしょうし、記録にも残っています。警察にもＩＴに詳しい人がいるでしょうから、そうした人たちが調べてくれれば、ちゃんとしたアリバイだということがわかるはずです」

「なるほどです……。終わったのが、二十四時なんですね。では、その攻撃を受けていたサービスさんは、二十四時ごろに直ったのですか？」

「ええ。修正が完了して、二十四時には無事に再開できました」

「わかりました。それなら、鉄壁ですね。警察の人たちも、文句のつけようがないアリバイだと思います。安心しました」

「心配してくれるのは嬉《うれ》しいですが」

「あのう。先ほど、ミスがあってサーバーが落ちてしまったとおっしゃいましたよね。ミスというのは、ええっと、いわゆる、バグ、というやつなんでしょうか」

「ああ、ええ。よくご存知ですね」

狛木は微笑んだ。翡翠は困ったような表情で首を捻《ひね》っている。

「そのう、バグというのは、確か、プログラムさんの中の間違い、でしたよね？　プログラムが間違っていたのに、それまでずっと普通に動いていたんですか？」

なるほど、と狛木は頷く。確かに知識がない人には、そのあたりのことはよくわからないだろう。狛木は人差し指で机を叩きながら話す。

「僕は、いちばん恐ろしいバグというのは、プログラマーが認知できないバグだと思っています。普段は正常に動いているのに、特定の条件下になると動かなくなる……。普段は動いているので、その条件下になるまで壊れていることに気づけない。特定の条件というのも、はっきりしないので、再現することもできない。再現することができなければ、なにが原因で壊れているのかがわからずに、直す見当をつけられない……。人間の身体に置き換えてみるとわかりやすいかもしれないですね。癌《がん》のように、ずっと前から身体にあったのに、発見されるまで症状がなく、見つかったときには手遅れ……。そういう病気ほど、恐ろしいものはないでしょう？」

「はぁ、なるほど……」

わかっているのかいないのか、翡翠は真剣な表情で狛木の話を聞いていた。狛木は饒舌に解説を続ける。女性への話題の提供は困難だが、こういう得意分野のときだけは、すらすらと言葉が出てきてしまう。自分の話を美しい女性が熱心に聞いてくれているというのは、狛木に心地よさをもたらしていた。

「病気との違いは、バグは自然発生ではなく、人間のミスから生まれる、というところです。これはわかりやすい例ですが、数値しか受け入れられない関数に文字列が入ってきたり、単純に変数の綴《つづ》りをタイプミスしたり、コードに空白スペースが交ざっていたり……。プログラマー自らの失敗から生まれてしまうんです」

「そんなに、たくさん間違えてしまうものなのですか？」

「ええ」

狛木は笑って頷く。

「プログラムは思ったとおりには動かず、書いたとおりに動く……。僕の好きな、詠《よ》み人《びと》知らずの格言です。人間は些細なミスをたくさんしてしまう生き物です。当然、プログラマーだって人間ですから、コードを書く過程で気づかない失敗をしてしまいます。プログラムには意思も感情もありませんから、なにが正しくてなにが悪いのかはわからない。ただ書かれたとおりに動作する。だから、僕らは何度もコードを読み返し、ミスを見つけ出す努力を怠らない。多くのコードを書いて経験を積めば、同じ失敗をしないよう留意することもできるし、エラーの原因をいち早く探し出すこともできるようになる。コードを書くことはバグとの闘い、自分自身の失敗、愚かさを見つめることなんです」

「わぁ」

翡翠は表情を綻ばせて、両手を合わせた。

「なんだか、すてきなお話ですね」

「ああ、ええ、まぁ、そうでしょうかね」

狛木は素直に照れた。

「まぁ、そんな感じで、あのときはどこにバグがあるのか、須郷さんと一緒に探すのに一時間はかかりました。大規模な修正が必要だとわかって、コードを書き直すのにも、二時間近くはかかったかな……」

「一時間かけて、原因を調べて、二時間をかけて、直した……、という感じですか？」

「ええ。須郷さんに訊いてくださっても、同じことを言ってくれると思います」

「コードを直すっていうのは、どういう感じなのでしょう。普通のパソコンの……、ファイルの上書きみたいなものでしょうか？」

首を傾げながら、翡翠が訊いてくる。

「ああ、そうですね。ファイルを加筆して修正すると考えて間違いはありません。実際にはもっと便利なシステムがあって、修正をしたところの差分だけ、一気にファイルの上書きを反映させることができるんですけれどね」

調子に乗って、少し話しすぎてしまったかもしれない。

例の証拠とやらも気になる。そろそろ、話題を切り上げたい。

「あの、それで城塚さん。殺人を示す証拠というのは――」

もし、それが狛木の関与を示すようであれば、どうにかして隠滅しなくては。

「あ、そうでした。でも、その前にこれを見ていただきたいんです」

その前に？

翡翠はバッグの中から一枚の写真を取り出した。

焦《じ》れったい思いを抱えながら、狛木は差し出されたそれを覗き込んだ。

なんだろう、これは。

写真には、黒いテーブルかなにかの表面がアップで写し出されている。

その中央に、輪っかのような液体の痕跡があった。

「これは、吉田さんのパソコンデスクを写したものです。この輪っか状の痕跡は、なにかの飲み物の跡のようでデスクの左側にありました。マグカップから零れたものが底に伝って、そのあとでマグカップを取り除いたため、こうした跡になったみたいなんです。最初に現場に入った鑑識さんが、念のために撮影した写真の中に、これが交ざっていました」

狛木は、じっと写真を見つめる。翡翠の言いたいことが、よくわからない。

「これが、いったいなんなんです？」

「この部分を見てください」

翡翠の指先が、輪の一部分を示した。

「欠けているんです」

確かに、写真に写っている液体の輪は、右側の一部分が擦れたように欠けており、アルファベットのCのようになっている。

「たぶん、なにか細いもの……。犯人が、ペンのようなものをこの上に置いたために、そこが擦れて、こうした痕跡になったのではないでしょうか?」

「なるほど。なにかを置いたからこうした形状になった……。それはわかります。ですが、どうして犯人がやったと?　吉田が自分でそうしたのかもしれない」

「デスクには、ペンがなかったそうなんです。リビングにはホワイトボードに使うペンがありましたけれど、そのペンは太くて、もっと大きく欠けるはず……。だから、犯人がペンを使って、それを持ち去ったんだと思うのですけれど……」

流石《さすが》は素人探偵。

微笑ましい、とんちんかんな推理だった。

この痕跡は、狛木の犯行とはなんの関係もない。狛木はペンなんて持ち込んでいないし、デスクにそんなものを置いたりもしていない。ケーブルの類かと思ったが、自分はそうしたものを持ち込んでいないのだ。おそらくこれは吉田が残した痕跡だろう。吉田がペンをひとつも持っていないとは考えにくいから、たまたま見つかっていないだけだ。

「これが、殺人を示す証拠なんですか?」

狛木が訊いた。翡翠は、賛同を得られない気配を悟ってか、項垂れてしまう。

「はい……。なにか理由があって、ペンを持ち去ったんだと思ったんですけれど」

「そうだとしても、殺人犯を特定することはできませんよね。証拠にはならない」

「そうですね……」

翡翠は俯いて考え込んでいたが、やがて再びバッグを探り出した。

「でもでも、これを見てください。こっちは、無視できないものです。これが、お話ししたかった、殺人を示す証拠になります」

いよいよ、本命だ。

次に差し出された写真には、眼鏡が写っていた。

吉田がかけていた眼鏡だ。

鑑識が撮影したのか、狛木が置いたときと同様に、脱衣所のバスタオルの上で撮られている。

「これは、吉田の眼鏡ですかね。これが、どうしたんです？」

「ここを見てください」

翡翠が眼鏡のレンズを指し示した。

狛木は写真に顔を近づけて眼を細める。

「眼鏡のレンズに、吉田さんの掌紋があるんです」

そこで狛木は、自分のミスに気がつく。

「掌の、この位置ですね。この親指の付け根あたりです。どうして、そんな場所の掌紋が、眼鏡のレンズに残っていたんでしょう？」

「さぁ……」

狛木は首を捻る。

「誰かに頭を殴られて、咄嗟《とっさ》にその場所を押さえようとした。そのときに、掌が眼鏡のレンズに当たってしまった……。そうは考えられないでしょうか」

「そんな」狛木は笑う。「たまたま掌をレンズにつけてしまっただけかもしれませんよ。僕も眼鏡をしているからわかりますが、うっかり触って指紋をつけてしまうということはありえます」

「指先で触れてしまうのはわかります。けれど、掌をつけてしまったりするでしょうか？　それに、掌紋がレンズについていたら、かなり視界の邪魔になるはずです。そんな状態でお風呂場まで行きますか？」

「吉田は杜撰な男なんです。そういうことに無頓着《むとんちゃく》だとしても、僕は不思議に思いませんよ」

「リビングのテーブルには、眼鏡拭きがありました。すぐ近くに眼鏡拭きがあるのに、使わないでお風呂場へ行くでしょうか」

狛木は暫《しば》し考える。流石に否定ばかりでは苦しくなってきたかもしれない。

「なるほど……。確かに、そうですね。城塚さんの推理には一考の価値があるように思えます。でも、吉田が無頓着だったからという線も棄てきれないんじゃないかな。どちらにも等しく、可能性があるように思えるというか」

「これだけじゃないんです」

まだなにかあるのか。

三度、翡翠が写真をテーブルに出す。

「これは？」

「吉田さんのデスクの写真です」

今度は、前のとは違ってそれほどアップに写されてはいない。デスクの手前側を写したもので、吉田のパソコンのキーボードやマウスが黒いデスクに載せられているのがわかる。

「いたって普通の写真に見えるけれど……」

「実は、事件現場の資料を見ていたら、おかしなことに気づきました」

「おかしなこと？」

「はい。デスクの手前側、この縁のあたりだけ、指紋が拭き取られていたんです。キーボードやマウスには、くっきりと吉田さんの指紋が残されていたのに、です」

まさか、初動捜査でそこまで調べられていたのか、と狛木は愕然《がくぜん》とする。

「どういうことです？　僕には、あまりおかしいように思えないけれど」

「吉田さんは、帰宅後にパソコンを使って、ネットで買い物をしていました。つまり、死亡直前にパソコンを使っているんです。それなのに、デスクの縁には拭き取られた形跡がある……。普通は、吉田さんの指紋なり、掌紋が出てくるはずなんです。おかしいと思いませんか？」

狛木は翡翠の言葉を吟味して、辻褄《つじつま》を見つけ出そうとする。

「吉田が、飲み物かなにかを零したんじゃないかな？　それで、デスクの縁だけティッシュかなにかで拭いたんだと思う。そうすれば、指紋が残っていなくてもおかしくはない」

「そうかもしれませんね、ですけれど……」

「仮に、誰かがデスクを使ったのだとして、それがなんの証明になるんです？」

「それは、まだ、わかりませんね、けれど……」

「城塚さん」

狛木は姿勢を正し、翡翠に向き直る。

気を落とした様子の彼女の表情を覗き込んで言った。

「その、僕らの役目はここまでじゃないでしょうか。警察が再捜査を検討してくれているのなら、あとは彼らに任せるべきかなって。吉田も、それできっと満足してくれると思う」

翡翠は俯いた。

「すみません……。わたし、一人で空回りをして、お仕事をしているところに押しかけたりして」

どうにも、話には聞いていたが、女性というのは感情の浮き沈みが激しいらしい。そのコントロールを億劫だなと感じながら、狛木は慌てて言葉を続ける。

「いや、いいんです。そのう、えっと、城塚さんの推理はとても鋭くて興味深かったですし、お話ができて僕は嬉しかったです。ええと、プログラミングの話を、ぺらぺらしゃべってしまって、申し訳なくもあったけれど」

翡翠は小さく笑った。

「あのお話、とても面白かったです。わたしも、プログラミングを勉強したくなりました」どうやら機嫌を直してくれたらしく、彼女は笑顔を見せる。「自分で書いた文章がパソコンを動かすなんて、魔法の言葉みたいですてきです。わたしにもできたら、新しく仕事先を見つけるのにも、役立つかなって」

「もしよかったら、お教えしましょうか」

「え」

きょとんとした表情を見て、狛木ははっとする。

しまった、社交辞令だったか。

反射的に言ってしまっていたが、それを考慮するべきだった。

だが、少しの間を置いて、翡翠は花が咲くような笑みを浮かべてみせた。

「わぁ。よろしいんですか？」

「あ、ええ、もちろん」

これは願ってもない機会だ、と狛木は思う。

これ以上、翡翠の素人探偵に付き合っていくのは危険だった。狛木の犯行を示す物証はなく、自分にはアリバイもあるが、この先なんらかの能力で自分の犯行を気取られてしまう可能性は否定できない。だが、現段階では吉田の亡霊は自分に悪夢を見せるだけだし、翡翠に具体的なことを伝えることもできていないようだ。深入りをせずに現状を維持しておけば、なんとかなるだろう。しかし捜査に協力しないとなると、翡翠と一緒にいられる理由がなくなってしまう。

けれど、プログラミングを教えるという口実があれば……。

自分の身を案じて、会社にまで押しかけてくれるくらいだ。

きっと彼女の心を摑むまで、あと一押しに違いない。

やっぱり、自分には運がついている――。

翡翠の笑顔を見て、狛木は晴れ渡る未来を夢想していた。

*

早朝の時間を利用して、カフェで少しずつ翡翠にプログラミングを教えることになった。

残念ながら、毎日というわけにはいかない。彼女にも予定があり、初回を迎えるまでに数日の間が空いてしまった。その数日の間に、狛木は自身の日常が陰り始めていくのを感じ取っていた。吉田の不審死を警察が調べ直しているらしく、ジェムレイルズに再び刑事が出入りするようになったのだ。狛木を含めて、数人のアリバイを確認するような真似《まね》をしているらしい。須郷も、アリバイを訊ねられたという。もちろん、狛木のアリバイは崩れない。むしろ警察自らが須郷たちから証言を取ったことで、より強固になったはずだ。それに警察は、殺人の決定的な証拠を摑んだわけではなさそうだった。僅かながら疑いがある、といった程度だろう。

相変わらず、悪夢は続いていた。寝つきが悪く、金縛りに遭うことも多い。吉田の怨念《おんねん》はいつになったら消えるのだろうか。これがいつまでも続くのだとしたら、たとえ犯罪が露見しなくとも、罰を受けているようなものだ。だが、そんな中だからこそ翡翠との日常は、狛木にとっての大きな安らぎになっていた。

翡翠は、ノートパソコンを持っていないという。流石に、いきなり高価なものを買わせるわけにはいかないので、学習には狛木のノートパソコンを利用することにした。

今、翡翠はカフェのボックス席で、狛木の隣に腰掛けている。

そうして、ノートパソコンの画面と睨《にら》めっこを続けていた。

これは、基本的な操作から教えてやる必要があるらしい。

まるでカップルのように彼女と横並びに座ることに、狛木は高揚感を覚えていた。通勤前にカフェで食事を済ますサラリーマンはそれなりにいて、そうした男たちが嫉妬交じりの視線を向けてくるのを嫌でも感じとってしまう。それは、これまで狛木自身が向けていた種類の視線だった。まさか、自分がその視線を向けられる立場になるなんて。

すぐ傍らで、翡翠は狛木と共にノートパソコンの小さな画面を覗き込んでいる。甘く心地よい香り。服の名称はわからないが、胸元や肩のあたりが半ば透けたブラウスは、彼女の白い肌のきめ細やかさを、狛木へと間近に伝えている。狛木は自分が少年のようにどぎまぎしていることに気がついた。なんとか、パソコンの画面に集中しなくてはならない。肩が触れ合うほどの距離で、狛木は丁寧に操作を教える。翡翠は呑み込みが早く、理解を示すと表情を輝かせて、狛木を見て笑った。今日の彼女は眼鏡をかけていない。その瞳の美しさに呑まれそうになって、狛木はすぐ視線を背けてしまう。

なんだか、青春を取り戻しているような気分に陥《おちい》った。

吉田に封じられ、奪い取られていた青春。

いつも、狛木は歯がみしながら見ているばかりだった。懐《なつ》かしい教室の眩しさと騒々しさは自分には縁遠いものだと諦めて、両腕で世界を覆い尽くし、机に伏して耐え忍んでいるばかりだった。少しでも声をかけようものなら、吉田に睨みつけられ、みんなから嘲笑されたのだ。

やつを殺すことで、自分はようやく失った時間を手に入れることができた……。

「ううーん、なるほどです。わかったような、わからないような」

翡翠は真剣な表情でディスプレイを見つめている。すぐ近くにあるその横顔を、狛木は愛《いと》しい気持ちで見つめていた。だが、そろそろ仕事の時間が迫っている。

「大丈夫。城塚さんは、なかなか筋がいいです」

「本当ですか？　わたし、お仕事にきちんと活かせるのか、少し不安で……」

「プログラミングは、論理的思考を育むのにはうってつけです。この情報化社会において、習得して損することはありませんよ。とはいえ、時間ですし、今日はここまでにしておきましょうか」

「あ、はい」

翡翠に教える言語を考えなくてはならないな、と思った。Pythonか、Rubyか、手軽さと実用性から考えるとJavaScriptか。だとするとTypeScriptを最初から教えた方がいいが、いきなり型の概念を理解してもらうのは大変かもしれない……。

「あの、そういえば、また捜査に進展があったんです」

「え？」

気づくと、傍らの翡翠が大きな瞳をこちらに向けていた。

どうやら、翡翠はまだ諦めずに吉田の事件を追い続けているらしい。

「現場のコンロに、漢方の煎《せん》じ薬《ぐすり》を煎じている途中のものが残されていたんです。土鍋に入っていて……。煎じ薬って、どういうものか、おわかりになります？」

「ええ、あの、どす黒くて、臭いがきついやつでしょう？」

「はい。わたしも子どものころに飲んだことがありますが、また挑戦する気分にはなれません」

翡翠が顔を顰めて言う。

「それで、その鍋がコンロに残されていたそうなのですが、吉田さんは亡くなった前日に、いつも通っていた漢方薬局で薬の処方を改めてもらったそうなんです。そして、その煎じ薬の飲み方なんですけれど……。あれれ」

翡翠は、呆然とした表情で狛木を見ている。

狛木は、今日の役目を終えたノートパソコンをスリープに入れて、鞄へと片付けながら翡翠の話を聞いているところだった。唐突に、きょとんとした表情を見せた翡翠を怪訝に思って、訊き返す。

「どうしました？」

「おかしいです。狛木さん……。どうして、あの煎じ薬が黒いって、ご存知なのです？」

「え」

狛木は呼吸を止める。

嫌な汗が、じわりと脇に滲《にじ》み出した。

「漢方の煎じ薬といえば、どちらかというと濁《にご》ったオレンジ色に近いものになるのが普通です。漢方医さん曰《いわ》く、あの処方は珍しいものだったそうです」

前に吉田の家で見たことがある。

という言い訳を、狛木は呑み込んだ。

吉田が、いつから漢方薬を飲み始めていたのかわからない。漢方に凝り出したのがここ一ヵ月以内なのだとすれば、最近は吉田の家を訪れたことがないことになっている狛木の言葉は矛盾してしまう。

「や……。それは、たまたまでしょう」

狛木は笑って言う。ハンカチで、額の汗を拭った。

「その、親父《おやじ》が昔飲んでいたことがあって。そのとき、たまたま黒っぽいのを飲んでいたものですから。漢方の煎じ薬といったら、それくらいしか見たことがなかったんです。なるほど、普通はオレンジ色なんですね」

「わぁ、なるほど、偶然さんですね」

納得してくれたのか、翡翠は首を傾げて笑う。

「や、それで……。えっと、それがどうしたんです？　漢方が、手がかりなんですか？」

「あ、そうなんです。漢方医さんがおっしゃる飲み方というのが、一日ぶんの薬を夜に四十分ほど煮込んで、完成したら冷蔵庫で保存し、翌日に二回か三回に分けて飲む――、というものなんだそうです」

「はぁ」

「吉田さんは、翌日分の薬を煮出すために、コンロで火にかけていたのです。わたしは、これも殺人を裏づける証拠だと思うんです」

「なぜです?」

「事故だとしたら、吉田さんは薬を煮出すため、四十分ほどコンロの火をそのままにするつもりでお風呂に入ったはずです。けれど、遺体発見時、コンロの火は消えていました。調べたところ、煎じ薬は二十分ほどしか煮出していない状態だったようです。コンロの火は自動的に消えたのではなく、誰かが消したのです」

「それは、つまり……。何者かが吉田を殺したあと、コンロの火を消した、ということですか」

「はい。火事にならないよう、気を遣ってくれたのかもしれません」

狛木は自分の行動を悔《く》やんだ。これは明確な自分のミスだ。

実際のところ、火を消したのは、心理的な影響が強い。

悪臭が湧き立つあれを煮出すための火を何時間も点けっぱなしにして、あの場所に留まりたくはなかったからだ。

「第三者があの場にいたことを示す証拠が、複数出てきました。警察も、いよいよ本腰を入れて殺人事件として断定し、捜査することになると思います」

ついに、警察が殺人事件と断定する……。

「なるほど。そういえば……、あのペットボトルはどうだったんです?」

「それが」翡翠は残念そうに項垂れた。「証拠になりそうなものは、見つからなかったんです」

「そうですか」

狛木は笑う。翡翠は自分にとって幸運の女神なのかもしれない。考えてみれば、彼女がいたからこそ、狛木はペットボトルの存在に気づき、証拠を隠滅することができたとも言える。

「まぁ、警察が動き出すなら、喜ばしいことですよ。それで吉田が救われるとよいですね」

まだ、大丈夫だ。

むしろ、狛木は余裕のようなものすら感じていた。

自分にはアリバイがある。そしてなにより、狛木の犯行を示す物証はなにひとつない。自分は注意深く行動したのだ。物証などあるはずもない。防犯カメラに写りそうなルートは念入りに避けたし、帽子やサングラスで変装もしていた。スマートフォンの位置情報はオフにしていたし、機内モードにもしていた。吉田の家のWi-Fiを利用したが、あのルーターは接続情報を保存できないタイプで、電子的な証拠は残っていない。アリバイ確保のために使ったビデオ通話のサービスは機密性が高く、記録が残らないタイプになっている。狛木を示す物証は、どこにも存在しないのだ。

警察が、自分を捕まえることなどできるはずがない。

自分はこれから、この可愛らしい彼女と共に、人生を取り戻すのだから——。

＊

千和崎真は、タワーマンションの豪奢《ごうしゃ》なリビングで報告書を作成していた。

様々な経緯と実績から、城塚翡翠には警視庁が扱う事件に介入するいくつかの権限が与えられている。だが、もちろんというべきか、その権限と引き換えに報告書の提出が義務づけられていた。違法行為がないかどうか、精査するためだろう。もちろん、城塚翡翠という女が自らそんな報告書を書くはずもなく、それらはもっぱら真が担当する仕事だった。事実をありのまま書くわけにはいかないので、なるべくあたりさわりのない内容に変換する必要がある。翡翠の捜査は荒《こう》唐《とう》無《む》稽《けい》なものなので、真はいつもこの報告書に頭を悩ませていた。まだ事件が解決してない途中段階だからよいものの……。

　一段落つけて、テーブルに置いたノートパソコンから顔を上げる。

　翡翠はといえば、だらしなくソファに寝そべって、死体みたいに大の字になっている。彼女は一枚の写真を手にし、それと睨めっこをしながら、うんうんと唸っていた。暑いのか薄手のルームウェアをまとっていて、男が見たら喜びそうではあるが、真からするとどうにもだらしない格好をしているようにしか見えない。

「なにを見てるの？」

「証拠写真です」

　翡翠はカエルがひっくり返ったみたいな姿勢のまま、真を見ずに答えた。

「ここに、なにか詰めの一手が隠されているような気がするんですが……」

「デスクのC？」

「はい。このマグカップから溢れたものは、漢方の煎じ薬を煮出したもののようです。前日に作ったぶんを飲んだのでしょう。けれど、どうして一部分だけ欠けているのか。狛木の反応を見るに、当人にもまるで心当たりがなさそうです。だからこそ、物証を探すために攻めるなら、ここだと思うのですが。ああ、もう、このわたしがこんなに悩まなくてはいけないなんて……」

「狛木がデスクでパソコンを使ったんだとしたら、なにかのケーブル類なんじゃない？」

「その可能性は既に考えたのですが、ケーブル類であれば片付けるときに狛木が気づいたことでしょう。このCの痕跡も、もっと擦れるはず……」

翡翠は写真を眺めながら呻いている。

真は立ち上がる。肩がこったので、軽く肩甲骨を開いて、ストレッチをする。

「もう遅いけれど、今日はあのマンションに戻らなくていいわけ？」

翡翠は愛らしい唇を尖《とが》らせて、こちらをちらりと見遣《みや》った。

「一日くらい構いませんでしょう。そう何日も殺人犯の部屋の隣で寝るのはごめんです」

「アリバイ崩しは放っておいていいの？　狛木が犯行現場からのビデオ通話を、会社内からのものように見せていたとしても、実際に社内からじゃないとできない仕事を何時間もしていたんでしょう？」

訊くと、翡翠は片手をひらひらと動かして言う。

「あんなもの、アリバイと呼べるほどではありません。勘のいいミステリ読みなら、冒頭を読んだだけで気づいてもらわなければ困ります」

「あっそ」

なんだ。それはべつに問題ではないのか。

翡翠が問題にしているのは、あくまで物証探しなのだろう。

「でも、どうやったっていうの？　なんだか話を聞いているだけだと、アリバイを崩すには専門的な知識が必要そうな気がするけれど」

「知識がないと複雑なように思えるかもしれませんが、条件の整理をすれば答えは簡単に見えてきます。真ちゃんにも解けるように、このわたしが解説するとしましょう」

「それは、まぁ、助かるけれど」

アリバイ崩しは、報告書に記載しなくてはならないだろう。真も理解しておく必要があるに違いない。

「アリバイを構成している条件はこんなところです。第一に、プログラムにはバグがあり、そこに外部からの攻撃を受けて会社が運営するウェブサービスに不具合が発生した。第二に、その不具合の原因の調査と修正は社内からでなくては絶対にできない。第三に、調査と修正には合計で三時間を要する。第四に、それだけの時間を要することを同僚の須郷さんも証言している。第五に、須郷さんとのビデオ通話は二十時から二十三時まで行われた。第六に、狛木は二十四時まで会社に残っていたと証言しているが、第三者はそれを確認できていない。第七に、サービスは二十四時に復旧した。第八に、会社から犯行現場までは片道一時間かかる……」

ソファでだらしなく仰向けになったまま、翡翠はすらすらとそう述べた。

翠《みどり》の瞳が、こちらを見ている。

「ほら、この条件の隙を突けば簡単でしょう？」

「いや、さっぱりわからん」

真が言うと、翡翠は唇《くちびる》を尖らせた。

「それでは困ります。真ちゃんにも、わたしのように名探偵の論理を身につけてもらわないと」

「頭を使うのは苦手なの」

真は肩を竦《すく》めた。翡翠の真似事をするのは気が乗らないのだ。名探偵のような思考なんて、自分にできるはずもないだろう。だが、翡翠は真に、考えることを放棄してはならないと口を酸っぱくして言う。今回も自分で考えろと言いたいのか、彼女は真に答えを教えてくれるつもりはないらしい。

彼女は手にした写真との睨めっこを再開すると、またうんうんと唸り出してしまった。

「なにか糖分でもとったら？」

言いながら、真はキッチンへ向かう。

自分も糖分を欲していることに気づいたのだ。

冷蔵庫には、真が午前中に並んで買った限定デザートのプリンが眠っている。

こうして疲れたときのために、取っておいたのだ。

翡翠のぶんも、持っていってやるとしよう。

真は冷蔵庫を開ける。

真は冷蔵庫を閉めた。

早足で、リビングへ戻る。

「ちょっと、翡翠！」

翡翠はひっくり返ったまま、逆さまの顔を真に向けた。

「はい？」

「プリン！　プリンがなくなってるんだけれど！」

「ああ」

翡翠は得心したように声を漏らすと、ようやく身体を起こした。

ソファの上で居住まいを正し、小首を傾げる。

「てへぺろこっつんこです。先にいただいちゃいました」

ちろりと舌を出して、そう言った。

こいつ。

「先にって、四つもあったんだぞ！」

「頭を使うのが苦手な真ちゃんと違って、わたしは頭脳を使うのが仕事ですから。ときには急速に糖分を補給する必要があるんです」

しれっとした表情で、そう言ってのける。

「あんたが命令だって言うから、クソ暑い中、並んで買ったっていうのに……」

「真ちゃん、最近ちょっと太ってきた気がしますし、ダイエットのお手伝いをしてあげようと思って」

「はぁ？　だからって一気に四つも食うか？　もういい。腹が立った」

真は視線を巡らせる。

殴るのに使えそうなものが見当たらない。

仕方がないので、テーブルに載っていたそれを畳んで、勢いよく振り上げた。

翡翠が慌てて飛び上がり、逃げようとする。

「ちょっ、ちょっと待ってください。真ちゃん、それは流石に痛いのでは」

「手かげんするから」

真は翡翠に躙《にじ》り寄る。

「ちょっと待ってください、真ちゃん」

「いや、一発くらいいいでしょう。やらせなさい」

「セリフがひどすぎます」

「いいから」

真は手にした凶器を掲げる。

翡翠の双眸が煌めいた。

「さもなければすぐに謝って――」

「ちょっと待って真ちゃん！」

「待たない」

「違います。待って！　そのまま、待ちなさい」

急に、声に真剣なものが孕んだことに気づいて、真は訝《いぶか》しんだ。

仕方なく、手を下ろす。

「違う。手を上げなさい。そのまま」

首を傾げながら、真は指示に従った。翡翠が真剣な表情で近づいてくる。

それから、城塚翡翠は笑った。

けらけらと、笑い出す。

真は苛立って、彼女の頭頂部をそれで叩いた。

もちろん、手かげんをしたが、そこそこ小気味よい音が鳴る。

しかし、翡翠は笑っている。

もともと不気味な女だが、こうしてみると更に不気味だ。

「なにがおかしいわけ？」

「いいえ、気にしないでください。真ちゃん、お手柄《てがら》ですよ」

「なんなの？」

問いかけると、翡翠は笑いながら身を翻した。真から離れた位置に立って、嬉しそうに声を上げる。

「ちゃーらーん」

なぜかヴァイオリンを弾《ひ》く真似をしてみせた。ときどきする翡翠の仕草《しぐさ》なのだが、真には意味がわからない。きっとシャーロック・ホームズの真似なのだろう。

城塚翡翠の眼が、妖《あや》しく光る。

「さて、紳士淑女の皆さま、お待たせしました。ここからは解決編です。すべての手がかりは提示されました」

いつもの様子を見て、真は得心する。

どうやら、報告書に書かなくてはならない事項が、一気に増えるらしい。

翡翠は両手の五指の腹を合わせると、その先端が真へ向けられるように突き出す。

「犯人は自明。ただし、わたしはこう問いかけましょう。はたして、あなたは探偵の推理を推理することができますか?」

翡翠はリビングを緩やかに歩きながら、高々と宣言した。

「要点は二つ。勘のいい皆さんはもうおわかりですね? 狛木繁人はどのようにアリバイを確保したのか。そして、デスクのCが示す物証とはなんなのか――」

翡翠は、花が咲くような仕草と共に指先を開き、いたずらげに微笑む。

「ヒントは、プログラムは思ったとおりには動かず、書いたとおりにしか動かない。城塚翡翠でした――」

いつもながら、なんなんだこの小芝居は。

透明なスカートの端を摘まんで、淑女風の礼をする翡翠を見つめて――。

照明でも落としてやればよかったかな、と真は考えていた。

＊

狛木繁人は、得体の知れない不安を抱えながら、吉田のマンションへと向かっていた。

「お話ししておきたいことがあるんです……」

真剣な声音で、城塚翡翠からそう呼び出されたためだった。

翡翠の様子の変わりようときたら、どうしたのだろう。今朝のプログラミングの勉強では、いつになく上機嫌で、ころころと笑っていた。ノートパソコンが欲しくなったらしく、狛木のノートパソコンの重量やスリーブケースを確認していた。狛木は、女性にはもう少し軽いタイプがいいだろうと信頼できる機種をいくつか勧めた。仕事の休憩中に、もう少し詳細なリストを用意していたところだったのだが……。

いったい、どんな用件だろう。捜査で新しい事実が発見されたのなら、これまでどおりそう言うはずだ。あんな真剣な声になるはずがない。だとしたら……。

まさか、物証なんて出るはずがない。

フロアに辿り着き、吉田の部屋の扉を開ける。

室内には、城塚翡翠が佇《たたず》んでいた。

「城塚さん――」

「ようこそ」

翡翠は、軽く膝を折る古風なお辞儀をする。女性からそんな一礼を受けたのは初めてで、狛木は呆然と玄関に突っ立っていることしかできない。

「いったい……。どうしたっていうんです。いや、鍵は？　どうやって入ったんですか」

「警察の方に入れていただきました。こちらへどうぞ」

翡翠に招かれて、リビングに通される。

翡翠はリビングのソファを示した。

「お座りになって」

訝しみながら、狛木はそこに腰を下ろす。

翡翠は、窓辺へと近づいた。

「単刀直入にお伺いしたいと思います」

横顔を向けて、狛木へと、訊いてくる。

「狛木繁人さん。あなた、吉田直政さんを、殺害しましたね？」

「なに、を……」

狛木は、呆然として呟いた。

翡翠の様子が、おかしい。

その眼差しに、いつもの稚《いと》けない輝きが覗えない。

どうしてだろう。今日は眼鏡をかけていないせいだろうか？

いや、むしろ——。

翡翠は微笑みすら浮かべているというのに、その瞳に宿るのは、殺人を犯した者を糾弾するような冷厳なる光だった。

そしてなにより、その瞳は、碧玉《へきぎょく》色の色彩を放っている……。

それはまるで、まったく違う人物に憑依《ひょうい》されてしまっているかのようで——。

霊媒、という言葉を連想した。

霊媒師とは、死んだ者の魂をその身に宿し、まったく別人のように振る舞うという。

あの愛らしい翡翠が、傍に寄り添う邪悪な魂に支配されている。そんな想像が頭をよぎった。

「どうして、そんな、ことを」

真実を突かれたことよりも翡翠の変化に大きく動揺し、狛木はぎこちなく笑いながら言葉を紡ぐ。ぶくぶくと、汗が身体中から噴き出てくるのを感じた。なぜ、そんな、確信に満ちた表情で、そんなことを彼女から告げられるのか——。

「そんなはず、ないでしょう。まさか、霊能力で知っただなんて、言わないでくださいよ」

ハンカチを取り出し、狛木は笑いながら額を拭う。

だが、もし、霊視によって真相を知ったのだとしたら。

吉田の口が、真相を告げたのだとしたら。

警察は、翡翠の言葉を信じるだろうか。

これまでの実績から、信じるのだろう。

だとしたら……。

殺す、べきか。

ここで殺して、口を封じれば?

いや。だめだ。まだ殺せない。

狛木はエレベーターを使った。防犯カメラに写ってしまっている。それに、翡翠は警察から鍵を借りて部屋に入ったという。それなら、警察は翡翠がここを訪れたことを知っているだろう。

ここは犯行現場にできない。それなら……。

「いいえ」

思考を巡らせる狛木をよそに、翡翠はかぶりを振った。

「残念ながら、わたしには霊能力がありませんので、それは不可能というものです」

思索の海に流されて、その言葉を、聞き流しそうになった。

「え……？」

呆然と、狛木は呟く。

「現場写真を見せていただいた際に、わたしが最初に着目したのは、そこのテーブルにあった僅かな水滴の痕跡でした」

翡翠は、静かに片手を差し伸べて、リビングにある背の低いテーブルを示す。狛木の視線がそこに辿り着くのを待ち受けていたかのようなタイミングで、翡翠はその手を上げた。人差し指を掲げて、それを指揮棒のようにくるくると舞わせながら、語り出す。

「テーブルがあまり片付けられておらず、埃に塗れていたため、時間が経過したあとにも水滴の痕跡が残っていたのでしょう。それはつまり、濡れたペットボトルか、グラスの類が置かれてあった可能性を示します。ところが、該当するサイズのグラスは室内になく、ペットボトルはゴミ箱に見当たりません。事件とは無関係の可能性もありましたが、念のために冷蔵庫の中を調べてもらうことにしました。そこで例の炭酸飲料を見つけたのです。キャップが開いていたことには、すぐに気づきました。初動捜査のあとではありましたが、指紋を無事に採取することに成功し、僅かに吉田さんの指紋が残っていたことが判明したのです……。ところが、ところがですよ。面白いのは、ここからです」

翡翠が、両手をひらひらと動かし、小さく首を傾げた。

ピンクの唇が、清純な彼女に不釣り合いな、不敵な笑みを浮かべる。

「ペットボトルの上部からは、いっさいの指紋や掌紋が検出されませんでした。結露の影響ではなく、キャップからも見つかりません。あれれ？　おかしいですね？　キャップが開いているということは、誰かがこのように、ペットボトルの上部を手にして、捻ったということになります」

翡翠は、パントマイムの要領で、ペットボトルを開ける仕草を見せる。

「それにもかかわらず、指紋や掌紋がボトルの上部になにひとつ残っていない。キャップが開いているのに指紋が残っていないということは、つまり何者かがそれらを拭い去ったということです。吉田さん本人がわざわざ指紋を拭き取るはずはありません。キャップが開いていることに気づかなかった何者かが指紋を拭き取ったのです。ペットボトルが死亡する直前に被害者によって購入されたことを鑑《かんが》みると、これは紛《まぎ》れもなく、犯行現場に第三者がいた証拠となるのです」

「なん……」

口を開く狛木を無視して、翡翠はリビングを横断する。彼女は自身の人差し指を、ウェーブしている髪に巻きつけながら、とくとくと語った。

「他にも、眼鏡の掌紋、指紋を拭き取られたデスク、残された煎じ薬など、犯人は様々なミスを犯しています。吉田さんが転倒して溺れたのなら、浴室の壁にも水滴が散って、その痕跡《そまつ》が残るはずなのですが、現場写真を見るに、それもありません。ううーん、まぁ、あまりにお粗末なミスを並べて犯人を責めるのは、可哀想《かわいそう》だからここまでにしてあげましょう」

含み笑いを浮かべる翡翠を、狛木は呆然と見上げる。

「君は……。霊能力が、ないって言ったのか」

狛木の言葉に、ようやく翡翠はこちらに眼を向けた。

美しい髪に巻きつけていた指先の動きが止まり、反動でしゅるりと髪のウェーブが元のかたちに戻る。その動きと共に、翡翠は生真面目《きまじめ》な表情で頷いた。

「はい。ありません」

「どういう、ことだ……。僕を、騙していたのか？」

「それに関しては、お詫びします。申し訳ありません」

翡翠は小首を傾げて、僅かな間、瞼《まぶた》を閉ざした。

「けれど、あなたも人を殺したことを黙っていらっしゃったのですから、お互いさまというものですよね？」

「馬鹿な、いや、それなら、なぜ……」

なぜ、自分のところへ？

最初から、疑われていたのか？

「どういうつもりで、君がそんなことを言っているのか、僕にはよくわからないが……。僕は、犯人じゃない。警察も、それはわかっているはずだ。僕には、アリバイがある……」

翡翠は静かにかぶりを振った。

「残念ながら、あなたのアリバイは、成立しません」

「馬鹿な」

「今ごろ、警察の方が検証していることでしょう」

「いや、僕は間違いなく、会社にいたんだ」

「あなたは、この部屋から須郷さんとビデオ通話をしていたんです。会社にいたわけではありません」

「いや、僕は会社にいた！」

勢い込んで否定する狛木に対し、翡翠は笑みを浮かべながら早口で捲《まく》し立《た》てていく。

「いいえ。いいえ。あなたはここにいたのです。よろしいですか、よろしいですか。吉田さんのデスクの状況を思い返してください。キーボードやマウスには吉田さんの指紋がくっきり残っていたのにもかかわらず、デスクの手前の縁の周辺だけは、指紋が丁寧に拭い取られていた――。いったい、どうすればそんな状況になるでしょう？」

くるくると人差し指を回し、翡翠は洋室にあるパソコンデスクを指し示す。

「たとえば手袋を使うなどして犯人が吉田さんのパソコンを使ったとするなら、吉田さんの指紋がキーボードにくっきりと残ったままなのはおかしいのです。手袋でキーボードやマウスを触ったとしたら、吉田さんの指紋が擦れて、消えている箇所が散見されなければ不整合です。そうはなっていないということは、犯人は吉田さんのキーボードやマウスを使わなかったと考えられます。それにもかかわらず、犯人がデスクの縁をわざわざ拭っているということは、手袋をせずにデスクを使わなければならなかった理由があるはずなのです。それなら、考えられる結果はこうです。犯人は吉田さんのキーボードとマウスをどかしたのでしょう。そして空いたスペースで、なにか別の作業をした……」

まるでその光景を見られていたかのような気分になって、狛木は呼吸を止めていた。

翡翠は首を傾げて、眼をしばたたかせた。言葉を捲し立てていく。

「あれれ？　でもでも、おかしいですね。よく考えてみてください。犯人は必要以上に指紋を残したり、拭ったりはしていません。浴室や吉田さんの遺体からは指紋が出ていないのですから、手袋を用意して作業していたはずです。それなのに、どうしてデスクの縁を拭き取る必要があったのでしょう。最初から手袋をしていれば、拭き取る必要なんてないのに、どうして？　これは見逃せない不整合です」

狛木は、唖然としたまま、早口で語る翡翠を、見上げることしかできない。

なんだ？

なんなんだ？

この女は……。

「わたしはデスクの様子を見て、一分くらい悩みました。結論に導いてくれたのは、新品のラグと、その毛がキャスターに絡んでいたホワイトボードです。犯人は、ホワイトボードを動かした。なぜでしょう？　わたしは、これを動かすことで犯人がなにかをしたかったのではないか、と考えました。すると、関係者の中にただ一人、ビデオ通話を理由にアリバイを主張している人がいる。犯人はホワイトボードを動かし、それを背にすることで、自分が会社にいるように通話相手を錯覚させたかったのだとしたら。人間は無意識のうちに、手で顔を触るものです。手袋をしたままだと、ビデオ通話をしている間に、それが映って不審に思われてしまう。そのために、犯人はやむを得ず手袋を外さなくてはならなかったのではないでしょうか――」

「いや……」

狛木は反論の糸口を探しながら、汗を拭って言う。

「その推理には、穴がある。僕がここで須郷さんとビデオ通話をしていたとしても……。クラウド上にあるサーバーには、社内のネットワークからでないとアクセスできないからだ」

「ええ。そのようですね。それは、警察の専門家も調べて、そう結論したようです」

「なら」

「けれど、わたし、ふと思っちゃったんです。その作業をするのに、何時間も会社にいる必要が、本当にあるのかしらって――」

「馬鹿な、サーバーにアクセスせずに、どうやって」

「プログラムは思ったとおりには動かず、書いたとおりにしか動かない――」

邪悪な気配すら感じられる笑みを浮かべて、翡翠が言う。

狛木は、その言葉に息を呑んだ。

「プログラムのバグは、病《やまい》のように自然発生するものではなく、人間のミスによって生じる。それを教えてくれたのは、狛木さん自身でしたね。あのお話、奥が深くて、とっても面白かったです。それならば、とわたしは考えました。それならば、それならばですよ？　予《あらかじ》め不具合が起こるように、意図的に間違いを書いておいたらどうなのかしらって――」

「それ、は……」

「バグの発見に気づいたのは、誰かのいたずらが原因のようですね？　それで、サーバーのアプリケーションが落ちてしまった。では、こうも考えられますね。そこを攻撃すればサーバー側が落ちる、という状態を事前に用意して、そのときが来たら自分自身でそこを攻撃すればいい」

ぎらりと、翠の瞳がこちらを射竦《いすく》める。

狛木は目の前が暗くなっていくのを感じていた。

なんだ、この女は……。

「自分で用意したミスなのだとしたら、どこをどう直したらミスが修正できるのかわかるはずです。何時間も調べたりする必要がありません。そして……、そしてそして？　そのコードを書き直すのに何時間もかかるとしても……。予めその修正したものを用意しておけばよいのです。あなたは須郷さんと通話をしながらコードを直す作業をしているふりをして、その実は、なにもしていなかったのです」

翡翠は立てた人差し指に、くるくると自身の髪を巻きつけていく。

彼女は少し、気の毒そうに笑ってみせた。

「可哀想に、須郷さんだけが自分に割り振られたぶんをせっせと修正していたのです。彼が言うには、それらの差分は最後に狛木さんが一気に反映させたそうですね。あなたの主導で組んだプログラムなのだとしたら、そうしたコントロールは可能だったでしょう。あなたは二十三時までここで須郷さんとおしゃべりをしたあと、通話を終えると一時間かけて会社に戻り、深夜零時、社内からサーバーにアクセスして、事前に用意しておいた修正ファイルを反映させたんです。知り合いに聞いたのですが、専門用語でなんと言いましたか？　ええと、マージしてコミット？　そうしてデプロイ？　エンジニアとして一流の狛木さんとしては、どうですか？　なにか矛盾がありますか？」

狛木は、反論ができなかった。

邪悪に嗤う女を、唇を噛みしめて、どうにか睨みつける。

「いや……。それは……。そう考えることもできる、というだけだ。僕が、この場所にいた証明にはならない。なんの証拠にも、ならないはずだ」

「そうでしょうかねえ」

翡翠は首を傾げた。

「僕が犯人だと言うのなら、証拠を見せてくれよ」

「はい」

「え」

「はい。お見せしましょう」

人差し指の動きが止まり、巻きつけられた髪がしゅるりとほどけて舞う。

翡翠は笑みを浮かべたまま、両手の五指を合わせた。祈るような仕草にも似ていたが、その五指はすべて、ゆっくりと狛木へ向けられる。その美しい指先の先端から、まるで弾丸が放たれて自分を射貫くのではないかと、狛木はそんな錯覚に襲われた。

「これをご覧ください」

どこからともなく、翡翠は一枚の写真を取り出した。なんだろう。伸ばした指先にそれは唐突に出現したように見えた。錯覚だろうか？　写っているのは、以前に見せられたデスクに残った輪っか状の痕跡だ。翡翠は出現したそれを摘まんで、ひらひらと動かす。

「わたし、これがどうしても気になってしまって……。成分を調べたら、この輪っか状の液体は、吉田さんが前日に調合してもらったという煎じ薬を煮出したものでした。保存しておいたものをマグカップに入れ、レンジで温めたりして飲んだのでしょう。その際に傾けすぎたのか、液体がカップの側面を伝ってしまい、そのことに気づかずカップをデスクに置いてしまって、輪っか状に濡れてしまったんです。マグカップ自体は、犯人が訪ねてくる前に吉田さんが回収したものが流しに置かれてありました。ところがですね、この輪っかの一端に途切れたような痕跡がある。ちょうど、ペンくらいの細いものが置かれた結果、アルファベットのCのような痕跡になっているんです。けれど、いくら調べても現場にはこうした跡を残すようなものが見つかりません。ただの水ではなく特徴的な液体ですから、その物体には汚れが移って残っているはずなのですが、デスクをひっくり返して探しても、それらしいものがなにひとつ見つかりませんでした」

狛木には、その推理の帰結がどこへ向かおうとしているのか、まるでわからない。

「どこにもないということは、犯人が持ち去ったことになります。では、犯人はなにを置いたのでしょう？　犯人がデスクでしたことは、先ほどの推理を鑑みれば、ビデオ通話です。キーボードとマウスをどかして、そこに自分のノートパソコンを置く。あとは、画角を狭く調整できるウェブカメラくらいでしょうか。けれど、ノートパソコンもウェブカメラも、ペンのように細いものではない。ケーブル類かと思って、揺さぶりをかけたのですが、狛木さんにはまったく心当たりがないようです。しばらく、悩んでしまいました」

翡翠は首を傾げて、困ったように笑う。

「ですが、優秀なパートナーのおかげで、昨日、ようやくその正体に思い至りました。考えてみれば当たり前の、とっても簡単なことでした。いやぁ、お恥ずかしい。わたしってば、うっかりさんです」

翡翠は自身の側頭部を、拳で小突いて舌を出す。

狛木も、ようやくそのときに理解した。

それは、自分が犯した最大のミスだ。

どんなに注意をしたところで、人間はミスをしてしまう……。

「わたし、パソコンには疎くて。そうした作業はパートナーがしてくれますから、あまり触りません。特に見えない部分には注意を払いませんでした。けれど、そうですね。考えてみたら、そういう作りになっているのは当然のことです。ノートパソコンの裏側、その四隅についている、ゴムの滑り止め――。ノートパソコンの底面は、たいていはそこだけ部分的に出っ張っているものなのです。犯人は、パソコンをデスクに置いて、位置を調整した。そのとき、輪っか状の液体に、滑り止めのゴムが擦って濡れたのです」

そうか……。

あのとき、吉田のデスクは整理できていない書類で一杯だった。庇のようになっていて、デスクの表面が隠れていた面積も大きい。狛木は、ノートパソコンの位置を調整するために、デスクの上でそれを動かした。用事を終えて回収するときにも、擦れてしまったのかもしれない。

狛木は項垂れて、深く息を漏らす。

警察がこの部屋を用意したというのなら、たぶん、どこかで待機しているのだろう。

そんな予感があった。

狛木が観念したことを悟ったのだろうか。翡翠は穏やかな声で告げた。

「今朝、こっそり狛木さんのノートパソコンを確認したら、やはり底面に僅かな汚れがありました。濡れたことに気づかずに仕舞ったので、それを収めるスリーブにも汚れが移っています。布製ですから、そのぶん、スリーブの方がはっきりと見えるでしょう。お持ちですよね？」

狛木は観念して、自分のノートパソコンを取り出す。

裏返すと、言われたとおり、滑り止めのためにあるゴム状の突起の部分が、ほんの微《かす》かに汚れていた。スリーブを開いて奥を見ると、そちらの方にも染《し》みがある。

「漢方薬は、生薬をブレンドして作るのです。調べれば、前日に吉田さんのために調合された成分ぴったりのものが検出できることでしょう」

狛木は溜息《ためいき》を漏らした。

「まさか、こんなミスをしていたなんて……」

完璧な犯行計画だったはずだ。

だが、バグは潰《つぶ》しても潰してもなくならない。

人間が、完璧ではないから。

それを、自分はよく知っていたはずなのに。

静かな部屋で、翡翠の厳《おごそ》かな声が響く。

「いいえ。あなたの最大のミスは、殺人を犯してしまったことではありませんか？」

狛木は顔を上げて、その美しい断罪者を見る。

「あなたは、いったいなんなんです？」

「わたしは、殺人という罪を犯した社会の敵を、取り除く者ですよ」

「すごいな」

狛木は力なく笑った。自嘲《じちょう》の気分だった。

「まるで、正義の味方だ」

「そんな大それた者ではありません。ただの探偵です」

翡翠は肩を竦める。

「僕は最初から騙されていたのか……。女性というのは、恐ろしいですね」

翡翠はちらりと天井を見上げて、いたずらっぽく笑う。

「女性が恐ろしいのではありません。わたしからすれば、男性が愚かなのです」

「そうに違いない」

狛木は笑った。

自分は、なんて恐ろしいものに手を伸ばそうとしていたのか。

「城塚さん……。僕は、吉田に青春を奪われた男でしてね」

見ると、翡翠は黙ったままだ。

相槌《あいづち》はなかったが、狛木は言葉を続けた。

「中学生のころ、僕のせいで吉田が怪我をしたことがあるんです。それで、脚に一生モノの傷が残った。それは申し訳ないと思っています。けれど、あいつは僕の負い目を利用して、僕の才能を自分のものとして世の中に発表していった。お前なんかがやるよりずっといいって、馬鹿にされながら、十代と二十代を過ごしました。決して陽の射《さ》さない、曇り空が続く日々でしたよ。あのクラウド上には、奪われ続けた僕の青春の結晶が眠っている……」

狛木は瞼を閉じて、息を吐いた。

ほんの少しだけ、気持ちが楽になったような錯覚がある。

「僕は彼の支配から、解放されたかった……。けれど、そのせいで、これからの人生を贖罪《しょくざい》に費やさなくてはならない。結局、死ぬまで、吉田に呪《のろ》われ続ける人生なんですね……」

「人生も、思ったとおりには動きません。行動したとおりに動く」

その言葉に、狛木ははっとして翡翠を見た。

彼女はほんの少し、悲しげな表情で彼を見ている。

「どうして、こんな方法を選んでしまったのですか？　プログラムは、書いたとおりにしか動かないのでしょう？」

確かに、そうかもしれない。

自分は吉田に対して不満を抱くばかりで、大きな行動に踏み出すことができなかった。彼の下を離れて転職する手だってあったはずだし、不正を訴えて自分の功績を取り戻すことも、やろうと思えばできたはずだ。それができなかったのは、黙って従うことの方が楽だと、心のどこかで感じていたからではないだろうか。そして、最後にようやく踏み出した一歩は、恨み辛《つら》みに支配された、誤ったものだった……。

「結局……、すべてを吉田の責任だと決めつけていた、僕の弱さが原因だったのかもしれない」

狛木は翡翠を見る。

そうして、どうにか告げた。

「ですが、たとえ仮初めのものであっても、あなたと一緒に過ごせて、よかったと思います」

それは、自分の人生に訪れた、ほんの僅かな晴れ間。

「わたしはそうでもありません」

けれど、翡翠は悲しげにかぶりを振った。

「そう仕向けたわたしが言えたことではありませんけれど、あなたがわたしに惹《ひ》かれたのは、わたしの外側にだけなのです。あなたは、わたしに好きな映画のことも、就きたい仕事のこともお訊ねになりませんでしたね。次に女性とお付き合いされるときには、気をつけた方がよろしいでしょう」

その厳しさに、狛木は笑う。

「肝に銘じておきます」

今であれば、その優れた知性に、恋をしてしまいそうだったけれど。

「経験を重ねれば、人は失敗を減らせるものです」

「バグを減らせるように？」

「ええ。バグを減らせるように」

翡翠は小さく笑って、導くように片手を伸ばす。

「でも、プログラムのお話は、少し楽しかったですよ」

「それならよかった」

狛木は、彼女が指し示す玄関へ足を向けた。

おそらく、警察の人間が待機しているのだろう。

人生も、行動したとおりにしか動かない。

もしまだ間に合うのなら、これからの人生は、その言葉を胸に刻んで生きていくとしよう。

「参りましょう」

翡翠の言葉に、狛木は歩を進めた。

"Murder on the Cloud" ends.

and...again.

天気のよい休日の、昼下がりだった。

千和崎真は、いつものようにリビングのノートパソコンで報告書を仕上げていた。

城塚翡翠の論理は、ときどき突飛で言語化して追従するのが難しい。どうすればそんなことに気づけるのだ、という箇所に度々遭遇することがある。もしかして、本当に霊感があるんじゃないかと、そう何度も疑いたくなるくらいに。

当の本人は、早朝から出かけていた。仕事のない日だ。たいていはぐうたらと部屋で寝ているか、やはり部屋にこもって奇術の映像を観たり本を読み耽《ふけ》っているかしているので、午前中の外出はとても珍しい。なにをしているのかは、見当もつかなかった。

そう、いつだって、真には翡翠のことがなにもわからない。

「ただいまです」

間延びした声と共に、翡翠が帰ってきた。

まだお昼過ぎだ。思っていたより早い帰宅である。

「どこ行ってきたの？」

リビングに入ってきた翡翠に、そう問いかける。

外出するときは無駄にお洒落に気を遣う彼女は、やはりめかし込んでいた。自分を可愛く着飾るのが趣味だという。幸せなことだ、と真は思う。しかし、出かける前に自分の前でファッションショーをして見せびらかすのは勘弁してほしかった。とはいえ、今日は目立ちすぎないように茶色のカラーコンタクトをして、伊達《だて》眼鏡をかけているようだったが。

翡翠は、ケーキ屋の箱をリビングのテーブルに置いた。

なにやら誇らしげな表情である。

「ふふふ。事件解決の自分へのご褒美《ほうび》に、限定プリンを買ってきたのです」

翡翠は嬉しそうに瞳を輝かせて、箱を開ける。

そこにはたくさんのプリンが整列していた。

自分で買ってくるとは、珍しい。

「あれれ、真ちゃんも欲しいです？」

ちょっと苛立つ表情で、翡翠がそう煽《あお》ってくる。

真は努めて冷静な表情で彼女を見返した。

「べつに」

「どうしましょうかねぇ。特別に、四つまでなら譲ってあげてもいいですよ？」

なんだ、こいつは。

自分へのご褒美とか言いつつ、この前の詫びのつもりか？

「いや、四つも食えないし」

「自制心がない真ちゃんのことです。どうせ食べちゃうのは知っています」

丸められる雑誌かなにかを探したが、手に届くところには見当たらない。

翡翠は上機嫌にくすくす笑いながら、それを冷蔵庫に仕舞いに行く。

仕方なく真は吐息を漏らし、報告書の作業に戻った。

翡翠がリビングに戻ってきて、向かいの椅子に腰掛ける。

洗面所でやればいいのに、カラーコンタクトを外しはじめた。

目の前でするのが、少しだけ怪しい。本当は、あの翠の瞳もカラーコンタクトなのではないかと、真は密かに疑っている。本当の瞳の色は、何色なのだろう。

「そういえばさっき、荷物届いてたよ」

真は視線で、部屋の隅にある直方体の段ボール箱を示す。

「あら、思っていたより早かったですね」

翡翠は立ち上がると、鼻歌交じりに段ボール箱の下へ向かう。

「なんなの？」

暫く、こちらに背を向けたまま、カッター片手に格闘していたが、翡翠は中身を取り出すことに成功したようだった。

「じゃーん」

という間の抜けた声と共に、彼女がそれを抱えて戻ってくる。

白を基調としたパッケージに収められているのは、ノートパソコンらしかった。

可愛らしい色合いの、ピンクゴールドだ。

「突然、どうしたわけ？」

「真ちゃん、知っていますか？　プログラミングは、論理的思考を育むのにうってつけなんですよ。さぁ、開封の儀です」

なんだこいつ。

箱をテーブルに置き、包装を開けようとしている翡翠を、真は呆れた気持ちで眺めていた。

「また無駄遣いして……。どうせすぐに飽きるんでしょ」

「そんなことないですよう」

翡翠は唇を尖らせた。ビニルがうまく剝《む》けないらしく、苦戦している。

「まぁいいけど」

その様子を横目で眺めながら、真は報告書の作成を再開した。

これを機に、報告書も自分で書いてくれると助かるのだが……。

まぁ、無理だろうな。

城塚翡翠ほど、多趣味で飽きっぽい人間を、真は知らない。

ふと、事件について自分が記した文章を見て、疑問が湧き起こる。

「ねぇ、一つ疑問があるんだけれど」

「なんです？」

パソコンを取り出してはしゃいでいた翡翠が、顔を上げる。

「無理があるんじゃないかって思って。デスクに零れていた煎じ薬の液体って、ごく僅かでしょう？　それが、パソコンの滑り止めについて、スリーブを汚したとしても……。成分がとれるだけの量になる？　難しいんじゃない？　何時間もアリバイ工作をしたあとなら、なおさら乾いちゃってるだろうし」

翡翠は、ちょっと眼を大きくして真を見返す。真は言った。

「もしかして、あなた、最初からあのデスクのCの正体に気づいていたんじゃないの？　それでわざわざ狛木に近づいて、彼のノートパソコンやスリーブに、同じ成分の液体を塗りつけようとした――」

自分の前でCの正体に気づいたふりをしていたが、あれすら演技だったとしても、城塚翡翠なら不思議ではない。

この恐ろしい女なら、証拠捏造《ねつぞう》もやってのけそうである。

問い詰めると、翡翠は不服そうに顔を顰めた。

「まったく、真ちゃんは、わたしのことをなんだと思ってるんです？」

「世界でいちばん信用できない女」

「もっと他に言い方はないんですか……」

「殺人鬼と恋愛ごっこをすることでスリルと快感を得る変態ドS探偵」

「真ちゃんは今日でクビです」

「わたしがクビになったら、誰があんたみたいなめんどくさいやつの世話をするの」

翡翠は天井を見上げた。

もちろん、天井にはなにもない。

答えに窮したとき、彼女はそういう仕草をするのだ。

真は、テーブルに置かれている翡翠の伊達眼鏡を見遣った。なんとなく、思うのだ。あの眼鏡は、彼女の本心を覆い隠す仮面のようなものなのではないだろうか。本来の彼女を隔離し、探偵たる自分を自身に憑依させて、どこまでも厳しく犯人を断罪するための道具――。

そう思うのは、考えすぎだろうか？

「それで、本当のところは？」

もちろん、真相がどうあれ、報告書に書くつもりは欠片《かけら》もないけれど。

「そうですねぇ」

両手の指先を合わせて、翡翠は笑った。

翠の双眸が煌めいて、こちらを見つめる。

その微笑は。

あなたには、本当に霊感があるんじゃないの？

あなたの闘い方って、つらくなったりしない？

それは、真が質問をするときに、いつも返ってくるものと同一の表情。

どちらとも取れない、中間の、微笑なのだった。

泡《ほう》沫《まつ》の審判

大丈夫、これは正しいことだ。

廊下を歩み、末崎絵里《すえざきえり》は自分へとそう言い聞かせる。

明日に行われるお別れ会のことだけが、優太《ゆうた》に申し訳なく、気がかりだった。楽しみにしていた子どもたちの笑顔が頭を過《よぎ》っていくが、このままでは延期にせざるをえないだろう。だが、今日を逃せば次の機会がいつやってくるかはわからない。

夜の小学校の廊下は、昼間の景色とは打って変わって深閑《しんかん》としていた。LEDの照明が、まっすぐに延びるリノリウムの床を照らしているが、脇に連なる教室には当然ながら灯《あか》りが点《つ》いていない。視界の端《はし》に佇《たたず》む影は不気味で、まるで幽霊でも出てきそうな錯覚に陥《おちい》る。

こうした景色は、小学校教諭にとっては珍しいものではない。夜更けの職員室と教室を行き来することは、これまでに数え切れないほどあった。でも、今夜は自分にとって特別な夜になるだろう。緊張に湧き出る汗を握り締めながら、絵里は自身の城へと向かう。

真っ暗な教室の扉を開けると、その暗がりの中から声が出迎えた。

「遅かったじゃないか」

どこか面白がるような、それは絵里の神経を逆《さか》なでする不快な声だ。

廊下からの明かりを受けて、大柄の男のシルエットが暗闇の中に浮かぶ。教室の暗い窓を背にして佇んでいたのは、田草明夫《たぐさあきお》だった。それで暇を潰していたのか、手にしたスマートフォンの画面の光が、ぼんやりと田草の顔を照らした。白いものが交じった無精髭《ぶしょうひげ》に、はげかかって清潔感のない頭髪。そして直視に堪えない、下劣な笑み。

「あなたと違って私たちは忙しいの。わかるでしょう」どうにか嫌味を返して、絵里は田草から視線を逸らした。「防犯カメラは、きちんと避けたんでしょうね?」

「当然だろう。俺をなめてもらっちゃ困る」田草が嗤《わら》う。彼はスマートフォンをくたびれた背広の内ポケットに入れながら言った。「だが、この時間の学校っていうのは本当にセキュリティが緩くて入り放題だな。子どもの安全は二の次ってか?」

「あなたがそれを言うわけ?」

湧き上がる悪寒を堪《こら》え、絵里は自身の腕を掻《か》き抱く。

「で、協力する気になったんだろうな」田草は下卑た笑みを浮かべたまま、その表情に見合ったおぞましい言葉を口にした。「学校の先生が協力してくれるなら、もっと安全にカメラを仕掛けることができる。ああ、それと子どもたちの個人情報も手に入れてもらいたい。あの変態どもに動画とセットで売りつけたら、きっといい値段になるぞ」

「そんなこと、できるはずがないでしょう」

「なら、ひとまずは金だな。用意してきたんだろう?」

絵里は視線を落とした。それから、ずっと握り締めて手汗が滲《にじ》んでいる封筒を、田草に示す。田草はそれを受け取りながら嗤った。封筒を開いて、中を確かめようとする。

「暗いな。いいかげん、灯りを点けろ」

「無茶言わないで。ここは学校の外からもよく見えるの。私はいいけれど、あなたは困るでしょう？」

田草は舌打ちして、窓の方に視線を向けた。それから、廊下の方を見る。

「仕方ねえな。廊下の明かりで確認するか」

「待って」

絵里が鋭い声を上げる。

田草が怪訝《けげん》そうに絵里を見た。

「あん？」

「あそこ……。誰かが、こっちを見てない？」

「なんだって？」

「ほら、あそこ……。ちゃんと誰にも見られないように入ってきたんでしょうね？」

田草が窓から外を覗こうとする。

「どこだよ？」

「あまり窓に近づかないで、屈《かが》んでて。見られたら困るでしょう」

田草は舌打ちして身を屈める。だが、そうしながらも外の景色が気になるようだった。絵里に背を向けて、外を覗き込もうとしている。ベランダもあるし、その姿勢では地上の様子は見えないだろう。絵里は教室の隅にある自分のデスクの下、そこに置いてあった段ボールの中から、素早くそれを取り出す。

「おい。行ったか？」

大丈夫。これは正しいことだ。

私がみんなを救ってみせる。

「おい」

怪訝に思ったのか、田草がこちらを振り向いた。

絵里は男の頭頂部へ、振り上げたコンクリートブロックを思い切り打ち付ける。

鈍い音が響いた。

呻《うめ》き声はない。

ただ、衝撃が手首に走り、絵里の腕を駆け抜けていった。

気がついたときには、田草は教室の床に倒れていた。

激しい運動をしたわけではないのに、全速力で駆けたときのように心臓が早鐘を打っている。

絵里はほんの僅《わず》かの間、田草を見下ろしていた。

すぐに我に返り、コンクリートブロックを段ボール箱に戻す。

スマートフォンを取り出して、ライトを点けた。焦っているせいか動作がもたついてしまう。

小さなＬＥＤの光が、倒れている田草の姿を照らしだした。ぴくりとも動かない田草は、頭部から血を流していた。段ボールの中から軍手を取りだし、絵里はそれを手に嵌《は》めた。それから田草の身体を揺する。不快感に顔を顰《しか》めながら、呼吸をしているかどうかを確かめた。死んでいる。

たぶん。

そうか。こうも呆気《あっけ》なく、人間は死ぬのか。

当たり前のことを、絵里は再確認した。

そう。自分は知っているはずだった。

人間は呆気なく死んでしまう。

シャボン玉が弾《はじ》けるみたいに、呆気なく、命は抜け落ちる。

一撃で仕留められて良かった。

うまく殺せた……。

だが、まだ安堵《あんど》するのは早い。

絵里は廊下に出ると、階段脇から台車を教室まで運んだ。少し迷ったが、あまり小回りが利かないのでそれを教室の入り口に置く。暗闇の中で田草の下まで戻り、床に手を這わせた。落ちている封筒を忘れずに回収し、邪魔にならないよう、ひとまず段ボール箱の中へと入れる。

それから、倒れている田草の脇を抱え、入り口まで引き摺った。田草は平均的な男性よりもやや大柄な男だ。仕事柄、体力には自信があるが、絵里は歯を食いしばる必要があった。机の合間を縫うように田草を引き摺ったが、途中で何度か自分の腰を子どもたちの机でぶつけてしまう。

廊下に辿り着き、どうにか台車に田草の死体を乗せた。そこで田草が靴を履いていないことに気づく。はっとして絵里は教室に戻った。灯りを点けるか迷ったが、万が一誰かに見られたとしても自分だけならなにも問題はない。そう考えて絵里は電灯を点けた。

室内を見渡すと、田草を引き摺る途中に落ちたのか、来賓用のスリッパが二つ落ちていた。靴跡がつくのを恐れてご丁寧《ていねい》に履き替えたのだろう。絵里はそれを拾い上げる。そこで、スリッパの一つが僅かに変色していることに気がついた。軍手をしているのでよくわからなかったが、濡れているのだ。どこか床が濡れた場所を歩いたのだろう。廊下には水道があるし、濡れそうな場所はいくらでもある。だが、トイレかもしれない。田草ならありえる。既にそこで一仕事を終えていたのだろう。その想像のおぞましさに、絵里は唇《くちびる》を噛《か》みしめた。

ひとまず、そのスリッパをデスク下の段ボールへとしまう。田草が履いていた靴はどこだろう。誰かに見られる可能性もあるだろうに、まさか下駄箱《げたばこ》だろうか。そう恐れたとき、最初に田草が立っていた近くの机に、見慣れないビニル袋が置かれていることに気づいた。もしやと思って見ると、中には古い革靴が入っていた。

死体まで戻って、絵里は靴を履かせる。だが、革靴ということもあって、うまく足が奥まで入ってくれない。あまりもたもたする時間はなかった。このフロアに誰かが来る可能性はないだろうが、万が一ということもある。遺体を長時間、不自然な姿勢にしておくと死斑《しはん》が残るという知識もあった。それは避けたい。仕方なく、片方の靴は突っかける程度で諦めた。それから絵里は用意していた金槌《かなづち》を取り出すと、それを田草の手に握らせた。指紋を付けるためだ。その金槌を田草の背広の右ポケットに入れると、そこから更に予め用意しておいた軍手を田草の手に嵌めた。これで準備は万端だ。台車を押して、運搬を開始する。夜間の廊下で、絵里のその姿を見咎《みとが》める者は誰もいない。

廊下をまっすぐに進んで、三階のいちばん端、理科室の扉を開けた。カーテンが閉じているせいで、室内は真っ暗だった。念のために電灯は点けず、台車を押し入れて室内に入る。だが、台車はすぐなにかに引っかかったかのように動かなくなる。廊下の明かりを頼りに眼をこらすと、床を這うケーブルカバーが原因だった。厚みがあり、よく子どもが躓《つまず》いてしまうのだ。それを失念していた。

他にも、絵里が台車を進めようとしている理科室の後ろ部分には、戸棚に収まりきらなかった段ボール箱や、ラックに置かれたビーカー類、実験台に備え付けられた水道など、台車の進行を妨《さまた》げるものがたくさんある。このまま進むのは困難だろう。絵里は仕方なく電灯を点けた。どうせ近隣住民に灯りが点いているところを見られたところで、いつものように残業をしていると思われるだけだ。邪魔なものをどかしながら慎重に台車を押して、ベランダに向かう。物の配置が変わったことに不審を抱かれるかもしれないので、あとで直す必要があるだろう。

奥まで辿り着くと、ベランダに続く窓とカーテンを開けて、どうにか田草の身体を持ち上げる。そのまま田草を引き摺り、ベランダの手すりへもたれかからせた。そこまでを終えると、既に汗だくになっていた。汗が死体に滴《したた》り落ちないよう、絵里は一度に作業を進めず、慎重に運搬を実行した。台車がなければ、ここまでの作業は無理だったろう。

いよいよ、大詰めだ……。

精一杯、力を込めて、田草の腰を持ち上げる。

手すりを越えさせるように、押し出した。

これまでの苦労が嘘みたいに、重力に従って田草の身体は頭部から地上へと墜《お》ちていった。

声はなく、ただ鈍い音がした。

だが、それを耳にするものは絵里しかいない。

絵里は力尽きたかのように、ベランダに座り込んだ。

暫《しばら》く、背を手すりに預けて、呆然としていた。

「大丈夫」

絵里は己に言い聞かせるように呟く。

「私はなにも間違ってないから……」

*

警視庁刑事部第二機動捜査隊に所属する櫛笥隼人《くしげはやと》巡査部長は、小学校の古い校舎を見上げながら、欠伸《あくび》を噛み殺していた。三階建ての校舎の背景に広がる澄《す》んだ青空が、眼に眩しい。この太陽の輝きが、少しでも自分から眠気を奪ってくれることを祈った。

小学校への不法侵入を試みた人間が、校舎の三階から転落して死亡。

櫛笥は初動捜査に当たったものの、事故死を疑う要素は見られず、捜査は何時間も前に所轄《しょかつ》へと引き継いでいた。所轄は既に、死亡した男が小学校への侵入を試みた動機を洗い出しているところだろう。もう櫛笥には無関係の事件だ。それなのに。

初動捜査後、ろくに眠れず長時間の警邏《けいら》勤務に当たっていた櫛笥は、ようやく帰って休めると安堵したものの、直前になって上司から呼び止められた。自分はこれから、ある人物のアテンドを行わなければならない。時刻は正午に迫っており、朝食を食べられなかったこともあって腹が鳴っている。

小学校は臨時休校となっており、子どもたちの姿はどこにも見えない。転落現場周囲には黄色いテープが張り巡らされていたが、既にブルーシートは除《の》けられており、当然ながら遺体も運んだ後だ。櫛笥が時間つぶしに手にした資料を捲《めく》っていると、その立ち入り禁止テープの向こうから警察官の声が聞こえた。

「ちょっと、あなたたち、学校の先生？　ここは立ち入り禁止ですよ」

「わぁ、わたし、小学校の先生に見えますか？　こちらの彼女はどうです？　怖い顔をしていますけれど……。でも、その方がそれらしいでしょうか？」

なんとも能天気な声が聞こえる。戸惑った様子の警官の背を眺めながら、櫛笥はそちらに近付いた。警官が阻んでいるのは、明らかに捜査現場に似つかわしくない女性の二人組だった。茶髪の女性の方は、白い日傘を差している。

「関係者なんだよ。入れてあげて」

櫛笥は警官に声を掛けて、テープを持ち上げる。

それから、うんざりした気持ちを抑えながら言った。

「あの、城塚《じょうづか》さん……。どうしてこんなところにいらっしゃったんです？」

日傘を傾けてテープを潜《くぐ》ったのは、相変わらず惚れ惚れするほどに美しい娘だった。

明るい茶の髪はウェーブを描いて、計算して作られたような髪の合間から金のイヤリングを覗かせている。涼しげなワンピースの裾《すそ》からは、長く白い脚がすらりと伸びて櫛笥の眼のやり場を困らせた。その彼女——城塚翡翠《ひすい》が、櫛笥の疑問に答えずに笑う。

「櫛笥さん、真《まこと》ちゃんって小学校の先生に見えます？」

翡翠が、視線で後ろの女性を指し示す。

無言で翡翠の後についてきたのは、千和崎《ちわさき》真だった。長い黒髪をポニーテールにして、仏頂面《ぶっちょうづら》で佇んでいる。ビジネス風の細身のパンツと、白いワイシャツに暗いブルーのネクタイを締めたユニセックスな装《よそお》いで、こちらは刑事に見えなくもないだろう。あまり会話をしたことがないし、彼女が翡翠にとってどんな役回りをする人物なのかも櫛笥は知らない。にこりとも微笑《ほほえ》まない女性だったが、どちらかといえば櫛笥は、翡翠よりもどことなくボーイッシュな雰囲気の真の方がタイプだった。

「え、あ、はぁ。どうでしょうか。ええと、まぁ、そうですね」

戸惑いながら櫛笥が答えると、真は不機嫌そうな表情でこちらを一瞥《いちべつ》した。小学校の先生だとしたら、子どもに厳しいに違いないだろう。櫛笥が対応に困っていると、翡翠は愉快そうに笑ってようやく彼の質問に答えた。

「実は所用で本庁さんにお邪魔していたところなんですけれど、そこでたまたま櫛笥さんの話題になったんです」

「え、自分ですか？」

「そうしたら、昨夜は小学校で事件があったっていうじゃないですか。小学校ですよ。日本の小学校、一度、来てみたかったんですよね」

頬に手を押し当て、うっとりとした様子で翡翠が言う。

そんな理由で自分は残業をしなくてはならないのか。櫛笥は目眩《めまい》を感じた。どうにか苛立《いらだ》ちを隠しながら言う。

「そのう、とくに城塚さんがいらっしゃるような事件ではないと思うんですが……」

「櫛笥さん、お疲れでしょう？　帰りはお送りしてさしあげましょうか？」

「え、や、その……」櫛笥はなぜか真を見てしまう。「車でいらっしゃったんですか」

「真ちゃんの運転ですよ。それとも、金色の自転車で来た方がよかったです？」

「は？」

「気にしたら負けです」

真が表情を変えずに言う。

日傘を差したまま、翡翠は校舎を見上げている。

「事件の概要を教えてください」

「え、あ、はい」

櫛笥は手帳に視線を落とす。所轄への引き継ぎの際に纏《まと》めたメモがあるので、それを読み上げていく。どういうわけか、いつもこうして彼女のペースに乗せられてしまうのだ。

「亡くなったのは田草明夫、四十六歳です。二年前まで、この学校の校務員だったようですが、現在の職はまだ確認できていません。通報があったのは昨夜の二十二時六分で、警備会社からでした。二十一時四十八分に学校の防犯システムが異常を感知して、警備の人間が二名、現場を確認しに来たところ、田草の遺体を発見、警察に通報したというわけです」

防犯システムの感知から警察への通報にやや時間がかかっているが、これは駆けつけた警備員が田草の遺体をすぐに発見できなかったためだ。校舎は敷地の中心にあり、その敷地をぐるりと囲うフェンスからは距離があって、遺体は敷地の外から視認できない。夜間の敷地内は真っ暗だから、理科室を調べて窓が開いていることに気づいた警備の人間が、ベランダから眼下を照らしてようやく遺体を発見した、というわけだ。

櫛笥が説明をしている間、翡翠は日傘を差したまま、周囲を物珍しげな表情で見渡している。校舎を見上げたり、植え込みを覗き込んだりと、こちらの話を聞いているのか疑いたくなってしまう。しかし何度か一緒に仕事をした経験上、それが彼女のスタイルだということも櫛笥は理解していた。気にせずに説明を続ける。

「田草はそこの排水管を伝って、ベランダから三階に侵入したようです。あそこの理科室ですね。たまたま窓の鍵が開いており、窓を割る道具を所持していたものの、それを使わずに侵入したと思われます。ところが廊下には防犯システムがありまして、侵入を感知したシステムが警報を鳴らしました。これが二十一時四十八分。田草は引き返そうとしたのか、再び排水管を伝って地上に降りようとし、慌《あわ》てていたせいか足を滑《すべ》らせるなりして転落——。頭を強く打って、死亡したものと思われます。検視結果からも矛盾はありません」

「理科室というのは、カーテンの少し開いているあそこですね」

翡翠は、問題のベランダを見上げている。ほとんどのカーテンは閉じているが、一箇所だけ田草がぐったせいか、ほんの僅かに開いているところがある。

「ええ。カーテンなどを含め、遺体発見時のままにしてあります」

「二階から落ちた可能性はありませんか？」

「降りる途中で落ちたということですか？」どうしてそんなことが気になるのかと不審に思いながら、櫛笥は資料を捲った。「検視結果によりますと、遺体の損傷具合を見るに三階の高さから落ちたと見て問題ないようです。詳しいことは解剖をしないとわからないでしょうが、降りる途中で落ちた可能性は低いと思いますよ」

櫛笥は遺体の様子を思い返した。二階の高さからでは、ああ酷くはならないだろう。

翡翠は田草の遺体があったあたりを見下ろしていた。

「所持品は？」

「ええと……。背広の内ポケットにスマートフォン、右ポケットにハンマー、ズボンの右後ろに財布、左後ろには競馬新聞を折りたたんだものが差さっていました。特に鞄などは見つかっていません」

翡翠は立ち上がり、三階のベランダを見上げながら、金のバングルで飾られた細い腕を櫛笥に差し出す。

「写真を」

「どうぞ」

櫛笥はコピーした現場写真の束《たば》を翡翠に手渡した。

それから、なぜか翡翠は真を睨《にら》んだ。

佇んでいた真が、溜息を一つ吐《つ》く。彼女は無言で翡翠に近づいて、その日傘を受け取った。それで翡翠を紫外線から護《まも》ってやりながら、小さく舌打ちをしている。翡翠は満足そうな表情で、空いた両手で写真を一枚一枚、確かめていった。

翡翠が疑問を口にする。

「どうして、わざわざ三階から入ったんです？」

「考えられる理由は二つあります。教職員から聞いた話ですと、三階の理科室などはときどき鍵のかけ忘れがあって、議題に上がることが多かったそうなんです。普通の教室は担当している教員がきちんと施錠しているようですが、他の部屋は防犯システムもありますし、三階ということもあって確認を忘れがちだったとか。二年前まで校務をしていた田草は、それを知っていたんじゃないでしょうか。実際、当日も窓の一つは鍵がかかっていなかったようです。田草はハンマーを所持していましたが、あまり硝子《ガラス》窓を割るのに適したものではありませんから、可能なら窓を割らずに侵入したかったのだと思います」

「もう一つの理由は？」

「一階の昇降口近くの階段には防犯カメラがあって、階段を上る人間の姿もそこに写ります。一階の窓から侵入しても、階段を上る姿が記録されてしまう。校舎にはエレベーターの類《たぐい》はありませんから、それを避けるためには二階か三階から侵入する必要があるようです。防犯カメラは一階にしかないようですから」

「侵入の目的はわかっているのですか？」

「今のところ不明で、所轄が捜査中です。ただ、三階にある理科室の準備室ですか、そうした場所には高価なものもあって、去年には薬品など盗難の被害にも遭っているそうです。なんらかの金目の物を窃盗するために侵入したと考えられます。理科室内は鑑識が調べましたが、今のところ特にめぼしい痕跡は見つかっていません」

「二年前まで、校務さんだったんでしょう？　どうして防犯システムに引っかかったりしたんでしょうか？」

「校舎内に赤外線感知システムを導入したのは、田草の退職後なんです。それまでは防犯カメラや校門付近のセンサーだけだったようです。去年の盗難事件を踏まえて導入したんですね。田草はそれを知らなかったんでしょう」

翡翠は写真を確認している。櫛笥は言った。

「ほら、城塚さんが出てくるまでもない事件でしょう？　ただの間抜けな物盗りですよ」

「よく短時間で詳細に調べましたね。さすが櫛笥さんです。素晴らしいわ」

翡翠が笑顔を見せて言う。その表情に射貫《いぬ》かれるようにして、櫛笥は年甲斐もなく頰を赤くした。が、暗に帰ってほしいという櫛笥の言葉を、それで黙殺されたのだということに遅れて気づく。櫛笥がもう一度声を上げようとしたとき、制するように翡翠が言った。

「靴が脱げています」

彼女が一枚の写真を櫛笥に示す。それは遺体発見時に撮影されたものだった。遺体の足元をアップにしたもので、翡翠が言うように片足だけ革靴が脱げている。

「理科室に入った際に足跡を残さないよう、いったん靴を脱いだんじゃないでしょうか。靴跡が理科室で見つかっていないことと符合します。それで慌てて逃げる際に靴をつっかけて、転落時に脱げたものだと思います」

「でも、右足はきちんと靴を履いているみたいですよ」

「革靴といっても、かなり履き潰した靴です。ほら、普段から踵《かかと》を踏んでいる跡がくっきり残っています。右足は履けて、左足だけうまくいかなかったんじゃないでしょうかね」

「なるほど。靴底の磨《す》り減り方を見ると、軸足は左のようです。右の靴を最初に履いて、左の靴は諦めたというのは一理あり、ます、が……」

櫛笥は軸足の判別までには気が回っていなかった。と、次の写真に眼を留めて、翡翠が小さく声を上げる。それは、ひゅっと呼気が漏《も》れるような妙な音だった。

「どうしました？」

「蟻《あり》です」

「蟻？」

すました表情を浮かべて写真を眺めていたはずの翡翠が、顔を顰めて身震いをする。

「これです」

翡翠は櫛笥へと、手にしていた一枚の写真を押し付けてきた。写真は遺体の足元を写したものだ。靴下を履いた田草の踵に、蟻が一匹、止まっている。顔を上げると、翡翠は嫌そうに櫛笥からそそくさと離れた。

「もしかして、虫が苦手ですか？」

「苦手ではありません。生理的に受け付けないだけです」

「それは同じことじゃあ……」

翡翠がむっとして言う。

「わたしが言いたいのは、どうして蟻が踵に止まっているのかということです」

「なにかお菓子でも踏んだんじゃないですか」

「日本の小学校では、理科室の中にお菓子が落ちているんですか？」

なぜかそう睨まれてしまう。

「蟻の一匹くらい……、たまたまということは、あるんじゃないでしょうか」

遺体が落ちた場所には、コンクリートの段差がある。だが、その段差は剝き出しの地面と隣接していて、蟻がいたとしても別に不思議なことはなにもない。経験からいっても、現場写真として珍しいことはないはずだった。

蟻の写真は、もう手にするつもりがないらしい。翡翠はもう次の写真を眺めていた。彼女は揃《そろ》えた人差し指と中指を、ぽんぽんと軽く叩くように頰へと押し付けている。

「この新聞、僅かですが、濡れた形跡があります」

「え？」

翡翠が見ているのは、伏した遺体の腰あたりを撮影した写真だった。背広が捲《まく》れ上がり、ズボンの後ろポケットから、折りたたんだ競馬新聞が突き出ているのが見える。確かにほんの一部分ではあるが、変色して皺《しわ》やヨレができている。ズボンに乱雑に突っ込んでいるところを見ると、扱いは雑だったのだろう。

「濡れたベンチにでも腰掛けたんじゃないでしょうか」

特に根拠があったわけではないが、櫛笥はそう言った。翡翠は自身の頰を叩いていた指先を、撫《な》でるような手つきでピンクの唇に移動させる。

「なるほど」

彼女は次の一枚に視線を移した。

「現場の周囲には、他になにか落ちていました？」

「いいえ。いちおう、明るくなってからも鑑識が調べていますが、とくには」

「スマートフォンは、電源が入っていましたか?」

「ええ、ただ、ロックは解除できていません」

翡翠は、田草の所持品を並べて撮影した写真を見ていた。

「このお写真、発見直後のものですか?」

「ええ、なにもいじっていないはずですけど」

「ありがとうございました」

翡翠は微笑んで、櫛笥に写真を返す。最後に見ていたのは、理科室内部を写したものだった。

それから、彼女は軽く膝を折り曲げて一礼すると、真から日傘を受け取った。

「あまりお邪魔してもご迷惑でしょうから、これで退散しますね」

「はぁ」櫛笥は首を傾《かし》げながら頷《うなず》く。「面白みのない事件でしたでしょう?」

「いいえ」

翡翠は柔らかく笑んだまま、かぶりを振る。

「これは、殺人事件です」

「え?」

翡翠はすたすたと現場を離れていく。無言でついていく真が、立ち入り禁止のテープを持ち上げた。それを潜る翡翠に、櫛笥は慌てて声をかける。

「ちょっ、え、城塚さん、どうしてそう思われるんです?」

「刑事の勘です」

横顔を見せて、翡翠がいたずらっぽく笑う。

「あなた刑事じゃないでしょう」

溜息交じりにそう言ったのは真だった。翡翠は軽く舌を覗かせる。

「なら、女の勘です」

「そんな理由で、ですか？」

いやな予感がして、櫛笥が呻く。

「それなら、いつものように霊感といえば満足です？」

そう言って、彼女は妖しく翠《みどり》の双眸《そうぼう》を輝かせた。

これは厄介《やっかい》なことになりそうだ、と櫛笥は覚悟をする。

なにせ、この女性の言う霊感とやらが外れたことは、彼の知る限りでは一度もない。勘弁してほしい。長時間の勤務を終えて、ようやく帰れるところだったのに。相棒はもう帰っているし、捜査は既に所轄に引き継いでいる。

自分はもう関係ない。そう言い聞かせたくなる誘惑を、櫛笥はどうにか振り払った。事故という誤った先入観を所轄に与えたせいで捜査を行き詰まらせたくはない。彼は詳細を聞き出すべく、翡翠を追いかける。

これは刑事の勘だが……。

自分が帰宅できるようになるのは、まだまだ先になりそうだ。

＊

夢の中で、末崎絵里は幼い少女だった。

周囲には、虹色に輝く魔法のあぶくが無数に浮かんでいる。母がおまじないをかけて息を吹きかけると、まるで生き物のように膜がうねり、次第にかたちを変じて、新たな泡沫《ほうまつ》となってこの世界に送り出されていく。虹の光を反射する煌《きら》びやかな無数の泡《あわ》が、幼い絵里の周囲に浮かんでいる。絵里は無邪気に、新たな生命を生み出す魔法を母にせがんだ。

「お母さんのシャボン玉には、秘密があるの。それを絵里にも教えてあげる」

母は、明日の授業でそれを使うのだという。

「いけない。材料が足りなくなっちゃった。新しいのを買ってこないと」

絵里は玄関で出かける母を見送る。母が残したシャボン液に息を吹きかけて、新しいあぶくを生み出しながら母の帰りを待った。けれど、あぶくは儚《はかな》い。絵里が生み出す泡は無数にあったはずなのに、次々と弾けて消えていく。

ぱちん、ぱちん、ぱちん、と、絵里の周囲で煌めいていたものが霧散していった。絵里はそれを呆然と見ている。いつまで経《た》っても、母は帰らない。シャボン玉が、また一つ消えていく。一つ、二つ、三つ……。周囲になにもなくなった景色の中で、絵里は愕然と佇んでいる。絵里の身体は、いつの間にか大人になっていた。携帯電話が鳴っている。絵里は震える手で、それを耳に押し当てる。

そこで眼が醒《さ》めた。

ひどく汗をかいている。絵里は額に浮かんだ汗を手の甲で拭《ぬぐ》い取った。呼吸が落ち着くのを待って、ベッドから身体を降ろす。キッチンにある小さな冷蔵庫を開けて、コップに麦茶を注ごうとした。洗ったはずのコップに、虹色の膜が張っている。食器用洗剤を流し切れていなかったらしい。虹色の膜は、いつだって絵里に苦い思いをさせる。新しいコップを取り出して、麦茶を注いだ。身体は水分を欲していて、絵里はそれをたちまち飲み干した。

いやな夢を見てしまった。

母が亡くなったのは、絵里が大学生だったときだ。母は小学校の教師だった。その日、母は明日の授業で使うのだというシャボン液の用意をしていた。そのときの絵里は、自分が母親と同じように小学校の教師になるだなんて夢にも考えていなかった。大学で文系の学科を選んだので、教職課程を取ってはいたけれど、それはあくまで就職の保険のようなものだった。母はよく、絵里が幼い頃からシャボン玉を作って遊んでくれた。そのときの思い出が入り交じって夢の中で混線したのだろう。あの日、絵里は就職への不安で塞《ふさ》ぎ込んでいた。母が台所でシャボン液の用意をしているのを見て、懐かしくなったのだ。ストローに切れ込みを入れて、子どものように虹色のあぶくを作って遊んだ。母は呆れていたけれど、やがて母も小学生を相手にするみたいに、虚《こ》空《くう》にシャボン玉を浮かべて遊びだした。

授業で使うための材料が足りなくなって、母はそれを買いに行った。

その帰り道、母が乗っていた自転車に、トラックが真横から突っ込んだという。

水道の蛇口を捻《ひね》り、絵里は虹色の汚れが付いているコップをすすいだ。

水を切って、流しに置く。

リビングのテレビを点けるが、めぼしいニュースはなにもやっていない。

時刻は六時ちょうど。

ようやく、今日で休校期間が明ける。

大丈夫。うまく行っている。

洗面台の鏡の前に立ち、絵里は自分を見つめた。

あれから、目の下のクマがきつくなっている。あまり化粧に時間をかけてはいられない。すぐに家を出ないといけないからだ。今日から授業が再開するが、しばらくの間は子どもたちの通学路を見守らなくてはならない。もちろん、就業時間外の仕事で時間外手当は出ないが、教員というのはそういう仕事だった。普段から母の仕事を見ていたから、自分は絶対に教師になんてなりたくないと考えていた。母はいつも帰りが遅かった。土日も仕事に費《つい》やし、児童たちの両親に頭を下げてはストレスで身体を壊す毎日だった。母だって、絵里を教師になんてしたくなかっただろう。念のために教員免許をとろうかなと口にしたとき、お願いだから小学校の先生にだけはならないでねと母は笑った。身体を壊してしまうだけだから、と。

自分の人生を犠牲にできる人間だけが、きっと教師になれる。

母が亡くなったあと、中学校教諭の免許しか持っていなかった絵里は、わざわざ通信教育課程で小学校の教員免許を取得した。中学校で働く手もあったというのに、どうして小学校教諭の道にこだわったのだろう。絵里には、その明確な答えが未だにわからない。

日常は、何事もなく回復しようとしていた。乗り越えるべき壁はもう一つあるはずだが、警察はまだそれを見つけていないようだった。あるいは対応を考えあぐねているのかもしれない。どちらにせよ田草の死は事故として処理されたらしく、ここ数日は警官の姿を見ることはなかった。

大丈夫、なにも問題はない。自分は正しいことをしたのだから。

絵里はいつものように家を出ると、早朝の会議をこなし、通学路を歩む子どもたちを笑顔で迎えて、そうしてみんなの明るい声に包まれながら、授業に挑んでいく。

＊

国語の授業中だった。

絵里は黒板に、ひらがなの「め」を書いて、それをマルで囲んで示す。目当ての「め」を意味する文字だった。

「それじゃ、今日のミッションはこれ。みんなでスイミーの作戦がなんなのか考えてみようか。さっき音読した中に、ヒントがあるからね」

板書をしながら、絵里は子どもたちに問いかける。

「なにか気がついた人は、手をあげて」

その言葉と同時に、勢いよく挙手が並んだ。反応は様々だ。ハイハイと声を連打する子もいれば、丁寧にまっすぐ手を上げて静かにしている子もいる。元気なのは喜ばしいことかもしれないが、うるさくされても困ってしまう。絵里は笑いながら言った。

「ハイハイは、赤ちゃんでおしまいだよ」

絵里がそう言うと、それは魔法の言葉のように子どもたちをはっとさせた。二年生に進級した子どもたちにも、自分は成長しているのだという矜持《きょうじ》があるのだろう。これと並んで、幼稚園に戻りたいの？　という言葉は、彼らをたちまち大人しくさせる魔法のフレーズだ。母が仕事で使っていた言葉だけれど、まさかこうして何度も役立つ日が来るなんて、十代の頃の絵里には想像もつかなかった。

丁寧に挙手をしてくれた真央《まお》を指名して、微笑ましい回答を聞く。元校務員の転落死という事件は保護者たちを動揺させたものの、子どもたちにとっては縁遠い出来事なのだろう。いつも通りの平穏な授業だった。そう。これでいい。自分はこの景色を護ったのだ。自分が殺さなければ、多くの子どもたちの笑顔が失われるところだった。誰かが、そうする必要があった。そう考えれば、誇《ほこ》らしさすら湧いて出てくる。

大丈夫。計画は万全だ。自分は捕まらない。

子どもたちのためにも、絶対に捕まるわけにはいかない――。

子どもの回答を褒《ほ》めながら板書していると、扉が静かに開いたことに気づいた。見ると、教室の後ろに二人の人物が入ってくるところだった。

一人は頭髪の薄い眼鏡《めがね》の壮年男性。教頭の利根川《とねがわ》だった。彼の後ろについてきたのは、若い女性である。誰だろう。教頭は絵里を見て頷くだけだった。気にしないで授業を続けてほしいということだろう。子どもたちもやって来た二人に気を取られていたものの、絵里が両手を叩いて注意を集めると、すぐに前に顔を向けてくれた。

「他に思いついた子はいるかな?」

もう一度、挙手を呼びかける。

普段は見慣れない人物が後方にいるせいなのか、今度の挙手は礼儀正しく大人しいものばかりが並んだ。絵里は教頭の隣に佇んでいる人物を気に掛けながら授業を進めた。あの女性は誰だろう。今日、誰かが見学に来るという連絡はあっただろうか? 若いから保護者ということはないし、教育委員会の人間でもないだろう。実習生というのがしっくり来るけれど、それなら事前の連絡があるはずで、一人というのもおかしい。教頭がわざわざ連れて来ているというのも気になる。

絵里は子どもたちと話を続け、みんなを笑わせながら和《なご》やかな授業を続けた。その雰囲気に包まれるように、後ろで見学している女性も優しく微笑んでいる。

彼女はときどきなにかの資料が挟まったバインダーを捲っていた。まだ二十代半ばくらい。手間暇をかけてセットする時間があるのだろう、茶色い髪を綺麗にハーフアップにしている。赤いフレームの眼鏡から覗く瞳は大きく、丁寧なメイクと相まって眼を惹《ひ》く美人だった。面倒くさがりの教頭がわざわざ案内を買って出ているのは、そのあたりに理由がありそうだ。涼しげなフリルのブラウスを着こなしていて、教師だったら授業参観のときくらいにしか着られない服装だなと、絵里は思う。何者なんだろう？

内心で首を傾げながら、再び子どもの回答を黒板に書き写しているときだった。

大きな音が鳴って、絵里は教室を振り返る。見れば女性が、手にしていたバインダーを床に落としてしまったらしく、摑《つか》み損ねたプリント用紙が大量に床に散らばっているところだった。子どもたちも、驚いて振り返っている。

「わわわわ、ごっ、ごめんなさい！」

女は気の抜けるような声を漏らしながら、屈んでそれを拾い集めていく。その様子を見て子どもたちが笑い出した。屈んだ彼女はその姿勢のせいで穿いていた短めのスカートが捲れ上がり、ストッキングに包まれた細い腿を露出させていた。こいつ、小学校にそんな格好で来るなよ、と絵里は密かに苛立つ。絵里の冷たい視線に気がついたのか、だらしない笑顔でプリント拾いを手伝っていた利根川が、咳払《せきばら》いをして隣の女になにかを囁《ささや》いた。

女は資料を抱え直し、片手でいそいそと髪を整えると、教室の子どもたちに呼びかける。

「ええと、皆さん、こんにちは」

それは不思議とよく通る声で、たちまち子どもたちの注意を惹きつけた。

「こんにちはぁ！」

と、教室で大合唱が返った。それに女は驚いたようで、眼を丸くする。

「わわ、元気ですね。ええと、皆さん、驚かせてしまってごめんなさい」

ぺこりと頭を下げて、女が言う。

「わたしの名前は、白井奈々子《しらいななこ》といいます。奈々子先生って、呼んでくださいね。今日から相談室で、みんなの困ったことや、悩んでいることを聞くために、この学校に来ました。二十分休みとお昼休みに、二階の相談室にいるから、お話をしたい人は来てくださいね」

それから、にこやかに片手を振る。声の抑揚も心地よく、さながら子ども番組のお姉さんといったふうで、堂に入った挨拶だった。子どもたちはすっかり喜んでしまって、相談室ってなに？　どこにあるのー？　と質問が飛び交う。

そうか、スクールカウンセラーか、と絵里は納得する。この学校にも相談員はいるが、非常勤で週に一度しか勤務していない。今回の事件のことを考慮して、短期間だけ臨床心理士に常勤で来てもらおうという話が出ていた。それが彼女なのだろう。

絵里は手を叩いて言う。

「はい、みんな、今は授業中だよ。ほら、奈々子先生が困っちゃってるでしょう。奈々子先生に話したいことがある子は、休み時間にお話をしに行ってね」

絵里が言うと、子どもたちは元気に声をあげて従った。美人の先生の前で聞き分けの悪い様子を見せたくはないのだろう。こういうとき、顔のいい人間は得だな、と絵里は能天気に微笑んでいる奈々子を見遣る。

奈々子は視線に気づくと、こちらの気も知らずに茶色い瞳を輝かせ、絵里に柔らかな笑顔を返した。

＊

正直なところ、白井奈々子に対する第一印象は、あまり好ましいものではなかった。

最初に絵里を大きく苛立たせた要因は、やはり奈々子の服装だった。あの服装は、てっきり勤務初日だからなのだろうと考えていたけれど、翌日になっても彼女のファッションは大して変わらなかった。涼しげなのは良いが、肌を見せるようなレースのブラウスと、短いオレンジのスカート。誰の目を意識しているのかわからないが、やはり丁寧に髪を整え、唇をピンクのリップで彩《いろど》って出勤してくる。小学校にその格好でやってくるなんて、いったいなにを考えているのだろうと絵里は呆れた。鼻の下を伸ばして喜んでいるのは教頭の利根川をはじめとした男性陣ばかりで、女性の方が数が多い教職員の中では、絵里と同様の印象を持つ者ばかり。白井奈々子の存在は、早くも職員室の中で浮いたものになっていた。顔がいい人間なのだ。あまり賢そうにも見えないし、そうやって男たちからチヤホヤされて生きてきたのだろう。

もう一つの苛立ちの理由は、普段の白井奈々子の振る舞いから来るものだった。

奈々子は授業中であっても、ときどき教室に顔を出して、子どもたちの様子を見学している。そうしたやり方は絵里にとっては初めてのもので驚いてしまった。非常勤の相談員は相談室で子どもたちの相談を待ち構えるばかりで、奈々子のように授業中に顔を見せるというのは珍しい。唐突に顔を出されると子どもたちの集中力を乱されるし、授業のリズムも狂うので、絵里はそのやり方を素直に受け入れることができなかったが、校長はそれを許可しているらしく、短期間だけならばと絵里も承諾した。問題を抱えた子どもが——特に低学年であれば尚更に——、自ら相談室に顔を見せるとは限らない。だから、スクールカウンセラー自身が、そうして教室まで様子を探る行為は効果的なのだろう。だが、問題なのはそうした方針ではなく、白井奈々子という人間そのものだった。

なんというか、とにかく――、見ていて苛々するほどに奈々子はどんくさいのだ。まず、なにもないところで転んでしまう。ときどき廊下を歩いている姿を見かけると、たいていの場合、すぐに躓いて転びそうになる。教室へ見学しに来たときも、奈々子は歩く度に腰を子どもたちの机にぶつけて悲鳴を上げた。初めて会ったときのように、職員室で運んでいる資料をブチ撒《ま》けることも一度や二度ではない。それで、「はわわわ」などという悲鳴をアニメ声で上げるものだから、男たちが喜んで彼女を気遣う。なんだよ、はわわわって、そんな声を上げる女がいるものか。男性陣や子どもたちは容易《たやす》く騙され彼女の存在を受け入れているようだが、絵里はどうにも彼女を好きになれなかった。

だから、彼女がやって来て数日後、一対一の面談の機会を設けてほしいと提案されたとき、絵里は率直に言って気が進まなかったのだ。たぶん、彼女は仕事をなめている。ああいう見てくれだから、これまではそれでも赦《ゆる》されてきたのだろう。だが、そんな態度で仕事を続けられるほど小学校は甘い場所ではないし、それは子どもたちのためにもならないだろう。苦手な人種が相手ということもあり、一対一の面談で苛立ちを隠し通す自信が、絵里にはあまりなかった。

時刻は十七時過ぎ。絵里は奈々子を教室に案内すると、教卓の隣に置かれたオルガンの椅子に彼女を座らせた。自分自身は、隅にある自分のデスクの椅子に腰掛けて、彼女の話を促す。早く終わらせたかったので、世間話は避けた。

「それで？　うちの子たちが、相談室に顔を出したりしたの？」

「あ、ええ、そうですね。真央ちゃんが来てくれました」

奈々子は椅子に行儀良く腰掛けている。背筋はまっすぐに膝を揃え、腿の上に両手を乗せていた。彼女がまっすぐにこちらへ身体を向けているのに対して、絵里は僅かに側面を向けるかたちだった。

「けれど、それは微笑ましい案件です」

「微笑ましいって?」

「タンジのことです。ハムスターの」

奈々子が、視線を教室の後ろに向ける。並んだロッカーの上には小さなケージがあって、その中でハムスターが飼育されているのだ。

「タンジくん、何度も脱走することがあるそうですね。それで、いつか帰ってきてくれなくなるんじゃないかって。そういうことを考えて眠れない夜があるそうなんです」

「なにそれ」絵里は笑った。「真央らしい。うん、あの子はタンジが本当に好きなの。けれど、大丈夫。脱走したとしてもね、タンジにはお気に入りの場所があって、ちょうど、このあたりなんだけれど」

絵里はデスクの下辺りに視線を落とす。そこには授業に使う雑多な道具が整理しきれず、紙袋に押し込まれて並んでいた。

「小さいスペースがあって。いなくなったと思っても、いつもそこに戻ってくるから」

「隠れ家みたいなものですか?」

奈々子がきょとんとする。

「そうね。だから心配ないいんだけれど。そんな相談を受けなきゃいけないなんて、スクールカウンセラーも大変ね」

「些細なことでも、子どもたちにとっては大きな不安になりえますから」奈々子は微笑んで、首を傾げた。「そうした不安は、一つ一つ取り除いてあげないといけません」

奈々子の言いたいことは理解できるが、わざわざ教育委員会が予算を捻出した理由は、そんなことではないはずだった。まぁ、元校務員の転落死がもたらした衝撃が、子どもたちにとって大したものではなかったと考えればよいのだろう。もっとも、警察があの事実に気づいたとすれば、奈々子の仕事は後々に大きな意味を持つことになるだろう。だが、こんな頼りない若輩者に任せて、大丈夫だろうかという不安もある。

「それで、他には？　もうおしまいなの？」

「このクラスで相談室に来てくれたのは、真央ちゃんだけです。ただ、個人的にいくつか気になることがあります。確認してもよろしいでしょうか？」

「確認って？」

「たとえば、小池大地《こいけだいち》くんです。彼だけ、周囲の男の子たちとの間に、僅かばかり壁があるように見えます。いじめというほど明確なものではなく、かといって大地くん自身のコミュニケーション能力にはまったく問題が見えません。先生には心当たりがありませんか？」

「え、大地がそう相談したの？」

「いいえ。授業中や、休み時間の様子から、そう感じただけです」

絵里は素直に驚いていた。奈々子の方に身体を向けて、生真面目《きまじめ》な表情を浮かべている若い臨床心理士を見遣る。絵里は彼女に頷いて説明をした。

「それなら、大丈夫だと思う。なにか問題があるってわけじゃないの。単純なことで、大地は四月にここに転入してきたばかりだから、ちょっとまだ完全にみんなと打ち解けていないだけだと思う。けれど、宗也《そうや》とか秋秀《あきひで》とか、中にはけっこう親しい子もいるから」

「そうなんですね。なら安心さんです」

安心さんってなんだよ、と無邪気に微笑む奈々子に絵里は顔を顰めたくなる。だが、そのあとも奈々子の確認事項は続き、彼女の子どもたちを見る眼差《まなざ》しに絵里は感心せざるを得なかった。これが本職の人間というものなのだろうか。奈々子は、子どもたちが家庭で抱えている問題を次々に言い当てたのだ。ほとんどは絵里が把握しているものだったが、なにかしら気がかりだったものの、絵里にはその正体が判別できなかったものまで、彼女は子どもの普段の振る舞いから推測に基づいて納得のいく答えを示してくれた。話を聞き終える頃には、絵里は椅子ごと奈々子の方に向き直っていた。

「ひとまず、この教室で気がついたことはこれくらいです。些細なことも多いですが、いちおう、留意しておいた方がよいかと思いまして……。あれれ、末崎先生？　どうしました？」

不思議そうに大きな瞳を瞬いて、奈々子が言う。

「驚いた」

絵里は素直に感心を口にした。

「すごいわ。あなた、本当によく子どもたちのことを見ているのね。なんか、意外で」

「どうして意外なんですか？」

「え、まぁ、なんとなくだけれど」

奈々子は不服そうに唇を尖《とが》らせた。いちいち表情の仕草が幼いな、と絵里は思う。それがまたよく似合っているのが腹立たしい。

「あ、わかりました。末崎先生、わたしのこと、ふわふわしているだけの、能天気な使えないやつだと思ってましたでしょう」

「え、いや、そんなことないけれど」

正にそう思っていたので、絵里は視線を逸らす。

「いえ、絶対にそう思ってました！」

奈々子は椅子ごと絵里の方に近づいてきた。

「だって」

追い詰められるようにして、絵里は呻く。

「あなた、なんていうか、その……。ううーん、うまく言えないけれど、小学校にそういう服で来るのは、どうなのよ」

「それは偏見というものです」

奈々子は大きな瞳でこちらを睨んでくる。だが、唇は愛らしく尖っていて、あまりこちらを咎める気はないらしい。拗《す》ねている、といったところだろうか。まるで子どものようだ。

「けれど、そうなんです。わたし、どこの仕事場でも、よく勘違いされるんですよね。ドジで間抜けで、見た目がいいだけの、よく転ぶ役立たずだって」

「見た目がいい自覚はあるのね」

その潔さに半《なか》ば呆れて、そして半ば笑いながら絵里は言う。すると奈々子は、少し真面目な表情を取り戻し、絵里を見た。

「末崎先生、これは、わたしの戦闘服なんです」

「戦闘服？」

「わたし、子どもの頃は、自分に自信を持てない人間だったんです。今でもそうなんですけれど、注意力に欠けた子どもで、よく転んだり忘れ物をしたりを繰り返して、みんなから笑われて、恥ずかしい思いをしていました」

奈々子は視線を落とす。赤いフレームの眼鏡が少し傾いて、前髪と共に彼女の表情を少しだけ覆《おお》い隠した。

「中学に入ってもそれは変わらなくて、けれどあるとき、友達が言ったんです。奈々子は可愛いから、笑って赦せるよねって。もしかしたら、それは嫌味とか馬鹿にした言い方だったのかもしれないですけれど……。それでも、わたし、それを自分の武器にしようと思ったんです。そうしたら、失敗を繰り返しても自分に自信が持てる、自分のことを好きになれるんじゃないかって」

まるで当時の決意を宿したような奈々子の真剣な瞳を見返し、絵里は密かに己を恥じた。奈々子の注意力散漫なところは、発達障害の症状に重なる部分があるかもしれない。そのせいで彼女が子どもの頃から苦しい思いをしてきたであろうことは、小学校教諭である絵里なら思い至らなければならないことだった。だというのに、絵里は彼女のファッションや雰囲気などから、どこか色眼鏡で見てしまっていたのだ。それこそ、本当に偏見だった。

「ほんとうに、いろんな職場で言われますよ。誰の目を意識してるんだとか、生徒に色目を使うなとか。けれど、勘違いしてほしくないのは、わたしは他人のために自分を着飾ってるわけじゃないってことです。わたしは可愛いわたしが好きで、自分のために可愛い格好をしているんです。そうでもしなければ、仕事なんてテンション上がらないですし、やってられません」

奈々子は少しばかり愚痴るような言い草で言った。面白い子だな、と絵里は思う。ここが居酒屋だったら、酒でも呷《あお》っていそうな雰囲気だった。

「末崎先生にも、そういうのありますでしょう？　自分の武器というか、自分の自信に繋がるなにかって」

「どうかな」

絵里は笑って首を傾げる。

自分の自信に繋がるもの。

あるとすれば、なんだろう？

ふと、自分はどうして教師を続けているのだろうと、そんなことを漠然と考えてしまった。

「白井さんは、そういう経験があったから、スクールカウンセラーになったの？」

「はい。それもあるんですけれど、天職だと思うんです」

「天職？」

「わたし、なんていうのか……。霊感みたいなのがあるっていうか。幽霊の他にも、人のオーラみたいなのがわかるんですよ」

見直したとたん、また変なことを言い出した。

「オーラ？」

「はい」奈々子は真面目な表情で頷く。「うまく説明できないんですが、それでその人のことがなんとなくわかるというか。だから、子どもたちの問題もわかるんです」

「冗談でしょう」

「そんなことないです」

奈々子は頰を膨《ふく》らませる。

「友達にはよく、占い師への転職を勧められます。末崎先生のことも、いろいろ当てられますよ」

「ふぅん」

やっぱり変な人間だな、と絵里は笑う。虚言癖でも持っているのかもしれない。だが、それで子どもたちの問題を次々と言い当てたのだとしたら、鼻で笑うわけにもいかないだろう。

「じゃあ、やってみて。手相でも見るの？」

「そういうのは要りません」

奈々子はもぞもぞと居住まいを正した。

まっすぐに背筋を伸ばして、こちらを見つめてくる。

眼鏡の奥の茶色い瞳が、絵里の眼を覗き込んだ。

油断すれば、心の奥まで覗かれてしまいそうな。

それは、そんな錯覚を感じさせる瞳だった。

「たとえば、人の死について考えていらっしゃいますでしょう？」

「え？」

「とても最近に、それに関連する大きな決断をされましたね。それは、たぶん、末崎先生の人生を左右するような決断です」

絵里は押し黙り、奈々子を見返す。

奈々子はあまり感情の籠《こ》もらない表情と瞳をしている。

「先生はとても正義感が強い方です。潔癖すぎるきらいはありますが、ご自身の仕事に誇りを持っていらっしゃって、子どもたちを愛している。それ故《ゆえ》の決断です。どんな決断かしら……。ううーん……。とにかく、それにはご家族の影響も大きいようです。お母様ですね。でも、同時に強く迷いがあって、お母様のご意見を聞きたいと思っている。それができないのは……。もしかして、お母様は既に？」

絵里は、呼吸を再開する。

少なくとも、白分の息が止まっていたかのような錯覚に陥った。

「ええ、もう十年以上前だけれど」

「すみません、大見得《おおみえ》を切っておきながら、先生がされた決断というのが、よくわかりません。見たことがない色です。ううーん」

奈々子が身を乗り出して、こちらの瞳を覗き込んでくる。

絵里は、その視線から逃れたい気持ちでいっぱいになった。

けれど、どうしてか顔を背けることができない。

顔を背けたら、余計に……。

「先生、もしかして、人を……」

なにか気がついたかのように奈々子の瞳が揺らぎ、大きく見開かれる。

そこに宿る感情は、驚愕と、疑念。

絵里には、そう見えた。

「なに？」

「いいえ」

奈々子は、慌てたようにかぶりを振った。

「嘘、なにかわかったんじゃないの？」

奈々子は押し黙り、それから、怯えたように周囲に視線を巡らせた。

「いえ……、わたし、そろそろ失礼しますね」

まさか、と絵里は思う。

奈々子は逃げるように立ち上がり、教室を去ろうとする。

けれど、だとしたら、奈々子はなにに気づいたというのだろう。

どうして、そんな眼で、こちらのことを見たのだろう？

戸口に立った彼女は、なにかに気づいたかのように振り返る。そうして、この教室を怪訝そうに見渡しながら、言った。絵里は、その言葉を身が凍る思いで耳にしていた。

「先生……。最近、この場所で亡くなった方がいませんか」

「まさか」

絵里は鼻で笑うことしかできない。

「そうですか」

奈々子は頷いた。だが、得心したようには見えない。

彼女はそのまま、戸口から去っていく。

背筋を伝う汗の感触に、絵里は身震いする。

本物の、霊能力者……。

そうした超常の力を、絵里は信じているわけではない。

けれど、頭ごなしに否定することだって、できなかった。

間違いない。

奈々子には、そうした力がある。

彼女は絵里を見て、なにかに気がついたのだ。

暫くの間、奈々子が見せた疑念の瞳が、絵里の脳裏から離れることはなかった。

*

熱い陽射しに、額から汗が珠《たま》のように噴き出していく。

まるで鉄板の上で焼かれる肉のようだな、と絵里は自分で自分を笑う。肉汁が滴るように零《こぼ》れる汗を、汚れた軍手の甲で拭いとる。夕刻であっても七月の陽射しは厳しく、校舎の裏手にあるこの畑には影が落ちてくれない。彼女は腰を痛めながら、雑草を抜き取っていった。

二年生の畑に植えられた野菜――、ミニトマト、ピーマン、ししとう、サツマイモ、なす。絵里はそれらに水をやり、枯れた苗を植え替えていく。二年生の生活科主任として、この畑の面倒を見るのが、彼女に押しつけられた仕事だった。

軍手で汗を拭う度に、顔が汚れていく。長年教師をしているけれど、どうしてもこの作業だけは好きになれない。自分のクラスの畑だけなら、まだ愛着というものが湧くけれど、二年生の他の教室のぶんまで面倒を見るとなると、億劫《おっくう》さの方がどうしても勝ってしまう。暗くなる前に終わらせなくてはならないし、そうなると他の仕事がところてん式に後ろへと押し出されてしまうから、必然的に帰りは遅くなる。絵里は今、日焼けを避けるためのアームガードを装着し、農作業用の日除け帽とマスクで頭部を覆っていた。汗が湧き出る度に化粧が落ちて、眼に沁《し》みていく。まるで農家のおばさんだ。母はこうした仕事も文句を言わずにやり遂げていたのだろうか。

もう少し、話したかったと思う。自分がこの仕事に就いているときの視点で、同じ仕事に人生を捧《ささ》げた母と、教職の話をしてみたかった。

屈んで作業を続ける絵里の許に、ふと足音が近付いた。近くのコンクリートの上に、綺麗なピンヒールを履いた細い両脚が並んで立っている。

「精《せい》が出ますね」

見上げると、涼しげなワンピースに身を包んだ白井奈々子が、白い日傘を片手に立っている。この場所にあまりにも不似合いな装いだった。自分の格好とのあまりの大差に絵里は泣きたくなってくる。なにが精が出ますね、だ。絵里は顔を顰めながら立ち上がった。奈々子が訊いてくる。

「なにをされてるんですか？」

「草むしりよ。見てわからない？」

「なるほど」

感心したように、奈々子が頷く。

「最初、末崎先生とはわかりませんでした。農家の人みたいで」

くるくると日傘を回しながら、涼しげな格好をしている人間に、そう言われてしまう。絵里はマスクを取って、奈々子を睨んだ。

「別に好きでこんな格好してるわけじゃないの。なにか用？」

「あ、そうでした。わたし、あの事件のことを調べているんです。それで、末崎先生に訊《き》きたいことがあって」

「事件って？」

「元校務員の方が、転落死された事件です」

「あの事故のこと？　どうして、そんなことを調べてるの？」

「あ、先生。それ、なんですか、そこの棒に沿って繋っているの」

「これ？　ピーマンだけれど。見たことないの？　小学校でやったでしょう？」

「わたし、子どもの頃は海外にいたんです。日本の小学校には通えなくて」

「ああそう」

帰国子女。しかも着ている服や靴、バッグなどは高級ブランド品だし、スクールカウンセラーにそんな稼ぎがあるとは思えない。きっと裕福な家庭に育ったのだろう。おまけに超絶美人ときたものだ。どうしてこんなところで働いているのか不思議で仕方がない。先日、彼女の仕事ぶりに感心したばかりだけれど、やはり自分はどうしてもこの白井奈々子という人間が好きになれそうになかった。

それにしても、あの事件を調べているって？

それは、やっぱり……。

「それで、訊きたいことって？　あんな事故のこと調べて、なんになるっていうの？」

「それはもちろん、わたしがこの学校に来るきっかけとなった事件ですから、興味があっていろいろと先生方にお話を聞いていたんです。そうしたら、いくつか不自然なことに気づいちゃったんですよ」

「不自然なこと？」

身につけた軍手を脱ぎ、近くに置いてあったペットボトルを取り上げた。それで水分補給をしながら、奈々子の話に耳を傾ける。

「警察の捜査では、元校務員の田草さんは、排水管を伝って三階の理科室へベランダから侵入し、防犯システムに驚いて慌てて逃げようとしたところ、誤って転落してしまったと考えられているそうです。理科準備室にはお金に換えられそうなものがあることから、それを狙っての侵入だとみられるそうで」

「ふぅん」

関心がないふりを示しながら、絵里は頷く。

「それが、なにかおかしいの？」

「ええ、おかしいですよ。とってもおかしいです」

奈々子は赤い眼鏡の奥の瞳をきょろりと動かした。日傘を回しながら言う。

「田草さん、どうやって理科準備室に入るつもりだったんでしょう？」

なるほど、と絵里は内心で頷く。

そう来たか。

「末崎先生もご存知のように、理科準備室には普段から鍵が掛かっているそうです。当然ですよね。子どもたちが危険な道具や薬品を勝手にいじったら大変です。その準備室の鍵は職員室にありますが、当然ながら夜間には職員室が施錠されています。そうなると、どうにかして準備室の鍵をこじ開けなくてはなりません。ですが、とっても不思議なことに、田草さんが所持していたのは小さなハンマーだけだったそうなんです。彼は、ハンマーでどうやって準備室の鍵を開けるつもりだったんでしょう？」

「それは、私に訊かれてもわからないけれど」絵里はミネラルウォーターで喉を潤し、キャップを閉めた。「たとえば、他になにか目的があったんじゃないの？　田草は理科準備室に入るつもりなんてなかった、とか」

「他に目的って、なんでしょう？　三階には、二年生と五年生の教室がある他には、理科室や理科準備室、トイレがあるだけです。用具室もありますが、そちらは鍵が掛かっています。田草さんはどこに入ろうとしていたのでしょうか？」

「さぁ、なんとなく思いついただけよ。それにしても、よくそんなこと知ってるわね。ハンマーしか持ってなかったなんて。私は知らなかったな」

「警察も不審に思って、教頭先生に質問されたようですよ」

なるほど、あの教頭が鼻の下を伸ばしてぺらぺらと奈々子に喋ったのだろう。

だが、現段階で警察がそこに疑問を持つのは仕方がないことだろう。

そこを探られたところで、絵里には痛くも痒《かゆ》くもない。

「でも、そんなこと、どうして私に訊くの？」

絵里は警戒しながら、奈々子の表情を探る。

奈々子は相変わらず、どこか能天気そうな微笑を浮かべていた。

「末崎先生なら、妙案を思いつくかと思いまして」

「残念だけれど、役立てそうにないわね」

「そうですか……」

しゅんと肩を落とす奈々子を見遣り、絵里は再び軍手を手に嵌める。

雑草を毟《むし》り取るために腰を下ろしたとたん、声が降ってきた。

「じゃあ、もう一点よろしいです？」

「まだなにかあるの？」

「あの夜、最後まで学校に残っていたのは、末崎先生と、一年生の担任の古茂田《こもだ》先生、四年生の担任の松林《まつばやし》先生、でしたよね？　皆さんでご一緒に、二十一時過ぎに学校を出られたとか」

絵里はもう一度立ち上がり、静かに奈々子を見た。

「そうだけれど」

「怖くありませんでしたか？」

「え？」

「女性三人だけで遅くまで残っていたわけです。一歩間違えたら、泥棒と鉢合わせしていた可能性もあります」

「考えてもみなかったけれど、確かに危ないところだったかもしれないわね。訊きたいのはそんなこと？」

「いいえ。実は古茂田先生が、警察に不思議な証言をなさったそうなんです。古茂田先生、二十時頃に、忘れ物を取りに理科室へ行ったそうなんです。そのとき、ついでに窓の鍵を確かめたらしいんですよ。確かに全ての窓に鍵が掛かっていることを確認して、部屋を出たとおっしゃっているそうなんです。ところが――」

その説明を聞きながら、絵里は表情を硬くした。

暑さのせいだけではなく、新たに湧き出た汗が、自分の化粧を剝ぎ落としていく。

「ところが、ところがですよ。田草さんは、持っていたハンマーで窓を割らずに理科室に侵入しているんです。あれれです。おかしいですよね？　田草さんが窓を割らずに侵入できたのは、たまたま窓の鍵が開いていたからだと考えられています。でも、二十時の時点で施錠されていたのに、二十一時四十八分の時点で、どうして窓の鍵が開いていたんでしょう？　二十時以降の時間帯に、誰かが理科室の窓を開けたりしたんでしょうか？」

古茂田が、そんな時間に理科室へ足を運んでいたなんて――。

理科室の窓の確認は、普段から念入りにされていたわけではない。三階だし、防犯システムもある。最後に理科室を使った教師が確認するものの、それ以降に子どものいたずらで鍵が開けられてしまう可能性だってあっただろう。だが、よりによって二十時という遅い時間に、わざわざ古茂田が鍵を確認していたなんて……。

「勘違いをしてたんじゃないの？　古茂田先生、鈍《どん》くさいところがあるから。だって、そうじゃないと矛盾しちゃうでしょう」

「そうですねぇ。警察さんは、そう考えていらっしゃるみたいです」

奈々子は日傘をくるくると回しながら、首を傾げた。

「あなたの考えは違うってこと？」

「はい」

奈々子は絵里を見遣り、微笑んだ。

「これは、殺人事件なのではないでしょうか？」

「殺人、ですって？」

熱い陽射しに灼《や》かれて、絵里の額を汗が伝い落ちていく。

「ええ。たとえば、学校内の何者かが、田草さんの侵入を手引きしたと考えれば辻褄《つじつま》が合います。犯人は二十時以降に理科室の窓を開けておくと田草さんに伝えておく。田草さんは手引きに従ってベランダから理科室に侵入しようとする……。ところが、犯人はそこで田草さんを待ち構えていたのです。ベランダに上がろうとしていたところだとすれば……。たとえば、女性であっても、簡単に彼を突き落として、事故に見せかけることができる……」

その推理に、絵里は笑った。

「白井さんってば、面白いことを言うのね。なんだかアニメの名探偵みたいだけれど。つまりその推理が正しいとするなら、夜の十時頃だったかしら？　防犯システムが反応したその時間まで、学校に残っていた人間が犯人ってこと？」

「はい。正確には二十一時四十八分です。その時間まで、学校に残っていた人はいませんか？」

「残念だけれど、その時間まで残っていた教員は誰もいないわよ。私たちはもっと早くに帰ってしまったし……。誰かがいたら防犯システムに引っかかるもの。あれはただの事故よ」

「ううーん、そうでしょうか……」

頬に片手を押し当て、奈々子は口を閉ざした。

そのまま、思索の海に沈んだのか、ぼんやりとした表情で首を傾げている。

絵里は溜息を漏らし、マスクで口を覆った。再び屈み込んで、草むしりを再開する。

「あのう」

まだなにかあるのか。

「なに？」

「まだ末崎先生にお訊きしたいことがあるんです。たとえば、田草さんに恨みを持っている人など、心当たりはありませんか？」

「あのねぇ」絵里は再び立ち上がる。「いい加減にして。見てわからない？　日が暮れるまでに終わらせたいの」

「大変なお仕事ですね」奈々子は能天気にしみじみと呟く。「お手伝いしましょうか？」

「その格好でなにができるわけ？」

嫌味ったらしく言うと、奈々子は自身の格好を見下ろした。絵里の怒りを気にしたふうもなく、奈々子は虚空を蹴るように片足を前に出し、ワンピースの裾を揺らした。

「可愛らしい服でしょう？　お気に入りなんです」

「じゃあ難しいでしょうね」

絵里は言葉を吐き捨てる。

「それで先生、田草さんを恨んでいる人に、心当たりはありませんか？」

「さぁね。田草さんとは、ほとんど話したことなかったから」

「そこをなんとか、もっとよく考えてもらえませんか？」

「あのねぇ」

暑さも相まって、絵里の苛立ちは頂点に達していた。

「あなた、ただのスクールカウンセラーでしょう？　刑事じゃあるまいし、あんなやつの事故を調べていったいなんの意味があるっていうの？　こっちは仕事をしてるの、いいかげん邪魔しないでくれる？」

「あれれ」

奈々子は眼鏡の奥の瞳を大きくした。

「先生、どうしてそんなことをおっしゃるんです？　田草さんは元同僚でしょう？　同じ学校で仕事をしてきたはずの仲間ではありませんか？　どうしてあんなやつだなんておっしゃるんです？　田草さんとは、ほとんどお話ししたことなかったのでしょう？」

「それは」

絵里は奈々子を睨みつける。

それから視線を彷徨《さまよ》わせて、理由を探した。

「言葉のあやよ。うまく言えないけれど、なんとなくいやな感じのする人だったし……。そう、ほら、ものを盗むために小学校に侵入しようとしたわけだから」

「だから、殺されて当然ですか？」

「そこまで言ってないでしょう。なんなの、いい加減にしてくれる？　あんなの事故に決まってるじゃない！」

　奈々子は肩を竦めた。

　それから、涼しげな顔で言う。

「先生、暑くて苛々するのはわかります」

「自分のせいだって自覚がないわけ？」

「もしこれが殺人事件だとするなら、子どもたちに危険が及ぶ可能性だってあるわけです。放っておくわけにはいきません。事件を調べるのは、大人として当然の責務です」

　奈々子は探るような眼差しで、絵里を見た。こちらの視線に屈する様子は微塵《みじん》もない。それどころか、絵里の方は調子を狂わされっぱなしだ。

　なんなんだ、この女は……。

　奈々子は、失礼しますね、と言って身を翻《ひるがえ》す。

　再び仕事に戻ろうと屈んだとき、声が降ってきた。

「あ、先生、もう一つだけ」

　絵里はうんざりとした溜息を吐いた。

　腰に手を当てて、奈々子を睨む。

「これは事件とは関係ないことなんですけれど……。先生は、どうして三階のトイレを使われないのですか？」

「え――」

絵里は言葉に詰まる。

「何度か、廊下で先生をお見掛けしたことがあるんです。どこへ行かれるのかな、と思っていたら、二階に降りていかれて、教職員用のトイレへ入っていかれました。他の先生は、皆さん教室の近くのトイレを使われています。どうして末崎先生は、三階にもトイレがあるのにわざわざ二階に行かれるのかしらって」

「べつに……。たんに、三階のトイレは子どもたちが使うからよ。うるさいのはちょっと苦手なの。それがなんだっていうの？」

「真央ちゃんに訊いたら、先生は去年まで、子どもたちが使うトイレにも入られていたということでしたけれど」

「あのね……。どこのトイレを使おうと人の勝手でしょう。そんなプライベートなことといちいち調べて、いったいなにがしたいってわけ？」

「あれれ。お気に障《さわ》ったのなら謝ります」

奈々子はちらりと舌を出した。

まったく謝罪の気配というものがない。

「細かいことが気になるのが、わたしの悪いくせなのです。まったく困ったさんです」

奈々子は日傘をくるくると回しながら、自身の頭を小さな拳《こぶし》で小突いた。

この女……。

絵里が唖然としていると、奈々子は涼しげな表情で、鼻歌交じりにその場を去っていく。

間違いない。この女は、絵里が田草を殺したのではないかと疑っている。

それも、その根拠は、オーラを見るとかいう超能力だ。

そんなのは、あまりにも馬鹿げている。

けれど……。

全身に汗が伝うのを感じ取りながら。

絵里だけが、その場に取り残されていた。

＊

翌日には事態が急変していた。

学校に不法侵入を試みた田草明夫の動機が、警察の捜査で判明したためだった。

田草は盗撮行為の常習犯だった。彼は校務員として勤務経験のある複数の中学校や小学校に日頃から不法侵入を繰り返し、更衣室やトイレなどに盗撮用カメラを設置していたという。それらの動画を、インターネットを通じて高値で販売していたのだ。自らの歪んだ欲望のためではなく、商材として扱うために盗撮を繰り返し、かなりの利益を得ていたという。そうしたものを欲する人間たちがいるという事実が、絵里には未だ信じられない。

そして田草の魔手は、児童や生徒だけではなく女性教職員にまで及んでいた。知らず被害に遭っていた教員も多かったことだろう。あの男は動画を不法に販売するだけではなく、脅迫の材料にもしていた疑いがあり、他校の中学では子どもたちの個人情報まで得ていたらしい。それをなにに使おうとしていたのかを考えれば、おぞましさで絵里の身体は震えそうになる。そう、田草は殺されて当然の男だったのだ……。

田草の自宅を調べた警察は、そうした事実を摑んで学校中を捜索した。その事実を裏付けるように、校舎のトイレや更衣室から盗撮用の小型カメラが発見された。既に充電は切れていたが、データは回収されていなかった。あのとき事故死した田草は、データを回収するために学校に侵入するつもりだったのだろうと推測された。

　絵里はそうした事情の説明を、女性の警察官から一対一で受けた。絵里も被害に遭っていたという。もちろん、田草から脅迫を受けていた絵里はその事実を知っていた。知らないふりをし、困惑した様子を演じるのには苦労したが、女性警察官は動揺する絵里を疑うことはなかった。

　学校は急遽《きゅうきょ》、保護者説明会を開いて被害に遭った子どもたちの両親に事態を説明した。元校務員の犯行ということもあり、非難の声は凄《すさ》まじかった。その現場に絵里は居合わせることがなかったが、翌日の校長や教頭の死んだような表情を見れば、その苛烈さは想像に難《かた》くない。学校には始終電話が鳴り続けていたし、マスコミも押しかけてきた。こちらは被害者だというのに、まるで加害者扱いの報道も多かった。学校はなにを考えているのか。子どもたちの安全を守れないところに我が子を預けていいものなのか。どうしてセキュリティにお金をかけないのか。教職員たちは子どもたちを本当に護るつもりがあるのか。あなたたちは子どもたちの将来をなんだと思っているのか……。

　絵里の下にも保護者たちから連絡があり、電話で散々詰《なじ》られた。そうした電話対応に何時間もとられ、残業時間は何倍にも膨れあがった。もちろん、ところてん式にテストの採点、連絡帳の記入、授業の準備など様々な仕事が遅れて、帰宅時間が二十三時を過ぎることも珍しくはなかった。こうしたときに人間扱いされず、一方的に責められる立場が教員というものだった。自分の人生を捧げることのできる者だけが、教師になれる……。

　子どもたちにどのような説明をするのかは、それぞれの家庭の判断に任されている。知らない方が幸せということもあるだろう。低学年の児童はまだ充分な理解が困難のはずだった。しかし学校や家庭での異変を、子どもたちは鋭敏に感じているに違いない。授業を遅らせるわけにもいかず、非難の只中《ただなか》であっても学校は休校することなく続いた。各家庭や児童の心のケアに関しては、事件をうけて雇用していた臨床心理士の存在が功を奏《そう》したようだ。放課後の相談室は保護者たちも受け入れており、白井奈々子はあれから忙しそうにしていた。まったくもって好きになれない女だが、仕事の腕は確かなようで、不思議なことに保護者たちからの評判はいいようだ。

思っていたよりも判明まで時間がかかったが、すべては絵里の想定通りだった。

苦肉の策ではあった。だが、田草は絵里に得意げな顔で話していたのだ。田草の協力者にはハッカーと呼ばれるような人種の者たちがいるらしく、IT捜査に弱い警察が自分たちの売買ルートを掴むことは決してできないだろうと。すべて鵜呑《うの》みにするわけにはいかなかったが、簡単に否定できるほどの知識があるわけでもない。だが、田草が不法侵入を試みて事故死すれば、警察は田草の自宅を調べることになるだろう。きっとそうした商売の痕跡が見つかるはずだと絵里は踏んだ。警察はそれらおぞましい映像を確認することになるだろうが、すべては子どもたちのためだった。田草の商売が露見すれば、取引先にまで捜査の手が及ぶはず。これ以上の被害者を出さないためにも、これは必要なことなのだ。

当然と言うべきか、学校に警察の人間が多く出入りするようになった。校庭で体育用具を片付けたあと、絵里が校舎に戻ろうとしたときのことだ。田草が墜落した地点で、背広姿の男を見かけた。若い男だったが、すぐに警察の人間だろうと見当が付いた。その男が立ち話をしている相手は、あの白井奈々子だった。

絵里は思わず校舎の陰に隠れて、その様子を覗《うかが》った。警察が奈々子になにを訊こうとしているのか興味があったからだ。しかし話し声までは聞こえてこない。代わりに、二人の表情だけが覗えた。少し奇妙だと感じる。なんというか、捜査の聞き込みという雰囲気ではない。二人は親しげだった。警察の男が白井奈々子のあざとさにデレデレしているという、そういう単純な様子でもない。まるで古い知り合いのような雰囲気なのだ。絵里がそのまま観察していると、次第に男の表情が困った様子を見せ始めた。興奮した男の声が聞こえてくる。

「いやいや、白井さん、それは無理というものですよ。証拠がなにもありません」

見ていたら、奈々子と眼が合った。

奈々子は笑顔を見せて、片手を振っている。絵里は視線を逸らし、さも偶然を装って昇降口へと向かった。だが、奈々子が絵里をすぐに追いかけてくる。

「せんせーい。待ってくださいよう」

ちらりと肩越しに見ると、追ってきたのは奈々子だけで、あの警察官の姿は見えない。

「さっきの人は？　ずいぶんと親しそうだったけれど」

「ああ、捜査一課の刑事さんです」

なんでもないことのように、奈々子はのほほんと声を上げる。

「え？」

絵里は記憶を探った。

「確か、捜査一課って……」

「殺人事件を扱うところですね」

「どういうこと？　あれは事故なんでしょう？」

「あ、そうそう」

ぽんと両手を合わせて、奈々子が笑う。

「実はですねぇ、知り合いなんですよ」

「知り合い？」

「さっきの刑事さん」

「警察に知り合いがいるの？」

「何度か協力しているのです」

「協力って？」

「あ、わたしったら」

奈々子は腕時計に眼を落として言う。

「このあと、ご相談の予約が入っているんでした。そろそろ失礼しないと」

「ちょっと――」

「あとで、先生のところにお伺いしますね」

奈々子はくるりと絵里に向き直り、首を傾げて笑う。

「先生には、いろいろとお訊ねしたいことがありますから」

絵里がなにかを言うより早く、奈々子は身を翻した。鼻歌交じりに、まるでスキップでも踏むような軽い足取りで、校舎へと姿を消していく。

訊ねたいことがあるって？

それはこっちのセリフだ。

どうして、殺人事件を扱う刑事がこの場所に。田草の死は事故という判断になったのではなかったのか。なにかそれを疑うような証拠でも見つかったのだろうか。そんなはずはない。自分はなにもミスはしていないはずだ。

それに、何度か協力をしたことがあるって？

どういう意味だ、それは。そんなことが、ありえるというのか。

自分の心を見透かすような、あの大きな瞳が脳裏に過る。

ひどく焦《じ》れったい気持ちで、絵里は奈々子の消えた昇降口を唖然として見つめていた。

＊

既に窓の外は暗かった。

末崎絵里は、誰もいない教室の中で仕事に追われていた。田草の件があり、仕事は少なからず滞《とどこお》りを見せている。彼女は教室の隅にある自分のデスクに向かい、子どもたちが提出した硬筆のプリントに赤を入れているところだ。三十人分のプリントを一枚一枚チェックしていき、誤っている箇所に自分の字で修正を加える。二年生の課題だから、当然ながら間違いは多く、それに伴って絵里が手を入れなくてはならない箇所も増えていく。

赤いペンを動かし続けているせいで、指が疲れてきた。それだけならまだしも、昼間の奈々子の言葉が気になって絵里の集中力を奪い去ろうとする。眼にも疲労が溜まり、何度か瞼《まぶた》をマッサージしてやり過ごした。休憩をとりたいところだが、残っている仕事はこれだけではなかったし、一日寝かせてしまうと、明日にはまた同じ分量のプリントが増える。どうしても今日中に終わらせなくてはならない。そろそろ夕食時を過ぎた時刻で、空腹にお腹が鳴っていた。

「あれれ、先生ぇ、どうもお疲れさまです」

戸口の方から、いやに明るく間延びした声が届く。

絵里は溜息を漏らして、そちらに眼を向ける。

疲れとは無縁そうな清々しい笑顔で、白井奈々子が立っていた。

「なにか用？」

絵里は訝《いぶか》しんで奈々子を見た。彼女はドーナツショップの紙箱を手にしている。それを小さく掲げて、奈々子は微笑んだ。

「夜遅くまで大変ですね。先生、お腹は空いていませんか？　ドーナツをいただいたんです」

この学校の教室にはエアコンがない。窓からのぬるい風が、絵里の汗を不快に撫でていく。対して奈々子は涼しげだ。メイクが落ちる様子は微塵もなく、汗一つかいていない。相談室にはエアコンがあったな、と絵里は溜息を漏らす。

「誰にもらったの？」

絵里は一応、奈々子に訊いた。彼女は我が物顔で教室に入ってくると、近くの児童の席に勝手に腰掛けた。机の上にそのドーナツの箱を置く。

「保護者さんですよ。ご相談の際に、持ってきてくださって」

「そういうのは、受け取っちゃだめ」

「ええっ」

奈々子は面食らったように瞳を大きくした。

「そうなんですか？」

「規則だから」

奈々子は開けたドーナツの箱を見下ろす。しょんぼりした様子で眉尻が下がっていた。

「うーん、でも、このまま腐らせてしまってはもったいないですから、こっそりいただくとしましょう。あ、わたし、先生には無理を言ったりしませんよ。子どもたちの規範となる教師が、ルールを破ったりしたら大変です。それに比べて、わたしったらなんて悪い子さん」

言いながら、奈々子は自身の後頭部を拳で小突いて、ぺろりと舌を出す。それから、手にしたドーナツへと囓《かじ》りついた。絵里は唖然としたまま彼女に眼を向けることしかできない。

「はわぁ」

うっとりと、色気すら感じる奇妙な声を漏らして、彼女は笑う。

「程よい糖分が、脳を巡っていくのを感じます。美味《おい》しい」

なにがはわぁだこの女。

「あなたが食べるのは勝手だけれど、ここで食べることないでしょう？　仕事が終わったのなら、さっさと家に帰ったら？」

「先生は、まだお仕事ですか？」

「見てわからない？」

絵里は手にしたペンを指先で回す。

「あらまぁ。皆さん、いつも夜遅くまで残っていらっしゃるそうで、大変なお仕事ですね」

「あなたは定時に帰っているみたいだけれど」

「盗撮の件があってからは、保護者さんからのご相談が増えましたから、そうはいきません。今日は皆さんと同じく残業です。それにしても、わたし、小学校の先生がこんなに残業続きのお仕事だったなんて、驚いちゃいました」

仕事が山積みだというのに、奈々子は帰る素振りを見せずに会話を続けようとする。仕方なく、絵里は赤ペンで児童のプリントを添削しながら、奈々子に訊いた。

「なに、小学校は初めてなの？」

「はい。これまでに勤務したことがあるのは、中学校だけなのです」

「中学校の教職は、部活があるぶんもっと大変かもしれないわね。土日の休みがなかったりするから」

「小学校の先生も、特に低学年の子を担当する先生は大変そうです。プライベートな時間までお仕事をしないといけないなんて。そもそもたった一人で、三十人の子どもの面倒を毎日長時間見なくてはならないというのが、わたしからすると仕事として破綻《はたん》しています。どんなに経験豊富な母親でも、数人の面倒を見るのが限界というもので、保育士であっても複数人で分担するものです」

ドーナツを囓りながら、奈々子はそんなことを言う。

絵里は手にしていたペンのキャップを閉ざした。それを指先で回しながら言う。

「どの学校も人手不足だし、長続きする人間もいないから、仕方がないことでしょうね。仕事は多いのに、私たちはちょっとしたことで責められる。今回の件でも、担任を非難する保護者が多くて、松林先生なんてそうとう参っちゃっているみたい」

「松林先生は、お若いのにとても責任感の強い方ですね。子どもたち一人一人のことを、よく考えていらっしゃる先生です」

「そういう、責任感が強くていい先生ほど、先に辞めていくのよ」

絵里は溜息と共に、プリントに視線を落とす。それを見て連想したものがあって、絵里はペン先で何度か机を叩いた。

「こういうプリントもそう。児童のためを思って、漢字の止めと払いを丁寧に指摘してあげても、怒り狂った保護者が偏《かたよ》った指導だってＳＮＳに写真をアップして、教師が叩かれたりする。

そういうことがあって辞めてしまった先生もいるわ。こっちは寝る時間を削って、子どものことを考えてしているっていうのに。これからはそういうことにまで気を遣わなきゃいけなくなってくるから、一人一人に特別な対応をするのも難しくなってくる」

絵里はプリントの表面を叩くペン先を見つめていた。思い起こすのは、職場を去っていった同僚たちのことだった。問題に押し潰されて辞めていった者たちはそれほど多くはない。女性の多い職場だから、結婚を機に辞めていく人間の方が多い印象だった。なにか機会があれば、それをチャンスと捉えて去ろうとする。絵里の周囲にはそういう人間が多かった。みんな、疲れ果てて、逃げ出してしまいたかったのだ。その理由を見つけられた人間は、幸せだったのかもしれない。母はどうだったのだろう。母は結婚をしても、自分を産んでも、教職を辞めようとはしなかった。自分はどうなのだろう。いつか折れるときがくるのだろうか。母はいつまで仕事を続けるつもりだったのだろうかと、問いかけたくなる。こんな報《むく》われない仕事と、最後まで添い遂げる気だったのだろうか。

「善意でしていることを、悪意で返されるのはつらいですからね」

ふと、奈々子が静かに言葉を零した。

見ると、眼鏡の奥の眼差しは暗い窓の向こうを向いていた。思いのほかしんみりとしてしまって、絵里は咳払いをする。なにも話してやるものかと防備を固めていたはずなのに、いつの間にか仕事の愚痴を零してしまっていた。

油断してはいけない。奈々子はあの事件の話をしに来たはずだ。

間違いなく彼女は絵里が田草を殺したと疑っている。それを確かめようとしているのだろう。だが、その根拠は超能力だ。超能力、笑えてくる。なるほど、奈々子には確かにそういう不思議な力があるのかもしれないが、そんなものはなんの証拠にもならないはずだった。だからこそ、探りを入れてこようとしているのだろう。警察の人間と親しげに話していたことは気がかりだが、警察が超能力を根拠に自分を逮捕するなんてことはありえないはずだ。そう、奈々子と話をしていた捜査一課の刑事は、あのときにこう言っていた。証拠がなにもありません、と。だが、警察がどこまで奈々子の言葉を信じているのか、そして警察は絵里を疑っているのかどうか、こちらからも奈々子を探る必要はあるかもしれない。

「それで……。なにしに来たの？　訊きたいことがあるんでしょう」

「ああ、そうでした。ええ、例の事件のことで、お話をしようと思ったんです」

見ると、奈々子はドーナツを一つ、既に食べてしまっていた。子どものようにぺろりと指先に舌を這わせて、絵里を上目遣いで見遣る。

「先ほどのお話の通り、この学校の先生方はいつも帰りが遅いようですね。二十二時を超えて深夜まで職員室に灯りが点いていることも珍しくはないとかで、たいへんブラックです。朝も早く、残業代も出ないのに、皆さんには本当に敬服します」

「なにが言いたいの？」

「転落死した田草さん――」そこまで言って、奈々子は顔を顰めた。盗撮魔をさん付けすることに忌避感を覚えたのかもしれない。彼女はすぐに訂正した。「転落死した田草は長期間、数回にわたりこの学校に侵入していたようです。カメラを設置しても、データを回収するためには校舎に再び侵入しなくてはなりません。つまり転落死したあの日が、初めて不法侵入した日というわけではないのです。おかしいと思いませんか」

「おかしいって、なにが？」

だが奈々子は答えず、思い付いたようにぱっと笑みを浮かべて、ドーナツの箱から新しいものを取り出した。

「あ、先生、ドーナツ要りません？　わたしだけいただくのも、やっぱり申し訳なくて」

「要らないから」

苛立ちを堪えながら、絵里は呻く。

「そうですか？」

奈々子はそのドーナツに齧り付いて、幸せそうな表情を見せた。

「それで」絵里は声を低くする。「おかしいことって、なに？」

「ああ、そう。そうでした。それです」

唇の端についた砂糖の欠片《かけら》を、彼女は中指で拭い取る。

その仕草は奇妙に妖艶で、眼差しは絵里のことを見定めるようだった。

それは、まるでこちらの思惑を覗き込もうとするかのよう。

「田草は、どうしてあの日に限って、防犯システムに引っかかったのでしょう――」

絵里は手元のプリントに視線を落とした。

赤いペンを握り直し、ハネを忘れている箇所を直してやりながら、興味なさげに答える。

「今まで、運が良かっただけじゃないの」

「いいえ、そうではありません。先生、よく考えてみてください。たいていの学校の防犯システムと同様に、この学校では全ての教職員が帰るまで、防犯システムは機能していません。それは当然ですよね。残業をしている先生をいちいち感知していたら、警備会社の人が大変です。唯一の例外として、校門などに設置されているカメラは日中も機能しているようですが、なにせ敷地の広い小学校です。門を通らず、カメラに写ることなく敷地内に侵入できるルートはいくらでもあります。つまりですね、子どもたちが帰ったあとの放課後から、全ての教職員が帰宅するまでの時間帯――、いわゆる、皆さんの残業タイムの間は、この校舎はとても無防備だと言えるのです」

「それはどこの学校も同じでしょうね。教職員の目にさえ留まらなければ、部外者は入り放題よ。学校の困ったところだわ」

「ええ、それを勤務経験のある田草はよく知っていたはずです。つまり、皆さんが残業を終えたあとの遅い時間帯、わざわざ防犯システムが機能してから校舎に侵入し、データを回収する必要はどこにもないのです。皆さんが職員室に籠もって残業している間に回収した方が、センサーに引っかかることはなく、ずっと楽です。教職員の皆さんにだけ気づかれなければいい。この考えを裏付けるかのように、実際に職員室のある二階のトイレには、盗撮カメラは仕掛けられていませんでした。うっかりトイレに来た先生たちと鉢合わせになる危険を避けたのでしょう」

奈々子は理路整然とそう話した。頭の弱そうな女の考えとは思えない。恐らく昼間に話していた刑事の入れ知恵に違いなかった。一般人にそうした情報を教えるなんて考えにくいが、男はこういう女に騙されやすいものだ。

「あれれ？」

絵里がなにか答えようと口を開く前に、奈々子が首を傾げた。

「そういえば、先生は三階のトイレを使っていませんでしたよね。教室は三階にあるのに、いつも二階の職員室の側《そば》のトイレを使っていらっしゃいました。ラッキーでしたね？」

なるほど、そう来たか。

絵里は頭を巡らせた。田草から脅迫を受けてからここ数ヵ月の間、絵里は三階のトイレの使用を避けてきた。教職員用トイレには仕掛けていないと、彼自身の口から聞いていたためだ。警察に不審に思われたときのため、答えは事前に用意してある。それを思い出して復唱するだけでいい。まさか警察ではなく、ただのスクールカウンセラー相手に話すことになるとは思わなかったが。

「たまたまでしょう。最近は三階のトイレを使っていなかったっていうだけで、前はそうじゃなかったの。私だって被害に遭っているのよ」

「どうして最近は使われていなかったんです？」

「最近、お腹の調子が悪いのよ」

「お腹の調子が悪い」

「だから、長く個室に籠もっているところを、子どもたちに見られたくなかったの。私にも羞恥《しゅうち》心《しん》っていうものがあるのよ。わかってもらえるかしら」

「なるほど、よぉくわかりました。納得さんです」

奈々子は頷く。本当に納得したわけではないだろうが、矛盾はなにもないはずだった。

「お話を戻しましょうか。職員室近くのトイレに盗撮用カメラが仕掛けられていなかったことから、田草はこれまで、先生たちが残業されている間に校舎に忍び込んでいたと推測できます。ところがあの日に限って彼は、防犯システムが起動している時間帯に、校舎の排水管をよじ登って三階のベランダから理科室に侵入しようとした。どうして、わざわざそんなことをしたのでしょう？」

「そんなの、私が知るわけないでしょう」

絵里は再び赤いペンのキャップを閉ざす。だが、奈々子の疑問は核心を突いている。そこに矛盾を見つけられて警察が殺人を疑いだしたら危険だろう。奈々子があの親しい刑事に思い付いたことを進言するかもしれない。絵里は頭を巡らせて言った。

「こうは考えられない？　実際に忍び込んでるわけだから、なにかどうしてもその時間にデータを回収したかったとか、そういう理由があるんでしょう。あいつは商売でそういうことをやっていたみたいだから、商売相手がうるさいとかで、どうしても当日中にそういう動画が必要になったんじゃない？　ちょっと想像もしたくないけれどね」

「うーん、なるほど？」

奈々子は唇に人差し指を添えて、首を捻っている。

「本当は私たちが帰ってしまう前に校舎に忍び込もうとしたけれど、なにか理由があって遅れてしまって、やむを得ずあの時間に侵入してデータを回収することにしたのよ。赤外線の感知システムを導入したのは田草が辞めてからだったから、あいつはそれを知らずに、どうにか忍び込めるだろうと判断したのね。ところがシステムに引っかかり、慌てて逃げ出そうとして……。自業自得。なにも不思議なことはないんじゃない？」

「ところで、田草の趣味が競馬だったことをご存知ですか？」

唐突に、奈々子が脈絡のない話を持ち出す。

「競馬？」

その事実は初耳だったが、だからなんだというのだろう。

「実はですねぇ。田草の財布の中から、コンビニのレシートが見つかったんです」

「それで？」

「あれれ？　先生、お腹が鳴っていません？　やっぱりドーナツを食べた方がいいのではないでしょうか」

奈々子は白々《しらじら》しくドーナツの箱を絵里に差し出す。空腹を感じてはいるが、お腹が音を立てた様子はまったくない。絵里は顔を顰めた。焦れったい気持ちにさせられながら、仕方なく立ち上がり、奈々子が差し出すドーナツの箱から残りの一つを取り出した。それを囓りながら、彼女に訊く。

「それで、レシートがなんなの？」

「先生、お手拭きをどうぞ」

奈々子が差し出すウェットティッシュを、絵里はひったくるように奪う。

「それで？」

「ええ、そうでした、レシートです。ええっと、なにを話そうとしたのかしら」奈々子はこつんと拳を自分のこめかみに押し当てる。「あ、そうそう。そうでした。警察さんがレシートを確認したところ、田草は当日の二十時ごろに、この近くのコンビニで競馬新聞を購入しているんです。ご遺体のズボンの後ろポケットに、乱雑に折りたたんだものが入っていました」

「それが……。なんだっていうの」

「あれれ、わかりません？」

意味深に言う奈々子に対し、絵里は必死に頭を巡らせた。絵里の思考を待つより早く、奈々子が言う。

「田草は二十時に、この近くのコンビニにいたんですよ。二十一時四十八分に校舎へ侵入するまでの一時間半もの間、彼はどこでなにをしていたのでしょう？」

絵里は押し黙った。赤いペンをくるりと回転させて、静かに言う。

「どこかで、うろうろしていたんじゃないの。食事をしていたとか」

「だとしたら、先ほど先生がおっしゃった仮説と矛盾してしまいます。田草には、先生たちの残業タイムに侵入する時間的余裕がたっぷりとあったわけです。皆さんの退勤後に危険を冒す理由はありません」

「だから、急だったんでしょう。そもそも最初はあの日に学校に忍び込むつもりなんてなかったんじゃないの？　けれど私達が帰ったあとで、どうしても当日中にデータを回収する必要に迫られたのよ。勝手な想像だけれど、ああいう商売って反社会的な人たちが絡んでいたりするんじゃないの？　そういうのに脅されたとか」

「ううーん……、なるほど、そう来ますか」

奈々子はおかしそうに含み笑いを漏らす。

「実はですね、田草のスマートフォンを解析したところ、彼はその商売仲間へと二十時四十分前後にメッセージのやりとりをしているんです」

絵里は目を細めて、手にしたドーナツを見つめた。指先が震えそうになるのを、どうにか堪える。

「メッセージって？」

「まぁ、他愛《たわい》のない、競馬情報のやり取りだったそうです。とにかく、データの回収を急かすなど、先生のおっしゃるような話は一切なかったみたいですよ」

「そう」

絵里は安堵の吐息を堪えた。これから絵里に会いに行く、というような自分への脅迫を示すメッセージだったのではないかと、僅かに恐れたためだった。田草は用心深く、こちらが警察に証拠を持ち込まないよう絵里との連絡にスマートフォンを使わない人間だった。そのため田草のスマートフォンから自分に関する情報は出てこないだろうと高をくくっていたのだ。

「競馬情報は、暗号だったんじゃない？」絵里は思い付きを言う。「ああいう人たちって用心深そうだから、データをすぐ回収しろって意味だったのかも」

「なるほど……。先生、推理作家になれそうな発想力ですね」

奈々子は再び含み笑いを漏らした。まるでテレビドラマで犯人が口にする類のセリフだ。

「だとすると、学校の近くのコンビニで競馬新聞を買ったのは、たまたまですか？　田草はたまたま学校の近くにいたと？」

「そうじゃない？　他になにがあるっていうの？」

「たとえばですねぇ、誰かと待ち合わせをするつもりだったというのは、どうでしょう？」

奈々子はその光景を想像するみたいに、顔を傾けて言う。その頰に人差し指を押し当てながら饒舌《じょうぜつ》に続けた。

「これから不法侵入しようというときに、競馬新聞を買うというのは少しばかり奇妙です。けれど、これから人と会う予定なのだとしたら納得できます。田草は誰かと落ち合う予定だったのです。けれど、少しばかり早く到着してしまったため、競馬新聞を購入してそれで時間を潰そうとした。そして、彼は待ち合わせた人物に殺されてしまう——」

奈々子の想像は、恐らくは正しい。

田草に脅迫を受けていた絵里は、あのとき彼と自分の教室で落ち合った。時刻を指定したのは田草の方だったが、絵里の方はどうしても抜け出せない会議や仕事があって遅れてしまったのだ。勤務経験のある田草は、絵里の忙しさをよく知っている。それを見越して競馬新聞で時間を潰していたのだろう。人に見られるのを避けるため、教室の電灯を点けないように言っておいたが、戸を開けている間は廊下からの明かりで新聞は充分に読めたはずだ。

絵里は笑った。

「確か、あなた、前にもそんなことを言っていたわよね。田草を手引きしようとした人間が、ベランダに上ってきたあいつを突き落としたって」

「ええ、違うでしょうか？」

「とても花マルはあげられない推理ね。それは無理というものよ。あの時間は防犯システムが機能していた。私たちが帰ったあとにも誰かが残っていたとしたら、たちまちセンサーが感知してしまう」

「センサーがあるのは、廊下にだけです。たとえば、こうは考えられないでしょうか？　誰かがずっと理科室に潜んでいて、田草を突き落としたあとに逃げた。そうだとすると、田草は校舎に侵入する前にベランダから落ちたわけですから、センサーが感知したのは、田草を突き落としたあとに廊下から逃げた犯人だった――」

なるほど、面白い推理だ。

「たとえば、誰かが帰ったふりをして、理科室に隠れていたってこと？」

「ええ、充分に考えられませんか？」

「まぁ、無理ではないでしょうけれど」

絵里は視線を落とした。奈々子の推測を否定する材料はとくに見つからない。それに、この筋書きは絵里にとって不利になるものではなさそうだった。絵里は思い出したように、手にしていたドーナツを囓った。

「でも、誰かが田草を殺したのだとしたら、動機はなんなの？」

「そうですねぇ。犯人は、田草の悪行を知っていたのでしょう。恐らくは盗撮の被害者であり、そのために脅迫を受けていた。協力するように言われていたのかもしれません。それは犯人にとって屈辱でもあり、正義に悖《もと》る行為だった。そしてなによりも、その人物は子どもたちを護るために犯行に及んだのです……」

絵里は開いた窓の夜空へ眼を向ける。そこには街灯の光も、星々の光もない。ただ暗闇があるだけだった。

「どうでしょう。田草の行いは非道です。先生なら、殺したくなりませんか？」

奈々子に問われて、絵里は夜の硝子窓に反射する自分の表情を見ながら言う。

「殺すでしょうね」

そこに映る自分の顔は、笑みすら浮かべているように見えた。

「あらら」

奈々子がさして驚いた様子もない声を漏らす。絵里は眼を向けずに言った。

「けど、残念ながら私は事件と無関係よ。田草が侵入した時間は、何時だったかしら」

「二十一時四十八分です」

絵里は奈々子に視線を戻した。

そこには余裕の表情すら、浮かんでいることだろう。

「それなら、私にはアリバイがあるの」

「どなたかと、ご一緒でしたか？」

「その時間は、近くのファミレスで古茂田先生と遅い夕食を食べていたから」

「なるほど、鉄壁さんですね」

「残念だったわね」

奈々子はその華奢な肩を竦めた。

それから、ドーナツの箱を手にして、立ち上がる。

「お話はこれで終わり？」

「あまりお仕事の邪魔をするわけにもいきませんから、今日のところは引き上げます」

絵里は戸口に向かう奈々子の背に声を掛ける。

「ねえ。あなたには不思議な力があるのかもしれないけれど、ただのスクールカウンセラーが探偵の真似事をして、なんの意味があるっていうの？」

奈々子は立ち止まり、しかしなにも答えない。絵里は言う。

「田草は人間の屑《くず》だった。きっと、多くの子どもたちが救われたと思う。あなたは殺人だなんて言うけれど、あれは事故なのよ。事故でいいじゃないの。それで誰が困るっていうの？」

奈々子は肩越しに、こちらを見た。その眼差しを、絵里は正面から受け止める。

眼鏡の奥の双眸は、なにを物語るわけでもない。

「私に、田草を殺したくなるかって訊いたわね。あなたはどうなの。あなたなら」

だが、奈々子はなにも答えず、廊下へと消えていった。

＊

その翌日、絵里は休み時間の廊下を歩いていた。

前方に白井奈々子の姿を見かけ、思わず警戒してしまうが、彼女は絵里の教室の子どもたちに取り囲まれているようだった。表情を見ると、どことなく困っている様子である。二十分休憩の時間、奈々子は相談室で待機していなくてはならないが、子どもたちに捕まって解放してもらえないのだろう。少しは困らせてやろうという気になるが、自分の教室の子どもたちとなると、放っておくわけにもいかない。

「どうしたの？」

声を掛けると、奈々子や子どもたちの視線がこちらに向く。奈々子は懐いている真央に腕を引かれているかたちで、困り果てた眼を絵里に向けてきた。

「ええと、実は、子どもたちが優太くんのお別れ会に誘ってくださったんですけれど。末崎先生の許可をいただかないと、勝手にお返事するわけにもいかず……」

「奈々子先生も来てよう！」

「いっしょにシャボン玉しようよ」

「ぜーったい楽しいから！」

優太に宗也と大地、真央が口々に言って、奈々子を誘っている。

「せんせーい、いいでしょー？」

真央に言われて、絵里は笑った。

「いいんじゃないの。来たら」

「お別れ会では、シャボン玉をするんですか？」

「去年の生活の授業でやったんだけれど、好評だったから一年ぶりにね。一年生の九月にやる授業だから、二年生になると遊ぶ機会がもうないのよ」

絵里は微苦笑を浮かべて、奈々子に答える。夏休みに転出する優太のお別れ会は、田草の件があって延期になっていたのだ。お別れ会というと悲しげなイメージがあるが、シャボン玉や子どもたちが準備した手品などの出し物もあって、楽しみにしていた子は多い。こうした話題のおかげだろう。奈々子との会話に、緊張を感じずにすんだ。子どもたちが口々に奈々子の名前を呼んで、彼女の腕を引っ張り合っている。

「先生のシャボン玉は凄いんだよ！」

「他の先生のとは違うの！　凄いんだ！」

宗也に続いて、大地が身体を跳ねさせながら言う。微笑ましい光景だったが、低学年児童とのこうしたスキンシップに慣れていないのか、奈々子はどっと疲れた表情でされるがままになっている。いい気味だった。

「なにか、シャボン玉を膨らませるコツがあるんですか？」

子どもたちに腕を引かれ、身体を斜めにしながら、奈々子が訊いてくる。

「べつに、そんなことはないけれど」

しがみつく真央の体重でつんのめりそうになる奈々子を見ながら、絵里は苦笑する。

「ほら、奈々子先生が困っているでしょう。奈々子先生もお別れ会に来てくれるから、そろそろ放してあげて」

子どもたちが去っていくと、疲れ果てた表情になった奈々子が、のろのろと髪を整え直した。彼女はブラウスの裾を気にしている。

「私たちが年中ジャージを着ている理由がわかった？」

「ひょっとすると、鼻水と涎《よだれ》まみれになるからですか」

奈々子は眉尻を下げながら言う。

「あなた、スクールカウンセラーのくせに、本当は子どもが嫌いでしょう」

「そんなことはありません」

奈々子は不服そうに頰を膨らませて、かぶりを振った。

「苦手なだけです」

「同じことよ」

「違いますよ。すぐに嘘をつくところは好きなんです」

子どもたちが去っていった方向を一瞥し、奈々子が言う。

「どういう意味？」

「心を読むのが仕事ですから、見破りがいがあります」

奈々子は両手で眼鏡のフレームの両脇を持ち上げた。位置を調整するようにしながら、絵里の眼を見つめ返してくる。なにもかも見透かしてくるような、あの大きな茶色い瞳が絵里を射貫いた。

「私は嘘なんてつかないわ」

「そうであるなら、どれだけよかったことでしょう。ですが、それも今日までです」

奈々子は頭を下げて、廊下を去っていく。

絵里はその後ろ姿を見送った。

今日まで？

どういう意味だろう。

いや、大丈夫だ。どれだけ疑惑の目を向けられようとも、奈々子にできることなんてなにもない。自分は証拠を残していない。だから未だ捕まっていないのだ。それに、アリバイもある。負け惜しみか、ハッタリか、そういった類の言葉に違いない。

不安を追いやり、教室に戻ろうとすると、真央に呼び止められた。

「せんせい、あのね？」

「どうしたの？」

先ほどの奈々子に対するはしゃぎっぷりとは打って変わって、真央は不安そうな表情で絵里を見上げていた。

「せんせいは、おわかれしないよね？」

「どういうこと？」

怪訝に思って、絵里は膝を屈める。真央は首を傾げて言った。

「お母さんが言ってたの。松林先生は、おわかれしちゃうかもしれないって」

絵里は真央の言葉の意味をようやく理解する。松林は若い女性教師だった。今回の件で自身も被害を受けたことに深く傷ついていた上に、受け持っている子どもの心ない保護者の声に耐えきれず、昨日から休みをとっている。教頭も手を焼くいわゆるモンスターペアレントで、彼らが庇《かば》いきれなかったことにも責任の一端はあるが、経験の浅い松林の心が折れてしまったのは無理からぬことだろう。本当に休職するのかどうか絵里は知らなかったが、どこかしらからその噂が漏れ出て、児童の保護者に伝わったのかもしれない。真央はそれを耳にしたのだろう。

「せんせい、いなくなったりしない？」

「バカね。いなくなるはずないでしょう」

絵里は真央の頭を撫でる。

それから、立ち上がり、教室に入った。

子どもたちの顔を、一人一人確認する。

あのとき、田草を殺したくならないか、と奈々子は訊いた。

絵里は躊躇《ためら》いなく、その言葉に頷いた。それは今でも変わらない。ただ、母ならどうしていただろう、という疑問があるだけだ。最期まで教師であった母なら、どうしていただろうと。けれど、きっと自分と同じ決断に至ったはずだ。この笑顔の景色が失われていいはずがない。迫り来るおぞましい欲望の手から、自分は子どもたちを護った。もっと早くそう決断していればよかったと思うくらいだ。そうすれば、被害を抑えることだってできただろう。

自分はなにも間違っていない。

子どもたちのためにも、絵里は絶対に捕まるわけにはいかない。

＊

放課後になり、校庭を片付けたあと、校舎に戻る途中のことだった。

田草が墜落したあの現場を通りがかる際、その場所に誰かがいることに気づいた。以前と同じように、そこにいたのは白井奈々子とあの捜査一課の刑事だった。絵里は息を潜めて、校舎の陰に身を隠す。ひょっとすると、捜査状況がどうなっているのか、聞き取ることができるかもしれない。

「それじゃ、そのカメラはまだ見つかっていないんですね？」

奈々子の声がした。刑事が答える。

「ええ、これは盗撮用カメラとは違います。恐らく、もう少し普通のタイプのカメラです。たぶん、取引の現場に仕掛けるなりして、相手が裏切らないように証拠を残すのが目的でしょう。そうした動画のデータを見つけまして、これは他校の教員が田草に個人情報を流しているところを撮影したものでした。ただ、肝心の、それを撮影したはずのカメラがどこにもないんです」

「では、こうも考えられますね。そのカメラは教員との取引現場を撮影するために、まだどこかに仕掛けられていて、犯人はそのことを知らずに田草を殺してしまった、と」

「ええ、もし見つかれば、犯行の瞬間が写っているかもしれません。これから学校の許可を得て、校舎中を捜索しようと思っています」

「なるほどです。それなら、わたしも心当たりのある場所を探ってみます」

二人の会話が意味するものを察して、絵里は血の気が引く思いだった。

絵里は二人に見咎められないよう、慌てて道を引き返す。通用口から校舎に入り、来賓用スリッパを履いて自分の教室へと足早に向かう。いつものサンダルは昇降口に置いてきてしまっていて、あそこを通るには二人の前に姿を晒さなくてはならない。誰もいない教室に入り、電灯を点けた。動悸が激しく胸を打つのを感じながら、部屋中に視線を巡らせる。

田草がカメラを仕掛けていただなんて。

考えてみれば、トイレに盗撮用カメラを仕掛けるような人間なのだ。

絵里を脅し、協力を持ちかけ、自分がそれに屈して個人情報を渡そうとしたのならば、それを新たな脅迫の材料として泥沼に引き摺りこもうとしていたとしても不思議ではない。なんておぞましい考えだろう。

カメラはどこだ？

二年生の教室は雑多なもので溢れかえっている。折り紙を使った飾り付けで彩られ、カラフルな掲示物が至るところに貼《は》られていた。授業で使う教材も多く、カメラを仕掛けられる場所はいくらでもありそうだった。警察の捜索が入る前に、急いでカメラを見つけなくては……。並んだロッカーの上を丹念に確認して、タンジが動き回るハムスターのケージも注意深く確かめた。戸棚や掃除用具入れ、教卓の中まで、絵里は隅々までを覗く。

ない。どこにもない。

もしかして、と思い至り、デスクの一角に置いたままのアルミのケースに手を伸ばした。元々はお菓子が入っていたケースだが、児童たちの落とし物を保管する容れ物として再利用しているものだった。教室での落とし物は絵里に届けられるが、絵里がいなかったときなど、気を遣ってこの中に落とし物を入れてくれる子も多い。

どこにもないのだとしたら、あるいは——。

ケースの中には、小型のデジタルカメラがあった。

絵里は安堵の溜息を漏らす。

これに間違いない。たぶん、児童の一人が落とし物と勘違いしてここに入れたのだろう。危なかった。たまたま奈々子と刑事の話を聞くことがなければ、自分は捕まっていたかもしれない。ああいうブリブリした女に騙されて一般人に捜査情報を教えるから、こんなことになるのだ。これでもう、絵里の犯行を示す証拠はどこにもない。

絵里はカメラを手に、一人ほくそ笑んだ。

「先生、なにかいいことでもありました?」

突然、背後から声を掛けられて、心臓が口から飛び出そうになる。

絵里は反射的に振り返り、ぎょっとしながら、すぐ後ろに立っていた奈々子を見返す。カメラを持っていた手は、どうにか腰の後ろに回した。

「あれれ？　なにか隠されてます？」

「なん――」

舌がうまく回ってくれない。心臓が爆発してしまいそうだ。

「なんでも、ないわよ」

どうしてか目を開けていられなくなり、絵里は瞼をきつく閉ざした。落ち着くように言い聞かせてから、瞼を開ける。奈々子は不思議そうな表情で絵里を見ていた。大丈夫。まだ決定的なものは見られていないはず。腰の後ろに回した手に、絵里は自然と力を込める。掌に滲んだ汗が、摑んでいる小さなカメラを濡らしていくのがわかった。

「そうですか。なにかニヤニヤなさっていたので、子どもたちから素敵なプレゼントでも受け取ったのかしらって」

「そんな顔してたかしら。気のせいじゃない？」

奈々子は納得していなそうで、うーんと声を漏らしながら、絵里を見ている。と、奈々子の視線が絵里の足元に行った。

「あら、先生、来賓用のスリッパですね？　いつも履いていらっしゃるサンダルはどうされたんです？」

「これは」

絵里は必死になって考える。

「外で仕事してたんだけれど、トイレに行きたくなって」

「トイレに」

「最近は、お腹の調子が悪いって言ったでしょう」絵里は奈々子を睨んだ。「急いでいたから、昇降口まで戻る余裕がなかったのよ。そうね、忘れてたわ。あとでサンダルを取りにいかないと」

「長期間、お腹の調子が悪いのでしたら、病院に行かれた方がよいですよ」

奈々子はにっこりと笑う。

「ええ、そうね。それより、あなたはなんの用なの？」

絵里はさり気なく奈々子と距離を取りながら訊ねた。

「あ、そうでした。末崎先生に、訊きたいことがあったのです」

「また事件のこと？」

うんざりとしながら、絵里が言う。

だが、このふんわりとした女に嫌味は通じていないようだった。

「ええ、そうなのです。実は古茂田先生から興味深いお話を聞いたのです。古茂田先生が言うには、あの日皆さんで一緒に帰宅する時間まで、末崎先生は二十分間ほど職員室を離れていらっしゃったとか。どこでなにをなさっていたんです？」

「どうしてそんなことを訊くわけ？」

「念のためです。なにか不審な物音をお聞きになっているかもしれません」

「あの日は帰るまで、私は教室にいたの」

その理由は、警察に訊かれたときのために用意してあったものだ。

「ここに、ですか？」

「そうよ。一人で作業に集中していたいときとか、翌日の準備をしたいときとか、教室で残業する日なんていくらでもあるわ。特にあの日は、翌日が優太のお別れ会のはずだったから、色々と準備をしていたのよ。ほら、そこにシャボン液があるでしょう」

絵里はデスクに置かれているペットボトルを示す。奈々子が不思議そうにそちらに目を向けた瞬間に、絵里は手にしていたカメラをジャージのポケットに押し込んだ。

「わぁ、これは、もしかして先生のお手製ですか？」

ペットボトルには誤飲を防ぐため、中を覆うようにガムテープが巻き付けられている。『シャボンだまよう、のまないこと』と絵里が大きくサインペンで記入してあった。

「児童は三十人いるわけだから。市販のだと量が足りなくなるの」

「これ、昨日はここにありませんでしたよね？」

「誤飲されたら危ないし、腐っちゃうからね。あのときのは結局廃棄してしまったから、さっき作り直したのよ」

そう答えながら、絵里は掌の汗をジャージで拭う。

「けれど、これを作る作業は教室でしたわけではありませんでしょう？」

「だから、シャボン玉で遊ぶための輪っかを作っていたの。ほら、隣の紙袋」

ペットボトルの隣にある紙袋には、ワイヤーハンガーを曲げて作ったシャボン玉遊び用の輪が複数入れられていた。その他にもシャボン液に浸すためのアルミトレーやストローなど、遊ぶための道具が一式揃っている。

「去年使ったぶんは、一年生の先生に譲《ゆず》っちゃったから。新しく作り直していたわけ」

「なるほど、これをたくさん作るとなると、二十分はかかりそうです」

もちろん、それらは事前に用意して、田草を殺害した日の夕刻には教室に置かれていた。シャボン玉を使うお別れ会が中止になることは予測していたが、だからといって道具を用意していなかったことが同僚に発覚すれば、不審がられてしまう。あのときはうまく背後を取れたが、もし田草を殺害するチャンスを失した場合は、お別れ会が中止にならない可能性だってあったのだ。

奈々子は興味深そうに紙袋の中を覗いていたが、やがてあっと思い出したように、絵里の方を見た。だが、そのときにはもう、絵里は落ち着きを取り戻している。カメラも既にポケットの中だ。危ないところだった。

「なに？」

「先生、落とし物ケースって、どれですか？」

「えっ」

絵里は虚を突かれ、ケースに視線を向けてしまう。

目聡く、奈々子はその視線を追いかけた。

「あ、これですね」

「なんなの？」

「実はですね。わたし、この教室で落とし物をしてしまって。困っていたら、子どもたちがここにあったよって、教えてくれたんです」

「落とし物？」

「ええ」

奈々子は鼻歌交じりに、落とし物ケースの蓋を開ける。

「あれれ」

それから、不思議そうに首を傾げた。

「ありません」

「落とし物って……。なにを落としたの」

「おかしいですねぇ」

こちらの質問に答えず、奈々子は頬に人差し指を押し当てて首を傾げている。

「確かに、この中にあったって、教えてもらったんですけれど……」

「ねぇ、なんなの。なにを落としたの？」

「ううーん。カメラなんですけれど……」

落とし物ケースを探りながら、奈々子が言う。

「え？」

感じていた予感が徐々に膨れあがり、明確なものへとかたちを変えた。

「カメラです。放課後、子どもたちが帰る時間には、確かにここにあったはずなんです」

「カメラ？」

絵里の思考が目まぐるしく巡る。だが、焦りに汗が流れるだけで、うまく対応できない。絵里はポケットの中のカメラを握り締めた。

「勘違い、じゃないの」

「いいえ、そんなはずありません。あ、ほら！」

奈々子は、どこからともなくスマートフォンを取り出した。ポケットがある服装には見えないが、その画面を掲げて言う。

「遠隔で操作できるタイプなので、ブルートゥースさんが繋がってるんです。接続中ということは、そう遠い場所にはありません。この教室に必ずあるはずです」

絵里は顔を背ける。頭を回転させなくてはならない。

なにが最適か。どうすればいいのか。

そもそも、どうしてカメラなんて落とすのか……。

いいや、そうか。これはそもそも……。

「あ、遠隔操作でシャッターを切りましょう。電子音がするので、それでわかるはずです」

「それって、これなんじゃないの」

絵里は、ポケットに入れていたカメラを、奈々子に差し出す。

「あれれ？」

奈々子は白々しく首を傾げ、きょとんとした表情を浮かべた。

「どうして末崎先生のポケットに？」

「あなた、わざとやっているでしょう」

「なにがです？」

「これがなんだっていうの！」絵里は声を荒らげた。「高価な物だから、職員室へ持っていこうと思ったのよ。なにかおかしい⁉」

絵里の叫びに、奈々子は眼鏡の奥の眼をしばたたかせた。

「なるほど、そう来ますか」

意地悪な双眸が、眼鏡の奥で煌めく。

いつも能天気そうに見える笑顔は、今はひどく悪魔的で、憎たらしいものに見えた。

これは、明確な罠だ。

奈々子は絵里を陥れるつもりで、わざとあの会話を聞かせたのだ。昼間に、それも今日までだ、と言っていたのも、絵里を焦らせるための布石だったのに違いない。

「こんなの小学生の持ち物じゃないでしょう。だからこの中に入れておく必要はないの。職員室へ持っていったって、なにもおかしくないでしょう」

「ええ、おっしゃる通りですね」

奈々子は肩を竦める。

「あなた、私を犯人だって決めてかかってるけれど、その根拠ってあなたの超能力がすべてでしょう！」

「超能力ではなく、霊感です。先生のオーラがそう伝えたのです」

「それがなんなの！　証拠はあるの？　私が犯人だっていう明確な証拠が、どこかにあるっていうの？　あるなら、それを出してみなさいよ！」

絵里は激昂《げきこう》するままに奈々子を睨んだ。

これが彼女の作戦だということは理解しているが、感情を抑制することができない。

「ううーん」

奈々子は中指の先で、自身の額を小突いた。

「残念ですが、今はまだ証拠はありません。ですが、必ず見つけてみせましょう」

奈々子は透明なスカートの裾でも摘《つ》まむかのような仕草で、小さく膝を折って一礼した。

カメラをそのままに、踵《きびす》を返して悠々と教室を出ていく。

「こんのっ……！」

絵里は手にしたカメラを机に叩き付けた。

だが、怒りが収まると、徐々に思考が冷静になってくる。

そう。証拠はなにもない。奈々子の方も決め手に欠けるから、こんな卑怯な真似をしてきたのだ。自分はそれを乗り切った。警察がなにも見つけていない以上、証拠なんてどこにもあるはずがない。

運は自分に味方してくれている。きっと母が見守ってくれているのだろう。

子どもたちのためにも、あんな女に捕まってなどやるものか。

＊

千和崎真はカウンターキッチンに立って、鼻歌交じりにメレンゲをかき混ぜていた。

家事というものが一切できない子どものような雇い主に代わり、掃除洗濯から食事の用意、果ては車での送り迎えまでこなすのが真の仕事だった。この広々としたキッチンも、恐らく自分の雇い主はまともに使ったことがないのだろう。だから、この限られたスペースは真の城だった。趣味の料理やお菓子作りをすることで、過酷な労働環境の中に穏やかな時間を見出すのも、そこまで悪くはない。

リビングの扉が開き、シャワーを浴びてきたらしい城塚翡翠が、ふらふらと戻ってくる。今にも倒れそうな、まるで夢遊病者のような足取りである。ドライヤー途中で力尽きたのか髪は半乾きで、涼しげなキャミソールから覗く肌には、まだ水滴がへばりついている。翡翠はそのままソファに倒れ伏した。カウンター越しの視界に尻が丸見えで、真は顔を顰める。

「ちょっと、変な格好で寝ないでよ。目障りだから」

「ブラックすぎる。ブラックすぎます」

突っ伏した翡翠がぶつぶつと呻いている。

「日本の小学校がこんなにブラックな労働環境にあるとは、世も末です。そりゃ義務教育も敗北しますよ。ブラックな環境で教育を受けた人間が社会に出たら、それはもうブラックな労働環境に染まっていくのも当然というものです」

「労働環境で言ったら、わたしの方がよっぽどブラックだけれど」

真の言葉に、翡翠はなにも答えなかった。

名探偵とは耳ざといものだが、都合の悪いことだけは一切聞こえないらしい。

溜息を漏らし、メレンゲをかき混ぜながら真が言う。ハンドミキサーが故障中なので、泡立て器を使った手作業だ。

「そんなに疲れるなら、もう諦めたら？　べつに大した事件じゃないし、その先生の動機にだって、同情できる部分があるでしょう」

「真ちゃんだったら殺しますか」

むくりと翡翠が起きあがり、ソファの上で鳶座《とんびずわ》りになる。

背を向けた彼女の表情は、真には覗えない。

「まぁ、殺しはしないけれど」

「そうです。それだけは、だめです」

翡翠は静かにかぶりを振る。

「現状では、逮捕できたとしても不起訴になるでしょう。せめて解剖で他殺であることが確実となればよかったのですが、頭部の損壊状況が悪く、事故死も否定しきれない。これは犯人にとって、幸運が巡っている犯罪です。どうにか、起訴にまで持ち込める証拠を見つけられればよいのですけれど……」

翡翠は背を向けているが、真には微かに彼女の横顔が見えた。翡翠が長考に入ることは珍しい。基本的に彼女はいつだって、一瞬で事件を解決してしまう。今回も、現場を一目見て殺人事件と見抜き、すぐに末崎絵里が犯人だと断定していた。それがどういう理屈なのかは、真にはよくわからない。だが、物的証拠を求められると、翡翠はとたんに苦戦することが増える。彼女が得手とする状況証拠を幾重にも積み重ねた論理では、検察を納得させることが難しいらしく、警察は二の足を踏んでしまう。今回も証拠を見つけられず、行き詰まっているようだった。

やがて翡翠は溜息を漏らした。ソファから降りると、濡れた足でぺたぺたと床に水滴を付けながら、こちらへ寄ってくる。

「ところで真ちゃん、それは夕食ですか？」

「夕食の準備は終わってる。これはシフォンケーキを作ってるところ。新谷《しんたに》さんが、美味しい卵を送ってくれたの」

「由紀乃《ゆきの》ちゃんが？」

ボウルに顔を近付けて、翡翠が犬のように鼻を鳴らす。

「うーん、脳が糖分を欲しています」

「出来上がるまで待って」

真はメレンゲに砂糖を注ぎ、それを攪拌した。

「さっきから、どうして砂糖を入れるのに、複数回に分けるんです？」

「そういうコツなの。おまじない」

「そんな非論理的な」

翡翠は頬を膨らませる。

真は素早くメレンゲを混ぜながら、仕方なく記憶を引っ張り出す。

「メレンゲに砂糖を加えるのは、甘さを足すだけが目的じゃないんだな。これはね、泡を安定させるため」

「泡を安定させる？」

「詳しくは知らないけど、砂糖が水分を吸収して、粘度が高まるからじゃない？　粘性があると泡を維持しやすくなるってわけでしょ。一度にドバっと加えると、逆にドロドロになっちゃうってこと」

「ふぅん。面倒臭いんですね」

こいつ。

「よし、ツノが立った」

綺麗に隆起した泡のきめ細かさを見下ろし、真は満足して頷く。

「えい」

すると、そこにずぶりと指先をねじ込んで、翡翠が白い泡を掬《すく》い上げた。

「あ、こら」

そのまま、ぺろりと指先を咥《くわ》える。

「甘ッ！」

翡翠はそう叫んで、思い切り顔を顰めた。

「そりゃそうでしょうよ。この状態で食べるやつは初めて見たな」

「メレンゲが甘すぎるのは、味を整えるのが目的ではなく、泡を安定させるため……」

翡翠は幼い子どもみたく、人差し指を咥えながら、そう呟く。

「砂糖か。だとするなら、あれは嘘じゃない？」

虚空を見つめていた翡翠の瞳が、妖しく煌めく。

彼女は、真の手からボウルをひったくる。

「あ、ちょっと！」

まじまじと、奪い取ったボウルの中にあるものに眼を落とした。

「真ちゃん、これです！」

人差し指でメレンゲを掬い取り、得意げな表情で翡翠が叫んだ。

「なに？」

真は啞然としたまま、泡立て器を握り締める。

翡翠が人差し指を、真に突き出す。

メレンゲを、鼻に押し付けられた。

「おい、こら！」

鼻を白くした真が声を上げると、翡翠は上機嫌にころころと笑い出した。

「ちゃーらーん」

変なリズムを口ずさみながら、構えたボウルをヴァイオリンに見立てて弾く真似をしている。

意味がわからない。翡翠は顔を輝かせて言った。

「さすが真ちゃんです。ちゅーしてあげましょう」

「要らない、やめろ、気持ち悪い！」

「さてさて」

スキップ交じりに翡翠が電灯のスイッチに手を伸ばす。照明が落ちて、部屋の片隅にあるムードライトのオレンジの光だけになる。小芝居が始まったな、と真は鼻を拭って押し黙った。奇術を嗜《たしな》む彼女は、パフォーマンスを演じるのが大好きだ。こうしたごっこ遊びや練習に付き合ってやるのも、真の仕事の一環である。

ぼんやりとした照明の中を、翡翠が歩く。

「さて、紳士淑女の皆さま、お待たせしました。解決編です」

ボウルを片手に、翡翠はリビングの中央に佇んでいた。

「うーん、今回は苦戦してしまいました。けれど、わざわざ学校に入り込んだかいがあったというものです。犯人は間違いなく、末崎先生です。しかし、信念を以《もっ》て殺人を犯した人間を追い詰めるには、決定的な物証が――、それも、特別な証拠が必要になります。いったいなにが末崎先生の犯罪を裏付ける証拠となるのか。勘のいい皆さんは、もうおわかりですね？」

翡翠はメレンゲを掬った人差し指を、ぺろりと舐め上げる。

無駄にセクシーだな、と真はそれを見て溜息を漏らした。

だが、ここまで来たのなら、事件はもう終わるのだろう。

「ヒントはこれ。これがなぜ決定的な証拠となるのか。既にお気づきの方には別の問題を――。わたしがどうしてこの事件を殺人事件と断定したのか、そして、どのようにして末崎先生が犯人だと知ったのか。末崎先生のアリバイのことや、これまでの情報を踏まえて、皆さんも考えてみてください」

裾の短いキャミソールでは、摘まむべき部位がなかったのだろう。

「ではでは、城塚翡翠でした――」

透明なスカートを片手で持ち上げる仕草と共に、翡翠がお辞儀したのを見届けて。

さっさとシフォンケーキ作りに戻りたいな、と思いながら。

千和崎真は、部屋の照明の光量を戻した。

＊

末崎絵里は、深閑とした廊下を歩んでいた。

窓の向こうには闇が並ぶばかり。

この静けさは、あの夜を思い起こさせる。絵里が田草を殺した夜だ。

人気のない廊下を抜けて、そこだけが煌々と灯りの点いた教室の扉を開ける。

絵里の教室。絵里の居城。

そして、田草を撲殺した場所だった。

「ようこそ——。お待ちしていました」

教室に足を踏み入れると、静かな声が絵里を迎えた。

「いつから、あなたの教室になったわけ」

この部屋の主は自分だ。

それにもかかわらず、白井奈々子は教卓の奥に立っていた。

まるで、これから授業を行う教師の如く。

ハーフアップにして整えた茶髪、赤いフレームの眼鏡、透明感のあるメイク、白いフリルブラウス。いつもの格好、いつもの様子だった。それなのに、今日の彼女はどこかが違う。それを本能的に察して、絵里はどうしてか恐怖すら抱いていた。

「先生、今日は花マルをいただきにきました」

両手をぽんと合わせて、奈々子が笑う。

ふんわりとした表情のはずだった。

だが、その双眸は鋭く絵里のことを射貫いている。

少しでも気を抜いたら、なにか取り返しのつかないことになる。

そんな予感があった。

「花マルって、百点満点？」

「はい。今日こそ、この解答には百点満点をいただきたいです」

「なんの話か、よくわからないけれど」

「殺人事件の話です」

絵里は溜息を漏らす。

すぐ近くに、宗也の机があった。彼に申し訳ないなと思いながら、絵里はそこに腰を乗せた。

長時間の立ち仕事で、流石《さすが》に疲れてしまっていた。

「言ったでしょう。あれは事故なのよ」

「いいえ、あれは殺人事件です」

「なにか証拠でもあるの？」

「殺人事件であることを示す証拠なら、最初からたくさんあります」

奈々子は両手を広げて、五指をひらひらと動かした。それから、左右の指の腹を合わせて、祈るような不思議な仕草を見せる。そのポーズのまま、奈々子は教卓の奥をゆっくりと歩いた。横顔を向けながら、彼女が言葉を続ける。

「わたしが最初に不整合に気づいたのは、被害者のご遺体が軍手をしているのを確認したときでした。田草が校舎に不法侵入を試み、警報に驚いて逃走した結果墜落したのだとすると、これはとてもとても奇妙なことになります。そう、極めて不整合です」

軍手？

唖然として奈々子の話を聞いていた絵里は、頭の整理が追いつかなかった。普段と似ているようで似つかない彼女の話しぶりに注意を取られて、彼女の話していることの重要性になにも気づけない。

「軍手？　それが、なんだっていうの？」

「あらら、わかりません？　わかりませんか？」

花が咲くような仕草で、奈々子はぱっと両手を広げた。

教卓の奥を往復しながら、彼女はウェーブを描いた髪を指先に巻き付けていく。

「よろしいですか。田草がベランダから校舎に侵入し、廊下に出たのだとしましょう。とすると、持っているべきものを彼が持っていないことに気づきました。もしかして落としたのかしらと、わたしは現場写真を見てすぐに機捜の方に確認しましたが、やはり周囲にもそれは落ちていませんでした。田草は、持っていなくてはならないものを、持っていなかったのです」

「持っていなくてはならないもの？」

「灯りですよ。灯りを持たずに、夜に泥棒に入る人間はいません」

「灯りなんて」

絵里は鼻で笑う。

「そんなの持っていなくたって、今はスマホが――」

言葉と同時に、遅れて理解した。

しゅるり、と白い指先に巻き付いていた髪が、ほどけて元のかたちに変じる。

横顔を向けていた奈々子が、翠《みどり》に光る双眸で、絵里を見た。

そう。

眼鏡の奥にあるのは、奇妙に冷たい、翡翠色の眼差し。

「ええ。今は便利な世の中です。スマートフォンにはライトの機能があります。当然、それを使えばライトなんて持ち歩く必要はありません。ところがです。ところがですよ。田草のスマートフォンは、背広の内ポケットに入ったまま、ライトは点灯していませんでした」

「そんなの……。逃げるときに、消したんでしょう」

絵里は震える声で呟く。

「ええ、おっしゃる通りです。その可能性も考慮する必要があります。ところがですねぇ……」

んふふふふ、と奈々子は不気味な含み笑いを漏らす。

絵里は既に失策に気づいていた。

「そうなんです。田草は軍手をしていたんです。軍手をしていたら、スマートフォンのライトをオンオフできません。警報が鳴って、慌てて逃げなくてはならないというときに、軍手を脱いで、スマホを操作してそれを内ポケットにしまい、また軍手をしてベランダから排水管を伝って降りる……。これはちょっと……」

くすくすと笑って、奈々子が顔を横に振る。

「どう考えても、ありえないです」

僅かな沈黙が、静まり返った教室を満たす。

「不法侵入、なのよ」

どうにか、絵里は反撃の糸口を見つけて、それを手繰り寄せた。

「ライトを使うこと自体、避けようとするんじゃないの？　誰かに見られたりしたら……」

「先生」

奈々子は意地悪い微苦笑を浮かべ、やはりかぶりを振った。

「あの日は月明かりすらない夜でした。校舎は敷地の中心にあり、街灯の明かりは届きません。理科室にはカーテンが引かれており、室内は暗闇です。だというのに、理科室には実験机、段ボール、床のケーブルなど障害物が山積みでした。躓けばラックや戸棚のビーカー類が割れてしまいますし、手探りで進むのは困難ですから、ライトを持っていれば必ず使うはずです。どうせ近隣住民に灯りを気づかれたところで、いつものように先生が遅くまで残業していると思われるだけなんですから」

「いいわ」

絵里は余裕ありげに溜息をついた。

まだ、自分の優位が崩れたわけではない。

「あれが殺人事件だということにしましょう。けれど、だとしても私には無関係の話になるわね。私は、田草が死んだ時間には古茂田先生と夕食を食べていたんだから。私には殺せない」

「先生、あれは、アリバイと呼べるようなものではありません」

人差し指をぴんと立てて、それを指揮棒のように振るいながら、奈々子が言う。

「よろしいですか、確かに防犯システムが異変を感知し、警報を鳴らしたのは二十一時四十八分でした。その時間、末崎先生は古茂田先生と間違いなくお食事をなさっていたのでしょう。しかし、二十一時四十八分という時間は、あくまで防犯システムが異変を感知した時間にすぎず、田草が死亡した時刻と等価ではないのです。事故ならともかく、田草が何者かに殺されたのだとすると、二十一時四十八分をそのまま田草の死亡時刻と捉《とら》えるわけにはいきません。田草は、それよりももっと前の時間に殺されたのです！」

翠の瞳に射竦《いすく》められるようにして、絵里は視線を落とす。

どこまで自分が安全なのか、どのように反撃に出ればよいのか。

それがまるでわからない。

この女は、どこまで知っている？

どこまで、気づいている？

「じゃあ……。あの警報は、なんだっていうの」

「えー……、こちらを、ご覧になってください」

奈々子は笑いながら、教卓の下に身を屈めた。

そこからなにかを取り出し、それを教卓に載せる。

それは、本来なら教室の後ろにあるハムスターのケージだった。

奈々子に抱えられたことに驚いた様子もなく、夜行性のタンジが回し車の中を駆けている。カラカラと回転するそれを、絵里は呆然と見つめた。

「心優しい真央ちゃんが教えてくれました。タンジはよく脱走するそうですね？　そして先生はこうもおっしゃいました。たとえ、たとえ逃げ出しても？　タンジは必ず、元の場所に帰ってくる……」

言いながら、奈々子は檻《おり》の扉を開けた。

彼女は指先になにかを摘まんでいる。エサだろうか。タンジは警戒していたが、やがて誘い出されるように、檻から顔を出した。タンジを誘導しながら、奈々子が言った。

「考えてみれば、防犯システムといっても、いろいろあります。異変を感知したのは、三階の廊下にある赤外線感知センサーでした。赤外線感知ということは、人間だけではなく熱の変化をもたらすものすべてに反応します。小学校では、入り込んだ野良猫を誤検知してしまったり、けっこうよくあることみたいですね？」

教卓の上に差し出されたエサを、タンジが頬張る。

「つまりですねぇ、校舎を出る前に、予めケージと教室の戸口を開けておけば、正確な時間のコントロールはできずとも、そのうちケージから愛らしいタンジくんが抜け出して、警報を鳴らしてくれるというわけです。そうして暫くすれば、賢いタンジくんは、お気に入りの場所へと戻ってくる……。まぁ、今回は脱走されても困るので、ここまでにしておきましょう」

奈々子は手慣れた仕草で、ひょいとタンジを掌に乗せた。

彼をケージに仕舞いながら、絵里を一瞥する。

「奇術などでよく用いられる手ですが、人間には二つの離れた事象を勝手に結びつけてしまう認知の脆弱性《ぜいじゃくせい》があります。田草の遺体と警報、この二つの間にある見えない溝を補完するよう仕組んだことで、先生はアリバイを偽装するだけではなく、田草が不法侵入の末に事故死したのだという印象を強固なものにしたのです」

翠の瞳が不気味に煌めき、一歩、また一歩と、絵里を追い詰めていく。

「そんなの……。あなたの想像でしょう。なんの証拠にもならないわ」

奈々子は頬を膨らませた。

「やはり、証拠がないと花マルはもらえませんか？」

「当たり前でしょう。もっとも、私は犯人じゃないから、証拠なんてあるはずがないけれど」

「では、ご覧に入れましょう」

奈々子は虚空に手を差し伸べて、ぱちりと指を鳴らす。

すると、朱色のハンカチが唐突に現れた。

ふわりと虚空を漂うそれに、絵里の眼は奪われる。

ハンカチは教卓の上に落ちるが、まるで細長いなにかを覆い隠すかのようなシルエットが浮かび上がる。教卓に細長いなにかが置かれていて、ハンカチはその上に被さるように落ちたのだ。しかし、教卓には先ほどまでタンジのケージしかなかったはずだ。まるで手品でも観ているような気分に陥る。

「こちらが、わたしの用意した証拠です」

「証拠ですって……?」

そんなもの、どこにもあるはずがない。

ハッタリに決まっている。

厚手のためか、朱色のハンカチの下になにがあるのか、その正体は覗えそうにない。

「最初に気づいたときは、物証にはなり得ないだろうと見逃してしまっていました。ですが、突き詰めるべきなのは、田草がズボンに入れていた競馬新聞だったのです」

「競馬新聞が、なんだっていうのよ」

「実はですね、あの競馬新聞、僅かにですが、濡れた形跡があったんです。田草は新聞を畳んで、ズボンの後ろポケットに入れていました。この辺りです」

奈々子は教卓から姿を現すと、わざわざ小さなお尻を突き出して、そこを示した。お尻の左後ろの位置だった。

「この、ポケットから突き出た箇所だけが、濡れていました。新聞を購入したのが事件当夜だったことは前にお伝えした通りです。となると、田草が殺された直前に濡れた可能性が高い。しかし、どうして、なにに濡れたのか、これがまったくわかりませんでした。いいえ、正確には、水に濡れたのだろう、とは思っていました。犯人が遺体を抱えて引き摺る過程で、どこか濡れている上を通ったのだ、と考えたのです。しかし、それがどこなのかわかりませんでしたし、水に濡れているからって証拠に繋がるとは思えません。トイレや廊下の水道の近くなど、小学校ですから濡れている場所なんていくらでもありそうです。些末なことだと思い込んでしまっていました」

田草の遺体が濡れていた……？

絵里は、田草が履いていたスリッパが僅かに濡れていたことを思い出す。

あれは、田草が先にトイレに侵入し、そこで濡れたのだろうと思い込んでいた。しかし、ズボンの後ろポケットに入っていた新聞が濡れたとなると、絵里が遺体を運んでいる最中に濡れたことになる。だが、いったいどこで？

「そしてもう一点、こちらをご覧ください」

奈々子が伸ばした指先に、ぱっと一枚の写真が出現する。

それは、田草の遺体の一部をアップにして撮影したものらしかった。

「拡大してあるのですが、これです」

奈々子は絵里に近付いて、その写真を突き出してきた。

どういうわけか余裕ありげな表情が消えて、顔を背けている。まるで汚物を押し付けてくるような仕草で、絵里は訝しんだ。

「ちょっと、手に取ってもらえますでしょうか……」

奈々子は顔を背けながら言った。恐る恐ると差し出される写真を、絵里は仕方なく受け取る。

奈々子は逃げるように絵里から離れて、教卓の奥へと戻った。

それは、田草の足先を写したものだった。

革靴が脱げていて、靴下を履いた踵が露出している。

「そこに、蟻がいますでしょう？」

「蟻……？」

確かに、一匹の蟻が靴下に止まっている。

そういえば、奈々子は虫が苦手らしかった。子どもたちに校庭で捕まえてきた虫を見せられて、彼女が悲鳴を上げていた光景を見かけたことがある。だが、蟻がいったいなんだというのだろう？

奈々子は気を取り直したように、言葉を並べ始めた。

「まぁ、たまたま止まったのだと言われたら、それまでです。そういうことも充分あるでしょう。わたしもいったんそう考えていました。しかし、これに意味があるのだとしたら？　突き詰めて考えてみる価値はありそうです。田草のご遺体は濡れていて、しかも蟻が止まっている。これらを総合して考えてみると……、ええ、まぁ、最初はわたしも、わけがわかりませんでした」

わからない。

奈々子はいったいなにを言っているのだ？

蟻が、いったいなんの証拠に。

「ところで先日――。わたしが、子どもは嘘をつくから好きですと言ったのを、憶えていらっしゃいますか？」

また、話が飛んだ。

絵里は奈々子の思考に付いていけない。

「実はあのとき、わたしは子どもたちの発言の、ある矛盾に気づいていたのです。ですから、そのことが頭を過って、あんなことを言ったわけなんですね。子どもは平気で嘘をつきますから、言動に矛盾が出ても普通のことです。だからあのときは、彼が嘘をついたのだろうと思っていました。けれど、とんでもない。あることに気がついたとき、それは全くの濡れ衣《ぬれぎぬ》だったのではないかと思い直しました。さてさて、あのときの会話、どこに矛盾があったのか、先生はお気づきですか？」

「あなたが……。なにを言いたいのか、わからない……」

絵里は恐怖すら感じて、呆然と呟く。

なんだ。

なにに自分は足を掬われるのか。

翠の瞳をした狩猟者に、絵里は射竦められていた。

「いいですか、あのとき、宗也くんがこう言ったのです。先生のシャボン玉は凄いんだよって。そのあとで、大地くんがこう続けました。他の先生のとは違うの！　凄いんだ！　って。この意味がおわかりになりますか？」

絵里は困惑しながら、かぶりを振ることしかできない。

「これは不整合なのです。なぜなら――、よろしいですか、よろしいですか。先生が教えてくださった通り、小池大地くんは今年度に入ってからこの学校にやって来た転入生です。そしてシャボン玉が扱われる生活の授業が行われるのは一年生の九月だけであり、先生がこのクラスでシャボン玉をするのは、今度の優太くんのお別れ会が一年ぶりということでした。そう、小池大地くんが先生のシャボン玉で遊べる機会なんて、どこにもないのです！」奈々子は指先を指揮棒のように振るいながら徐々に早口になり、言葉を捲し立てていく。「それなのに、それなのにですよ。大地くんは、どうしてあんなことを言ったのでしょう？　他の先生のとは違うと、はっきり自信を持って言ったのは、どうしてでしょうか！　嘘ではないのだとしたら！　それが、嘘ではないのだとしたら！　大地くんが先生のシャボン玉で遊んだのだとしたら！　いつ、どこでそんな機会があったのか！」

どん、と奈々子は教卓を叩いた。

しゅるり、とそれを覆っていたハンカチが、教卓にすべり落ちていく。

絵里は、自分を追い詰める毒の正体を知った。

「先生なら、よくおわかりのはずです」

奈々子は力なく微笑んで言う。

「えてして子どもというのは、大人には予測のつかないことをするものです」

絵里は、教卓の上に置かれているそれを見る。

「そんなの、証拠になる、わけが……」

「市販のものでしたら、そうでしょう。ところが、今回は違う。メレンゲを泡立たせるためには、砂糖を入れるのが秘訣だそうです。砂糖は水となじみやすく、泡の粘性を高めてくれる。粘性が高まれば、泡は蒸発しにくく、つまり割れにくくなる。シャボン玉も、同じことが言えます。先生の秘密のレシピ、砂糖を使っていらっしゃいますね？　蟻さんがやってくるわけです」

卓上に載せられたペットボトル。

絵里が優太のお別れ会のために用意した、特製のシャボン液だった。


お母さんのシャボン玉には、秘密があるの。それを絵里にも教えてあげる——。


母が自分に遺してくれた、秘密のレシピ。

子どもたちを笑顔にしてくれる、魔法のシャボン。

「警察にお願いして、ご遺体の濡れた箇所の成分を調べてもらいました。砂糖や界面活性剤の種類など、このシャボン液の成分と事細かに一致したようです。あの日の放課後、大地くんはこっそりお友達と教室に戻ってきて、先生が用意しておいたシャボン液を使って遊んだのです。もしかすると、みんなの言う先生のシャボン玉のことを聞いて、疎外感を覚えたのかもしれません。道具がもう用意されていることに気づいて、一足先にシャボン玉を経験したくなったのでしょう。その際に、彼はシャボン液を零してしまった。机の上には注意が回って片付けることができたのでしょうが、床に零れてしまっていたぶんには気づけなかった。この時期、どこの教室もシャボン玉を扱っておらず、砂糖を含んだこの成分ピッタリの組み合わせでシャボン液を作るのは、先生……、あなただけなのです」

「違う……。そんなの、ここで田草が死んだ証拠にはなっても、私が殺した証拠には……」

「先生、そういうことではありません。そういうことではないんですよ？」

奈々子は緩やかにかぶりを振った。

「先生は、あの日、職員室を離れていた間、ずっとこの教室にいらしたと、ご自分でおっしゃったではないですか」

「でも、でも……。そうよ。私が教室に来る前に、田草がここで誰かに殺された可能性だって」

しかし、奈々子はその言葉を待ち受けていたかのように、翠の瞳を煌めかせて言った。

「先生、お忘れですか？　田草は二十時四十分頃まで、商売相手とメッセージでやりとりをしていたのです。つまり、彼は少なくともその時間まで生きていた。先生が教室に戻るまでに彼が殺されていた可能性は、どこにもありません」

二十時四十分。自分が田草を殺すため、この場所にやってきた時間――。絵里は思い返していた。あのとき、出迎えた田草の顔を、スマートフォンの光がぼんやりと照らし出していた……。あれは、誰かとメッセージのやりとりをしていたためだったのだ。

「田草がこの場所で殺害されて、シャボン液が衣服に付着したのは、その二十時四十分以降でしかなく、正にその時間、ずっとこの教室で作業をしていたとおっしゃったのは、他ならぬ先生ご自身なのです――」

「けれど、けれど……」

必死になって、頭を巡らせる。

だが、起死回生の反撃は、なにも思いつかない。

「白井さん」

震える声で、絵里は言う。

「わかるでしょう。あの男が死んだって、誰も困らなかった。いいえ、生きていたら、もっと多くの子どもたちが犠牲になっていた。個人情報まで手を出されていたら、直接の被害に遭う子だっていたかもしれない。あなたさえ……、あなたさえ、黙っていてくれたら」

「先生、それはいけません。それ以上は、おっしゃらないで」

奈々子は眼を伏せてかぶりを振る。

「どうして……！　私は正しいことをしたのよ！　私はみんなを護った！　なのに！」

奈々子は眼を開ける。絵里を見据えて、激しくかぶりを振った。

「いいえ！　いいえ先生！　それは違います。よろしいですか。この世に正しい殺人なんてものはありません！　正しさなんて、泡のように儚くて脆《もろ》いものなんです！　独善的な人殺しなんて、あっていいはずがない！」

「そんな綺麗事《きれいごと》じゃ――」

ウェーブを描く髪が、揺れ動く。奈々子は鋭い眼差しで、祈るように叫んだ。

「綺麗事を信じるしかないのです！　いいですか、いいですか！　人の命はたった一度きりです！　あの世はなく、蘇りもなく、転生もないのです！」

痛いほど突き付けられた事実を確かめるように、拳を振り上げ、奈々子が叫んだ。

「たった一度！　たった一度だけ！　わたしたちの命は、とても儚く脆いのです！　だからこそ、わたしはひとりよがりの殺人を赦しません！　人を殺してはいけないという社会を守り続けることでしか、人の命を奪う暴力を除外する術《すべ》はないのです！　大切な誰かを護るためには、人を殺したら必ず報いを受けるのだと！　罪を償うべきなのだと！　そのルールを徹底して知らしめることでしか、わたしたちは殺人という暴力から命を護れないのです！」

翠の双眸が、濡れている、と絵里は思った。

「先生は胸を張って子どもたちに言えますか！　自分が正しいと思えば人を殺してよいのだと！

正しいと思ったから殺したという殺人鬼には、大切な人を殺されても仕方がないのだと、子どもたちに胸を張って教えられますか！」

息を呑んで、絵里は項垂《うなだ》れる。

それは無理だ、と素直に思う。

まるでシャボンが弾けるみたいに。夢から覚めるみたいに。

唐突に、思い知らされた。奈々子の言葉は正しい。

そして、たぶん、母も同じことを言うだろうと、漠然と考えた。

そうか……。

だからシャボン液は、母の代わりに、自分を断罪したのだろう。

護るべき子どもたちの不測の行動は、そのためのものだったのかもしれない。

「花マル百点よ、白井さん」

絵里は笑う。

「でも、私は……、教師として、あの男を殺さずにはいられなかった……」

ただ、それだけを誰かに聞いてほしくて、言葉を零した。

対して、かけられる言葉は悲しげだった。

「本当にそうなのでしょうか。そこまでする価値が――、それは、そうまでして人生を捧げる価値があるお仕事なのでしょうか」

「当然でしょう。そう思わなければ、こんな仕事、やっていけないじゃない……」

絵里は顔を覆って、ただ嘆いた。

後悔はしていない。後悔なんてしたくない。

教師であることに、誇りがほしかった。

だって、こんなにも、つらいのだから——。

絵里は顔を上げる。

奈々子は、手にストローを持っていた。シャボン液に浸したそれに、彼女は唇を添える。

虹色の泡が膨らんで、静かな教室を漂った。

奈々子は戸口を示して言う。それは初めて耳にするような、優しげな口調だった。

「先生、参りましょう。一緒に来てくだされば、自首という扱いにできます」

絵里はぼんやりと、漂う虹の泡沫を視線だけで追いかける。

「あなた、本当はただのスクールカウンセラーじゃないんでしょう」

「実はそうなのです」

そんなこと、とっくに気づいていた。

なのに壮大な秘密を打ち明けるみたいな表情で言われ、絵里は力なく笑ってしまう。

「優太のお別れ会だけが残念だわ。お願いできる?」

「奇術は得意なのです。喜んでお引き受けいたしましょう」

奈々子は優しく微笑んだ。

そうして漂うシャボンが、弾けて、消える。

"Bubble Judgment" ends.

...and again.

「なんでこんなことをしなくちゃいけないのよ……」

千和崎真は、気が遠くなるような思いを抱えて呻く。

無駄に広い浴室の入り口に、真は突っ立っていた。浴室の中央には、猫足のバスタブが設置されている。城塚翡翠が無駄金を注ぎ込んで特別に設《しつら》えた浴室だった。そのバスタブの泡の中に優雅に身体を沈めているのは、もちろん城塚翡翠その人だった。その白い体軀はほとんど泡に隠れていて、華奢な肩の一部分だけが覗いている。

「仕方がないじゃないですか」

翡翠はまるで自分を女王かなにかと勘違いした痛い人物みたく、優美に手を差し伸べてきた。その白い指先に、絆創膏が巻かれている。

「これじゃ、沁みてしまって髪を洗えません」

「子どもかよ」

真は盛大に溜息を漏らす。

なにやら、紙の書類で手を切ったらしい。翡翠は事件解決後も、夏休みが始まるまでの契約期間中は、きちんとスクールカウンセラーの仕事を続けるという。殊勝なことだと感心したものだが、自分にこんな雑用が増えるのでは、そうとも言っていられなくなる。

「それにしても真ちゃん。色気のない格好ですね。なんていうか、その、究極につまらないです。もっとえちえちな格好とかあるでしょう?」

「する必要がどこにあるんだ」

真は自分が着ているシャツを見下ろす。チベットスナギツネの情けない顔がプリントされているので、まぁ色気とは無縁だろう。

もう一度だけ諦めの溜息をついてから、シャンプーを翡翠の頭にブチ撒けた。彼女の後ろについて風呂椅子に腰を下ろし、乱雑な手付きで泡立ててやる。翡翠がなにか文句を言っているが、聞いてやらない。

「せっかく頭を洗わせてあげてるんですから、記念写真でも撮りますか？」

「意味がわからん」

真は翡翠の頭を叩く。

跳ねた泡を見て、ふと思い出す。

「そういえば、報告書を書かないといけないんだけど」

今回のやり方は、知られたら確実に問題になるだろう。

故に報告書に起こす必要はないのだが、初動捜査の情報だけで翡翠が犯人を特定した手法は、報告しておいた方がいいだろう。その部分を、真は知らされていない。訊ねると、翡翠はああと頷いた。

「それなら簡単なことです」

表情は見えないが、翡翠は上機嫌そうに言った。

「殺人だと仮定すると、殺害現場はあのフロアにあるいずれかの教室か、理科室あるいは理科準備室、あるいは用具室、となります。田草はどこかで犯人と待ち合わせたのでしょう。理科室は、そこが殺害現場なら初動捜査で血痕でも見つかったことでしょう。準備室と用具室は施錠されています。そうすると犯行現場は教室のいずれかです。まさか他人の教室で待ち合わせる人間はいないでしょうから、犯人は自分の城ともいえる教室で待ち合わせたはずです。自分の教室なら、掃除をして証拠を消すことも不自然ではなく簡単ですからね。そこから、事件当日に最後まで残っていた教職員に注目します。最後まで残っていたのは、一年生の古茂田先生、四年生の松林先生、二年生の末崎先生でした。あのフロアにある教室は、五年生と二年生の教室ですから、自然と二年生の末崎先生が犯人となります」

すらすらと言われて、真は思考がなかなか追いつかない。

「どうして殺害現場が三階だって断定できるわけ？　他の階で殺して死体を運んだのなら、他の先生が犯人って可能性もあるんじゃない？」

「あの学校には台車はあってもエレベーターがありません。大柄な男性の身体を運んで階段を上るのは、女性には不可能です。そして、最後まで残っていた教職員は三人とも女性でした」

「うーん、じゃあ、田草がもっと早くに殺されていたとしたら？　あのときは田草が最後にメッセージを送った時刻までわかっていなかったでしょう？　最後まで残っていた先生が犯人だって限らないじゃない」

「そうすると、検視結果の死亡推定時刻と警報が鳴った二十一時四十八分の間に大きな乖離《かいり》が生まれて、不整合が生じます。ありえません」

わかったような、わからないような。

いつも、翡翠の推理を聞くときは、煙に巻かれたような気分になる。本当は霊能力で真相を知って、あとで辻褄を合わせているかのような、そんな印象を持ってしまうのだ。ともあれ、報告書に纏められるように、真は翡翠の論理を頭の中で繰り返した。そうしながら、彼女の小さな頭脳を包む頭皮を、洗ってやる。眼に泡が入らないようにか、翡翠は天井を仰ぐように喉を反《そ》らしていた。

「それにしても、まだスクールカウンセラーを続けるだなんて、どういう風の吹き回し？」

ついでにマッサージをしてやりながら、真は翡翠に問う。

しばらく、翡翠は答えなかった。

彼女の表情は見えない。単に、頭皮への刺激が心地よかっただけなのかもしれない。

「責任が、あるからです」

だから、少ししてこぼれたその言葉に、真は驚いていた。

「わたしのせいで、子どもたちを悲しませることになったのですから」

真は動かしていた手を止める。

「わたし、余計なことをしてしまったのでしょうか……」

それから、柔らかな泡にまみれた翡翠の髪を、静かに撫でた。

「なんて」

翡翠は白い肩を竦める。

「たんに――、鼻水と涎にまみれるのも、そう悪くはないと思っただけですよ」

振り向く翡翠が、ちろりと舌を出して笑った。

「なにそれ」

翡翠は鼻歌を口ずさみはじめる。少し遅れて真が泡立てるのを再開すると、翡翠はときどき両手で泡を掬い上げて、それに息を吹きかけていた。

「ねぇ」

真は声を漏らす。

翡翠のことで、知っていることはあまりない。知っていたとしても、それはすべて嘘のような気がする。たとえば、彼女の名前や年齢、生まれた場所など、教えられたことはすべて、虚構でないとどうして言い切れるだろう。

「あなたが、探偵をしている理由って」

真はいつものように、イヤフォンを通して、末崎絵里との対決の様子を聞いていた。そこから聞こえてきた翡翠の言葉を脳裏に甦らせる。珍しく感情の高ぶりを感じさせた翡翠の叫びは、とても正確に再現することができた。

あなたが護りたい人って誰なの？

それとも、それすら、虚構なのだろうか？

「なんですか？」

翡翠が振り返り、訊いてくる。

あのとき、末崎に翡翠は言った。

それは、人生を捧げる価値のある仕事なのかと。

あなたは、どうなの？

「なんでもない」

真は手にした泡に息を吹きかけた。

泡沫を受けた翡翠が笑って、くすぐったそうに身を捩る。

白いそれが、ひとときの夢のように儚く散って。

虚空へと、消えていった。

信用ならない目撃者

「こちらが今回の調査の資料となります」

言いながら、雲野泰典《うんのやすのり》はテーブルの上にそれらを並べた。写真を織り交ぜた数枚のプリント用紙だった。緊張に黙していた宮本《みやもと》夫人の視線が、それを見て困惑の色を浮かべた。

「結論から申し上げますと、宮本先生の周囲に女性の影はいっさいありませんでした」

この応接室には、もちろん他の人間の姿はない。夫人の上品な装いは、身に着《つ》けている装飾品などからして豪奢《ごうしゃ》といえるものだったが、雲野が金を注ぎ込んだこの特別応接室の内装も、それに負けるほどのものではない。

「そう、でしたか」

夫人は、安堵《あんど》と困惑が入り交じった、複雑な表情を浮かべて雲野を見返した。

「選挙も近いですから、奥さまに秘密にしなくてはならないお仕事も増えているのでしょう」

「ええ、それは、理解しているつもりなのですが……」

「ご安心ください。こちらが、この一ヵ月の調査で判明した宮本先生のスケジュールです。見事なまでに清廉潔白ですよ」

夫人はしばらく、呆然《ぼうぜん》とした表情で資料に目を落としていたが、やがてようやく実感を得たのか、瞼《まぶた》を落とすとソファの背もたれに深く身体《からだ》を預けた。

「ええ、どうやら私の杞憂《きゆう》だったみたいですね……。なんだか、馬鹿《ばか》みたい」

「離婚される決意まで固められていたそうですが、早とちりで幸いなことでした」

「普段と様子が違うように思えたものですから」

「お仕事の緊張の表れでしょう。大事な時期ですから」

それから、雲野は丁寧《ていねい》に資料の仔細《しさい》を説明した。部屋を出ていくときには、夫人は調査結果に満足してくれたようで、安堵の笑顔すら見せていた。料金に関する説明は部下に任せて、雲野は宮本夫人を見送った。しばらく誰もいない応接室の只中《ただなか》で佇《たたず》んだあとで、自身の部屋となる社長室へ続く扉を開いた。

その室内には、困惑に青ざめた表情で壮年の男が佇んでいる。

「ああ、宮本先生。どうぞ、お座りに」

雲野は笑いながらそう言って、自身のデスクへ向かう。それから、いつもの座り心地のよい椅《い》子《す》に腰を下ろした。肘《ひじ》掛《か》けに寄りかかり、未《いま》だ身体を強《こわ》ばらせている宮本の、半《なか》ば掠《かす》れた声を耳にする。

「いったい……、なんの、つもりなんだ」

「奥さまに対する説明に、ご不満でも？」

雲野はパソコンを操作して、特別応接室の音声を拾うマイクのスイッチを切った。先ほどまでの夫人との会話内容が、この部屋のスピーカーで宮本にも聞こえていたことだろう。

雲野はファイルを取り出すと、そこに挟んであった写真を何枚か、宮本に見えるようデスクへと並べてみせた。宮本はポーカーフェイスが苦手らしく、面白いくらいに動揺を表に出している。いつの間に、という呻《うめ》き声を片手で遮《さえぎ》り、雲野は微笑《ほほえ》みかけながら告げた。

「腕はよいのです。もっとも、他の探偵であってもこれくらいの証拠は摑《つか》めます。大事な時期なのですから、お気をつけになった方がいいでしょう。奥さまが依頼してくださったのが私どもの会社で幸運でした」

「これは……、脅迫なのか？」

「まさか」雲野は笑った。「ただの善意ですよ。私は宮本先生のお力になりたいだけなのです。こんな些細《ささい》な過ちであっても、マスコミは馬鹿のひとつ覚えのように騒ぎ立て、先生の今までの功績をまるでなかったもののように報道することでしょう。奥さまも先生と離婚されるおつもりだったようですが……、奥さまのご実家から恨まれることは、先生にとっては致命的な痛手となるのではないですか？」

宮本は気まずげに視線を背けていたが、雲野の真意を知りたいのだろう、ちらちらと臆病《おくびょう》な眼差《まなざ》しをこちらに向けてくる。その額に滲《にじ》んでいる汗を見て、雲野は勝利を確信していた。

「金が望み……、というわけでは、なさそうだが」

「そうしたものには不自由していません。これはあくまで善意なのです。お近づきの印と考えてくださって構いません。ただ、私どもも手広くやっている会社なので……。いつか、先生のお知恵を借りることがあるかもしれません」

宮本はしばらくの間、沈黙していた。だが、雲野が写真を束《たば》ねて差し出すと、彼はそれをひったくるように奪い取り、スーツの内側へとねじ込んだ。

それから、大きな溜息《ためいき》を漏らす。

「高くついたな……」

「我々は先生の味方です。信用調査などでご用命がありましたら、いつでもお引き受け致しましょう」

雲野はマイクで磯谷《いそたに》を呼び出した。

「宮本先生がお帰りだそうだ」

宮本が去っていくのを見送ってから、雲野はデスクの椅子に腰を下ろした。

必要な仕事を片付けて、古びた腕時計に視線を落とす。

そろそろ予定の時刻だ。急いで支度《したく》をするとしよう。

なんの時間かといえば――。

それは、殺人の時間だ。

＊

薄闇《うすやみ》の中で雲野は腕時計に眼《め》を向けた。星明かりを頼りに時刻を確認する。二十二時五十八分。曽根本《そねもと》がまっすぐに帰路に就いたと仮定すれば、そろそろ帰宅する頃合いだろう。雲野は見上げるマンションの、駐車場近くの植え込みに身を隠していた。培った技術と経験を活《い》かし、入念に下調べをしてあった。ここならば誰かに見られる心配もなく、曽根本の帰宅を察知することができる。快適な場所とは言いがたいが、こうしたところで身を潜めることに、雲野は慣れきっていた。

一台の車が駐車場に入ってきた。ライトの光に眼を細めながら、ナンバープレートを確認できるまで辛抱強く身を潜めて待つ。曽根本の車だ。雲野は植え込みから、マンションの非常階段へと向かう。

都内郊外にあるマンションで、古くもないが決して新しいとは言えない建物だった。エントランスはオートロックではあったものの、駐輪場のある裏口からは出入りが自由となっている。申し訳程度に防犯カメラがあるが、死角が生まれる甘い設置で、雲野はそこからマンションの非常階段へと身体を滑《すべ》り込《こ》ませた。雲野は前職で、数多くの防犯カメラ映像を見てきた。それこそ週に何十時間と画面を見つめ続けていたこともある。現在であっても、その研究は怠っていない。どのような画角のカメラが、どのように不審者を捉《とら》えるのか、雲野は熟知しているのだ。種類や角度を見れば、死角を知ることは容易《たやす》い。

曽根本の部屋は四階だ。エレベーターにも防犯カメラが設置されているので、非常階段を上っていくしかない。雲野は急いで階段を上った。衰えを感じ始めた身体には少し応《こた》えるが、こればかりは仕方がない。いい運動になると前向きに捉えることにしよう。彼の口元には笑みすら浮き出ていた。

非常口の扉を僅《わず》かに開いて、曽根本が部屋に戻ってくるのを待った。少しするとエレベーターを降りた曽根本が自分の部屋の前に辿《たど》り着《つ》き、鍵《かぎ》を差し込んでいるのが見える。

曽根本が部屋に入った。雲野は周囲に人気がないのを確認すると、足早に曽根本の部屋に向かった。指紋をつけないように扉をノックする。インターフォンでは記録に残るかもしれないと考えたからだ。

僅かな間があり、警戒するように恐る恐る扉が開いた。

「社長……」

驚いたような表情で、曽根本が顔を覗《のぞ》かせている。

「こんな時間にすまない」雲野は早口で言った。「話をしにきた」

「考え直してくれたんですか？」

曽根本はまだ、完全に扉を開けようとはしない。雲野は辛抱強く言葉を続ける。

「ああ、私も観念している。君の勧めるとおり、明日にも警察に打ち明けるつもりだ。ただ、私がどうしてこんなことを続けてきたのか……、それを君にも知っておいてほしいんだ。話をさせてもらえないだろうか」

万が一、住人に見られても大丈夫なように、雲野は普段とは違う装いをしている。髪型は乱れていたし、よれたコートの前から覗く首元にはネクタイも締めておらず、窶《やつ》れたような雰囲気を演出していた。だが、雲野がそんな状態になっていてもおかしくないことを知って、曽根本は不審に思わなかっただろう。僅かばかりでも警戒を緩《ゆる》めてくれたのか、彼は扉を開いた。

「中、散らかってますけれど」

「構わない。ほんの十分だ」

曽根本は少し迷ったようだが、結局、雲野を部屋に招き入れることにしたようだった。

「お邪魔するよ」

雲野は室内に足を運んだ。玄関先で会話をしているところを、帰宅してきた人間に見られないとは限らない。

室内は単身者が住むには充分に広すぎる2LDKで、間取りは事前に調べたとおりだ。

曽根本は雲野をリビングの方へと招いた。

「本当に、すべて告白してくださるんですね」

「ああ。だが、今日まで準備に時間がかかってしまった。君も含めて、社員に迷惑をかけるわけにはいかないからね」

「上着はそこにかけてください」

いかない。
「ああ」
雲野はコートを脱ぐと、玄関脇《わき》にあったコートかけにそれをかけた。
袖口《そでぐち》を捲《めく》り上《あ》げ、腕時計をいつでも確認できるようにしておく。あまり時間をかけるわけには
いかない。
通されたリビングの中央には、小さなダイニングテーブルがあった。椅子はテーブルの前後を
挟むように、奥の窓際と手前に二つ配置されている。テーブル上は思っていたより片付いてお
り、今は閉じたノートパソコンが鎮座《ちんざ》していた。
「とりあえず、座ってください」
曽根本がそう言って、手前の椅子を引く。
「ああ」
返事をしながらも、雲野は椅子に腰掛けずに室内の様子を観察していた。どうにか、ここで曽
根本の気を自分から逸《そ》らしておきたい。
ベランダに続く掃き出し窓は右側だけカーテンが開いており、夜の闇と反射する雲野の姿を映
し出していた。洗濯物を取り込んだまま片付けていなかったのだろう、カーテンレールには複数
の洗濯物を吊《つ》るせる洗濯ハンガーが二つかかっている。窓の左側にかかっているものは角張って
いて大きく、シャツや寝間着の類が綺麗《きれい》に干されていた。対して窓の右側にかかっているのは小
さな円形のタイプで、複数の靴下がぶら下がっている。種類ごとにきちんと分けて干しているの
は、几帳面《きちょうめん》な曽根本らしいといえるが、かつては暴力団に所属していたのだから、意外に思う
人間も多いだろう。あるいは、服役中の生活で身についた習慣だったのかもしれない。
「どうしました？」

「いや……」

曽根本はダイニングテーブルの傍《かたわ》らに立ったまま、未だ僅かながらの警戒心を雲野に向けているようだった。雲野は腰の後ろに手を伸ばして、そこに眠る硬質な感触を指先で確かめる。曽根本は雲野よりも体格がよく、運動神経にも優れていた。雲野にも柔道の経験はあったが、いくらこの凶器でも正面からでは目的を達成することは難しいかもしれない。なにを取っ掛かりにするべきか、と視線を落としたところで、それを見つけた。

「曽根本。靴下がそんなところに転がってるぞ」

「え？」

雲野の視線を追って、曽根本が目を落とす。彼は屈《かが》み込んでソファの下を覗いた。

「ああ。干すときに見当たらなかったんで、どこへ行ったのかと思ってたんですよ」

雲野は素早く、腰の後ろに挟んでおいた小さな拳銃《けんじゅう》を抜いた。屈んだ曽根本のこめかみに、それを突きつける。

「動かないでくれ」

屈んだ姿勢のまま、曽根本が息を呑んだ気配が伝わった。

彼の視線が、己のこめかみに押し当てられているものの正体を捉える。

「社長……。馬鹿なことは」

「動くなよ。少しでもおかしな真似《まね》をしたら、君を撃たなくちゃならない。この距離なら、なにがあっても外れることはないよ」

雲野は油断せず、両手で拳銃を構えた。万が一反撃を受けたとしても、拳銃を弾《はじ》き飛《と》ばされることだけは避けなくてはならない。

「まずは、ゆっくり立つんだ」

「社長。それは、警察に届け出たはずじゃ……」

「いいから、立ちなさい」

指示どおりに、曽根本はゆっくりと立ち上がった。

「そこに座るんだ」

雲野は視線で、ダイニングテーブルの椅子を示した。窓際にある椅子で、ちょうどノートパソコンに向き合う場所だった。曽根本は静かに頷《うなず》き、その椅子に腰を下ろした。恐怖と緊張を感じているのか、微《かす》かに相手の身体が震えているようにも見える。その一方で、雲野は極めて冷静だった。油断することなく、銃口を彼のこめかみに向け続ける。

「今すぐ、例のデータを削除してほしい」

雲野は、閉ざされたノートパソコンを示す。

「そんなこと、できるわけが……」

「それなら、君を撃ち殺したあとで、パソコンごと回収するよ。だが、ここでデータを削除するというのなら、もっと穏便に済む方法を考えてもいい」

曽根本は躊躇《ためら》いながらも、震える指先をノートパソコンに伸ばした。そのままディスプレイを開くと、キーボードにパスワードを入力する。残念ながら、キーを叩《たた》く指先の動きは思いのほか素早く、パスワードを読み取ることはできなかった。雲野は油断なく、曽根本の様子を見守る。

銃口を向けられた額に、小さな汗が滲んで浮き出ていた。

デスクトップの画面が表示されたが、曽根本は手を動かそうとしない。

「どうした?」

「社長、やっぱりこんなことはやめましょう」

曽根本は勢い込んで言うと、素早くノートパソコンを閉ざす。

「そうか。なら、ここでお別れだ」

彼が立ち上がろうとする気配を察して、雲野は曽根本の背に身を滑らせた。左腕で彼の首を絞めながら、体重をかける。

抵抗する曽根本が手を伸ばして、雲野の銃を摑もうとした。

雲野はそれを待って、引き金を引く。

小口径の破裂音は、思っていたよりは小さかった。

動かなくなった曽根本の身体から、雲野は手を離した。

曽根本はこめかみから血を流して、項垂《うなだ》れている。身体はやや左に傾いていたものの、椅子から滑り落ちることはなく、背もたれにもたれかかっているかたちだった。

耳鳴りが治まるのを待って、雲野は小さく吐息を漏らす。計画どおりの順調な殺人。人を一人殺したというのに、大した緊張を抱いていない自分に、雲野は内心で苦笑を漏らした。

かつて雲野の提案を受け入れた人間の一人が、苦し紛《まぎ》れに漏らした言葉のひとつを思い返す。

それは、君は犯罪界のナポレオンにでもなるつもりなのか、という言葉だった。耳にしたときは意味がわからなかったが、あとで調べたら、それはあのシャーロック・ホームズの敵役たるモリアーティ教授を示す言葉らしいとわかった。

フィクションの人物に喩《たと》えられるなど馬鹿馬鹿しい話ではあるが、雲野はこれまでの人生で政財界の人間や著名人たちの急所を握り、心を痛めることなく様々な提案を繰り返してきたのだ。

それに加えて、こうして冷静に人を殺している自分を自覚すると、その評価はあながち間違いでもないのかもしれないと思えてくる。

雲野は人間の殺し方をよく心得ていた。この仕事を始めるまでは警視庁捜査一課の刑事として、十年以上殺人の足跡を追い続けていたのである。いくつもの事件現場を見て、何人もの殺人犯を捕らえてきた。ゆえに雲野は人を殺す術《すべ》や、殺人者を追う手法を熟知している。逆に言えば、どのような証拠を残せば危険なのか、そして、どのようにすれば警察が自殺だと結論づけるのかを、誰よりも心得ていることになる。そうした経験が自分に落ち着きを与えるのだろう。これほど罪を犯すのに適した人間はいないかもしれないな、と雲野は笑った。

たとえば、このマンションにそれなりの防音効果があることは既に調査済みだ。もちろん、それでも銃声を耳にした人間はいるだろうが、クラッカーを鳴らした程度と勘違いされるのが関の山だろう。おおよその時刻を記憶する住民はいるかもしれないが、問題はない。屋外で乱射したのでもない限り、この日本において近隣住民が銃声に気づくのは、ほとんどの場合は事件発覚後なのだ。ゆえにこの時点で通報をする人間は誰もいないと言っていい。

これから曽根本の自殺に見せかける偽装工作を行ってしまえば、殺人があったことにすら警察は気づかないだろう。

すべては計画どおり、順調だ。

なんの問題もない。

だが、そのときに予感が走り、なおかつそれに素直に従うことができたのは、やはり犯罪における雲野の才覚があってのことだったのかもしれない。雲野は視線のようなものを感じて、咄嗟《とっさ》に振り返った。

背後にあるのは、夜空を映す掃き出し窓と、そこに反射する冷徹な雲野の表情だけ。

いや、そうではない。

雲野は窓の左側を覆《おお》っているカーテンに身を寄せた。半身を隠しながら、窓向こうの景色に目を向ける。都内ではあるものの、この近辺は閑静な住宅地となっており、背の高いビルの類はひとつも見えない。一軒家やアパートが点在しているだけで、窓から漏れる明かりが静かに並んでいる。警戒に値しない景色だった。しかし、五十メートルほど離れた場所だろうか。用水路を挟んだ対岸に、寂《さび》れた雰囲気の雑居ビルらしきものがぽつんと建っているのが見えた。

その三階部分のベランダに、人影がある。

雲野が目をこらすと、辛《かろ》うじて女性らしいシルエットであることがわかった。彼女はベランダに身を乗り出して、こちらに顔を向けているようにも見える。だが、表情はわからない。遠すぎるというのもあるが、なにか大きな眼鏡《めがね》のようなもので顔が隠れているためだ。

いや、あれは双眼鏡だろうか……。

まさか、見られたのか？

雲野は静かにカーテンへと手を伸ばした。そのままカーテンを閉ざそうとするが、レールにかかっていた洗濯物が邪魔で、カーテンは途中でひっかかってしまう。苛立《いらだ》ちを感じながら、いったん洗濯物が吊るされた円形ハンガーを下ろした。カーテンを閉ざしてから、それを元の場所に戻す。

雲野はカーテンの隙間《すきま》に顔を寄せると、対岸の雑居ビルへと眼をこらした。三階のベランダにいた人物は、部屋に引き返したようだった。薄手のカーテンが閉じていて、光が漏れているのがわかる。

殺人の瞬間を見られた？

馬鹿らしい考えかもしれなかった。五十メートルも離れた場所から、双眼鏡を手にした人間が、たまたまこのマンションの一室を覗き込んでいて、殺人の瞬間を偶然目撃したなどという可能性が、ありえるだろうか。

雲野はしばらくの時間、迷った。

今すぐ逃げるべきなのか。

もし、奇跡的な確率で、あの人物がこのマンションの窓を双眼鏡で覗いていたとしよう。

だが、雲野の犯行まで見えただろうか？　カーテンレールには洗濯物が吊るされていた。それが半ば部屋の景色を遮っていたはずだ。雲野の姿が見えたとしても、座っている曽根本の姿は死角となって見えないのではないだろうか？　まして、銃を撃った瞬間に雲野は窓に背を向けていた。発砲の瞬間は見えないはずだし、銃声は届かない。冷静に考えて、まさかこんなところで銃を使った殺人事件が起こるだなんて、想像できる人間がいるはずもないだろう。

それに——。

そう、今日は獅子座《しし ざ》流星群が見られる日なのだと、秘書の磯谷が言っていたのを思い出す。雲野は笑った。ベランダにいた人物は夜空を見ていたのだろう。だとすると、こちらを見ていたと思ったのは、雲野の取り越し苦労に過ぎない。

結果的に、雲野は逃げる選択をせず、偽装工作に取りかかることにした。目撃されていたとすれば、今から逃げたとしても、工作をせずに様々な証拠を残したままでは自分は捕まってしまう。となれば、万が一の可能性を憂慮するよりも、するべきことをして引き上げるのが論理的行動というものだ。

雲野はまず、ポケットからゴム手袋を取り出してそれを装着すると、ハンカチを使って拳銃に付着した自身の指紋を拭《ぬぐ》い取った。それから、力なく垂れた曽根本の手に拳銃を握らせる。もちろん、右手だけではなく、彼の左手の指紋をつけておくことも忘れない。拳銃を用いた自殺偽装はかなり珍しいケースなのだが、被害者の左手の指紋が残されていなかったために、工作が露見したという事件を雲野は知っていた。自動拳銃の場合、左手を使わなければ初弾を薬室に装塡《そうてん》できないためだ。

身体が左に傾いていたせいだろう。曽根本の左手を、垂れていた血が危うく汚してしまうところだった。もう少し雲野の行動が遅かったら、血に塗れた指でどのように拳銃に指紋を残すべきか考えなくてはならなかった。腕を伝う血が不自然な流れになっては問題だ。遺体が動いた形跡を見つけられては偽装の意味がない。雲野は曽根本の左腕を動かさないよう注意を払いながら、拳銃に左手の指紋を残した。それを垂れた右手の下に置く。

硝煙反応や発射残渣《ざんさ》に関しても心配はない。なぜなら曽根本は抵抗を示した際に、自ら拳銃を摑もうとしたからだ。手からはもちろん、至近距離なので身体や衣服からも反応は出る。曽根本自身が撃ったと判断されることだろう。相手に銃を摑ませるために、雲野はわざと曽根本に隙を見せたのだ。

雲野はテーブル上のノートパソコンに手を伸ばし、自分の方へと向け直してディスプレイを開く。だが、キーを押しても表示されるのはパスワードの入力を求められる画面だった。やはり計画どおりにはいかないものだな、と雲野は小さく笑う。

想定では、曽根本が身につけているスマートウォッチの連動機能で、パソコンのロックが解除される見込みだったのだ。予《あらかじ》め設定されている場合、スマートウォッチの装着者がパソコンの近くにいれば、パスワードの入力なしでロックを解除できるという機能である。以前、曽根本がその機能について自慢げに話していたのを、雲野はよく憶《おぼ》えていた。再起動したばかりなどの一部状況ではパスワードの入力が必要になるらしいが、先ほど曽根本は自らパスワードを入力している。となると、ロックが解除されないのは、スマートウォッチとの連動設定が解除されているのか、あるいは――。

もちろん、雲野はまったく焦っていなかった。計画の要《かなめ》ではあるので、事前に仕様は調べてある。スマートウォッチの連動機能を働かせるためには、ウォッチを腕に装着しておく必要があるらしい。見ると曽根本の左腕にはスマートウォッチが装着されている。となるとセンサー類がそれを認識していないのだろう。雲野は床に屈み込んで、遺体から垂れた左腕に装着されたウォッチの様子を見る。僅かな血が伝って、スマートウォッチ本体の裏側に血が届いているのが見えた。だが、僅かな量だ。今なら痕跡《こんせき》を残さずに取り外せるかもしれない。雲野は慎重にベルトを外してスマートウォッチを手に取った。

裏側のセンサー類が、僅かに血で濡《ぬ》れている。雲野は用意しておいたティッシュで、そのセンサーを拭った。もちろん、こんなことで血痕《けっこん》は消えないのだが、センサーを認識させるためだ。雲野は自身の左腕につけていた腕時計を外し、ポケットに入れた。それから曽根本のスマートウォッチを代わりに装着する。センサーが反応し、パスコードを入力するよう求められた。

曽根本が使っている四桁《けた》のパスコードならば、雲野は憶えていた。仕事で一緒になる機会は多く、こうした情報を盗み見て活用することは、これまでにも数多く雲野を助けてくれた。会社を大きくする過程で、あらゆる情報が力になることを、雲野はよく知っていた。曽根本がノートパソコンに使っているパスワードまでは把握していなかったが、この連動機能があればこうしてロックを解除することができる。

雲野はゴム手袋を外して、スマートウォッチにパスコードを入力した。もう一度、手袋を装着してノートパソコンのキーを押す。すると、ウォッチが振動でロックの解除を通知した。デスクトップが表示される。雲野は用意していたUSBメモリを繋《つな》いだ。

曽根本が使っているメールソフトを開いて、メールを作成する。

遺書となる文面は事前に用意して、USBメモリに保存してあったものだ。ゴム手袋をしているとはいえ、不必要にキーボードを触れば、残っているべき曽根本の指紋を消してしまう可能性がある。警察はそうしたミスから犯人の工作に気づくのである。雲野は最小限の操作でメールを作成した。前科を理由に交際相手に別れを切り出されたこと、他人の秘密を暴《あば》くような仕事に嫌気がさしたことなど、文面には真実を織り交ぜてある。宛先《あてさき》は、雲野自身にしておく。

それから、雲野にとって不都合となるファイルを探し出し、削除した。それにはやはり雲野がUSBメモリに入れて持ち込んだツールを用いた。これは復元ソフトなどを用いた復旧を困難とするもので、データが存在していた痕跡すら可能な限り消してしまうものだ。

幸いなことに、クラウドサービスにはデータを保存した形跡がない。そうしたサービスから完全にデータを削除するには一手間がかかるので、幸いなことだった。他にも、メールを通して他者にデータが行き渡っていないのかを調べたが、問題はなさそうに見える。だが、念のため、遺書となるメール以外のデータを雲野はすべて削除しておいた。また、雲野が事前に用意しておいた遺書の文面も、USBメモリからツールを使って削除する。

警察がロックの解除に成功したとき、送信した遺書の文面が表示されるように雲野はその画面を表示させた。最後に、メールを送信する。

それから雲野はノートパソコンのディスプレイを閉ざした。自殺をするのに、わざわざディスプレイを閉ざすのを不自然に思う人間がいるかもしれないが、これればかりは仕方がない。拳銃を撃ったとき、ノートパソコンのディスプレイが閉ざされていたからだ。

ディスプレイを開けておいたままにしておくと、発射残渣として調べられる微量な金属などがキーボードに残っていないのは矛盾する。こうした点には充分に気をつけなくてはならないが、逆に言えば、こうした点をクリアすれば科学捜査をごまかすことは可能なのだ。

雲野はノートパソコンをテーブル上の元の位置に戻した。USBメモリは、あえて残しておく。優秀な人間が解析すれば、USBが接続された時刻を割り出せるためだ。もっとも、これは曽根本が購入したUSBメモリで、彼のデスクからくすねてきたものである。購入履歴も曽根本の指紋も残っているし、雲野の指紋は残されていない。

同様に曽根本のスマートフォンも、パスコードでロックを解除し、データを初期化した。もちろん、雲野は自分の指紋を拭ったし、そのあとで曽根本の遺体の指紋をつけておくことも忘れなかった。ざっと他の部屋も見たが、他にパソコン類がある様子はない。

スマートウォッチも、当然ながら曽根本の腕に戻さなくてはならない。雲野はウォッチについた自身の指紋や発射残渣の類を丹念に拭って、ディスプレイに曽根本の右手の指紋を残した。懸念したのは、ディスプレイにだけピンポイントに発射残渣が付着していない、という状況だ。このように全体的にウォッチを拭うことで、元から微量にしか金属片が付着しなかったからだと考えられるようになる。もとより発射残渣というのは均等に付着するものではないから、なにも不自然ではない。

遺体の左腕には頭部から流れた血が伝い落ちており、窓辺近くの床に血溜《ちだ》まりを作っている。

雲野はそれを踏まないよう、慎重な手つきでベルトを曽根本の左手首に巻きつけた。センサーを拭った痕跡は、腕を伝う血液が上書きしたことだろう。腕とセンサー部分の隙間から、血が流れ落ちていくのを確認する。時計を外していた間に血が流れる経路が変化していれば、時計を戻すことで不自然な痕跡が生まれることになるが、少し緩めに締めたためにそうはならないだろう。

雲野は閉ざされたカーテンに視線を向ける。雲野が閉じたカーテンだ。これは開けておく必要がある。なぜなら銃を撃ったときに右側のカーテンは開いており、硝子窓《ガラスまど》が露出していたからだ。眼に見えないほどの微量な血痕や発射残渣が、窓硝子にこびりついている可能性がある。カーテンが閉じたままだと、その痕跡を見つけられてしまった場合、死後にカーテンが閉ざされたことになり、偽装自殺が露見する。

雲野は窓辺に立ち、カーテンの隙間から、闇夜を覗き込んだ。

対岸にある雑居ビルの三階は、灯りこそ点《つ》いているものの、カーテンが閉ざされたままだ。やはり自分の考えすぎだったのだろう。雲野は吊るされていた円形のハンガーを外し、カーテンを開いた。

窓に反射して映る自分の表情は、やはり落ち着き払ったものだった。誰かに見られても大丈夫なように雲野はカーテンの陰《かげ》に隠れていた。しばらく潜んだまま景色を観察したが、近隣を歩く人間の姿は見当たらないし、警察がやってくる気配は微塵《みじん》もなさそうだった。立ち去るときに、顔を見られるリスクは少ないことだろう。

手にしていたハンガーを、カーテンレールの元の位置へと戻した。指紋を拭いとることも忘れていない。今はゴム手袋をつけているが、最初にカーテンを閉めたときに、不覚にも素手でこれを触ってしまっていた。外からの視線を感じて咄嗟に動いてしまったのはよくなかったかもしれない。ハンガーの一部に指紋がついていないのは不自然といえなくもないが、警察がこんな場所の指紋まで採取することはないだろう。警察組織とはいえ、人手にも時間にも限りがある。彼らが指紋採取を試みるのは、あくまで疑わしい箇所だけだ。自殺にしか見えない現場であれば、指紋採取は必要最低限になるし、そうでなくとも、ハンガーの一部に指紋がついていない程度では、なんの証拠能力もない。曽根本の指紋は他の部分にもあるはずだし、誰かがごく一部分の指紋を拭ったと考える人間など、いるはずもないだろう。雲野は同じように、カーテンに素手で触れてしまった箇所も指紋を拭いとった。雲野が指紋を残した箇所は、もうどこにもない。

このようにして、雲野は次々と警察が着目する科学的証拠と物証を隠滅していった。

最後に、落ち着いて室内を観察する。

見逃していることはないだろうか。

気を抜いて、致命的な証拠を残してしまっている可能性は?

その入念な確認が、功を奏した。

雲野は、予想外のミスに気がついた。

それに視線を向けて、暫《しば》し、対処に悩んだ。

遺体の周囲には、問題のある痕跡は見えない。

だが、これは現場に残しておくわけにはいかない。

となれば、持ち去るしかないだろう。

持ち去っても問題がないかどうか、検討を重ねる。

持ち去ったところで、それがなくなっているということにすら、警察は気づかない。雲野はそう結論づけた。ビニル袋にそれを詰め、鞄《かばん》に押し込んだ。

雲野は部屋を出てコートを羽織《はお》ると、用意しておいた合鍵で扉を施錠する。

3Dプリンターで成形した鍵で、警察が出所を追うことは不可能なものだ。

物証は、なにひとつ残されていない。

非常階段を下りてマンションを出ると、雲野は腕時計を手首に嵌《は》めて時刻を確認した。犯行時間は十五分ほど。あとはどこの防犯カメラにも写らないよう、事前に調べてあるルートで帰ればいい。

呆気《あっけ》ないものだったな、と雲野は思う。

警察が来る気配は微塵もなく、夜はどこまでも静かだった。

*

「だから、本当なんだって」

涼見梓《すずみあずさ》は、スマートフォンを耳に押し当てながら、カーテンの隙間を覗き込んだ。

眼を細めて、対岸にあるマンションを観察する。梓が覗いているのは四階にある部屋だったが、こちらのビルの方が高い位置に建てられているせいか、ほんの僅かに見下ろすような角度になっていた。双眼鏡を覗くと、カーテンの開いた掃き出し窓から室内の様子が僅かに見えた。ベランダの手すりに遮られているため、覗ける範囲は室内の上半分に限られている。今はもう、誰の姿もないように見えた。

『あなたねえ』

耳に届くのは、母の呆《あき》れた声音だった。

『こんな時間にわざわざ電話してきたと思ったら、そんないいかげんなことを言って』

「でも、本当に見たの！」

梓は動揺のあまり、声を荒らげた。

『馬鹿なことを言うんじゃありませんよ』

案の定というべきか、母の返答は素っ気《そけ》ないものだった。

『向かいのマンションに、拳銃を持った強盗ですって？』

電話越しでもはっきりとわかるくらいの溜息を織り交ぜて、母が言う。

『ここは日本なのよ。あなたねぇ、どうせお酒を飲んでいたんでしょう。なにかと見間違えたんじゃない？　私はねぇ、あなたほど思い込みの激しい子は知りませんからね。いったん落ち着いて冷静に考えてみたらどうなの？』

「それは……、そうなんだけれど」

飲酒していた、と言われてしまうと、言い返すことができなくなってしまう。

梓の住んでいるビルは、今は亡き祖母から譲り受けたものだった。かつては一階にスナックを構えていたらしく、二階と三階がまるごと住居スペースになっている。一階はテナント向けに改装してあるのだが、立地条件が悪いせいか利用者はいない。梓は単身で二階と三階に住んでいるのだ。

特に三階のベランダが広々としている点を梓は気に入っていた。今日のように冷たい風に当たって夜空を眺《なが》めながらビールを呷《あお》ることも珍しくはない。今晩は獅子座流星群が観測できるということで、空を見上げながら一人寂しくビール缶を並べていた。そう、一人寂しく――、手痛い失恋を経験したばかりで、未だに引《ひ》き摺《ず》っているその感情を忘れるべく、ヤケ酒をしていたところだった。流星群は双眼鏡なしでも観測できるが、ただ夜空を見上げるのに飽きてしまって、なんとなく双眼鏡を手にしたときだった。なんという気もなしに、たまたま灯りの点いていた対岸のマンションの部屋を覗いてみたのだ。

悔《くや》しいが、母の言う思い込みの激しい性格というのも、否定はできない。

確かに、ここは日本だ。拳銃なんて持っているのは警察か暴力団くらいなもので、そんな人間がマンションの一室に押し入って強盗を働くはずもない。それに梓が見ていたのは一瞬の間だけだった。すぐにカーテンが閉じてしまったし、少ししてカーテンが開いたときには、誰の姿も覗くことはできなかった。だいたい拳銃を撃ったら、銃声を聞きつけた人々によって騒ぎになっていることだろう。誰も気づいていないということは、やっぱり見間違いだったのかもしれない。あるいは、動画かなにかの撮影だったのだろう。そういえば、レンタルDVDかなにかで観《み》た刑事ドラマで、銃を撃つ男の争いを襟足の長い刑事が慌てて止めようとしたが、それはドラマの撮影のワンシーンで恥をかく、というのがあった気がする。

梓は室内を歩きながら、そんなことを考えていた。鏡の前で立ち止まり、通話を続けながらそこを覗き込んだ。シミの浮いた鼻先を指先で擦って、考え直す。

「やっぱり、モデルガンを構えて、遊んでいただけなのかも」

『あなたの勘違いよ。警察の人相手に恥をかかなくてよかったわね』

咄嗟に電話をした相手が母でよかったかもしれない。

警察に通報したら、きっと困惑させてしまったことだろう。

こんなにビールの空き缶を並べた酒臭い女の言うことなんて、きっと誰も信じないに違いない。冷静になってくると、自分ですら双眼鏡を覗いて見た光景が信じられなくなってくる。この日本で、銃を構えた男の姿だなんて……。それに、もし事件だったとしたら、明日にはパトカーが来て騒がしくなっているはず。通報するのはそれからでも遅くないだろう。

梓は母といくつかの言葉を交《か》わして、通話を切った。

猛烈な睡魔に襲われて、ベッドに倒れ込みたい欲望にかられてしまう。

ここのところ睡眠不足が重なっていた。少し前まで、装幀《そうてい》や雑誌短編のイラストの締め切りが重なって、修羅場だったのだ。もういいや。さっさと忘れて寝てしまおう。今見たものも、引き摺る気持ちも、すべて忘れてしまえばいい。

そういえば、夜のラジオの星占いで、近々運命的な出逢《であ》いが待っていると言っていたっけ。きっと希望さえ棄《す》てなければ、いずれはいい男が自分の下を訪ねてきてくれるはず……。

贅沢《ぜいたく》は言わないから、お金持ちのイケメンがいいな。

梓はベッドへと倒れ込んだ。

今晩は、ぐっすりと眠れるに違いない。

＊

それからの数日間を、雲野泰典はいつもどおりに過ごしていた。社長室の椅子に深く腰を下ろし、片付けなくてはならない書類に目を通すという、あまり刺激的とはいえない日々だ。会社の成長と共に、ほとんど現場に出ることがなくなったので仕方のないことだろう。

曽根本の死の発覚後、雲野の会社を来訪した刑事たちは、呆気なく去っていったものだ。どうやら、彼らは曽根本の死が自殺であることを疑っていないらしい。

仕方のないことだろう。現場は密室状況であり、曽根本は遺書のメールを残していた。不審な痕跡はなにひとつなく、曽根本の経歴には、拳銃の出所を示すものまであるのだから、刑事時代の自分であっても見抜くことは不可能だ。

だが、それにしても呆気ないものだな、と思う。とうとう人を殺したというのに、自分は悪夢ひとつ見ていない。冷静に完全犯罪の計画を立て、ただそれを成し遂げた。あまり感慨というものが湧《わ》いてこない。いつものように、自分にとっての障害を落ち着いて取り除いただけだ。殺人は、達成感というものとは無縁らしい。

妻に先立たれてからの十数年、雲野はずっとこんな調子だった。会社を急成長させたことを周囲は偉業と褒《ほ》め称《たた》えるが、雲野にはその実感があまりない。その過程の裏側で行った取引から、政財界の様々な人物との繋がりを作ってきたとはいえ、それを有効に活かすことができているかといえば疑問だった。

それらはただ金と名声に変換され、この会社を大きくしていったが、そこから未来のビジョンが雲野には見えていない。なんの不自由もない生活ができているが、金も名声も、妻が生きていたあのころの時代に、自分を連れ戻してくれるわけではないのだ。

雲野はしばらく腕時計に眼を向けていた。ふと我に返って、時刻を確かめる。次の会議まで、もう少し余裕がありそうだ。それまでに次の大型案件のひとつである法人調査のプランの大枠を決めておかなくてはならない。

だが、そのときになって、ふとある記者の男の話を思い出した。

遠藤《えんどう》という名の男で、雲野との繋がりも深い。正義ではなく、金のために筆を執るような種類の人間で、雲野は彼からいくつかの情報を買ったことがある。去年のことだったが、遠藤が警視庁記者クラブの人間から聞き出したという奇妙な話のことだ。

あのとき、遠藤との会話は銀座にあるバーの一角で密《ひそ》やかに行われていた。

どういう流れだったか、遠藤が意地汚い笑みを浮かべて、こう言ったのだ。

「雲野さんでしたら、たとえ人を殺したとしても、絶対に証拠を残しませんでしょう」

「馬鹿なことを言ってはいけないよ」雲野は遠藤の真意を測りながら、なんということもないように笑った。「日本の警察は優秀だ。どんな犯人だろうと、必ず捕まえてみせるだろうよ」

言いながら、しかし、それは嘘《うそ》だな、と雲野は内心で思う。

「科学捜査と刑事の技を知り尽くしてるんです。本気でかかれば不可能じゃないでしょう?」

そう笑って、遠藤は奇妙なことを言う。

「けれど、気をつけてくださいよ。警視庁には、秘密兵器があるって噂《うわさ》で」

「秘密兵器?」

「記者クラブのダチに聞いたんです。まぁ、馬鹿馬鹿しい話で、俺も信じてるわけじゃないんですが、あまりにも素《す》っ頓狂《とんきょう》な話なもんで、酒の席にはちょうどいいかと思いましてね」

「なにか、新しい科学捜査の手法が確立されたのかな」

「いや、その真逆ですよ」

遠藤はおかしそうに笑った。

「真逆?」

「霊能力のある女をね、使うらしいんです」

雲野は、鼻から息を漏らした。思わず笑ってしまったのだ。

「漫画の読みすぎだ」

「俺のダチも、せっかく摑んだ情報なのに、誰も信じないから意味がないとボヤいてましたよ。

大人が真顔で話す噂話にしちゃ、出来が悪すぎますでしょう。でも、その女はどんな事件も幽霊に話を聞いて解決しちまうそうなんで。ほら、海外だと、ＦＢＩかなにかが、そういうのに捜査協力をしてもらってるって聞くじゃないですか」

「ドラマの話だろう」

「そうかもしれませんけれどね」

グラスに視線を落とし、遠藤は愉快そうに笑った。酔っているのかもしれない。

だが、続く言葉のトーンは、真剣なものだった。

「今、話題になってる、女ばかり狙《ねら》う連続殺人犯、いるじゃないですか」

「ああ」

「あれも、いっさいの証拠を残さないやつみたいですが――。近いうちに、その霊能力女が捕まえるんじゃないかって話で」

「そんな話、信じてるのか？」

雲野は呆れ声を漏らした。この男が、そんな他愛《たわい》のないオカルト話を信じるような人間だとは思わなかった。これからは、彼から入手する情報の精度に気を遣《つか》う必要があるかもしれない。だが、遠藤自身も信じているわけではないのだろう。酒を呷り、愉快そうに笑いながら、かぶりを振った。

「ただの笑い話ですよ。ですが、本当に殺人鬼が捕まったら、信じちまうかもしれません」

遠藤は記者クラブの友人が漏らしたという、その霊能力者の名前を口にした。

そのときの他愛のない話は、それきりだった。遠藤にも長らく会っていない。

だが、あの会話をした翌日にはもう、件《くだん》の殺人鬼が逮捕されたというニュースがテレビの話題を独占していた。

俄然《がぜん》興味が湧き、雲野は古い伝手《つて》を使って、例の殺人鬼の捜査に関する情報を集めた。確かに件の殺人鬼は、長年にわたっていっさいの証拠を残さずに犯行を続けていたようだった。警察の捜査手法を知り尽くしており、防犯カメラの類に姿を写すことすらしていない。それがどうして唐突に逮捕に至ったのか、説明できる人間は誰もいないらしかった。マスコミにも納得できる理由はなにひとつ流れておらず、ネットでは疑問視する声も多かったが、結論は出ていない。だが、噂を調べる過程で、雲野は思わず背筋が冷たくなるような情報を目にした。その殺人鬼が、霊能力者と一緒に警察の事件捜査に協力していたという内容だった――。

雲野は社長室の椅子に深く身を埋《うず》めて、瞼を閉ざした。手にした書類をデスクに放《ほう》る。今になってそんな話を思い出してしまったのは、もちろん、自分が殺人に手を染めたばかりだからなのだろう。警察の捜査手法を知り尽くし、どんな証拠も残さない殺人犯を捕らえることができるとすれば、それは――。

雲野は小さな笑みを浮かべた。

馬鹿馬鹿しい話だとは思う。だが、どうしてか、予感のようなものが頭の隅《すみ》にこびりついて離れようとしない。

遠藤から聞いたその霊能力者の名前は、なんといったか――。想像に反して、若い女だという話は記憶に残っていたが、肝心の名前が思い出せない。

気づくと、デスクで内線が鳴っていた。

雲野はスピーカーのスイッチに手を伸ばす。磯谷の声が雲野に来客を告げた。

『あの、社長。警視庁の方がお見えになっていますが……』

「そうか」

雲野は訝《いぶか》しみながら答えた。

「お通ししなさい」

雲野は刑事たちを、特別応接室で出迎えた。

刑事は先日にやってきた二人組だった。共に警視庁捜査一課の人間だったが、雲野の刑事時代には本庁にいなかった。確かベテラン風の警部補が岩地道《いわちどう》で、若くて童顔の方が蝦名《えびな》という名前だ。だが、今回は二人組の後ろに控《ひか》えるようなかたちで、新たな人物が増えていた。

美しい女だ。スーツに身を包んでいるが、柔らかな巻き毛と甘い印象のメイクは、見るからに警察の人間といった様子ではない。赤いフレームの眼鏡をかけていて、その奥に隠れた理知的な双眸《そうぼう》が、見定めるように雲野の方を見つめていた。

「こちらは？」

雲野は女を見遣《みや》って訊《き》いた。

刑事たちは頑《かたく》なな態度でソファに腰掛けようとしない。女の方は、入り口の扉近くに佇んだまま、雲野へと柔和な笑みを返した。

「彼女は、捜査協力者です」岩地道が友好的な笑顔で言う。「専門的な知識で、捜査に協力してもらっています。厳密には警察の人間ではありませんから、不都合があれば退室させましょう」

「不都合だなんてことはありませんが」雲野は肩を竦《すく》めた。「しかし、外部の方と一緒に行動するなんて、私がいたころとは随分と警察も様変わりしたようだ」

「真相の究明を第一と考えた結果です」

岩地道が生真面目《きまじめ》な顔で言った。

「専門的な知識というと、どんなものなのです？」

「それは秘密にさせていただいていますが、まぁ、ご挨拶《あいさつ》だけでも」

岩地道は振り返り、女に頷いた。

女が歩み出てくる。だが、彼女はソファの角に脚をぶつけて、前のめりに転びそうになる。

ひゃっ、という可愛《かわい》らしい悲鳴が漏れたが、雲野は慌てて彼女の身体を支えてやった。そのまま倒れて、テーブルの角に頭をぶつけられてはかなわない。

「す、すみません、わたしったら」

雲野の腕の中で、女が顔を上げた。眼鏡が少しずれていて、レンズの向こうの虹彩《こうさい》まで、よく見える。異国の血が混じっているのだろうか、瞳は翠《みどり》だった。女が言う。

「あの、今回の件で、捜査に協力させていただいています。城塚翡翠《じょうづかひすい》、と申します」

「城塚――」

その名前を聞いた瞬間に、雲野の全身を電流が駆け抜けるような感覚が襲った。

思わず、笑いたくなってくる。

「どうなさいました？」

不思議そうな表情で、翡翠と名乗る女が訊いた。雲野は静かにかぶりを振った。

「いえ……。変わったお名前だと思いまして。それよりも、大丈夫ですか？」

「あわわ、すみません！」

女は甲高《かんだか》い声を上げると、雲野から距離を取った。雲野の腕の中に、女が身につけていた甘い香水の香りが微かに残る。

城塚翡翠。

雲野はその名前を舌の上で転がした。

間違いない。遠藤が口にしていた霊能力者の名前が、城塚翡翠だった。

その女──、翡翠はその名前と同じ翠の瞳を細めて、雲野を気恥ずかしそうに見つめていた。

雲野は努めて冷静さを保《たも》ちながら、女の眼を見返す。警視庁の秘密兵器と遠藤が揶揄《やゆ》していた存在が実在し、こうして刑事たちに同行して自分を訪ねてきた理由を考える。残念ながら、その答えはひとつしかないだろう。

彼らは、自分を疑っている。

「すみません」翡翠が言う。よほど恥ずかしかったのか、頰《ほお》を紅潮させていた。「わたしったら、本当にドジで」

「いったい、なんの専門家なのか、気になるところではありますが」

雲野は微笑んだ。動揺は、ほんの一瞬だけだ。まるで機械のように、どのように対処するべきかという思考だけが、冷静に頭の中で回り続けているのを感じていた。

「今日はどんなご用件なのですか？」

問うと、答えたのは厳《いか》めしい顔つきの岩地道だった。

「まずは、先日ご相談させてもらった拳銃の件について、ご報告に上がりました」

「出所に心当たりがないかどうかっていうお話でしたね。なにかわかったのですか？」

「線条痕《せんじょうこん》を調べましたところ、前のある銃だということがわかりましてね。思っていたとおり、曽根本がかつて所属していた暴力団が絡んでいました。十年以上も前になるんですが、対立していた組との抗争で銃撃に使われたものです。当時、二丁の銃が使用されたと考えられていたのですが、組の解散後に行方知れずになっていたようでして」

先日、刑事たちが訪れたとき、曽根本が使った拳銃の出所について心当たりがないかを訊かれ、雲野は曽根本の経歴を刑事たちに話した。

曽根本を雲野に紹介したのは、警察学校時代から親交のある組織犯罪対策部の人間だった。曽根本は組から足を洗う覚悟を示して警察に情報提供をしていたらしい。そうした経緯もあり、刑期を終えたあとに雲野の会社で面倒を見てやってもらえないかと持ちかけられたのである。もう十年ほど前のことだ。当時は雲野の会社も人手不足であり、特に断る理由も思い至らなかった。曽根本は思いのほか真面目で、少ない給金でよく働いてくれた。悪く言えば、低賃金で都合よく利用できる駒《こま》として、最適の人材だったのだ。

岩地道が話を続けた。

「構成員の中に、長らく逃走中だった人間がいまして、そいつが数年前に捕まったようなんです。で、先日、いろいろと問い詰めてきましてね。捕まる前に、その二丁の拳銃を曽根本に預けたと言うんですよ。曽根本が組を裏切ったとは、知らなかったんでしょうね。銃を預けたのは五年ほど前のことで、曽根本はそのときには既にこちらで働いていたと思われますが、なにか聞いていませんでしたか？」

その服役中の人間のことは知らないが、思っていたよりも口を割ってくれるのが早かったな、と雲野は内心でほくそ笑んだ。

「五年前ですか……」

暫し、記憶を探るふりをして言う。

「そういえば、当時、組の人間が接触をしてきて、どう対応するべきか迷っていると相談を受けたことはあります。お前はもう綺麗に足を洗ったし、組織はなくなったのだから、気にすることはないと言ってやりました。相手はかつて曽根本に目をかけていた兄貴分だったようで、随分と迷っていた様子でしたが……。ですが、そうか……。ひょっとすると、そのときに銃を預かっていたのかもしれないですね。金を無心された程度なのかと、軽く考えていました」

もちろん、実際のところは違う。思い悩んだ曽根本は、拳銃を預かってしまった事実を雲野に告白したのだ。だが、雲野は曽根本をうまく言いくるめた。自分が預かり、伝手を通して警察に銃を届けようと持ちかけた。曽根本には罪が及ばないかたちで解決してみせようと請け合ったのである。雲野が元刑事であることが、大きな説得力を持っていたのだろう。曽根本は不審に思うことなく、二丁の拳銃を雲野に預けた。

いざというとき、必ず利用できると踏んでいたのだ。

「しかし、これで銃の出所ははっきりしましたね。まさか、そんなもので自殺するなんて……」

拳銃の出所という証拠が加わったことで、もはや曽根本の自殺は疑いようのないものとなったはずだ。だが、刑事たちは霊能者の女を連れてここへやってきている。

となると——。

「あらら?」

不意に、この空間に場違いな、素っ頓狂な声が割って入った。

愛らしくはあったが、どことなく神経を逆撫《さかな》でするような、わざとらしさを含んだ声音だった。見ると翡翠が首を傾《かし》げて、不思議そうに言葉を続けた。

「でもでも、もうひとつの拳銃は、どこへ行ったのでしょう?」

疑問を投げかけてくるような翠の瞳を受けて、雲野は首を傾げた。

「もしかして、見つかっていないのですか?」

「ええ、曽根本の自宅はもちろん、心当たりのある場所を捜索しましたが、見つかっていません。先日お伺いしたときにオフィスも調べさせてもらいましたが、なにも出てきませんでした」

「そうですか」雲野は思索するように天井を見た。「もしかすると、組の別の人間が接触してきて、とっくに回収していたのかもしれないな」

「ううーん、おかしくないです？」

そう声を上げたのは、翡翠だ。

「おかしい、とおっしゃいますと？」

警戒心をなるべく見せないようにしながら、雲野は翡翠を見遣った。

霊能力者は、既に自分からなにかを感じ取っているのだろうか？　それとも、曽根本の霊から殺人犯の名前でも聞いたというのだろうか？　馬鹿馬鹿しい話だが、警察が同行しているとなると、その力を侮ることはできない。だが、雲野の質問に答えず、彼女は上体を屈めて足首を押さえていた。そのまま微かに顔を顰《しか》め、困ったような笑みを浮かべる。

「すみません、先ほど足を挫《くじ》いてしまったみたいで。座ってもよろしいでしょうか……」

「ああ、ええ、もちろん」

彼女はソファに腰を下ろす。足首を気にしているようで、細いそこをさすっていた。

「それで、おかしいというのは？」

「え？」顔を上げて、翡翠が首を傾げる。不思議そうにしたあと、思い出したように両手を合わせた。「ああ、ええ、そうでしたそうでした」

彼女はにこにこと笑顔を見せながら、言葉を続けた。

「曽根本さんに、暴力団の元構成員が接触し、拳銃を回収していったというのは、ありえそうな話かもしれません。けれど一丁だけというのは、おかしな話ではないでしょうか？　二丁預けたのなら、二丁とも回収していくはずではありませんか？」

そんなことか、と雲野は笑う。

「そこまでおかしな話ではないでしょう。預かっていた対価として、一丁を自分のものにしたのかもしれない。あるいは組の人間が回収したわけではなく、曽根本が一丁だけ金に換えた可能性もあります。昔の伝手があれば、金に換えることも不可能ではないでしょう」

「ううーん、そうだとしても、おかしいんですよねえ」

翡翠は頬に手を押し当てて、首を捻《ひね》っている。

「まだなにか疑問点が？」

「ええ、実は、指紋が——」

と、翡翠は気がついたように、岩地道たちを見た。

「あのう、岩地道さんたちも、おかけになったらどうです？　社長さんも、構いませんでしょう？　ずっと立ちっぱなしだなんて可哀想《かわいそう》ですし、なんだか気が散ってしまいます」

岩地道たちは顔を見合わせた。雲野が頷くと、彼らは側面にあるソファに腰を下ろした。雲野も、翡翠の対面にあるソファに腰を下ろす。

「それで？」

雲野は翡翠の話の続きを促《うなが》した。

「え？」

翡翠は頬に手を当てたまま、不思議そうに雲野を見返す。

「ですから、疑問点というのが、まだあるのでしょう？　指紋がどうとかおっしゃっていましたが」

「あ、ええ、そうです。ええと、なんだったかしら……。ええ、そうでした。指紋なのですが、とても奇妙な状態で残っていたことがわかったんです」

「奇妙な状態と言いますと？」

「問題の拳銃は自動拳銃の一種で、弾倉をグリップの内部に挿入するタイプのものです。弾倉や装塡されていた銃弾の指紋を調べたところ、暴力団の構成員の指紋が出てきたのですが、曽根本さんの指紋は見つかりませんでした。それに対して、銃の外装――、グリップやトリガー、安全装置を解除するレバー、スライドなど、そうしたところからは、曽根本さんの指紋だけが見つかっています。不思議でしょう？」

「なにか、不思議でしょうか？」

「とっても不思議です」翡翠は両手を広げた。なんのジェスチュアなのか、ぱたぱたと両方の五指を翼のように動かす。「弾倉に曽根本さんの指紋が残っておらず、他人の指紋が残ったままということは、曽根本さんが弾倉を触っていないことを示しています。弾丸が装塡されているかどうかを、どうやって確かめたのでしょうか？　いきなりスライドを引いて、初弾を装塡して確かめることもできますが、そんなことをするよりはまずは弾倉を取り出して確認するはずです。弾が込められているかどうかがわからなければ、自殺することなんてできません」

なるほどと雲野は頷く。一理ある推理に見えるが、所詮《しょせん》は素人の浅知恵である。その程度ならばどうとだろうと説明をつけることができるのだ。雲野は説明をしてやった。

「おそらく曽根本は、最初に拳銃を受け取った際に、自分の指紋を外装につけてしまっていたのでしょう。いったん家に持ち帰り、もしものときに自分の指紋がついているのは危険だと考えて、外部を拭って指紋を消したのです。最初に弾倉までは確かめていなかったので、そこを拭う必要はないと考えたのでしょう」

理解しているのかいないのか、翡翠は首を傾げている。雲野は続けた。

「そしてそのあとは、拳銃を触るときには手袋を着用することにしていたのですよ。彼はあれで、かなり几帳面な性格でしてね。そのときに弾倉を外して、弾丸が装填されていることも確認したはず。そうして保管をしていたわけですが、自殺をするに当たっては指紋がつかないようにする必要はどこにもありません。弾丸が込められていることは知っているわけですから、弾倉を触る必要もない。その結果、そうした指紋の状況になったということは、充分に考えられることです。ご理解いただけましたかな?」

「なるほど……。流石《さすが》は元刑事さんですね。とっても合理的です。でも、銃が一丁しかないというのは、どうしてもひっかかります」

翡翠は未だ納得した様子を見せず、首を傾げていた。

「随分と、こだわりますね」

「もっとシンプルな答えがあるような気がするんです」

「たとえば?」

「たとえば……。そう。曽根本さんの死は、自殺ではない」

碧玉《へきぎょく》の瞳が、きらりと輝いて雲野の方を見遣る。

「ほう」

雲野が促すと、翡翠は頰に手を置いたまま、ゆっくりと言葉を続けた。

「何者かが拳銃を使って曽根本さんを殺害し、自殺に見せかけたのです。犯人は自分の指紋だけを拭って、曽根本さんの手に握らせた。指紋の状態はそれで説明がつけられます。そしてこう考えると、拳銃が一丁足りないことにも納得がいくのです。犯人は、曽根本さんの部屋からもう一丁の拳銃を奪って、立ち去った――」

「まさか」雲野は驚いたふりをする。「興味深いお話ではありますが、曽根本の死は自殺で決まったのではないのですか？」

「実は、この考えを裏づける目撃証言があるんです」

岩地道たちが、ぎょっとしたような視線を翡翠に向ける。おそらく、それは漏らしてはいけない情報だったのではないだろうか。だが、翡翠はそれにまったく構わない様子だった。

「目撃証言――、ですか」

聞きながら、雲野はすべてを理解していた。

「ええ、不審な男が拳銃を手にしていたという目撃証言です」翡翠が答えた。「見間違いかと思ってすぐに通報まではしなかったようですが、あとになって事件があったことを知って、警察に連絡をしてくださいました」

自分がなんの物証も現場に残していない以上、刑事たちが事件性を疑い、霊能力者を連れてこの場にやってくる理由があるとしたら、それしかないだろう。それを予測していたからこそ、雲野は眼差しの鋭い刑事たちの前であっても動揺することなく受け流すことができた。経験上、刑事の観察眼というのは侮れない。犯人の顔色の変化を見て疑惑を抱けば、徹底的に相手の懐《ふところ》を探ろうとしてくる。少なくとも、かつての雲野はそういう刑事だった。

やはりあのとき、雲野の犯行は目撃されていたのだ――。

だが、焦る必要はどこにもない。

警察がこのような搦め手《からて》で攻めてくる理由を考えれば、それは自明のことだった。

おそらく、その目撃証言には、充分な有効性がどこにもない——。

「ほう。つまり、その人物は、犯人が曽根本を撃ち殺す瞬間を見ていた、というわけですか」

雲野の言葉に、翡翠は無念そうにかぶりを振った。

「残念ながら、そこまでは。襲われる曽根本さんを目撃したわけではなく、あくまで拳銃を手にした男を見たという証言だけなのです。目撃者当人も酔っていたようで、男の顔までは憶えておらず、曖昧《あいまい》な点も多々あります」

「ほう。だとしたら、それは拳銃を手にして躊躇っていた曽根本自身だった可能性を否定できないのでは？」

翡翠は痛いところを突かれたかのように、眼を細めた。

「なるほど……。確かに、ええ。そう言われれば、その可能性は棄てきれませんね——」

先ほどまでの饒舌《じょうぜつ》な口調が鳴りを潜めて、勢いを削《そ》がれたように彼女は言葉に詰まる。

それはほとんどの人間が見逃すような、一瞬の隙でしかなかっただろう。だが、雲野は人間の表情を読むプロだった。それが刑事人生で培ったものなのか、天性の才能なのかは自分でもよくわからない。だが、そうして相手の細やかな感情の変化と嘘を見抜き、これまで数多くの犯罪者を逮捕してきた実績が雲野にはある。間違いなく相手は当てを外して、出端《でばな》を挫《くじ》かれている。彼らには、それ以上の攻め手がなにもないのだ——。

雲野は瞬時にそれを見破っていた。

「他になにか、他殺であることを示唆《しさ》する物証があるのですか？」

岩地道を見遣り、雲野は訊ねた。

おそらくこの小娘や刑事たちは、自分が動揺するところを観察して確信を得たかったのだろう。だが、雲野が極めて冷静だったために、攻め手を失ってしまっているのだ。実際、当てが外れたような表情を慌ててかき消すようにして、岩地道が言った。

「いえ……。残念ながら、現場からはなにも見つかっていないのです」

「もちろん、他殺なのだとすれば、大事な部下を何者かに殺されたことになる。私も元刑事として協力は惜しみません。しかし、それだけでは、その不審人物というのは曽根本自身だったと考えるのが合理的な判断なのではないでしょうか。彼には自分の過去を知られて交際相手の女性に別れを持ちかけられたという動機もあるんです。現場は密室だったとおっしゃるし、銃の出所もはっきりしています。他に物証もないのでしたら、自殺を疑う要素はなにもないように思えるのですが……」

雲野の断《き》り返《かえ》しに、翡翠を含めて刑事たちが沈黙する。

他に持ち札はないらしい。

雲野は三人に笑いかける。

「では、他にご用件は？」

岩地道はかぶりを振った。

「いいえ、我々は拳銃のことで、他にご存知のことがないか伺いたかっただけなのです」

「残念ながら、もう一丁の拳銃については、私はなにも知りませんね。曽根本が拳銃を預かっていただなんて話は、ここで初めて知ったくらいです」

「そうでしたか。では、もしなにか思い出したことがありましたら、ご連絡をください」

刑事たちは去っていった。

翡翠も、彼らのあとに続いて応接室から去っていく。

雲野は吐息を漏らし、ソファから立ち上がった。と――。

「ところで、社長さん、もうひとつだけ――」

ひょい、と開いた扉から、翡翠が顔を覗かせる。

「なんです？」

雲野はぎょっとしながら、翡翠に眼を向けた。彼女は悪びれる様子もなく、可憐《かれん》な笑顔すら見せて、応接室に戻ってくる。

それから、眼鏡の奥の双眸が、まっすぐに雲野を射貫《いぬ》いた。

「社長さんは――、人を撃ち殺した経験が、おありですか？」

あまりにも唐突な言葉に、雲野は言葉を詰まらせた。

「突然、なにを――」

「実は、わたし、霊感のようなものがあって」翡翠は頰に手を当てて、首を傾げる。困ったように眉尻《まゆじり》を下げながら、秘密めかしてこう囁《ささや》くのだった。「その人のオーラみたいなのが、なんとなくわかるんです。社長さんからは、そういう匂《にお》いがしたのです」

雲野は静かに笑う。

「面白いことをおっしゃる。つまり、私が、曽根本を撃ち殺したのではないかと？」

「まさか」翡翠は驚いたみたいに眼を見開く。芝居がかった表情だった。「そんなことまでは考えていませんでした。わたしったら、うっかりさん。そう受け取ってしまわれたのなら、謝ります。失礼しました。ただ、ほら、以前は刑事さんだったのでしょう？　やむを得ず、犯人を射殺した、なんて経験があるんじゃないかしらって」

「幸運なことに、銃を撃つ機会には恵まれませんでしたよ。刑事ドラマとは違って、日本の警察官のほとんどは、銃を抜かずに退官するものです。残念ですが、あなたの勘は外れていますよ」

「なら、わたしの勘違いです。不躾《ぶしつけ》なことを言って、たいへん失礼しました」

翡翠はぺこりと頭を下げた。

「まさか」雲野は笑って言う。「専門的な協力というのは、その超能力のことですか?」

「それは秘密なのです」

唇《くちびる》の前で人差し指を立ててみせると、今度こそ翡翠は応接室を去っていった。

誰もいなくなった部屋で、充分な時間を置く。

随分と、大胆に出たものだ、と雲野は笑った。

これは紛《まぎ》れもない宣戦布告だ。

あの霊能力娘は、雲野を疑っていることを隠そうともしていない。

だが、雲野はどこまでも冷静だった。

思いのほか、面白いことになってきたかもしれない。

雲野は一人、密かに唇の端《はし》を吊り上げていた。

*

千和崎《ちわさき》真《まこと》は、キッチンで珈琲《コーヒー》を淹《い》れていた。

今日は初めて入手したデカフェの豆を使ったが、味はどうだろう。今のところ香りは問題がなさそうだ。湯気の立ち上るサーバーから二つのマグカップに注いで、トレイに載せる。もちろん、角砂糖の小壺《こつぼ》を添えてやることも忘れてはいない。真はそれを雇い主の部屋まで運んでいった。

ノックをし、返事を待ってから扉を開ける。

真の主人は、ベッドの上でひっくり返っていた。

いつの間に着替えたのか、見にくいアヒルの子、という文字が書かれたTシャツを着ていた。中央に、ピンボケしたような黄色いアヒルの画像がプリントされている。真が気に入って買ったTシャツで、いつの間にかなくなっていたと思ったら、雇い主に窃盗されていたらしい。下は量販店で売っているような朱色のジャージで、さながら帰宅して気の抜けた女子高生のようだった。翡翠は腹部に枕《まくら》を載せている。

「珈琲、置いておくよ。ノンカフェインだから」

真はサイドテーブルにトレイを置く。

「いただきます」

と、ベッドに寝転んだまま生返事をした城塚翡翠は、写真が添付されている資料を天井に向けて掲げていた。彼女の周囲にも、同じような書類がたくさん散乱している。

「それで、どうなの？　相手は手強《てごわ》そうだったけれど」

あの眼鏡には小さなカメラが内蔵されており、イヤフォンと合わせて、真は翡翠とおおよその情報を共有していた。解像度は粗《あら》いが、記録を分析して役立てることもできる。もちろん、翡翠が相手の反応をどのように受け取ったのかまでは、真にはわからない。だが、帰宅してからの様子を見るに、どうにも調子はよろしくなさそうだった。何度か映像を見返したが、真から見ても、あの雲野という男は動揺を見せたようには思えない。霊能力のことを耳にしても、狼狽《うろた》えた様子はなかったようだ。これまでの翡翠のやり方が通じない相手なのだ。

翡翠は瞼を閉ざし、深い溜息を漏らしながら呻く。

「参りました。まったく物証が出てきません」

ぱたりと両腕が落ちて、書類がシーツの上に滑り落ちる。

それらは、犯行現場の様子を克明に記録したものだった。

翡翠は腹に載せた大きな枕にしがみつくみたいにして、のろのろと身体を起こした。

「流石は元捜査一課の刑事です。科学捜査の手法を徹底的に知り尽くしています。あの憎たらしい変態連続殺人鬼野郎と似ていますね。面白いくらいに証拠らしい証拠が現場から出てきません。拳銃の出所も申し分なしで、殺人を示す唯一の証拠といえば、酔った涼見さんの信用ならない証言だけ……」

翡翠はぶつぶつそう言いながら、サイドテーブルへと手を伸ばす。角砂糖を指先で摘まむと、マグカップの中にそれを落としていった。

「せめて犯人の顔がわかればね」

「確かに、思い出してくれれば勝機は見えます。一縷《いちる》の望みではありますけれど……」

「そうかもしれないけれど、それを恐れて、雲野が涼見さんを殺したりしたら？」

「まさか」翡翠は笑った。「それはありませんよ。リスクが高すぎますし、彼女が不審死を遂げたら、曽根本さんの死は他殺だと警察に知らしめるようなものです」

ひとつ。二つ。三つ。四つ。真がうんざりして数えるのをやめるほどに、翡翠は大量の角砂糖をマグカップに投入している。

「犯人が現場から持ち去ったものがある、ってあなたは言っていたけれど、それは？」

「既に処分されていることでしょう。証拠にはできません」

「いったい、犯人はなにを持ち去ったの？」

「靴下です」

「靴下？」

「はい。被害者の靴下です。正確に言うなら、円形ハンガーに吊るされていた靴下、でしょうか」

「なんでそんなものを？」

翡翠はマグカップを覗き込みながら、砂糖を投入している。

「それは宿題にしておきましょう。真ちゃんも考えてみてください」

犯人が靴下を持ち去った？　意味がわからない。

「それって、でも、証拠にはならないんでしょう？」

「ええ、そうですね。それだけでは犯人を特定する証拠にはなり得ません。今回は本当になにも現場から見つからない。そういう意味では手強いです。しかも、こちらのやり口に動揺してくれないですし、なんだか腹が立ちますね」

確かに、なんというか、ひどく冷徹な男だな、というのが真の感じた印象だった。

あの男が本当に今回の事件の犯人だとするならば、きっと顔色ひとつ変えずに人を殺すのだろうと思う。そのことに、真は気色の悪さを感じずにはいられない。うまく言えないのだが、あの男に翡翠を近づけるのは危険なような気がするのだ。

翡翠を見遣ると、彼女はようやく砂糖の投入に気が済んだのか、マグカップに吐息を吹きかけて、黒い液体を啜《すす》り始めた。

と、すぐに顔を顰める。

「苦いです」

「え？」真は問い返す。「あんなに入れたのに？」

「ぜんぜん足りません」

「ほんと？」

差し出してくるマグカップを、真は受け取った。

不審に思いながら、それに口をつけてみる。

「甘ッ！」

なんだこの液体は。地獄か。

真はマグカップを翡翠に突き返す。

「あんた味覚がおかしいんじゃないの？」

「失礼な。わたしにだって、メレンゲを甘すぎると思うくらいの感覚はありますよ」

「病気になるぞ」

「全部は飲みませんから、大丈夫です」

こいつ。

「なんのために珈琲を用意してるのかわかんないな、もう」

真は自分のマグカップを手に取った。

「砂糖を入れると、程よく深みのある味になるのです。真ちゃんこそ、よくブラックが飲めますね。あんな飲み物、わたしだったら失神しちゃいますよ」

「子どもかよ」

珈琲の熱い苦みで、麻痺《まひ》しそうになった舌を癒《い》やす。

翡翠は鼻を鳴らすと、唇を尖《とが》らせた。

「真ちゃんの方こそ、ブラックで飲めないと子どもだなんて、まさしく子どもの論理じゃないですか」

「さようですか」

真は肩を竦めて受け流す。もう一度、珈琲を味わってみるが、直前に甘すぎるものを飲んだせいか、新しい豆の味がよくわからない。真は顔を顰めた。

「それで……、本当に自殺って可能性はないわけ？　あの男が犯人で間違いないの？」

「間違いないです。今日の反応を見て確信しました。ですが、現場から犯罪の証拠を見つけることは、もしかしたら不可能かもしれません……」

翡翠は人間の微妙な表情を読めるが、それはなんの証拠にもならない。

真は珈琲を啜る翡翠の表情を見る。冷静に思考を重ねているように見えて、焦りの色が滲んでいるようにも見えるのは、自分の気のせいだろうか？

不可能なら、さっさと引き上げてしまったらどうか、と真は思う。

翡翠は、警察官とは違う。

どうしても犯罪者を捕らえなくてはならない理由は、どこにもないはずだ。

だが、翡翠は言葉を続けた。

「ですが、こういうときこそ、城塚翡翠の出番なのです。涼見さんが決定打を思い出してくれるまで、とにかく攻めてみましょう。彼女が証拠になり得る事実を思い出せば、わたしたちの勝ちです」

翠の双眸が煌《きら》めいて、真を見上げる。

「真ちゃん、サポートをお願いしますね」

なんだろう。あの男の眼を思い返すと、嫌な予感はするのだが。

「まぁ、それが仕事だからね」

面倒だし、億劫《おっくう》だが、珍しくそう素直にお願いされてしまうと、断ることもできない。

掃除、洗濯、食事に送迎、その他もろもろ。

給料ぶんは、きちんと働かせてもらうとしよう。

＊

雲野は椅子に腰を下ろし、思索に耽《ふけ》っていた。

おそらく、長期戦になればなるほど、こちらが不利になるだろう。

その理由として懸念するべきは、もちろん、目撃者の存在だ。

それが警察にとって決定打にはならない証言だというのは、よく理解している。もし雲野の顔を目撃者が見ていれば、とっくに判別できているはずだ。令状を取るのに充分な証言なら、家宅捜索をして残りの拳銃を見つけ出すことだろう。それで雲野は逮捕されているはずだ。自分なら、そうする。それができていないということは、目撃者は犯人の顔を見ていないか、あるいは思い出せない状態なのだ。窓から室内の見える範囲には限りがあるし、飲酒をしていたというのだから、どちらも可能性としては充分にある。

問題は帳場が立ち上がり、捜査が長引くような結果になった場合だ。他殺である証拠は目撃者の曖昧な証言くらいしかないようだが、それを重視して殺人事件としての捜査が長引く可能性は充分にある。警察があの女を連れてきたということは、目撃証言を重視しているがゆえのことだろう。だが、証言だけでは決定打になり得ないので、あの霊能力者を登用した。そしてあの霊能力者は、その力で犯人が雲野だと見抜いたが、逮捕するための物証がどこにもないので揺さぶりを仕掛けてきた——。おそらく、そんなところだ。

しかし、このまま捜査が長引けば、長期間にわたって雲野の周囲に尾行がつく可能性がある。真っ当な商売だけをしているなら問題はないが、雲野は殺人以外にも後ろめたいことをしている。別件で逮捕され、余罪を追及するかたちで攻められたら厄介だ。連中ならば、そういう攻め方をしてくるはずだ。彼らの人海戦術を侮ることはできないし、そうしている間にふとしたきっかけで目撃者が重要な証言をするかもしれない。

今さら拳銃を棄てたとしても、様々な裏取引の証拠を見つけられてしまえば終わりだ。あれらは棄てるにはあまりにも惜しい。切り札として、その裏稼業で懇意にしている警察官僚を頼り、圧力をかけることもできるが、早い段階で使えば自分が犯人だと自白するようなものだ。となると、なにもせずに防戦一方でいる間はこちらが不利になる。

では、どう攻めるかというと——。

少しだけ迷ったが、雲野は挑戦的な男だった。

相手の反撃を恐れてばかりでは、有力者たちの弱味を握ることなどできない。

作戦はシンプルなものだった。

すなわち、目撃者にこちらから接触し、証言を撤回させる——。

過去の刑事人生の聞き込みで、雲野は嫌というほど理解していた。

人間の記憶というのは、思いのほか当てにならない。犯行を目撃した人間が証言を変えるというケースは数多いし、刑事が誘導することで犯人の写真を選ばせてしまうことも可能なのだった。たとえば目撃者が記憶に自信を持っていない場合、「髭《ひげ》があったのではありませんか?」「体格はよかったのではないですか？」「青い服を着ていたはずなのですが」と誘導する質問を畳みかけて、最後に犯人の写真を見せれば、この人だったかもしれない、という証言を得ることができる。そうしたやり方はもちろん違法であり、かえって公判を維持できなくなるので、現代の警察は使いたがらないだろう。

だが、こちらは別だ。

もし相手が思い込みの激しい性格だったりすれば、この方法は極めて有効だろう。

もちろん、雲野が目撃者と接触することで、自分のことを思い出されてしまう可能性もあるが、既に警察は自分の写真を目撃者に見せているだろう。それで思い出せなかったのだから、懸念は少ない。犯行当時とは印象を変えた格好をすれば盤石だろう。雲野は曽根本の上司であり、元刑事の探偵だ。社員のために聞き込みをしていたとしても、なにも不思議はない。かつての刑事時代の雲野を知る人間ならば、そうしない方が不自然とも考えるかもしれない。だが、その上で、もし万が一のときがあれば——。

曽根本のときと同様に、殺してしまえばいい。

普通であれば、リスクを恐れて避けるだろう。

だが、それが雲野という男の生き方だった。

さっそく、雲野は行動を起こすことにした。

尾行に注意を払い、離れた場所に車を駐めてから、現場付近の雑居ビルへと向かう。どうやら、まだ尾行はついていないようだ。尾行術に関しては独自のノウハウがあり、警察よりも上手だという自負がある。もちろん、見破ることも容易い。雲野をホンボシと睨《にら》む証拠はないだろうし、帳場が立っていないのならば人手も足りない。雲野はすんなりと目的のビルへ辿り着くことができた。

間近で見る雑居ビルは、どちらかといえば、併用住宅に近い構造をした三階建ての建物だった。一階はテナントを募集しているのか、シャッターが下りており、その旨を記してある広告が貼《は》られている。家賃は高くなさそうだが、いくら都内とはいえ、このあたりに店を構えるメリットはあまりないだろう。二階と三階は居住部分のようで灯りが点いており、幸いなことに在宅のようだ。

雲野は腕時計で時刻を確認した。夕食時で、居留守を使われる可能性もあるかもしれないが、挑戦する価値はある。建物の側面に錆《さ》びついた外階段があり、そこを上った場所が玄関になっているようだった。雲野は階段を上り、扉の脇についたインターフォンを押す。もちろん、革手袋越しである。小さな表札が出ており、涼見、と書かれていた。

しばらくして、はい、と女の声が聞こえた。

「遅い時間に失礼します。私はUYリサーチ社の雲野と申します。いわゆる興信所の探偵をしております。涼見さまでいらっしゃいますでしょうか」

明瞭《めいりょう》な声で、相手が理解しやすいように、雲野は言葉を続けた。

「対岸のマンションの事件について、調査をしております。警察の方から、近隣の方が事件の様子を目撃したという話を伺いまして、近辺の聞き込みを続けております。なにかご存知のことはありませんでしょうか」

『あの』インターフォンから漏れる声は、どこか不安げだった。『そのことは、既に警察の方に、お話をしてますから』

「実は亡くなった曽根本は、弊社の社員なのです。彼のためにも、どうしても事件の真相を突き止めなくてはなりません。インターフォン越しで構いませんので、詳しいお話をお伺いできないでしょうか」

『はあ』

戸惑ったような声が漏れた。

『その、少しお待ちいただけますか』

「はい。突然押しかけるかたちになってしまい、申し訳ありません。お時間をいただけるのでしたら、出直します」

『えっと、数分で済みます。待っててください』

それから、五分ほど経過しただろうか。

扉が開いて、隙間から女が顔を覗かせた。ふっくらとした頬が特徴的な、化粧気のない三十代くらいの女性で、地味な黒髪を後ろで束ねている。

「ここで大丈夫でしょうか」涼見は言った。「そのう、中は汚くて」

「もちろん構いません」雲野は彼女を安心させるように言う。「お時間も、なるべくいただかないようにしますので」

雲野は柔らかな笑みを浮かべた。

これも刑事時代に培った技能だが、雲野は相手を信用させる術に長《た》けていた。基本的に、女性に好感を持たれる相好をしていると他人からも評価される。取り調べなど、相手が女性であるときは自分が任されることも多かった。実際のところ、若かったころは女性に不自由したこともないし、今でもそういうタイプの人間だと思われることもある。もっとも、妻に先立たれてからというもの、雲野はそういった話へは食指が動かなくなっていたが。

雲野は改めて自己紹介をし、名刺を差し出した。

涼見は名刺を受け取り、首を傾げている。

「あ、これ見たことあります」彼女はシミの浮いた鼻を掻《か》いて笑う。薄いメイクをしているようだが、隠しきれていないようだ。「浮気調査、信用調査、市場調査、なんでも調査のUYリサーチ、ってやつ」

「ご存知でしたか、ありがとうございます」

雲野は深々と頭を下げた。

「探偵会社の広告なんて、珍しいですもんね。確か、すっごく大きい会社なんでしょう」

涼見は雲野の顔をまじまじと見ると、急に頰を赤らめた。前髪を気にしたように、そそくさと片手でそこを撫でつけている。きちんと身支度をせずに応対したことを後悔しているらしい。雲野はそれを微笑ましく思いながら言った。

「事件のあった夜、涼見さまは犯行の瞬間を目撃なさったとか。詳しいことを、私どもにもお聞かせ願えますでしょうか」

「えっと、犯行の瞬間っていうわけじゃないんです。男の人が部屋の中で、拳銃を構えているのを見ただけで」

「男の顔は見えましたか？」

「実は、あたし、そのときに酔ってて」

彼女は笑う。気恥ずかしげで、思いのほかチャーミングな表情だった。下ぶくれ気味の頰が亡くなった妻を思い起こさせるようで、雲野は懐《なつ》かしい気持ちになる。

「ビール飲みながら、ベランダで天体観測してて。あ、その日は獅子座流星群が見られる日で。

空を見てて首が疲れちゃったから、たまたま目を落としたら、なんとなくあの部屋が目に入って。あの、決して覗こうとしたわけじゃなくってですね」

「もちろん、理解しております」

「顔は見たような気がするんですけれど、ぜんぜん思い出せなくて。刑事さんがいろいろな写真を見せてくれましたけど、どの人もピンとこなくって」

それはそうだろう。拳銃を構えていた当の本人が目の前にいるというのに、涼見はまったく気づいた様子はない。どうやら最悪のケースだけは免《まぬが》れそうだった。人を殺しても証拠を残さない自信はあるが、この段階で涼見が不審死を遂げれば、あの事件は他殺だったと告げるようなものだ。

「そうだったのですね。他に憶えていることはありませんか？」

「他にって言われても……」女は薄い眉を顰《ひそ》めた。「窓の片側だけ、カーテンが開いていたんです。靴下みたいなものが吊るされていた気がして、ほとんどなにも見えなかったんですよ。なんとなく覗いたら、拳銃みたいなのを持った男の人が立っているのが、辛うじて見えた感じで」

「さぞ驚かれたことでしょう」

「そうですね。びっくりしちゃって。驚いて母に電話しました」

「警察に通報しようとは思われなかったんですか？」

「その、どうするべきなのか迷って、まずは母に相談した方がいいかなって」涼見はやはり気恥ずかしそうに笑った。「すみません。ちょっと恥ずかしい話ですよね。この歳《とし》にもなって」

「いいえ、お若いのですから、誰かを頼りたくなるのは当然のことですよ」雲野は相手の行動を讃《たた》えるように言った。当然だ。彼女がすぐに警察に通報していたら、雲野は捕まっていたかもしれない。「銃を誰かに突きつけていたわけではないのでしょう？　それだけなら、通報を躊躇うのは当然です」

「ええ、そう、そうなんです。男の人が一人で拳銃を構えていただけなので。母も言っていたんです。この日本で、マンションに拳銃を持って強盗に入る人間なんていないって。それで、モデルガンかなにかで遊んでいるのかなって思い直したんです」

「なるほど、そう思うのは仕方のないことです。私でもそう思ったことでしょう」

雲野は内心でほくそ笑んだ。

「でも、事件の可能性もあるかもしれないって、あとで警察の人にいろいろと訊かれました」

「岩地道さんからですか」

「あ、ええ、怖そうな顔の……。あと、若い女性の方にいろいろとしつこく……。なんて言ったかな、変わったお名前の。すごく綺麗で、すらっとして背の高い方」

「城塚さんではないですか？」

「ああ、そうですそうです。確かそんなお名前でした。ぜんぜん刑事さんに見えなくて驚いたんですけれど、なにか思い出したら電話をくださいって。あの、お知り合いなんですか？」

「私はこう見えて、昔は警視庁の刑事をしていました。知り合いは多いのですよ」

「元刑事の探偵なんですか？　すごい。ドラマみたいですね」

正確に言えば、若い世代の刑事などは知らない人間の方が多いのだが、雲野はそのことには触れなかった。岩地道の名前を先んじて出したのは、この流れで更に雲野への信頼を高めることにある。実際、涼見はもう、安心しきったような表情をして雲野に応対している。

「しかし、なるほど、涼見さんのおっしゃることを踏まえると、確かに曽根本の自殺で間違いはなさそうだ。警察も、念のためにいろいろと訊いただけなのでしょう」

「そうなんでしょうか。もしあのとき、あたしが通報をしていれば、いろいろと結果が変わったような気がするんです。そうでなくとも、あたしがちゃんと顔を憶えていれば……」

「なにも憶えていないのでしょう？」

「ええ」

女は首筋に手を当てて、記憶を探るように中空を見遣った。

「そうですね。男の人だということは、間違いないんですけれど」

さっぱりわからない、と困ったふうに微笑を浮かべて、女は雲野を見た。

それから、なにかに気づいたように眼をぱちくりとさせる。

「あの」

「どうしました？」

雲野は怪訝《けげん》に思って首を傾げる。

「いえ」

女は眼を細めると、じっと雲野を見返した。

「その……、あたし、探偵さんのお顔を、前にどこかでお見かけしたような気がして」

僅かな緊張が走り、雲野は息を止めた。

不思議そうにこちらを見上げている女を、黙って見返す。

涼見は記憶を掘り返そうとするように、薄い眉を顰めた。

まさか、ここで思い出すのか。

雲野は、傍らのインターフォンを一瞬だけちらりと見遣る。古いタイプのもので、映像が残る機能はなさそうだ。自分は指紋もつけていない。殺すことは容易いだろう。絞め殺すか、銃で撃ち殺すか。念のため拳銃を持ってきてはいる。だが、ここで発砲すると誰かに気づかれる可能性が高い。すぐに顔を出す人間は近隣の住人にはいないかもしれないが、逃げるところを見られるかもしれない。また、線条痕から銃の出所が明らかとなり、曽根本が他殺であることが濃厚となる。では、銃を使わずにスムーズに殺すべきか？　だが、その場合にしても、やはり曽根本の自殺は疑われる。そもそも、今、この女は一人暮らしなのか？　玄関の見える範囲は薄暗く、女物のパンプスしか見えない。だが、もし、室内に誰か他の人間がいたらアウトだ。思い出さないうちに、日を改めるべきか？　名刺を渡してしまったのは失策だったかもしれない。勝機があると思ったが、やはり軽率な行動だったか。

様々な計算は、たぶん、一瞬だった。

仕方がない。撃ち殺そう。

そう決意したときだった。

「あ、テレビのＣＭ！」

「え？」

雲野は眼をしばたたかせた。

「ＣＭです。何年か前に、ＣＭに出ていませんでした？」女は一瞬だけ手元の名刺に視線を落とすと、笑顔でまた顔を上げた。「ＵＹリサーチさんって、ＣＭしてましたでしょ！　ダンディな探偵がいるなって、それで憶えてて！」

「はあ」

雲野は頬を掻いた。

「そっかそっか。まさか、その人と会えるなんて。やだ、社長さんなんですか？」

今ごろになって、雲野の名刺の肩書に気がついたらしい。

「ああ、もう、こんなイケメンに会うなら、きちんとしておけばよかったのに！　あの、あたし、違うんですよ。いつもはこんなじゃなくって、その、すみません、変な格好で。星占い、早すぎじゃない？」

まるでアイドルにでも会ったように、というのは大袈裟《おおげさ》かもしれないが、女は黄色い声を上げてはしゃいでいた。どうやら、無駄に銃声を鳴らさなくて済むらしい。そうやって笑うところも、また雲野の妻を思い起こさせる要素があって、できることなら射殺したくはない。

「いや、突然押しかけたのはこちらですので」

確かに雲野は数年前のテレビＣＭに出演したことがある。本人は気が進まなかったのだが、女性社員たちの熱心な後押しによって、ほんの少しだけ顔を出した。雲野が想定していたよりもネットなどで局所的に話題となり、個人向けサービスにおける女性の利用者が増えたという。

同時にこのことは雲野の勝機にも繋がった。おそらく涼見は、犯行を目撃したときに相当に酔っていたのだ。そうでなければ、過去にテレビＣＭで見たという雲野の記憶が結びついて、印象として強力に残っていたはずなのだから。おそらく、もう思い出すことはないだろう。

さて、信用を得たのなら、あとはもう、相手を丸め込むだけだ。

窓から見えた男が、曽根本なのだと信じ込ませればいい。

「ところで、窓から見えた男なのですが、体格のよい男性ではなかったでしょうか」

「えっと、さぁ、ううーん、どうでしょうか……」

涼見は眉根を寄せて首を傾げている。

「双眼鏡越しに見た遠くの景色です。遠近感も狂うことでしょう。実際よりも、小さく見えるのではないでしょうか。逆に言うと普通の体格に見えたのなら、実際は体格のよい男性ということになります」

「確かに、言われてみますと、そうかもしれません」

女は感心したように眼を見開き、頷いた。

「亡くなった曽根本の特徴と一致しますね」

「そうなんですか？」

「ええ。彼は死にたがっていたのです。部屋には鍵がかかっており、誰かが殺したのだとすると、推理小説で言うところの密室殺人になってしまいます。密室殺人だなんて、現実には不可能ですからね。それに殺人だとして、犯人がマンションの中で発砲をしたら、音が響いて近くの住人が駆けつけるはずです。逃げるとき、必ず誰かに見られてしまいますから、現実的な殺し方ではありません」

「そう、なんですね」

涼見はどこかしら安堵したように頷いた。

「確かに殺人だったのなら、通報をしていた場合、警官が逃走する犯人を捕まえることができたかもしれない。しかし、あれは自殺だった。もし涼見さんが通報をしていたとしても、警察が駆けつける前に曽根本は自殺を成し遂げていたでしょう。あなたはなにも悪くないのです」

雲野は優しく、語りかけるように言った。

涼見の先ほどの言葉から、彼女が僅かな罪悪感を抱いていたことがわかっている。誰だって、自分が人を見殺しにしてしまったかもしれないと思えば、苦しむのは当たり前のことだろう。その自責の念を、ほぐしてやるだけでいい。あれは自殺だったのだと思い込めば、自分は咎《とが》を負わなくても済むのだと、雲野は彼女へと間接的に伝えたのだ。

「念のため彼の写真を見せておきましょう。あなたが見たのは、曽根本だったのではないでしょうか？　彼が自殺のために拳銃を手にして、覚悟を決めようとしていたところだったのでは？」

雲野はスマートフォンで曽根本の写真を表示させて、彼女へと見せた。

「はい……。ええ、そうですね。確かに、この人だったような気もします」

スマホの画面を覗き込みながら、涼見は静かに頷いた。

＊

「そうですか。わかりました。何度もすみません。もしなにか思い出したら、またご連絡をください」

無念そうに言葉を終えて、城塚翡翠は涼見梓との通話を終えた。

千和崎真は、キッチンを片付けていたところである。翡翠が彼女と通話をしていることには気がついていた。キッチンから抜け出て、結果を問いかける。

「なにか思い出したって？」

翡翠は無念そうに溜息を漏らした。ふるふるとかぶりを振る。

「いいえ。やっぱり、あれは曽根本さんだったような気がする――、とのことです」

翡翠はそのままリビングのソファへと倒れ込んだ。

どうやら、彼女の目論見《もくろみ》はすっかり崩れてしまったらしい。

なにか思い出したら連絡をして欲しいと、涼見梓とは連絡先を交換してあった。

唐突に梓から連絡が来て、目撃証言を撤回してきたのである。雲野泰典が翡翠の予想を裏切り、大胆にも目撃者に接触を試みてから、すぐのことだった。梓が言うには、やはり自分が見たのは曽根本当人だったような気がするという。そんなことはないはずだと翡翠はしつこく食い下がったが、それから何度連絡をしても、梓の証言には変化がないらしい。

「まぁ、酔っ払いの言うことだからね」

真は肩を竦めて、翡翠を見遣る。ソファに寝そべった彼女は、くしゃくしゃと前髪をかいた。ふてくされたような表情で言う。

「まだ諦《あきら》めたわけじゃないですよ。靴下に関する証言は、攻め手にできるんですから」

「覗いたときに、窓に靴下が吊るされていた気がするっていうやつ？」

「そうです。雲野の隙を突けるとしたら、その証言になります。雲野はその証言まで変えさせようとはしなかったのですから、彼はそこを重要視していないということなのです」

翡翠は唇を尖らせている。真は腰に手を当てて、彼女を見下ろした。

「なんか、珍しく後手後手に回っている気がするけれど、大丈夫なわけ？」

「大丈夫です」

頬を膨《ふく》らませて、翡翠が起きあがる。

「雲野が自分から目撃者に会いに行くってことも、見抜けなかったくせに？」

翡翠は痛いところを突かれたように、天井を仰いだ。

雲野が涼見梓を殺しに行く可能性を口にしたのは、珍しく真の方だった。翡翠は、リスクが高すぎるのでありえない、と一笑に付していたのである。

だが、相手は翡翠が予測できなかった行動を取ってきた。

今度の敵は、ひと味違う。

真には、なんだかそんな気がしてならないのだ。

「まぁ、たまにはそういうこともあります」

翡翠はふてくされたように言いながら、ソファの前にある背の低いテーブルへ手を伸ばした。

涼見梓と通話する前まで、彼女はそこにたくさんのガラクタを並べて、遊んでいたのである。

テーブル上には、奇術に使うらしき道具が散乱していた。ケースに入ったトランプが何組も、まるで乱立するモノリスのように不規則に列をなしているし、どうやったのか直立したコインやら、銅製のカップ、短い杖《つえ》に銀の輪っか、無数に積み重なるサイコロなど、よくわからないものが敷き詰められている。

翡翠は一枚のコインを手に取り、それをテーブルの端に立てた。

いったいなにをしているのやら。

翡翠がこんなことをしているのは珍しい。

うまくいかない苛立ちの表れだろう。

「犯人がわかっているのに捕まえられないなんて、もどかしいね」

「わたしの手法は、このループ・ゴールドバーグ・マシンのようなものですから」

翡翠は床に膝《ひざ》をつき、目線の高さをテーブルに合わせると、ガラクタたちを覗き込みながらそう言った。

「ループ……。なんだって？」

「日本語で言うなら……、ええと、なんでしたっけ」

トランプのケースの位置を調整していた手を止めて、翡翠は首を傾げた。

「確かピタゴラスをもじって……。あ、そうそう、ピタゴラ装置です」

「え、もしかして、これがそうなの？」

「ひとつの手がかりや不整合から、ボールが零《こぼ》れ落ち、走り出すのです」

翡翠はテーブルの端に直立させた銀貨を、指先でそっと弾く。

コインが車輪のように、すっと走り出した。

それが、直進方向にあったトランプのケースに突き当たる。

そのケースが傾くと、上端に載っていたコルクのボールが落下した。落ちたボールは、銀の輪の内周に沿って移動を始める。翡翠はその様子を眺めながら、静かに言葉を口にした。

「ボールは論理を重ねるようにして、連鎖的な運動で突き進み、また次の手がかりへ辿り着くと、新たな論理を証明してくれる……」

連鎖的に、ケースが倒れ、コインが走り、サイコロの山を崩して、ワンドが跳ねた。

ニットのボールが走り、テーブルの端へと向かう。その先にあるのは、古いネズミ取りの罠《わな》に似た、小さな檻《おり》の模型だった。その檻の中には、ネズミのフィギュアが入っている。普通のネズミのフィギュアを持っていなかったのか、それは黄色くて赤いほっぺをしていたが。

「そうして積み重なった論理は、いずれは真実に辿り着き……」

走るボールが檻に辿り着くと、振動が仕掛けを作動させたのか、檻の扉が落ちる。

「犯人を捕らえる」

黄色いネズミが、捕まった。

目を見張る見事な仕掛けで、真は拍手でもしたい気分になった。

「ですが……」

しかし、翡翠はさして満足そうな表情を浮かべずに、その装置を眺めながら言う。

「ボールを進めるための複雑怪奇な装置の役割は、凡人には理解が難しすぎる」

「証拠にならないってこと？」

「推理小説の世界は単純で好きですよ。名探偵の論理をみんなが理解してくれます。論理さえ構築すれば、警察は納得してくれるし、犯人はあっさり自白してくれる。裁判のことまで考えなくてもいいんです。わたしは、そこがすっきりしていて好きです」

真はテーブル上の惨状を見下ろして肩を竦めた。確かに、これらの装置のそれぞれが、どのような役割を果たしているのか、自分に理解できる気はしない。

「それに、こんな回りくどいものは、あまりにも馬鹿馬鹿しすぎます。みんなが欲しいのは、指紋の付着した凶器だったり、血痕に残された足跡なんです」

翡翠は、再びソファに倒れ込んだ。

翡翠は雲野を犯人だと断定する論理を持っているようだが、それだけでは警察は逮捕に踏み切れないのだろう。それでももどかしさを感じているようだ。

「まぁ、現実は推理小説とは違うからね」

真が言うと、ソファに長い髪を広げたまま、天井を見上げて翡翠が言う。

「たとえこの事件が推理小説だとしても、どうでしょうか」

ゆらりと身を起こした彼女は、テーブルに散乱するサイコロを摘まみ上げた。

そのサイコロは半透明の樹脂でできていて、彼女の瞳のように綺麗な翠色をしている。翡翠はそれを照明の光に翳《かざ》すように掲げながら言う。

「推理小説においても、読者にとって論理は蔑《ないがし》ろにされるもののような気がします。たいていの人たちは、ぼんやりと犯人がわかればいいと思っているんです。なんとなく犯人の予測がつけられれば、先が読めただの言って満足してしまう。誰もが納得できる論理なんてまるきり無視です。そんなんだから、作者がわざと犯人がわかるように書いてある小説ですら、自分の力で犯人を見破ってやったんだと思い込んで悦に入《い》ってしまうんですよ。だから、犯人が最初からわかっていたりすると、とたんに興味を失って、考えることをやめてしまう」

唐突に翡翠の推理小説語りが始まってしまった。

奇術と推理小説の話になると、翡翠は止まらなくなる。

翡翠はサイコロを摘まんでいる指先を軽く振った。

どうやったのか、摘まんでいるサイコロが二つに増える。

「推理小説は、推理を楽しむよりも、驚くことが目的となって読まれているんじゃないでしょうか。意外な犯人に意外な結末。推理小説といいながら、驚きの犯人や意外な結末さえ示せれば、探偵の論理なんてどうでもいいのです。そんなのに夢中なのは作者と一部のマニアだけ。犯人を当てたい人たちも、論理を組み立てたいわけじゃなくて、勘で察して当たった快感を得たいだけなのです。なんとなくわかったで済むのなら、探偵も警察も検事も要らないのに」

翡翠がサイコロの表面をもう片方の指先で撫で上げると、真の方に向けられている出目が次々と変わっていった。ほとんど指が動いていないのに、どうやっているのだろう。

「ミステリとは、すなわち謎、そして推理小説とは、つまり推理をする小説……。だというのに、普通の人たちが求めているのは、びっくり小説、驚き小説、予測不可能小説なんですよ」

やがてその奇術に飽きたのか、翡翠はそれをテーブルに放り投げた。二つあったはずなのに、転がるサイコロはひとつだけだった。

「犯人を当てるだけなら、ダイスにだってできます。登場人物表に番号を割り振るだけでいいのですから。本当に大事なのは、犯人を特定するに至る創造性溢《あふ》れる論理ですよ。その論理を構築するのは、人間にしか為《な》し得ないことなのです……」

テーブル上で弾んでいたダイスの出目は一だった。翡翠は唇を尖らせると、再びソファに身体を倒す。長い髪が、ソファからさらさらと零れ落ちていった。

「ですが、人間というのは基本的に頭を使いたくない生き物です。普通の人々は忙《せわ》しなさに疲れ、老いて感性を劣化させていき、わかりやすさだけを求めるのが賢い生き方なのだと学んでしまう。誰もそんなものを必要としていない……」

「あなたがふてくされてるのはよくわかったよ」

確かに、真も推理小説を読むときは、なんとなく勘で犯人を当てて悦に入ることがある。しかし、翡翠の正義はそれでは為し得ないものなのだ。かといって論理があったとしても、それはあまりにも難解で、すべての人々に理解を求めるのは難しい。犯人がわかっているのに逮捕できないもどかしさを想像すれば、翡翠がふてくされてしまうのもよくわかる。

「せめて真ちゃんだけは、考えることを放棄しないでいてもらいたいものです」

翡翠は天井を仰ぎながら、ちらりと真の方を見る。

「努力はするけれど……」

探偵でなくとも思考を放棄するなとは、翡翠が頻繁に真へと求めることだった。

たとえば、翡翠は雲野が犯人だと断定する確証を既に得ているらしいが、それはどんな論理なのだろう？　真にとっては、それこそが解くべき謎であり、構築するべき論理だった。少し頭を動かしてみるのも、たまにはよいかもしれない。そして翡翠が解決すべき最大の目標は、誰もが納得できる確たる物証を見つけ出すこと――。

いったい、どんな物証なら、雲野の犯行を裏づけてくれるのだろうか？　はたして、そんなものが存在するのか？　なにひとつ物証を残さない相手は、翡翠にとってこの上ない強敵といえるのかもしれなかった。

翡翠は片手で髪を梳《す》きながら言った。

「霊感でわかったっていうのが通じたら、楽なんですけど……。どこかに、勝手に論理を組み立てて物証を見つけて、ついでに警察に説明をしてくれるイケメンとかいないですかね。異常な性癖を持っていないと嬉《うれ》しいんですけど」

「まぁ、いないだろうね」

「こんなにも社会に貢献しているのですから、いつかは出逢えるはずなんです」

どこまで本気なのか、翡翠は溜息を吐《つ》くと、唇を尖らせながらぶつぶつと言葉を零した。

「わたしだって、贅沢は言いませんよ。推理小説の話ができて、わたしより頭の回転が速ければ、身長と年収には眼を瞑ります。顔の良さは外せないですけれど……。いつか、なにかの事件をきっかけにして、素敵な出逢いが訪れるはず……」

「どうでもいいけれど、自分で片付けてよ」

言いながら、真はキッチンへと向かう。

「真ちゃん。明日は反撃に出ますよ」

真は振り返った。

城塚翡翠は既に身を起こしていた。

「目撃証言は撤回されましたが、警察にはまだまだ尾行を続けてもらうことにしましょう。その間に、こちらは反撃に出るとします」

ふてくされているものの、まだまだ闘う気はあるようだ。

翡翠は真剣な眼差しで真を見ている。

真は頷いた。

翡翠が言う。

「なので、明日に備えて、わたしは早く眠ろうと思うのです――」

「いやいいから自分で片付けろ」

真は厳しく言って、翡翠に背を向けた。

*

城塚翡翠とはいったい何者なのだろう――。

平日の昼下がり、雲野泰典は路駐した車のシートに深く身体を埋めて、マンションの地下駐車場の入り口へと視線を向けていた。よくある浮気調査の最中である。時間はあり余っているので、どうしてもあの女のことを考えてしまう。信じがたい異能の力で、警察組織すら動かすことのできるあの女……。

警察への対応に関して、雲野が攻勢に出られることはもうない。

だが、目撃証言が撤回されたというのに、ここ数日の間、雲野は自分への尾行の気配を感じていた。警察はなにを根拠に殺人事件だと疑っているのだろうか。おそらく、その根拠は頼りないもののはずだ。未だに帳場が立っていないのがその証拠である。雲野は警察からの情報が流れてくるルートをいくつか持っている。元刑事だからというよりは、提案の技術で得たものだ。秘密を抱《かか》えている警察官僚というのは、思いのほか多い。だが、そこからの情報を探ってみても、捜査本部が立ち上がったという話はまったく流れてこない。だとすると、やはりあの霊媒娘の力の影響だろう。だが、その霊媒娘当人に関する話を訊ねると、誰もが口を揃《そろ》えて聞いたことがないと答える。それほどまでに、城塚翡翠という女の正体は警察内部で秘匿されているのだろうか？

監視先の駐車場から、一台の車が出ていく。が、無関係な車だった。雲野は内心で小さく舌打ちをした。またしても空振りになるかもしれない。浮気調査といっても、こうした個人向け調査に、雲野が自ら出向くことは今ではほとんどない。だが、今回の調査対象は雲野が持ちかける取引の材料になり得る人物で、部下だけに任せてはいられないと判断した。刑事時代から身体に染《し》みついてしまったのか、ときどきはこうして現場の仕事に出ないと勘が鈍《にぶ》ってしまうし、生きているという心地がしないものだ。

調査対象は、このマンションの一室に若い女を住まわせている。部屋番号も、女の名前も特定した。あとは二人が一緒になって写っている写真を撮ることができれば、仕事はいったん切り上げてもいいだろう。対象がマンションに入っていったのが昨夜なので、そろそろ出てきてもいいはずだ。相手は用心深く、二人揃って外出するところがなかなか摑めない。今日も空振りになる可能性はある。雲野はどちらかといえば気が短い方だと自分を分析しているが、こうした地道な聞き込みや張り込みとなると、とたんに辛抱強く待つことができた。

と、雲野は車のサイドミラーに映る人物に気がついた。

シートから身体を起こし、その人物が近づいてくるのを待つ。

ドアがノックされた。雲野は落ち着いた仕草《しぐさ》で、ウィンドウを下げてやる。

「社長さん、おはようございます」

明るく、間延びした声が響いた。

コートに包んだ細い身体を曲げて、女が車内を覗き込んでくる。

甘い香りが鼻を擽《くすぐ》った。

「城塚さん」

雲野は顔を向けずに、横目で彼女を見た。

「どうしたのかな。こんなところで」

「会社に伺ったらお留守だったので、秘書の方に教えてもらったのです。お勤め、ご苦労さまです」

雲野は笑って、ようやく翡翠に顔を向ける。

女はウェーブを描いた髪を揺らして、車内に視線を走らせた。

「社長さんにお話をお伺いしたいんですけれど」女は微かに身体を震わせて言った。「ううーん、外は寒いですね。あらら、ちょうどよく助手席が空いているみたいです」

「どうぞ」

雲野は片手で、助手席の方を示す。

とことことヒールの音を立てて、翡翠が車を回り込んできた。

助手席のドアを開けて、彼女が乗り込んでくる。

「社長さんに、差し入れを買ってきました」

「ほう」

雲野は怪訝に思って、翡翠が大切そうに抱えていたビニル袋を見た。コンビニのものらしい。

シートに腰掛けた彼女は、タイツに包まれた長い脚を揃えて、その上で中を漁《あさ》っている。

「牛乳と、あんパンです」

翡翠は紙パックの牛乳と、あんパンを取り出して、得意げに雲野を見た。

「それは……。うん、ちょうど、腹が減っていたところだったが」

「まぁ、よかった。昔から探偵や刑事さんが召し上がるものといったら、これでしょう？」

「いや、そんな組み合わせ、しばらくは食べていないいかな」

「えっ」

笑うと、翡翠はショックを受けたような表情を見せて眉尻を下げた。

「そんな」

「その組み合わせを好むのは、ドラマの中の探偵だけだ」

「すみません。わたしてっきり……。探偵さんにお会いするの、初めてだったものですから。こういう、かさばらないものの方がご都合がよろしいのかしらって」

「変わった方だ」

雲野は笑った。

「せっかくですから、いただくとしよう」

雲野は牛乳とあんパンを受け取る。

「あの、珈琲も買ってきました。こちらはお好きでしょうか……」

翡翠は缶珈琲を取り出して、雲野へ差し出そうとする。熱かったのか、彼女は細い指で缶の端を持っていた。雲野が受け取ろうとすると、それが指先から滑り落ちてしまう。

「あわわっ」

翡翠はわざとらしい声を上げると、慌てて屈み込んだ。

「ちょっと。城塚さん！」

雲野は焦って制止の声を上げたが、僅かに反応が遅れてしまった。翡翠はもう上体を屈ませて、雲野の座るシートの下の方に手を伸ばしている。股間《こかん》に顔を突っ込まれるようなかたちとなり、身動きが取れなくなった。

「す、すみません。今拾いますので」

雲野は強ばらせた身体から、緊張を解いた。冷静になると肩を竦めたい気持ちにかられたが、顔を伏せている彼女にその仕草は見えないだろう。

「シートの下に、転がって……」

ようやく、翡翠が身体を起こしてくれる。

「取れました」

缶珈琲を手に、もう片方の手でずれた眼鏡を直し、彼女は自慢げに笑った。

雲野は呆れ交じりに溜息を漏らし、その缶珈琲に手を伸ばす。

「いただくとしよう」

「あ、いえ、これは落としてしまったので、こちらを」

コンビニの袋から、もう一本の缶珈琲が出てくる。雲野は笑ってそれを受け取った。

熱い缶のタブを開けて、それを一口飲んだ。ちょうど珈琲を欲していたところだった。ブラックの苦みが、疲れを感じていた脳を心地よく刺激していく。

「城塚さんは？」

「ううーん、わたしは、そちらの牛乳にしておきましょう」

雲野は牛乳パックを彼女に渡す。

翡翠はそれを膝の上に置くと、いそいそとコートを脱ぎ始めた。

今日は刑事と一緒ではないせいか、スーツ姿ではなかった。片側だけ肩を出した白いニットに黒いショートパンツという、随分とフェミニンな装いだった。肩が覗くのは雲野が座る右側の方で、その上には大きな金のイヤリングが巻き毛の合間に揺れている。

翡翠は牛乳パックにストローを挿すと、ピンクの唇でそれを咥《くわ》えた。

なるほど、と理解して、雲野は言う。

「城塚さん。寒かったのでは？」

雲野は頬杖をつき、フロントガラスの向こうの景色を一瞥《いちべつ》しながら、そう言ってやる。

「え？」

翡翠は不思議そうにこちらを見た。唇を離したストローに、リップの跡がついている。

「そんな格好では、お寒いだろうに」

「暖房をかけてくださるんですか？」

「お望みとあらば」

雲野は苦笑した。

「うーん。張り込みの邪魔になるといけませんから、我慢しましょう」

彼女はちゅるちゅると音を立てて牛乳を啜り出した。

「雲野さんは優秀な刑事さんだったんでしょう？　とても正義感が強い上に、表情読みのプロと名高く、取り調べでは落とせない犯人はいないとまで言われたとか。どうして探偵さんに？」

「さて……」問われて、雲野は首を傾げた。「理由があるとすれば、忙しすぎたことかな」

「忙しすぎた？」

「事件を追うあまり、病気の妻を蔑ろにしてしまってね。最期《さいご》を看取《みと》ることすらできなかった」

「それはおつらかったですね」

「それで退職して、小さな探偵社を立ち上げたというわけです」

「なるほど……」

翡翠は頷き、それからこちらへ身を乗り出すように、身体を傾けた。

白く露出した肩が雲野の方へ急接近する。

「雲野さんの調査会社は、どんなことをお調べするんです？　本物の探偵さんってどんなお仕事をなさってるのか、すごく興味があるんです」

「なんでもやりますよ。今では法人向けの信用調査や社内不正調査などもやるが、個人向けにもいろいろと。浮気調査、素行調査、離婚や対人トラブルの相談、盗聴器の発見まで……。会社が大きくなる前までは、個人向けのサービスの方がメインでしたがね」

「確か、サイバー関係にもお強いのでしょう？」

「ネットを使った調査だけではなく、情報漏洩《ろうえい》の原因捜査や、デジタル・フォレンジックを行う部署もある」

「デジタル……。ふぉれん、じっく？」

翡翠はストローを咥えたまま眉根を寄せて、キュートな上目遣いでこちらを見た。

「電子機器に残る記録の証拠保全や調査と分析を行う手法のことです。企業の情報漏洩を防いだり、外部からの攻撃の痕跡を発見したりできる」

「二十一世紀の探偵はすごいんですね。ええと、デジタル……、ふぉれん、ふぉれん……。ほうれん草？」

「フォレンジック」

「うーん。メモしておきましょう」

翡翠は思いついたように人差し指を立てると、小さなハンドバッグから分厚いピンクの手帳を取り出す。

「あらら？」

彼女はまだハンドバッグの中を探り続けている。

「どうしました？」

「ペンがないのです」彼女は眉尻を下げて言う。「あのう。貸していただけませんでしょうか」

「残念ながら、私はそういうのを持っていない」

「本当に？」

「今はスマホがあるからね」

「ううーん、そちらの鞄の中にも入っていませんか？」

翡翠は雲野に身を寄せるようにしながら、運転席の傍らにある雲野の革鞄に眼を向けた。

「残念だが、ないな」

「そうですか」

彼女は唇を尖らせて、ハンドバッグにメモ帳を仕舞う。それからスマホを取り出すと、なにやら入力をし始めた。

「ええと、デンタル……。デンタル・フォトジェニック、と……」

「デジタル・フォレンジック」

「ああ、そうでした。ええと、でもその技術なら、たとえば逆に、完全に綺麗にデータを消してしまうこともできますよね？」

眼鏡の奥の瞳が、いたずらっぽく雲野を見た。

だが、雲野は落ち着いて微笑を返す。

「まぁ、可能だろうね」

「曽根本さんのパソコン、データがいろいろと消えていたのです。復元もできないくらいに、綺麗さっぱりと」

「自殺をする前に見られたくないものを消したのでしょう。彼はそちらの部署の人間ではなかったが、まぁ、多少の知識があっても不思議ではない」

「曽根本さん以外の人間が消した可能性は、どうでしょう？」

「自殺なんだろう？」

「他殺だと仮定した場合、どうです？」

「知識のある人間なら、不可能ではない」

「そうですか」

翡翠はにっこりと笑う。

「たとえば社長さんでも可能ですか？」

「私は彼を殺した憶えはないが……。可能か不可能かで言えば、可能だろう」

「なるほどです」

翡翠は満足げに頷く。

なかなか面白い小娘だと思いながら、雲野は言ってやる。

「それにしても、城塚さんは嘘をつくのがお上手だ」

「え？」

翡翠はきょとんとした瞳でこちらを見た。

「秘書が私に無断で張り込み場所を教えるとは思えない。となると、あなたがどうやって私の居場所を知ったかだが——。実はここ数日、警察の方々の視線を感じていましてね。当人たちは、うまく隠れているつもりなのでしょうが、私の目をごまかすことはできない。教えてあげた方がよろしいでしょう」

「あらら」

翡翠は首を傾げた。悪びれる様子もなく、ちろりと舌を出す。

「ごめんなさい。嘘をつくつもりなんて、なかったんですよ。警察の皆さんが、尾行していることは伏せておいてほしいっておっしゃるものですから」

「なぜ、私を尾行しているのかな」

「どうしてでしょう？　不思議ですね？」

「私は、あなたのせいではないかなと思うんだが」

「まさか、とんでもない。わたしが？　どうして？　濡《ぬ》れ衣《ぎぬ》ですよ。わたしみたいな役立たずの小娘なんか、なんの力もありません」

翡翠はぱたぱたと手を振った。

「そうかな」

雲野は珈琲を啜り、駐車場の方へ視線を向ける。

翡翠と対話をしている間にも、先ほどから注意は向けていた。

対象はまだ出かける様子を見せないようだった。

「代議士さんの次は、大手製薬会社の御曹司です？」

傍らから発せられた言葉に、雲野は僅かばかり身を固くした。

「さて、なんの話かな」

「あまり手を広げすぎない方がよろしいかと思いますよ。悪事が露見するのを承知の覚悟で、取引を持ちかけられたと公表する人もいるかもしれません。そうなれば会社の信用はがた落ちというものではありませんか？」

「城塚さんがなんの話をしているのか、私にはよくわからないな」

「そうでなくとも、正義感に溢れた部下が暴走してしまい、口を封じる必要が出てくるかもしれません。それは大変な手間でしょう」

「ううーん、よくわからないが、もしかすると、城塚さんは想像力をとても見当違いな方に向けているのかもしれないな」

雲野は翡翠に顔を向けた。

眼鏡の奥の翠の双眸が、まっすぐに雲野の様子を見定めている。

「まったく仮にの話だが、その部下とやらが、曽根本のことを言っているのだとしても……。彼は自殺だったのではないかな？　目撃者さんが、自分が見たのは曽根本だったと証言したらしいじゃないか」

「よくご存知で」

「警察には知り合いが多くてね。捜査情報も漏れ聞こえてくる」

「あれは他殺です」

「ほう」

雲野は平然とそう告げる翡翠を見返した。

「まさかとは思うが、その根拠というのは、あなたの霊感というやつではないでしょうね」

「さて、どうでしょう？」

「以前耳にしたことがあってね。警視庁に捜査協力をしている霊能力者の話を——。にわかには信じがたい話だが、こうして君が現れて、警察がそれに従っている以上は、本当のことなのかもしれないな」

眼鏡の奥の双眸からは、なんの感情も読めない。

この女の真意を見極めておく必要がある、と雲野は直感した。

「それで、君の霊能力というのは、どういうものなんだ？　曽根本の霊が枕元に立って、自分は自殺ではないと囁いたのかな？」

「まさか」

翡翠は首を傾げて微笑む。

「わたしの力は、そこまで万能なものではありません」

「では、どういうことがわかる？」

「わたしが感じ取れるものは、そうですね、一般の方にイメージできるように言うならば、人間がまとうオーラのようなもの——、わたしなりの言葉で表現するなら、人間の魂の匂いといった方が正確でしょう」

「ほう。その匂いとやらが、私が犯人だと、君に告げているのかな？」

「さて、そこまでは。ただ、魂の匂いを分析すれば、その人物の様々なことがわかります」

「それなら、私について、どんなことがわかる？」雲野は微笑すら浮かべて言った。「私の魂の匂いとやらから、なにがわかるのかな？」

「よろしいでしょう」

翡翠はこちらに身体の向きを変え、シートの上で居住まいを正した。

雲野のことを、大きな瞳が見つめ返す。

「ですが、匂いからわかるのは、漠然としたことです。わたしはその漠然とした情報を、自らの経験則と組み合わせて答えを推理します」

「だから、間違えるかもしれない、と？　いいから、なにか私の秘密を当ててみてくれないか」

翡翠は頬に手を当てて、じっと雲野を見返した。

やがて、ぽつりと言う。

「幼《おさな》いころに、なにかペットを飼っていませんでしたか？」

「いいや」

雲野はかぶりを振る。

翡翠は動じずに、視線を外さないまま続けた。

「おそらく、社長さんが想像なさっているよりも、小さな動物です」

「犬や猫ではないと？」

「ええ。とても短い期間です」

「さて、どうだったろう」雲野は記憶を掘り返した。「いや、ヒヨコを飼っていたことがある気がする」

「夜店で買われた」

「そうだったかもしれない」

「そのヒヨコを、些細な出来事で死なせてしまいましたね。それがおそらく、社長さんの人生において、初めて生き物の死というものを自覚なさった瞬間です」

「あまり憶えていないが」

「ご本人が憶えていなくとも、魂に刻まれているのです。社長さんの、死生観の起源とも言うべき出来事でしょう」

「面白いな。私が憶えていないことでは、合っているか外れているかも、確かめられない」

翡翠は首を傾げて小さく微笑んだ。

「小さなペットを飼っていたということは、当てられました」

「いいだろう。他には?」

「生き物は、すぐに死んでしまう。それは人間とて同じことである。そのどうしようもない事実と運命からは逃れられないと、あなたはそのときから知ってしまっていた。奥さまの死を通して、それを再確認したのでは?　だからこそ、他人の命が尽きたところで、それは仕方がないことなのだと考えていらっしゃる」

雲野は押し黙り、翡翠の瞳の奥にあるものを推し量った。

「それで終わりかね?」

「そうですね……。社長さんは、ご自分のことを、とても冷静で判断力を有した人間だと分析されていますね。それは、わたしが感じ取れる匂いからしても、正しいといえるでしょう。ですが、その胸の内には熱く燃えるような魂を隠し持っていらっしゃる。熱情的であり、短絡的な行動を取られることも、しばしばあるのではないでしょうか。ですが、欠点ともいえるその秘めたる内面が、これまでの成功を支えてきたのでは?」

「性格分析か。興味深いね」

「他にも感じ取れるものはあります」翡翠は微笑んだ。それからすぐに彼女は瞼を閉ざす。なにかを感じ取ろうとするように、静かな呼気が伝わって来た。「あとは、そうですね……。健康上の問題を抱えていらっしゃるようです。内側にある、濁《にご》りのようなもの。おそらくは内臓のどこかでしょう。心臓など致命的な部分ではないようですが、早めに病院に行かれることをお勧めします」

「今度は健康診断か」雲野は笑った。「どれも占いのようで、あまり霊能力とは関係がなさそうに見えるが」

「人間の死にまつわるお話をしましょうか？」

翡翠は、まるでそれを待ちかねていたかのように、眼を光らせた。

「なにかわかるのかな？」

翡翠は瞼を閉ざし、耳を澄ますみたく、呼吸を整える。

暫しして彼女は眼を開くと、雲野に告げた。

「あなたは、奥さまを失うときに前後して、大切なものを失《な》くされましたね」

「ほう……」

「今のあなたを見て、奥さまは悲しまれているようです」

「私がそれを失くしたことを、妻は責めているのかな？」

「ええ」

「それはどういうものだろう？」

「かつて、あなたの心にあったものです」

雲野は瞼を閉ざした。シートの背もたれに身体を任せて、吐息を漏らす。

脳裏に浮かんでいるのは、鮮明に思い起こすことのできる妻の顔だった。

その表情は、確かに雲野を責めているようにも見える。

雲野は笑った。

残念だ。

「なるほど」

それから、翡翠の全身に視線を巡らせる。

他者からすれば、それは値踏みするような、という表現が相応《ふさわ》しい眼差しだったろう。だが、雲野はあえて彼女を観察してみせた。

翡翠は、その視線を受け止めて、挑戦的な瞳で返す。

「底が見えたよ」

雲野は言って、うんざりと溜息を漏らした。

「幼いころにペットを飼わなかった人間なんて、ほとんどいない。小さなペットを飼っていたことを当てた、と君は言ったが、最初に君はペットを飼っていたと告げただけで、大きさにまでは言及してなかった。私の答えに合わせて、さも最初から理解していたというふうに言ったに過ぎない」

雲野の分析に、翡翠はその双眸を細めた。

「性格分析も、誰にでも当て嵌まることをそれらしく言っているだけだ。性格の欠点が成功を支えてきたというのは、巧《うま》い表現だな。私の実績を鑑《かんが》みれば、会社が成功しているのは目に見えている。欠点を褒められるような言い方をされて、悪い気になる人間はいない」

翡翠の表情に、ほんの一瞬だけ微かな動揺が走るのを、雲野は見逃さなかった。

「健康問題についても同じだろう。私の年齢になれば、身体の不調くらいはどこかに出てくる。外に問題がなければ、内臓しかないだろう。心当たりがあれば、当たったと思わせることができるし、心当たりがなくても、病院で検査しなければ自分の身体の本当のところはわからない」

自制心では抑えきれず、演技では為し得ない、僅かな感情の乱れ。

刑事人生で、雲野はそれを見抜く術を培ってきた。

翡翠はすぐに冷静さを取り戻したようだが、相手が悪かったといえるだろう。

「結果として——、君の霊能力は、ニセモノだ」

翡翠は唇を噛《か》んで、雲野を睨み返す。

雲野は愉快な気持ちになって、とくとくと語ってみせた。

「妻に関することも、すべて曖昧な表現だ。どうとでも受け止めることができる。それで動揺を誘って、情報を引き出すつもりだったかな？　君のその言動も、計算ずくのものだろう。そういう服装と言動で、いかにも頭の悪い女を演じているが、実際のところ君は賢くて強《した》かな女だ。もっと凜《りん》とした佇まいが似合う女なのに、わざとぶりっ子をして媚《こ》びるような口調を選んでいる。そうして相手を苛立たせて、失言を誘っているんだ。言っておくが、まるで似合っていないよ。まぁ、人間は第一印象を引き摺って相手を判断してしまうからね。転んだり物を落としたりするのも、相手を油断させるためにわざとやっていることだ。ペンを借りようとするのも、相手の鞄の中をさり気なく覗き込んでなにかの手がかりを探すためだろう。だが、残念ながら、私には通じない」

翡翠は瞼を閉ざした。

観念したように喉元《のどもと》を反《そ》らし、天井を見上げる。

それから、すぐに視線を落として言った。

「やってくれましたね」

翡翠はいっさいの笑みを表情からかき消していた。金のバングルが飾る片手で頬にかかる巻き毛を払うと、敵対的な厳しい瞳で雲野を睨んだ。

「涼見さんがあなたを見て犯人の顔を思い出したりしていたら、いったいどうするおつもりだったのです？」

「なんのことかな？」

「まさか、大胆にも自分から彼女に接触するとは思ってもいませんでした。リスクがありすぎます。殺すつもりだったのですか？」

「言っている意味がわからないね。私は曽根本の自殺の真相が知りたくて、聞き込みをして回っただけだ。警察が他殺かもしれないなんて言うからね。元刑事として、親しかった社員のことを調べずにいられなかったんだ」

「おかげで、涼見さんに証言を変更されてしまいました。しかも、そのあとも随分と親しくされていらっしゃるようじゃないですか。取調室でなくとも、女性を落とすことに慣れていらっしゃるようですね？」

翡翠の皮肉に、雲野は静かに笑った。尾行がついていることから、そのあたりの行動を観察されていることも覚悟をしていた。やはり見られていたらしい。

涼見梓とは、あのあとも会う機会があった。もちろん、最初はそんなつもりはなかった。遅い時間に押しかけてしまったお詫《わ》びとして、雲野は彼女にフルーツパーラーの招待券を手渡した。

知り合いがホテルに出店している関係で、雲野は度々こうした使い方をすることがある。涼見は後日、友人とさっそく足を運んだらしく、丁寧なお礼のメールが雲野の下へ届いた。手渡した名刺にアドレスがあったので、わざわざ連絡をしてくれたのだろう。

雲野はメールに返信をし、他愛のない雑談風の文章の中で事件のことに触れた。こうして涼見梓との接触を続けていけば、更なる証言のコントロールが可能かもしれないと考えたためだった。メールでのやりとりを続けると、いかにも女性らしく甘いものに目がないという。その文面を見たとき、雲野の記憶の中で亡くなった妻の表情が甦《よみがえ》った。それと同時に、気恥ずかしそうに笑うときの涼見梓の表情も。思い切って、雲野は梓を食事に誘ってみた。折よく、新しくホテルにオープンするスイーツビュッフェの招待券があったので、それを使わせてもらった。

数日前のことだ。ホテルのロビーに現れた彼女は、髪型や身なりを整えてきたせいか、初めて会ったときよりも若々しく魅力的に見えた。向こうはまさかデートのつもりで来たわけではないだろうし、それは雲野も同じだったが、単純に目撃者として扱うだけではもったいないかもしれないという考えが雲野の中に芽生《めば》え始めていた。自分がその気になれば、もっと若く美しい女を手に入れることができるが、やはり失った妻に少しばかり似た雰囲気を、涼見梓は持っている。それはなかなか手に入れられるものではないだろう。

彼女は恐縮していて会話もぎこちないものだったが、仕事の話を振ると緊張がほぐれたのか、饒舌に語ってくれた。イラストレーターとして本の装幀などで活躍しているらしい。あとで検索してみると、なんらかの授賞式で女性作家と共に写っている彼女の写真を見つけた。写真の中の彼女は地味だったが、もっと綺麗な服を着せたら、おそらくは見違えることだろう。かつての雲野の妻が、そうであったように。また食事に誘っていいかと訊ねると、梓はやはり恐縮していたが、甘いものに目がないので是非お願いしますと笑ってくれた。

　このまま親交を深めていけば、目撃証言を巡る主導権はもはや自分のものになるだろう。

　雲野は傍らにいる翡翠を見遣り、余裕をもって笑う。

「確かに、彼女とは一度、お礼を兼ねて食事をしたがね。そのことと証言の変更に関しては、因《いん》果関《が》係がない。それとも、彼女は私が証言を変えさせたと言ったのかな？　私のせいで証言を変えたと？」

　翡翠は押し黙る。

　唇を噛んだ彼女は、すぐにかぶりを振った。

「社長、靴下の話をしましょう」

「なんだって？」

「犯人が持ち去った靴下のことです」

「意味がわからないな」

　それに気づいていたか。

　だが、それが犯人特定の材料になり得ないことは承知している。余裕の表情で雲野は笑った。

　対する翡翠は反撃の機会をどうしても逃したくないのだろう、挑むような眼差しだった。

「現場のカーテンレールには、ハンガーが二つかかっていました。室内から見て左側、カーテンが閉じている方には洗濯物が吊るされていましたが、室内から見て右側、カーテンが開いていた方の窓の円形ハンガーには、洗濯物がなにも吊るされていなかったのです。これは、そこから犯人が洗濯物を持ち去ったからなのではないでしょうか？」

「論理が飛躍しすぎているな。ハンガーになにも吊るされていなかったとしても、不思議なことはなにもないように思えるが。洗濯物を取り込んで仕舞ったが、ハンガーを片付ける機会を逸《いっ》して、そのままにしてしまったんだろう」

「片方だけ？」

「たとえば、洗濯物を片付ける最中に宅配便が来たとか、電話があったとか、不意の用事で作業が中断してしまったのだろう。そのまま洗濯物を仕舞うのを忘れてしまったんだ。現に左の窓には洗濯物が干されたままだったんだろう？　それがなによりの証拠じゃないか？」

「そして、洗濯物の片付けを中断したまま、死にたくなって自殺したと？」

「自殺というのは、衝動的にするものじゃないのかね？」

「パソコンのデータはご丁寧に消去したというのに？」

「見られたくないものがあったのだろう。犯罪に関わるものか、それとも卑猥《ひわい》な動画か」

「洗濯物は吊るされたまま、誰かに見られてもよかった？」

「そのあたりの男性の感覚は、君のような麗しい女性とは違うのだよ」

翡翠は肩を竦めた。

それから、どこかうんざりとした様子で、助手席のシートに深く背を預ける。

「社長、そういうことではないのです。洗濯物は確かに、曽根本さんが亡くなったその瞬間まで、円形ハンガーに吊るされていたはずなのです」

「いったいなんの根拠がある？」

「涼見さんの証言ですよ。彼女が言ったのです。靴下のようなものが吊るされていた気がするので、部屋の様子がよく見えなかった、と――」

「ほう」

「ところがですねぇ。ところがですよ。いったんカーテンが閉められて、あとでもう一度覗いたときには――。カーテンが開いており、吊るされていた靴下が消えていたとおっしゃっているのです」

なるほど、そこに着目したか。事件を目撃した梓は酔っていたはずなのだが、よく憶えていたものだ。いや、吊るされていた気がする――か。自分にも、梓はそう証言していた。正確には、靴下みたいなものが吊るされていた気がする、と。

やはり斬り返しの方法は容易い。

「君はそんな証言を鵜《う》呑《の》みにするのか？　涼見さんは――、こう言ったら悪いが、既に一度、証言を変えているんだ。酔っていたというし、その証言の信憑性《しんぴょうせい》には疑問が残る。だいたい、吊るされていたような気がするという、曖昧な証言じゃないか。そもそも、靴下なんて、最初から吊されていなかったんじゃないかね？　思い込みの激しい彼女のことだ。君が靴下が消えていたと思い込むように、誘導したんじゃないか？」

「社長さんが、銃を手にしていたのは曽根本さんだったと思わせたみたいに？」

「まったく君の想像力は逞《たくま》しくてかなわないな」

雲野は翡翠から視線を逸らし、駐車場の方に目を向ける。

そこの観察を続けながら、彼は言った。

「百歩譲って、曽根本が何者かに殺されたのだとしよう。そして、犯人が靴下を持ち去ったとして……。いったいなぜだ？　どうして靴下なんて欲しがる必要がある？」

「そうですねぇ。それは、まだなんとも。けれどなにかしらの、そうせざるを得ない理由があったのでしょう。うーん、とても貴重な靴下だったとか？」

「靴下が？」雲野は思わず鼻から吐息を漏らして笑ってしまう。「そもそも、君の推理には様々なところに不備がありすぎるよ。拳銃の出所ははっきりしているのだし、誰かが靴下を持ち去っただなんて滑稽《こっけい》な出来事があったとは思えない。第一、現場は鍵がかかっていて、いわゆる密室だったのだろう。部屋に誰かがいて、曽根本を殺して去ったと考えることの方が無理がある。誇大妄想もいいところだ」

「いいじゃないですか、べつに鍵くらい」

「なんだって？」

翡翠は肩を竦め、おどけたように言った。

「今の時代には、３Ｄプリンターがあります。曽根本さんの身近にいて、彼の鍵を拝借する機会のある人であれば、記録に残さずに合鍵を作ることなんて、簡単にできますよね」

「それは君の空想だろう。そんなことが行われた証拠がなにかあるのかね？」

少しの間を置いて、翡翠は言った。

「犯人は証拠が残らない手法を選んでいるのです。探したところで無駄でしょう」

「話にならないな」

「攻めてみる価値のあるところだと思いますよ。チェーン錠などが内側からかかっていたのならともかく、鍵だけかかっていたのですから」

「曽根本のことだ。自分が死んだあとのことを考えて、ドアチェーンの類はかけなかったのだろう。普通の鍵なら管理人のマスターキーで開けられるが、ドアチェーンがかかっていたら、それを壊さなくては部屋に入れない。遺体の発見が遅れてしまう」

「そこまで気を回してくれるのなら、鍵をかける必要もなかったのでは？　なんだか、まるで自殺だと信じてもらうために、鍵をかけているみたいですね？」

「ものの受け取り方は、人それぞれのようだ。君の言っていることは、すべて可能性の域を出ない推論ばかり。重箱の隅を突《つつ》くようなものだよ。それとも、涼見さんの信用ならない証言の他に、なにか証拠らしい証拠でもあるのかな？」

翡翠は押し黙った。

当人は、僅かなものであっても殺人を示す可能性を挙げて、こちらの動揺を誘いたいのだろう。だが、彼女が取り上げるものにはすべて証拠らしい証拠がない。そして雲野も想定していた事柄だったからこそ、攻められたとしても泰然たる態度でいることができる。

「そろそろ帰ってもらえないかな。こう見えて、私は仕事中なのでね」

「この事件は、殺人です」

フロントガラスの方を見つめて、翡翠が厳《おごそ》かに言う。

「わたし、殺人事件というのは、嫌いです。そんなの、推理小説の中だけに止《とど》めておいてほしいと思っています」翡翠は柔らかな巻き毛を揺らした。かぶりを振って、ゆっくりと時間をかけながら、言葉を続ける。「けれど悲しいことに、世の中には平気な顔をして他人の命を奪う人間がいるんです。中でも、殺人という卑劣な犯罪そのものを、まるで存在しなかったかのように偽装し、故人の尊厳を貶《おとし》めるやり方を……、わたしは決して赦《ゆる》せません」

雲野は翡翠を見なかった。

熱さを失い始めた缶珈琲を手にして、それを啜る。

翡翠は助手席のドアを開き、車から降りた。

彼女は宣言する。

「亡くなった曽根本さんの名誉のためにも、犯人を必ず捕まえてみせましょう」

「頑張りたまえ」

少しばかり勢いよく、ドアが閉じられる。

それは紛れもなく、彼女の苛立ちと無力感からくるものなのだろう。

舌に残る珈琲の苦みと共に、雲野は勝利の余韻を噛みしめていた。

＊

「真ちゃん。いちご牛乳を買ってきてください」

城塚翡翠は雲野との対決を終えたばかりで、疲れ切っているらしい。助手席のシートに身を深く預けると、翡翠は敗北の苛立ちをぶつけるかのように、千和崎真へとそう命じた。

「はぁ？　もっと早く言ってよ」

仕方なく、近くのコンビニでそれを買って、車へと戻るところである。いちご牛乳の紙パックだけを手にして寒空の下を歩く女というのはなかなかにシュールな景色に違いないが、雇い主に買ってこいと命じられた以上は仕方がない。真はパーキングの奥に駐めておいた車へと戻る。奥まった箇所にあり、尾行などがあっても気づきやすい場所だ。念のため周囲を警戒してから運転席のドアを開けて、コートに包んだ身体をシートへ滑り込ませた。

「それで、反撃に出ると意気込んでたくせに、随分と手ひどくやられちゃったけれど、これからどうするの？」

助手席に座っている翡翠はシートを倒して、アニメキャラの瞳がプリントされているアイマスクをしていた。彼女はその顔を天井に向けたまま、片手を持ち上げて、白旗でも振るような仕草を見せる。

「そうですね……。降参でもしましょうか」

「わたしはそれでも構わないけれど」

買ってきたいちご牛乳を、翡翠の頬に押し当てる。

「ひぎゃっ」

翡翠は可愛くない悲鳴を上げて飛び起きた。

慌ててアイマスクを剝《は》ぎ取り、こちらを睨んでくる。

「ちょっ、真ちゃん、なにをするんですか！」

「へこたれてる場合じゃないでしょう」

翡翠は唇を尖らせると、真を睨んだまま、いちご牛乳をひったくる。

「失礼な。わたしがこんなことでへこたれるわけないじゃないですか」

「ふうん」

真は車にあったビニル袋を探って缶珈琲を取り出した。雲野との対決の際に、翡翠が真に用意するよう命じた小道具のひとつだ。これがなんの役に立ったのか、真にはよくわからない。

「これ、もう飲んじゃっていい？」

「どうぞ」

翡翠はストローを咥えて、ちゅるちゅると音を立てながらいちご牛乳を吸っている。

冷たいわけではないが、熱さも感じられない珈琲を手に取って、タブを開ける。

中身はぬるくて、案の定、美味《おい》しくなかった。

しばらく、二人して液体を啜る音だけが、車内に響いた。

翡翠は無言だ。力ない様子で、どうにも調子が狂う。

重い空気に耐えられなくなって、真は笑った。

「しかしさ、聞いた？　わざとぶりっ子をして、媚びるような口調を選んでいるだってさ」

真は翡翠の二の腕を突く。

翡翠は不服そうな視線で、真をちらりと見た。

寒さのせいか、くすんと鼻を鳴らして翡翠が言う。

「そうですよ。すべて計算ずくです」

「あなたの場合、けっこう天然なところも混ざってると思うけれど。家にいるときでも、なにもないところで転ぶじゃん」

真は普段の翡翠の様子を思い返していた。事件に挑むときの様子とは打って変わって、家にいるときの彼女は気が抜けたみたいにどこかふんわりとしていて、注意力に欠けているところがあるように見える。

「それすらも計算なのです」翡翠は頰を膨らませると、再びストローを咥えた。じゅるじゅると行儀の悪い音を立てる。「自分だけは騙《だま》されていないと思ったら大間違いです」

「小学生たちからお別れの手紙をもらって鼻を赤くしてたのも？」

「あれは花粉症です」

「スクールカウンセラーの方が向いてるかもって転職の相談をしてきたのは？」

「甘いですね、真ちゃん」翡翠はフロントガラスの方を見たまま、くすんと鼻を鳴らした。「あれは、いじらしいわたしを見せることで、真ちゃんからの好感度をコントロールしたに過ぎません。実際、それを聞いた真ちゃんは、翌日にまんまとケーキを買ってきてくれたじゃないですか。あんな手にひっかかるなんて、まだまだですね」

「ああそう」

再び、車内に沈黙が訪れて、液体を啜る音だけが響いた。

翡翠はストローを咥えてフロントガラスの向こうを見つめているだけだ。その翠の双眸は、なにか思索に耽っているというふうには見えない。翡翠はただただ力なく眉尻を下げていた。

妙に居心地が悪くなって、真は髪を掻き上げる。

「相手はこっちの霊能力をお見通しみたいだけれど、どうするの？　押しても引いてもびくともしないし」

翡翠は小さく肩を竦めた。

「相性が悪いのです。信じない人には、なにを言っても信じてもらえません。ですが、参りましたね。こちらのやり口は見破られ、証拠は現場になにひとつ残されていない。おまけに、頼りにしていた目撃者の証言には、なにも期待できそうにありませんし……」

「たまにはさ、倒せない相手だっているよ。もう諦めたら？」

「真ちゃん。わたしには、どうしても存在を赦せない人間というものが、この世に二種類いるんです。その憎むべき二種類の人間が、なんなのかわかりますか？」

「ひとつは、殺人犯でしょう？」

「正確には、正義もなく、罪悪感も抱かず、他人の命を奪う殺人者です。彼らには必ず報《むく》いを受けてもらわなくてはなりません」

「もうひとつは？」

「他人の奇術を勝手に種明かしする動画で暴利を貪《むさぼ》るユーチューバー。死ねばいいのに」

すらすらと、翡翠は一息でそう言い切った。

「あそう」

だが、彼女がまだまだ元気だということは、それでよくわかった。

「まぁ、まだ闘うつもりなら、もう少し付き合うよ」

翡翠はこちらに顔を向けないまま頷くと、淡々と言った。

「いくら雲野であっても、長期戦は避けたいと考えているはず。となれば、どうしても自殺だと警察に結論づけてほしい。ここからは涼見梓の証言をどう変えるか、それを巡る闘いになります。彼は思い込みの激しい彼女の証言をコントロールし、靴下のことなど自殺を疑わせる証拠をすべて彼女の勘違いにさせようとするはずです。こちらはそれを防ぎつつ、梓さんから靴下が間違いなく吊るされていたはずだという証言を引き出しましょう」

「それでどうにかなるの?」

「何者かが曽根本さんの死後に靴下を持ち去ったことが決定的となれば、警察も重い腰を上げて捜査本部を立ち上げるでしょう。あとは、人海戦術で徹底的に探し出すだけです」

「なにを探すの?」

「物的証拠です。裁判に使えなくとも、家宅捜索さえできれば、わたしたちの勝ちです」

前回も、涼見梓がなにかを思い出せば自分たちの勝ちだ、と言っていなかっただろうか。

どことなく不安を覚えるが、真としては翡翠を信じて行動するしかなかった。

「そうと決まれば、作戦会議だね」

真は頷き、車のエンジンを始動させた。

＊

雲野泰典は、涼見梓の横顔を見ていた。

今日の梓は丹念にメイクをしたのだろう。鼻先に浮いたシミは消えており、肌は若さを取り戻したようにも見えた。ふっくらとした頬にはやはりコンプレックスがあったのか、髪型でうまくごまかされており、もとより童顔のせいか、今では実際の年齢よりも若く美しく見える。だが、雲野の妻を思わせる優しげな雰囲気だけは変わらない。梓は藍色《あいいろ》のパーティドレスに身を包んで、開いた胸元を真珠で飾っていた。

しばらく、彼女は硝子越しに夜の風景を眺めていた。

彼女の視線の先にあるのは、クルーズ船から見える煌びやかな夜景だった。レインボーブリッジがまとう虹色《にじいろ》の光を、梓は物珍しそうな表情で見つめている。最初、クルーズ船でのディナーに梓はひどく驚いたようだったが、彼女はすぐにこの景色の虜《とりこ》となったようだった。食事を終えて、好物のデザートを楽しむ間にも、ときどき手が止まって、こんなふうに夜景に視線を移している。

ラグジュアリーな内装は静けさに満ちており、フロアにいる客層にはカップルが目立つが、客席の間隔は充分に保たれていて、話し声はほとんど聞こえてこなかった。

そんな中で、雲野は梓へと優しく笑いかける。

「涼見さんには、東京湾の景色より、夜空の方がよかったかもしれないな」

「あ、いえ、そんなことないです」雲野を放ってぼんやりとしていたことに、負い目を感じたのかもしれない。梓ははっとしてこちらを向くと、焦ったような表情を浮かべた。「こんなの、目にしたことのない景色で、見とれてしまいます」

「でも、星空はお好きなのでしょう」

「あ、はい、ええ」梓は笑って、鼻先を擦る。「そのう……。幼いころ、父が山に連れていってくれて、キャンプをしたんです。あたし、東京生まれの東京育ちなものですから、そのときに見た夜空があまりにも綺麗で驚いちゃって、ずっと記憶に残っていて」

「なるほど、自然が生んだ美というわけですね」

「ええ、あれを超えるようなものを描くのが、目標なんですけれど」

稚い夢を語るようで恥じらいを覚えたのだろう。梓はやはり、雲野の妻を思わせるような笑顔を見せて俯《うつむ》く。それから、不思議そうに言った。

「あの、でも、よくわかりましたね。あたしが、星が好きだって」

「それは当然でしょう」雲野はシャンパンのグラスを微かに傾けながら言った。正確には、ノンアルコールのスパークリングワインだ。「わざわざ寒空の中、ベランダに出て天体観測をしていたわけですから。それに、涼見さんがネットに公開されている作品には、夜空をモチーフにしたものが多い。星占いが好きだとおっしゃっていましたし、あとはアクセサリーや時計にも」

雲野は、梓がしている金の腕時計に眼を向けた。

ほっそりとした腕によく似合うデザインで、文字盤を星と月の装飾が飾っている。やや子どもっぽく見えなくもないが、それが彼女の雰囲気に合っていた。

「流石、探偵ですね」

彼女は小さくはにかんだ。

「探偵業というよりは、刑事時代に培った観察眼ですかね」

「なるほど、観察眼。イラストレーターにも必要な能力です」

梓は居住まいを正した。

雲野の真似をしようとしたのだろうか、梓の視線がふらふらと雲野の全身を彷徨《さまよ》った。

すぐに、視線が一点に注がれる。

「その時計、きっと大事なものですよね？」

「ああ、ええ」

雲野は頷いた。ジャケットの袖からちらりと覗く、自分の腕時計に視線を落とす。

腕時計には、細かな傷がついている。雲野のスーツにも合う高級品ではあるものの、その微細な傷は明らかに長い年月を刻んでいることを教えていた。

「そうですね、これは、亡くなった妻が選んでくれたものなのです」

「奥さまが」

雲野は暫し、腕時計に眼を向けて、過去を懐かしんだ。これだけは、どうにも手放せない。

雲野の妻は病《やまい》で死んだ。あのときの雲野にもっと金があれば、結末は変わっていたかもしれない。妻を亡くしたあと、すべてを忘れ去るつもりで仕事に打ち込んだ。だが、ある捜査の最中に雲野は結婚指輪を紛失してしまった。あれほどの無念を雲野は知らない。彼女との思い出を繋ぎ止めるものといえば、もうこの腕時計しか残っていなかった。それを機会に雲野は刑事を辞めた。退職し、探偵事務所を立ち上げ、ここまで大きくし、金に不自由することはなくなったが、いざ金ができたところで、失ったものはもう戻ってこなかった。

雲野はその後悔を簡潔に語りながら、腕時計の表面を指先で撫で上げた。男物にしては珍しい革ベルトを使ったものだ。金属がまとわりつく感触が、雲野はあまり好みではなかった。革は劣化するので、ベルトだけは何度も新しくしているが、これも雲野の妻が選んでくれたモデルのものので、今では海外のメーカーから取り寄せなくては交換が難しい。だが、そのぶん愛着がある。

と――。

「あらら、社長さん。奇遇ですねぇ」

聞き覚えのある甘い声が響いて、雲野の意識が現実へと引き戻された。

はっとして振り向くと、若い女が雲野たちの席に近づいてくるのが見えた。

城塚翡翠――。

肩周りを花柄のレースで飾った、薄いピンクのパーティドレス。衣装に合わせてか、今日は眼鏡をかけていないようだ。ヒールを鳴らして、白いハンドバッグを提げている。彼女は首を傾げると、巻き毛を揺らしながら、こちらが止めに入るまでもなく、梓の隣の席に腰を下ろした。

「どうも、こんばんは。すてきな夜ですね」

「城塚さん――」

ひどくうんざりとした気分で、雲野は呻いた。

「どういうつもりだね」

「どうもこうも、食事を終えて、たまたま散歩をしていたら、見知った姿を見かけたので」

梓は驚いたように瞳を大きくして翡翠を見ていたが、翡翠の方は平然とした笑顔を返すばかりだった。

「ほう」湧き上がる怒りを抑えて、雲野は言った。「こんなところで、お一人で食事を?」

「ええ、そうなのです」翡翠は平然と言う。「ご存知ですか？　ここ、お食事もですが、カクテルが美味しいんですよ。著名なバーテンダーさんがいらっしゃるのです。それなのに、社長さんってば、シャンパンだなんてもったいないです」

ただでさえ目を惹《ひ》く美人だったが、今日はふんだんに着飾っており、異国めいた翠の双眸と相まって、隣にいる梓の存在が霞《かす》んでしまう。それがなにかしらの当てつけのようでもあった。

この女、またなにかを仕掛けてくる気だ——。

「涼見さん、先日はお電話をどうも。急に証言を変えられてしまったので、あれから大変だったんですよ?」

隣の梓へと、翡翠は美しい微笑を向けた。

「あの……、城塚さんは、刑事さん、ですよね? どうしてここに」

梓が不思議そうに翡翠に訊いた。雲野はすかさず言い放つ。

「涼見さん。この方は、厳密には刑事さんではないらしいですよ」

「そうなんですか? それじゃあ」

「どういうご職業なのか、私も知りたいところだね」

雲野の嫌味に、翡翠は肩を竦めた。

「わたしは、そうですねえ。うーん、諮問探偵、でしょうか」

「それは、世界に一人しかいない職業だ」

雲野が言うと、翡翠は眼をきょろりとさせた。

「あら、流石はナポレオンと呼ばれるだけあって、お詳しいみたい」

「なんのことかわからんが」

文学に詳しいわけではないが、そう呼ばれたのをきっかけにシャーロック・ホームズなら一通り読んだことがある。それにしても、この女はどこでその噂を嗅《か》ぎつけたのだろうか。二人のやりとりを、梓が唖然《あぜん》とした表情で見ていた。雲野は咳払《せきばら》いをして言う。

「それで……。わざわざこんなところで、いったいなんの用なんだね？」

「もちろん、事件のことです。ご安心ください。きちんと刑事さんたちに頼まれているお仕事ですから」

ウェイターがやってきて、翡翠に注文を訊ねた。

「ううーん、そうですね。なにかカクテルを、といきたいところですが、お仕事中なので……。では、サンドリヨンを」

それから、ハンドバッグを探って、中から畳まれたプリントを取り出す。

「こちらをご覧ください」

翡翠はそれをテーブルに広げてみせた。

なんらかのグラフが印刷されているが、なんのデータなのか、雲野にはわからない。

「これはなんだね」

「これはですねえ、曽根本さんの心拍数です」

「心拍数？」

「はい。曽根本さんが使っていたスマートウォッチを解析したものです。ご存知のとおり、あれには手首の脈拍を測る機能があって、常にデータを記録してくれているのです。これは、曽根本さんが亡くなった当日のデータです」

「曽根本がスマートウォッチを使っていたなんて、気づかなかったな」

「おや、そうでした？」

翡翠は意外そうに目を丸くする。

「まぁ、よろしいでしょう。ともかく、こちらのデータをご覧ください。徐々に脈拍が高くなっているのがわかると思います」

「これから自殺しようとしているわけだ。緊張して心拍数が上がったところで、なにも不思議はないだろう」

「それはおっしゃるとおりです。ですが、ここから先……。脈拍が急上昇したあと、五分ほどデータを計測できなかった時間があるようなのです」

「ほう」

「普通に考えれば、ここで曽根本さんが亡くなったと見るべきです。ところが、この五分後に、数分間だけですが、測定が再開されています」

雲野はグラフに視線を落とした。

なるほど、それはおそらく、曽根本が死んだ時間の記録だろう。

銃を突きつけられた緊張と、抵抗を示した一瞬で、最大限に脈が高まり、そして頭を撃ち抜かれたことで、脈が止まった――。

そして五分間の測定不能期間のあと、雲野がスマートウォッチを身につけたため、測定が再開されたのだ。つまり再開後の数分間は、曽根本ではなく雲野の脈拍を示していることになる。だが、こんなものはなんとでも説明できる。

「なんらかの不具合ではないかな。普通に考えれば、曽根本が死んだあとに脈拍を計測できるはずがない。となれば、この五分間は、単になにかの不具合で測定ができなかっただけなんだろう」

「不具合？」

「汗かなにかで、センサーが狂ったりしたのかもしれない」

「なるほど？　ところがですねえ」翡翠は首を傾げて、グラフを示す。「この五分間の空白のあとの計測では、脈拍がとても低くなっているんです。社長さんの言葉では、これから自殺するから緊張で脈が上がったのだろうということでした。ところが、測定再開後は急に低くなっているんです。これから死のうとしているのに、とても落ち着き払っているのは、どうしてでしょうか？」

「さて、いくらでも説明がつけられると思うが」雲野は溜息交じりに言った。「死を決意したことで、なにか安堵できるものがあったのかもしれない。人間というのは、要するにこの世界に絶望して死ぬわけだ。生きる苦しみから逃れることができると知って心に平穏が訪れた。そうは考えられないかね」

「うーん、本当にそうでしょうか」

「他にどう考えられるというんだ？」

「たとえば、これは犯人がスマートウォッチを装着したからだ、とは考えられませんか？」

「やれやれ」雲野は苦笑した。「なにを言い出すかと思えば、また他殺説か？」

「そうおっしゃらずに聞いてくださいよ」

翡翠はひらひらと金のバングルで飾った腕を振った。

「他殺だと仮定した場合、曽根本さんに自殺の意思はなかったわけですから、遺書を用意したのも、パソコンのデータを消したのも、犯人の仕業ということになります。ところが、ノートパソコンにはロックがかかっていまして、操作をするにはパスワードが必要だったのです。最新のノートだったので、警察の方でも解析をするのに時間がかかってしまいました」

「だとすると、なおさら他殺説はありえないのではないかな？」

「ところがですねぇ。曽根本さんのスマートウォッチには、便利な機能がありまして……。腕に装着している場合、連動したパソコンのロックを自動的に解除してくれるんですよ」

「ほう」

「起動したばかりだったり、長時間のスリープからの復帰だったり、一部の例外はあるようなのですが、スマートウォッチを装着した人間が近くにいれば、キーを触るだけでロックを解除できるんです。犯人は、この機能を利用したのではないでしょうか？」

「死んだ曽根本が近くにいたため、スマートウォッチがパソコンのロックを解除してくれたと？その機能は、人が死んでいても作動するのかな？」

「残念ながら、人間の生死を見分ける機能はないようです」

「それが、先ほどの五分の空白とどう関係するわけだ？」

「おそらく犯人は、この機能を使って遺書を作成しようとしたはずです。ところが、なんらかの理由で当てが外れてしまった。おそらく、センサーにまで遺体の血が流れてしまい、装着状態とは見なされなかったんでしょう。そこで仕方なく、犯人はウォッチを遺体から外し、自分の腕に装着した。パスコードの入力を求められたはずですが、身近な人間であれば盗み見ることはできますからね。実際、パスコードは曽根本さんの誕生日でしたし、突破は容易だったでしょう」

「なるほど」雲野は余裕を示すつもりで、合いの手を入れてやる。「曽根本が殺され、犯人が彼の時計を身につけるまでの間が、空白の五分間というわけか」

「はい。となると、空白の五分のあとに計測された脈拍は、犯人のものだと考えられるのです。それはとても殺人を犯したあととは思えない心拍数でした——。普通だったら、人を殺せば緊張とストレスで脈拍はかなり高くなることでしょう。ですが、この犯人は違う。とても冷徹で、平然とした顔で人を殺すような、残虐な心の持ち主です」

「とても面白い分析だ」

雲野は小さく拍手をした。

「だが、やはりそれは、そう考えることもできなくはない、といったレベルの話に聞こえるな。だいたい、殺人のあとも低い心拍のままでいられる人間がいるとは思えないよ。それともなにかな、決定的な証拠があるんだろうか？　たとえば腕時計に犯人の指紋が残っていたり、曽根本の遺体の腕に、腕時計を脱着した痕跡が残っていたり？」

「いいえ、残念ながらなにも――」

「それでは、妄想の域を出ない」

むっとしたような表情で、翡翠が押し黙る。

その一瞬の静寂の隙間を縫って、ウェイターが近づいてきた。

「お待たせいたしました。サンドリヨンです」

オレンジ色の液体が注がれたグラスを、翡翠の前に置く。

「すまないね」雲野は黙り込んでいた梓に笑いかけた。「せっかくのディナーだというのに、退屈させてしまって」

「いえ」梓は慌ててかぶりを振った。「あたしも無関係というわけではないですし、事件のことは気になっていましたから。それにドラマの中の探偵さんを見ているみたいで、わくわくします」

それから、気を利かせたみたいに、翡翠へと笑いかける。

もっと迷惑がってもいいと思うのだが、根が優しいのだろう。

「それは、オレンジジュースベースですか？」

翡翠はグラスを掲げて、梓へと微笑んだ。

「オレンジ、パイナップル、レモン果汁をシェイクしたノンアルコールカクテルです。シンデレラという名前の方が、伝わりやすいかもしれません」

「ああ、童話の。そんな名前のカクテルがあるんですね。あまり詳しくないもので……」

「お酒に強くない女性でも安心してカクテルを楽しめます。是非、午前零時を迎える前に飲んでみてください」

翡翠はそう言って、グラスに口をつけた。

それから、雲野の方を見て言う。

「確かに、わたしの先ほどの話は妄想の域を出ないものかもしれません。ですが、それを裏づける証言なら、あるのです」

妖《あや》しく煌めく翠の瞳を、雲野は静かに受け止めた。

なにかを仕掛けてくるつもりだ――。

雲野は瞬時にそれを察知して、こちらから出迎えた。

「なるほど。靴下か」

雲野の言葉に、ほんの一瞬だけ、翡翠は虚を突かれたようだった。

「ええ……。おっしゃるとおり、涼見さんが証言してくださった、靴下の件です」

「あの話も、私にはこじつけレベルのものに思えるがね。実際のところ、警察は捜査本部を立ち上げていない。まともに受け取っていない証拠だろう」

「ですが、靴下が消えていたことが確実となれば、それは現場に第三者、つまり殺人者がいたという紛れもない証拠になります」

翡翠はそこで言葉を区切ると、傍らの梓に眼を向けた。まるで女同士で内緒話をするときのように自然に身体を寄せると、テーブルの上に載せられている彼女の腕に掌《てのひら》を置く。女同士だからこそ可能な、ごく自然なボディタッチを織り交ぜて、翡翠は囁いた。

「梓さん――。あの夜、現場を目撃したとき、確かに窓には靴下が吊るされていたんですよね？」

雲野は反射的に口を開こうとして、気がつく。

なるほど。

翡翠の狙いが読めた。

小癪《こしゃく》な手を使ってくる。

これは涼見梓の証言の奪い合いだ。

城塚翡翠は、どうしても涼見が靴下を見たのだという確かな証言が欲しい。一方、雲野としては、梓の証言を否定せざるを得ない。酒を飲んで酔っていたのだから信憑性がない、という方向で証言を変えさせるしかないのだ。だが、ここで翡翠は搦め手を使ってきた。自分が涼見梓に少なからずの好意を抱いていることを見抜き、二人で過ごしているこの時間に攻略しに来たのだ。極端な話をすれば、「酔っ払いの言うことを信じるなんてどうかしている」と言ってしまえば切り崩せるものであっても、雲野からすれば梓の前でそんな言葉を口にするわけにはいかなくなる。翡翠はそこを攻めてきたのだ。

翡翠に身を寄せられた梓は、少し驚いたようだった。

「ええと、その、たぶん、なんですけれど――」

記憶を探るように眉根を寄せて、証言を口にしようとする。

「待ちたまえ」

雲野は低い声音で、梓の言葉をかき消す。

翡翠がこちらを見た。

「君は彼女の証言を誘導しようとしている。だいたい、犯人がいて靴下を持ち去っていくなど荒《こう》唐《とう》無《む》稽《けい》な話じゃないか。それとも、犯人が靴下を持ち去ったのだという、ありえそうにもない話を、客観的に証明できるのかね?」

だが、翡翠は雲野の言葉を待ち受けていたかのように、にやりと笑んだ。

「実はですね、落ちていたんです」

「落ちていた?」

雲野は、そこで初めて怪訝な顔をした。

翡翠は雲野の反応を見遣り、満足げに頷く。

「ソファの下に、靴下の片方が、ひとつだけ――」

その言葉を聞いて、瞬時に甦る記憶があった。

雲野はそれを見ている。

自分が曽根本の隙を作るために、言葉にもしていた。

曽根本。靴下がそんなところに転がってるぞ――。

それに対して、曽根本はこう答えたのだ。

干すときに見当たらなかったんで、どこへ行ったのかと思ってたんですよ――。

なるほど、犯行の直前だったので、失念してしまっていた。曽根本の言葉から、気づいてしかるべきでもあった。これは自分のミスだ。

となると、翡翠の攻め手は――。

「片方だけ、靴下が落ちていたのです。丸まっていたので、洗濯機から取り出したあと、運ぶ際に落としてしまったんでしょうね。気づかないうちに蹴飛《けと》ばすなりして、ソファの下に入り込んでしまった。そこまでは、よくあることです。ところが、ところがですよ。曽根本さんの部屋を隅々まで調べたのですが、これと対になる靴下が、家中どこにもないのです――」

予想どおりの言葉だった。

勝利を確信するような笑みと共に告げられて、雲野は思考を巡らせる。

「なるほど」

そう言葉を漏らしながら、時間を稼いだ。だが、その猶予すら赦さないというふうに、彼女が早口で言葉を捲《まく》し立《た》ててくる。

「靴下が片方だけしかない。そしてそして、円形ハンガーにはなにもかかっておらず、涼見さんは靴下のようなものが吊るされていた気がするので室内がよく見えなかった、と証言している。それで室内の様子が見えなかったのだとすると、複数の靴下が吊るされていた可能性が高いでしょう。これらを複合的に考えると、答えは明らかです。犯人は、円形ハンガーに吊るされていた靴下をなんらかの理由ですべて持ち去った――。ですが、ソファの下の靴下にまでは、注意が回らなかった――」

だが、ツキは雲野に向いていた。

ウェイターが近づいてきて、注文を訊ねてきた。

誰も注文をすることはなく、ウェイターは去っていったが、その空白の時間は翡翠の論理の勢いと説得力を削ぎ落とし、彼に思考の猶予を与えた。

雲野は梓を見た。

梓は、どこかしら不安そうな表情で雲野を見ている。

稼いだ時間を用いて、頭を回転させ、論理を組み立てていく。

これは、崩せる。

「その論理には、穴があるな」

「穴、ですか？　靴下だけに？」

雲野は笑った。

「勢い込みたくなる気持ちはわかるが、まぁ聞きたまえよ。はたして、靴下が片方だけしか存在しないからといって、犯人が靴下を持ち去ったと考えるのは性急というものではないだろうか？　靴下がソファの下に入り込んでしまったのが、最近のことだとどうして言える？　もっと昔に入り込んだまま見つけることができずにいて、片方だけしかない靴下を使い道がないものだと割り切り、曽根本自身が棄ててしまったという可能性をどうやって排除するんだ？」

翡翠は、雲野を睨みつけたまま、押し黙る。

「それとも当日に曽根本が靴下を購入したレシートが、たまたま見つかったりでもしたかな？」

そんなものが出てくれば、翡翠の論理を証明する立派な物証となり得る。だが、それはないだろうと雲野は踏んでいた。雲野が持ち去った曽根本の靴下は、新品のようにはまるで見えなかったからだ。

「いいえ」

案の定、翡翠はこちらを睨みながら、静かにかぶりを振った。

「ですが――。涼見さんの証言と組み合わせれば、少なくとも捜査本部を立ち上げるに足る、充分な証拠になり得ます」

「彼女は泥酔していたんだ。見たような気がするでは困る」

翡翠は傍らの梓に視線を向けた。

真剣な眼差しは、縋《すが》るようでもある。

「梓さん。どうですか。あの夜、あなたは窓に吊るされていた靴下を、確かに見たのではないですか――」

「それは――」

梓の表情を見る。

そこに隠れた感情を、雲野は読み取ろうとした。

このままでは、やはり見たと思う、と答えかねない。

雲野は咄嗟に立ち上がり、テーブルに身を乗り出した。

「梓さん」

そう優しく声をかけながら、テーブルの上にあった彼女の左腕をそっと片手で押さえた。先ほど翡翠がした仕草に似ているが、狙いは違う。

「酔うことは、誰にだってある。恥ずかしいことではないんだ。だが、慎重に答えた方がいい。城塚さんは、犯人が靴下を持ち去ったなどという、荒唐無稽な話を成立させるためにあなたを誘導しているのです。けれど、頭のいいあなたなら、そんなのは滑稽な話に過ぎないとおわかりになるでしょう」

「でも、あたし」

雲野は彼女を安堵させるように、優しく微笑みかける。

「梓さん、あなたの腕時計の文字盤ですが、それがローマ数字か、アラビア数字か、憶えているかな？」

雲野は彼女の瞳を見つめる。その言葉に、傍らの翡翠が微かに息を止めた気配が伝わった。雲野の狙いを知ったのだろう。そして、それがもたらす効果を恐れたに違いない。

「え？」

梓は視線を左手首の腕時計に向ける。だが、その時計を覆うように、雲野は彼女の手首を優しく摑んでいた。

「どうです？」

「どうだったかな……。たぶん、ローマ数字だったと思いますけれど」

雲野は微笑んだ。

「長い刑事人生で知ったことです。人間の記憶というのはひどく曖昧なものなのですよ。実際には見ていなくとも、思い込みで見たような気がしてしまう。そして、たとえ毎日見ているはずのものであっても、記憶に残らないこともある。これはあなたの注意力が散漫だという話ではありません。人間なら、誰でもそうなのです」

雲野は、梓の手首から手を離した。

腕時計の文字盤には、なんの数字も刻まれていない。

ただ、星と月があしらわれているだけだった。

「本当は靴下なんて、見えていなかったのです」

「梓さん」

焦ったように、翡翠が口を挟む。

「答えてください。靴下を見ましたね？」

「城塚さん」

呆れたように大仰な溜息をついて、雲野は告げた。

「いいかげん、そろそろ諦めて帰ってもらえないだろうか。デートの邪魔をしているというのが、わからないかな」

翡翠は縋るように梓を見ている。

梓は、雲野を見上げた。

その瞳が揺らぐ。

そうして、俯いた。

「あの……。あたし、なにも見てないです」

翡翠が慌てて言う。

「梓さん。それは違います。自信を持って」

「いえ、本当に。酔っていたので、いろいろと記憶違いがあると思いますし、確かなことはなにも言えないです。でも――」

梓はぽつりと言った。

「靴下なんて、最初からなかった気がするんです」

雲野の勝利の瞬間だった。

翡翠が、小さく舌打ちする。

雲野は席に腰を下ろした。

翡翠は唇を噛みしめると、溜息を漏らす。

「もう、お帰りください」

そう告げたのは、梓だった。

翡翠はグラスを手にすると、それを一気に呷る。

「午前零時に、魔法は途切れます。あなたは誰に魔法をかけられたのか、それをよく考えるべきです。その魔法使いは人を殺したとしても、顔色ひとつ変えない冷徹な殺人鬼かもしれませんよ」

翡翠は立ち上がって、雲野を見た。

「ところで、社長さん。心拍数の平均値をお伺いしても？」

「さて」

雲野は首を傾げた。

「最近は測っていないので、てんでわからないな」

翡翠は去っていく。

しばらく、沈黙が降りた。

「あの人、嫌いです」

少しして、梓がそう零す。

「あまり人のいい性格とは言えないだろうね」

「それに、なんだか、まるで……。雲野さんを、犯人にしたいみたいに見えました」

「本当に、失礼してしまうよ。彼女はなにか、妄想に取《と》り憑《つ》かれているんだろう。そんなことで犯人扱いされてしまったら、かなわない」

梓は力なく笑った。

「けれど、梓さんのおかげで助かった。ひょっとすると、星の導きかもしれない。私の窮地を救うために、星があなたを遣わしてくれたのかも」

雲野はおどけたように言って笑う。

その仕草が子どもっぽく見えたのだろう。

梓は片手で口元を押さえると、くすくすと笑った。

＊

クルーズの時間を終えて、雲野は梓を家まで送り届けた。

彼女は少しだけ名残惜《なごりお》しそうにしてくれたが、それは自分の証言がもたらす影響に不安を抱いていたからなのかもしれない。だが、雲野は焦らなかった。ここで彼女を誘うのは簡単だが、彼女とはもう少し長い付き合いができるようになりたい。意外と自分が慎重になっていることに驚くが、年齢のせいかもしれないなと雲野は自嘲《じちょう》した。とはいえ、明日が締め切りのイラストがあると言われなかったら、それも考えていたことだろう。

彼女の自宅の前、車の中で少しだけ話をした。

酒を控えたのは、この時間を作るためと言ってもいい。

薄暗く、狭い車内での二人きりの時間は、本音を聞き出すのに最適な場所だ。

「あたし、失恋をしたばかりなんです」

雲野は黙って、彼女の言葉の続きを待った。

「その、けっこう引き摺ったりしていて、いろいろと迷ったりもしていたんですけれど」

梓は雲野の眼を見なかった。車内のライトの僅かな光が、俯いた表情に影を落としている。

「その……。今日は、雲野さんがデートと言ってくださって、嬉しかったです」

「また誘っても？」

雲野の言葉に、梓は躊躇いがちに頷いた。彼女が顔を上げると、恥じらう表情が露《あら》わとなって、雲野の胸中を懐かしい思いで満たしていく。

雲野は彼女の姿が玄関に消えるのを見届けて、車を走らせた。

最初は、証言をコントロールすることが目的ではあった。だが、着飾った梓はやはり妻と似ていて魅力的な女性だった。彼女を自分のものにできれば、なにも描かれていない未来の展望図が、自分にも見えてくるかもしれない。妻を亡くしたときから、ただ暗澹《あんたん》と広がるだけとしか感じられなかった夜の光も、いつかは美しいと思うことができるようになるのだろう。

ふと、脳裏に、妻の顔がよぎっていく。

あの霊媒娘が告げた言葉も――。

自分が失くしたものとはなんだろう。

失ったことで、彼女が責めるようなものとは。

妻への愛だろうか？　それとも――。

新しい人生の目標を得ることを、妻はどう思うだろうか。

まぁ、どうでもいい。インチキ霊能力者の戯言《たわごと》だ。

これが終わったら、仕事は引退してもいい。そのための障害といえるものは、もはや城塚翡翠ただ一人だけ。

あと少しだ。邪魔はさせない。

ここでカードを切らせてもらうとしよう。

デートを邪魔されたというのは、憤慨《ふんがい》するに足る立派な理由になるだろう。

＊

「トランプのカードを、こんなふうに表と裏、ごちゃごちゃに交ぜてしまったことはありますか？」

千和崎真は、熱心な眼差しを、その小さなテーブルへと注いでいた。

客席側が弧を描くようにカーブしたテーブルで、鮮やかな緑の天鵞絨《ビロード》が敷かれている。その上に滑るように広げられていくのは、一組の赤いトランプだった。若い奇術師の優美な指先が、それを自在に操っていく様子を、真は見とれるように眺めていた。

マークと数字が描かれた表側と、赤い模様が敷き詰められた裏側。奇術師は一組のトランプを二つに分けると、表と裏を互い違いになるように噛み合わせていく。瞬《また》く間に、トランプは表と裏がバラバラの状態になってしまう。

奇術師は、若い女だ。

二十代半ばくらいで、長く艶《つや》やかな黒髪がよく似合っている。

あまり笑うことがないが、だからこそ、ここぞというときに見せる笑顔がたまらなく魅力的に見えた。

「お好きなカードを一枚、おっしゃって」

男性客が、ハートのクイーンと口にする。

それとほぼ同時に、奇術師が一組のトランプをテーブルへと広げていく。

虹を架けるような、静かな広げ方だった。だが、観客たちは徐々に気づいていく。表と裏を一緒くたに交ぜたはずなのに、虹が架かるようにテーブル上に広がるカードは、すべて裏側を向いている。

真ん中にある、ハートのクイーンを除いて。

拍手喝采《はくしゅかっさい》。

まるで魔法でも見ているような気分になって、真は拍手するのを忘れていた。

傍らの城塚翡翠を見ると、彼女は満足そうに笑顔を見せて手を叩いている。

翡翠が懇意にしている奇術師だという。カードの扱いにかけては、女性では類を見ないほどの手さばきということで、業界では名高いらしい。ショーがあるからと、翡翠に誘われて足を運んだというわけだ。十数人も入れば満席という、狭いバーを改装したような場所でのショーで、ときどき翡翠も名を偽って出演することがあった。知る人ぞ知る場所なのだろう。

なぜこんなことをしているかといえば、事件の捜査が頓挫《とんざ》しているためだ。警察内部に不審な動きがあって、翡翠の方にもストップがかかったという。おそらくは、雲野が伝手を通じて警察に圧力をかけたのだろう。そのせいで、雲野への尾行や監視もいっさいが中断されてしまい、翡翠も身動きが取れなくなってしまったらしい。

とはいえ前向きに考えるならば、こうした気分転換は大事だろう。こんなふうに翡翠と共にマジックのショーを観に行くことは稀《まれ》にある。先月も翡翠に連れられて、幽霊の扮装《ふんそう》をしたマジシャンだったり、ヌイグルミばかり使うマジシャンのショーを観てきた。そのときは、不思議さはもとより、腹を抱えて笑ってしまうような愉快な演目だったのだが、マジックにはこんな楽しみ方があるのかと驚かされたものである。

「カードを探し出すのと、表と裏が戻るのと、不思議なことが一度に続いてしまったので、よく把握できなかったかもしれませんね。落ち着いて観てみれば、大丈夫のはずです。もう一度、やってみましょう。そちらの女性の方、お願いをしてもよろしいでしょうか」

奇術師と視線が合って、真は身を硬くする。

彼女はこちらの緊張を解くように、にっこりと微笑んで言った。

「一から十三までの数で、お好きな数をおっしゃって」

「じゃあ、えっと、八で」

「ご覧のように、今のカードはすべて裏向きになっています」

女は伏せたままのカードを両手の間に広げて、観客たちに見せる。それから先ほどと同じように、表側の束と裏側の束にトランプを分けると、それを交ぜ合わせた。

「なにが起こるかは、もうおわかりですね？」

まさか、と真は思う。

「おっしゃった数字は、八でした」

奇術師が、テーブルにカードを広げていく。

緑の天鵞絨の上に、赤い虹が架かる。

すべてのカードは裏向きに揃っていて。

真ん中には、真が選んだ数字。

ハートの8、スペードの8、ダイヤの8、クラブの8——。

その四枚だけが、表を向いて整列していた。

わけがわからない。

真はそのあとも、テーブルを食い入るように見つめながら、ただただ拍手をしていた。

ショーは一時間もかからずに終わった。パーキングに車を駐めてあるが、翡翠がイルミネーションを観たいというので、夜の六本木をけやき坂の方まで歩くことにした。

歩きながら、気づけば真は、先ほどのショーの感想を熱く語っていた。

「ねぇ、オープニングのあれは、どうなってるの？　だってさ、元に戻すのとカードを見つけるのと、同時にやらなきゃいけないでしょう？　ぜんぜんわかんないんだけど。だってさ、え、交ぜてたよ？　四枚のカードを一瞬で見つけられるか？　一瞬だよ！　表を見てたわけじゃないのに！」

翡翠はそんな様子の真を見て、おかしそうに笑っているだけだ。

「しかも、二回同じことをしてたのに、ぜんぜんわかんなかった……。っていうかさ、腕時計のやつもそうでしょう？　何度も何度も、腕時計の下に移動したりするやつ。同じことの繰り返しだってわかってるのに、ひっかかっちゃって……。ああもう、最高に面白かったな！」

翡翠は両手を重ね合わせて、くすくすと笑う。

それから、真の方に眼を向けて、人差し指をぴんと立てながら言った。

「そうですね。繰り返しにこそ、奇術の神髄があるという見方もあります。普通であれば、同じ奇術は繰り返さないことが得策です。なぜなら、これからなにが起こるかを知られてしまうと、見破られてしまう可能性が高いからです」

「でも、ぜんぜんわかんなかったよ」

「そう、優れた奇術師は、その状況すらも利用します。たとえ同じ現象であろうと、そしてたとえ仕掛けを知られたとしても、手を替え品を替えて、観客を魅了するのが奇術師というものです。同じことが繰り返され、なにが起こるかは自明となり、客席にいる者たちは思うことでしょう。タネがばれているのに、どう騙すつもりなのか？　ですが、それこそが盲点なのです。知っているからこそ、繰り返しだからこそ、わたしたちは魔法の只中に迷い込んでいる……」

いつも、奇術を語るときの翡翠は饒舌で、楽しげに笑う。

ここのところ苦悩が続いていたので、彼女のこんな表情を見るのは随分と久しぶりになるかもしれない。

真は歩きながら、翡翠の言葉を咀嚼《そしゃく》した。確かに、同じパターンの奇術かと思えば、微妙に変えて攻めてくる。オープニングのマジックを例にするなら、最初は一枚のカードだけが表側になっていたが、次は四枚のカードが揃って出てきた。そこまでは想像もしていなかったからこそ、不意を突かれるし、見えなくなっていたこともあるのだろう。

夜の街を飾る、冬のイルミネーションが見えてきた。

翡翠は青白く輝く樹木に近づき、遠くの東京タワーへとスマホを掲げている。

けれど、気のせいだろうか。

心なしか、今日の翡翠は、無理にはしゃいでいるようにも見えるのだ。

真は言った。

「もういいんじゃないの」

「なにがです？」

距離が離れていたので、聞こえづらかったのだろう。

翡翠がこちらを見て、首を傾げている。

真は近づいて言った。

「諦めたら？　今回ばかりは、相手が悪すぎるでしょう」

いくら探しても証拠はない。

論理には論理で返される。

頼みの目撃者はなにも思い返さず。

警察官僚を通して圧力までかけてきた。

翡翠は、イルミネーションを収めるために掲げていたスマホを下げた。

コートのポケットに両手を押し込んで、寂しげな表情で真を見遣る。

嫌な予感がするのだ。

あれは、本当に人を殺してもなんとも思わない人間だろう。

これ以上、迂闊《うかつ》に近づけば――。

「わたしが殺される、と？」

「まさか」

真は笑った。

それはないだろう。城塚翡翠という女は、たとえ殺しても死ななそうな女だ。

けれど、万が一ということも、ありえるだろう。

「真ちゃんは、もう終わりにしたいですか？」

真は、暫し逡巡《しゅんじゅん》した。静かにかぶりを振る。

「わからない。けれど、あなたはどうしてそこまで事件に固執するの？」

翡翠は押し黙った。ちらりと、片手を持ち上げて腕時計を確認している。

それから、木々を彩《いろど》る美しい雪景色を模した光を、眩《まぶ》しそうに見上げる。

「やりきれないですね」

翡翠は呟《つぶや》く。

「他人の人生を惨《むご》たらしく奪った人間が、悠々と生きていく世の中というのは」

「それは、そうだけれど」

「過去はどうあれ、曽根本さんは更生されていたようです。動機が推測どおりなら、彼の正義感は賞賛に値するべきものでしょう。これから先の長い人生において、彼の正義に救われた人が、必ずいたはずです」

真はやりきれない気持ちになって頷く。

「雲野は、今回のやり口で味を占めたはずです。ここで取り逃がせば、おそらくは今後も殺人に手を染めることがあるでしょう。わたしたちは、救えたはずの命を失うことになる……」

翡翠はじっとイルミネーションを見つめていた。

「だから、理由があるとするならば」

翡翠がぽつりと言葉を漏らす。

「それは、わたしが探偵だからなのでしょう」

その言葉は、答えになっていないような気がするが、理解できる部分もあった。

それが城塚翡翠の正義なのだろう。

言葉はもうない。

真は彼女に近づいて、その髪を撫でてやる。

翡翠は驚いたのか、眼をしばたたかせた。

「なんです？」

きょとんとしている彼女の前髪をいじって、真は笑う。

「そうだね。あんたって、そういうやつなんだ。だから、どうしても闘うっていうなら、最後まで付き合う。それが、わたしの役割だもの」

翡翠は、もう一度眼をしばたたかせて、真を見上げた。

「変なことを言ってごめん。それじゃ、今日くらいは事件のことを忘れて、マジックの話を聞かせて」

どうしても決め手が見つからないのか、ここのところの翡翠はずっと悩み苦しんでいる。真には、そんなふうに見えていた。けれど、今日みたいにマジックの話をしているときの翡翠は、抱える宿命などというものとは無縁の、明るく笑う普通の娘のようだ。

自分は、そういう話をしているときの翡翠の表情が、好きだ。

「真ちゃん……」

翡翠は小さくはにかんだ。

「そうですね。マジックの話でもしましょう。今日の彼女はおそらく、繰り返しの手順でどれだけ観客を楽しませることができるのか、それに挑戦していたのでしょう。全体的なルーティンを見るに、そうしたもので構成されていたのがわかります。真ちゃんの反応を見るに、大成功だったといえますね」

「ひっかかりやすいってこと？　もしかして、馬鹿にしてる？」

「そんなことはないですよ？」

翡翠はくすくす笑った。

「まぁ、多少の自覚はあるけれど。自分の腕時計の下から出てきたときは、びっくりしたよ」

最初は、選んだカードが奇術師の腕時計にいつの間にか挟まれている、という演目だった。怪しいので外しましょう、と腕時計は外されて脇に置かれていたのだが、しばらくすると、カードはそこの下に移動している。その次には真が嵌めていた腕時計に挟まれており、最後には――。

「あの子の腕時計、ちょっと変わったデザインだったでしょう。仕掛けがありそうだと思って注目してたんだけれど、まさか自分の腕時計とは……。灯台もと暗しってやつだよね……」

真が笑いかける。

だが、翡翠は笑わない。

真を見ていた。

いや、こちらを見ているようで、見ていないような……。

時が静止しているような、そんな双眸だった。

「翡翠？」

大きな瞳が、スローモーションのように、まばたきを繰り返した。

「灯台もと暗し……」

翡翠が呟き、その翠の瞳を妖しく煌めかせる。

「どうしたの？」

「真ちゃん！」

ぱっと表情を輝かせた翡翠が、こちらへと飛び込んでくる。

真は慌てて彼女を受け止めた。

小柄な体軀《たいく》であっても、勢いは凄《すさ》まじい。真はどうにか倒れないよう、踏ん張る。

「なに？」

「それですよ！」

手を両手で握り締められて、ぶんぶんと振られる。

「は？　なに？」

「ちゃーらーん」

翡翠は真から躍り出るようにして離れると、ヴァイオリンを弾く仕草をした。

またシャーロック・ホームズの真似か。

だとすると。

「え、ちょっと、唐突すぎてわからないけれど、まさか」

翡翠は真に視線を向けながら、ゆっくりと後退する。

それから、彼女は片手を掲げた。

ぱちん、と指が鳴らされて。

イルミネーションの光が、消失する。

周囲が唐突に薄闇に包まれ、真は息を呑んだ。

これはなんの魔法だ？

いや、もちろん、翡翠がイルミネーションを消したわけではありえない。

だとすると、そうか、消灯の時間か――。

夜の街の光を身にまとい、翡翠はまるでステージ上に立っているかのように一礼した。

「さてさて、紳士淑女の皆さま、たいへん長らくお待たせしました。解決編です」

真は自身の鼓動が興奮に高鳴っていくのを感じる。

翡翠は、たった一人の観客である真を前にして、とくとくと語り出した。

「一筋縄ではいかない相手でしたが、どうにか反撃の糸口を見つけることができそうです。決して物的証拠を現場に残さない犯人を相手にして、はたして、いったいなにが雲野泰典を追い詰める決定的証拠になり得るのか――。ヒントは、こちら」

翡翠は、ポケットからそれを取り出した。

「あっ、こら、いつの間に！」

慌てて近づいて、真は翡翠の手からそれをひったくる。

「こちらがおわかりの賢明な皆さんには、別の問題を出しておきましょう」

翡翠はけらけらと笑いながら、真から離れる。

彼女は肩越しに、真を振り返った。

翡翠は両手の五指を合わせると、その先端が真へ向けられるように突き出す。

「犯人は自明。ただし、わたしはこう問いかけましょう。はたして、あなたは探偵の推理を推理することができますか？」

夜闇に翠の双眸を輝かせ、城塚翡翠が挑戦する。

「わたしは応接室での雲野との対話で、この男が犯人だと確信しました。わたしがなぜそう思うに至ったか、皆さんも雲野の致命的なミスを推理してみてください。それも簡単な問題だという方には、件の靴下の話を――。雲野が、どうして靴下を持ち去らなければならなかったのか、考えてみると面白いかもしれませんね」

これらの情報から、翡翠は真に推理をしてみろと言っているのだろう。

「そして、すべてが解けた方には、この言葉を贈りましょう――」

翡翠が、流麗な英語を口にする。

「"What done it"」

それが意味するところは――。

いたずらっぽい表情で、城塚翡翠が笑う。

「さて、これから、なんとしても涼見梓に犯人の顔を思い出してもらうため、ある作戦を仕掛けようと思います。奇術師の彼女にも、特別に協力してもらいましょう。これはちょっと、面白いことになりますよ」

たぶん、コートが邪魔だったのだろう。

透明なスカートを摘まむ仕草と共に。

「ではでは、城塚翡翠でした」

なんだろう。なんとなく、嫌な予感がするなと思いながら。

千和崎真は、一礼する翡翠の姿を見つめていた。

*

涼見梓との交際は、順調に進んでいると言っていいだろう。

そんな最中、少し意外なことではあったが、雲野の下へと梓の方からデートの誘いが届いた。城塚翡翠から、この前の失礼の謝罪としてマジックショーの招待状が届いたという。

翡翠の名前が出たところでうさんくさかったが、梓の方はこの手のショーに興味があったらしく、乗り気のようだった。年齢に似合わず、夢見がちなところのある女性だ。うまく利用されているような気がするが、梓からの誘いを無下にするわけにもいかない。

だが、それよりも気がかりだったのは、梓が電話越しに言っていたことだった。

『あの……、あたし、城塚さんに言われて、思い出したことがあるんです』

「思い出したこと?」

『その……。事件で見たことについて。それで考えたんですけれど、雲野さんにも、きちんとお話をした方がいいと思って』

思っていたより深刻な色合いの声が響いて、雲野は問いただした。

「なにを思い出したのかな?」

『あの、実際に会ってから、お話をさせてもらえないでしょうか。うまく説明しづらくて。ショーが終わったあと、うちに来てもらえますと……。実際に、ベランダから一緒に見てほしいんです』

梓は、なにを思い出したというのだろう? それ以上、彼女は語ろうとはしなかった。となれば、マジックを観たあとに実際に訊ねてみるしかない。雲野は最悪のケースを想定した。もしなにかの弾みで、梓が犯人の顔を思い出していたとしたら? 梓は自分に好意を抱いてくれている。もしかすると、警察に言う前に自分に相談するといった可能性もなくはないだろう。だとしたら——。

そのときは、彼女を殺すしかない。

ショーは、六本木の小さなバーで行われるらしい。夜になって、出版社で打ち合わせをしていたという梓と合流し、車を走らせた。こちらの思いすごしなのか、梓は思い詰めた様子もなく、むしろ上機嫌だった。訊ねると、好きな作家の本の表紙を任せてもらったのだという。近くのパーキングに車を駐めて、店までの夜道を歩いた。二人の距離が縮まったことを示すみたいに、梓は雲野の腕に手を回して歩いてくれた。

かなり小規模なショーらしく、店内はひどく狭かった。客席の間隔は詰められていて、満席のために息苦しいほどだ。梓に訊いてみると、人気のマジシャンらしく、チケットが入手しづらいらしい。クロースアップマジックという、目の前でマジックが観られる形式で、マジシャンが使うのだろう、半月形に似たテーブルを間近にした最前席に二人は腰掛けることができた。

ショーが始まるまでの間、雲野は梓に訊ねた。

「それで、思い出したことというのは？」

ポールハンガーにコートを掛けてきてくれた梓は、席に着くと真剣な表情を見せた。

「その、実は……。靴下のことなんです」

「城塚さんの言葉を真に受ける必要はないんだよ」

「でも……、やっぱり、あたし、靴下を見たと思うんです」

訴えるように、梓は言った。

「あのときは、あたし、怒ってああ言ってしまったんですけれど、やっぱり、なんだか気になって……。もし殺人事件だとしたら、あたし、犯人の顔をどうにかして思い出さないと。だって、そうでないと、雲野さんが疑われちゃうでしょう？」

「それはそうかもしれないが……」

なるほど、と雲野は城塚翡翠の狙いを理解した。今度は梓の不安を誘う作戦に出たのだろう。自分が思い出さないと雲野が誤認逮捕されてしまうかもしれない、などと梓に思わせることで、なにがなんでも犯人の顔を思い出す気にさせるつもりなのだ。

雲野は、どのように梓を言いくるめるべきか考えていた。だが、名案が思いつくよりも早く、室内の照明が落ちる。

ショーが始まってしまったらしい。

現れたマジシャンは、若い娘だった。

まだ二十代の半ばくらいだろう。長くしっとりとした黒髪が印象的な娘で、あまり笑顔を見せることがなかったが、そのことが不必要に客に媚びるふうではなく、雲野には好感が持てた。それでいてここぞというときには、いたずらっぽい笑顔を見せたり、高度なジョークを挟んだりするものだから、そのギャップが魅力のひとつなのだろう。丁寧な口調と物腰は、どこか美術館のキュレーターを連想させるようで、クールな佇まいからは洗練された指さばきでカードを扱っているのがよくわかる。使う道具はトランプが中心だったが、ロープやカップなど、マジックという言葉から連想されるものもいろいろと出てきた。美術品代わりに、様々な不可思議を上品に紹介してもらっているような感覚がある。こんな狭い場所で若い女のやることだからと油断していたが、間違いなく一流の芸だと雲野は考えを改めた。

その、途中の演目のことである。

奇術師は、テーブルの向こうの椅子に腰掛けて、ゆっくりと客席を見渡した。一人一人と視線を合わせるようにしながら、話を切り出す。

「前にテレビで観たドラマの話なのですが」

そう前置きをして、始まった。

「通行人が、あるひき逃げの現場を目撃するのです。彼は確かに走り去る車を見ていたのですが、気が動転するあまり、車のナンバープレートの文字が思い出せない」

女は、静かに客席に語りかけた。いったいなにが始まるのだろうと、興味と好奇心に周囲の観客が息を呑んでいるのが気配で伝わる。

「そこで登場したＦＢＩの捜査官が、催眠術と心理療法を用いて、目撃者の記憶を探ろうとするのです。わたしたちの頭脳は無意識に様々なことを記憶していて、それにアクセスするのが難しいだけなのだと。あとで気になって調べてみたら、海外ではそうした手法で目撃者の記憶を呼び起こした事例があるそうなんです」

雲野は息を止めて女を見つめた。

女はそこで、いたずらっぽい笑みを浮かべる。

「あ、うさんくさいなって思いました？」

奇術師の娘は首を傾げると、余興を提案するみたいに言った。

「それでは、そのお話を再現できないか、わたしたちで少し実験してみませんか？」

女はトランプのケースから、一組のカードを取り出した。

それを切り交ぜながら、周囲に視線を巡らせる。

奇術師の視線が、梓に向いた。

「そちらの女性の方に、お手伝いをしていただきたいのです」

「あ、はい」

梓が腰を浮かせようとする。奇術師は微笑んだ。

「お座りになったままで結構ですよ。このようにテーブルにカードを広げますので、なにか気になる点がないか、ご覧になってください」

梓は不思議そうな顔をした。

奇術師の娘は、手にしたトランプを緑の天鵞絨の上へと線を描くように広げていく。表を向いたカードが、まるで虹でも架かるかのようにカーブを描きながら一枚一枚整列していった。

当然のことだが、交ぜられたトランプは極めて不規則に並んでいる。

梓は怪訝そうに、そのカードの表面を見た。

「気になる点って言われても」

十秒も経《た》たなかっただろう。

奇術師は広げたカードを集めて、ケースに仕舞ってしまった。

「今、お客さまには、トランプの並びを見ていただきました。普通、一瞬で記憶するのは難しいのですが、無意識の情報として、脳には刻まれたはずです」

「そんな」

慌てたように梓が言う。奇術師は梓を安堵させるみたいに微笑みかけた。

「大丈夫ですよ。さて、そちらのお客さま、よろしいでしょうか」

奇術師が、今度は雲野を見た。

雲野は頷く。

「なにかひとつ、好きなカードをおっしゃってください。ジョーカー以外で」

雲野は僅かな間、考えた。

いったいなにをさせるつもりだろう。

「では、クラブのキングで」

「クラブのキング」

明瞭な声で、客席の隅々にまで届くように、女が雲野のリクエストを繰り返す。

「さて、こちらの女性のお客さまには、先ほどカードの並んだ光景を見ていただきました。

まぁ、普通は憶えているはずがないのですが、先ほどのＦＢＩの話を踏まえて、ちょっと挑戦してみましょう。もしかすると、無意識に刻まれた情報を引っ張り出せるかも」

そんなのは無理に決まっている。

誰もがそれを承知していたから、冗談と受け取って、客席がちょっとした笑いに包まれた。

「今から、クラブのキングが何枚目にあったのか、思い出してもらいましょう。方法は簡単なんです。眼を閉ざして、カードが並んださっきの景色を思い出して……」

まるで催眠術師のように、声に抑揚《よくよう》をつけながら、女が梓に語りかけた。

梓は半信半疑のまま、小さく笑いすら零しながら、言われたとおりに瞼を閉ざす。

「深呼吸をしましょう。吸って……。吐いて……。難しいコツはありません。直感で結構です。クラブのキングが何枚目にあるのか。わたしが指を鳴らしたら、ぱっと思いついた数字をおっしゃってください」

女が指を鳴らす。

「十八」

「十八枚目ですね」

奇術師の娘は、よく手入れされた人差し指で唇の端を撫で上げる。

「えっと、ほんとに直感でいいの？　その、なんとなく浮かんだ数字なんだけど」

梓は眼を開けて不安そうに言った。

「自信を持って大丈夫ですよ。人間の無意識の力は、とてもすごいのです」

少しおどけたふうに、奇術師の娘が笑いかける。

「では十八枚目。そちらのお客さま、ケースを手に取って、カードを取り出していただけますか？」

言われて、雲野はテーブル上に置かれていたケースを取った。

まさか、ありえない。

雲野はケースからトランプを抜き出す。

「さてさて、人間の無意識の力を確かめるために、一枚一枚、声に出しながら数えてみましょう。テーブルにカードを表に向けながら、ゆっくりと重ねるように配ってください」

指示どおりに、雲野はカードを配る。

一枚一枚、山札からカードを取って、テーブルに重ねていった。

奇術師の女と、雲野の声が唱和する。

「十四、十五、十六、十七、十八枚目……」

雲野は十八枚目のカードを手に取った。

まだ、それは雲野の指先に挟まれて、伏せられたまま。

「さぁ、十八枚目のカードです。ゆっくりと捲って、他のお客さまにも見えるよう、皆さんへ掲げてください――」

馬鹿な。

ありえない。

そんなはずがない。

最大限の緊張の高まりを示すように、この場を静寂が支配する。

雲野はカードを捲り、表を確認した。

クラブのキングだった。

驚愕《きょうがく》しながら、指示どおりにカードを掲げる。

雲野と梓の唖然とした表情は、狭い店内でよく見えたことだろう。

二人の驚愕は瞬く間に他の観客たちに伝播《でんぱ》していき、歓声が上がった。

「素晴らしい記憶力です」

奇術師の娘が驚きはしゃぐ梓を讃える。

拍手が、熱狂と共に雲野たちを包んでいた。

＊

車を走らせている間にも、雲野はあのときのことを振り返っていた。

あんなのは不可能だ。

雲野がクラブのキングと告げて、梓が十八枚目だと答えた間に、奇術師の娘はいっさいトランプに触れることがなかった。いや、間どころじゃない。梓が十八と答えたあとも、奇術師はまったくトランプに触っていない。雲野がこの手でケースから山札を取り出し、一枚一枚、数えて配ったのだ。その事実に間違いはない。目にも留まらぬ早業で、クラブのキングをどこからともなく取り出し、十八枚目に差し込むなどということは絶対にできない。配る間に出てきたカードはすべてバラバラで、たとえばすべてがクラブのキングだったということもありえない。

だとすると、正解は――。

ショーが終わったあと、梓は感動したように、あの奇術師に声をかけていた。

雲野はそのときの会話を思い出す。

「あの、さっきのあれは、本当なんですか？」

奇術師の娘は、周囲を見渡すと、そっと秘密を打ち明けるように、人差し指を自身の唇に添えて言った。

「実は、普通なら失敗する演出なのです。ですが、たまに本当に記憶力のよい方がいらっしゃって、無意識の力を引き出して成功することがあります。今回もそうだったのでしょう。あのFBIのお話は本当です。瞼を閉ざして、直感的に思い浮かんだ景色が正解だ、というやり方なのですが……。たぶん、お客さまは、見た景色を記憶する力に優れていらっしゃったのでしょう」

「あの、実は、イラストレーターをしていて」

「物をよく観察なさるお仕事ですね」

納得したように、奇術師は頷く。

「あの、どうしても思い出したい景色があって。酔っ払っていたので、憶えていないんですが、それも、さっきのやり方で思い出せるでしょうか」

「そうですね」奇術師の娘は首を傾げた。「保証はできませんが、なるべく当時の状況を再現なさった方がいいかもしれません。酔っていらしたのなら、アルコールを摂取して、その景色を見たのと同じ時間、同じ場所に立つ。あとは瞼を閉ざして、直感に従うだけです」

雲野は確信していた。

これは、城塚翡翠が仕掛けた罠だ。

確かにあの奇術は不思議だ。まるで梓が本当に無意識の記憶を甦らせたとしか思えない。だが、雲野が騙されているだけで、なにかしらの奇術的な方法が隠されている可能性だってある。皆目見当がつかないが、しかしそれはどうでもいい。そこは問題ではないのだ。

問題なのは、梓がそれを信じかけている――という事実だ。

梓は、雲野のために犯人の顔を思い出そうとしている。やはり、雲野が疑われないためには犯人の顔を思い出すことが必要なのだ、とでも吹き込まれたに違いない。梓は自分が靴下を見たという確信がある。それが現場から消えているということは、事件は他殺であり犯人が存在するということだ。梓はその論理を、あのときの会話で聞いてしまっている。となれば、雲野への疑いを解消するには、梓自身が犯人の顔を思い出さなくてはならない。それは善意からの行動。雲野への好意からの行動だ。梓が自分から犯人の顔を思い出そうとするように仕向ける――。それが翡翠の狙いだ。

恐ろしいのは、あの女奇術師の話が本当だったケースだ。

梓にそういう力があって、本当に犯人の顔を思い出してしまうかもしれない。

梓がイラストレーターだからというところも、信憑性を増しているようで気に食わない。

それは雲野にとって、最悪の結末を意味する。

「私は、あんなのはただのトリックだと思うな」

梓の自宅へと二人で向かう車内で、ハンドルを握ったまま雲野は言った。

どうにか目的地を変えさせようとしたが、梓は自宅へ帰ると言って頑なに聞かない。

「でも、あのマジシャンの子の言うとおりだとしか思えないんです」梓は真剣な表情で、フロントガラスの向こうを見ている。雲野がコンビニで買ってきたホットミルクティーの缶を、大事そうに両手で包んでいた。「あたし、確かに記憶力だけはよくって。あ、絵に起こすときに限るんですけど。でも、なんか今なら、あのときの光景を思い出せるような気がしていて」

「もし殺人なのだとしたら、それは恐ろしい光景かもしれない。君がそこまでする必要があるだろうか？」

「それで雲野さんへの疑いが晴れるなら、挑戦する価値はあると思うんです。ちょっとベランダに出て、瞼を閉ざすだけだもの」

梓の黒い瞳からは、決意の固さが覗《うかが》えた。

万が一、梓があの光景を思い出したら――。

いや、ありえない。だが、ありえないと言い切ることができるか？

「雲野さん？」

「ああ」

気がつけば、雲野は梓の家の前で車を駐めていた。

ビルの傍らには使われていない駐車スペースがあり、そこに駐められるという。

「あのう、あたし、先に戻ってます。エアコンを入れて、部屋を暖めなくっちゃ……。すみません、駐車をお任せしちゃって」

「なに、構わないさ」

車を駐車し、暗くなった車内から、隠してあった拳銃を取り出す。

雲野は暫し逡巡していた。もちろん、できることなら、殺したくはない。だが、万が一、そうせざるをえないときは、覚悟を決めるしかないだろう。

梓を追って、雑居ビルの階段を上った。

梓の家のダイニングルームで、二人は乾杯をした。

梓が用意してくれたワインだった。

アルコールを出してきたということは、梓には雲野を受け入れる準備ができているのだろう。

だが、雲野としては懸念で胸がいっぱいだった。彼女は思い出すだろうか、思い出さないだろうか。普通は思い出すはずがない。だが、万が一――。

梓は上機嫌でワインを口にしていたが、やがて切り出してきた。

「雲野さん、そろそろベランダに出ませんか？」

「梓――。やっぱり、やめておかないか。なにも今日することは」

「どうしても気になってしまって。これじゃ、明日からの仕事に集中できないから」

梓は屈託なく笑う。

「それに、あたし、雲野さんの力になりたいの。こんなによくしてもらって、なにかしてあげなきゃ、釣り合いが取れないもの」

だめだ。城塚翡翠の狙いどおりに、梓は雲野のためにあの光景を思い出そうとしている。どのように説得するべきか、その思考の僅かな時間に、梓は立ち上がった。

「ベランダ、三階です」

彼女は笑いながら言った。

「梓、待つんだ」

だが、彼女は身を翻《ひるがえ》して廊下に出ていく。雲野は慌てて彼女を追いかけた。

「大丈夫ですってば。あたしが犯人を思い出せば、あの女はもうなにも言ってきませんって」

酔っているのか、くすくすと声を漏らしながら、軽い足取りで階段を上っていく。雲野は彼女を追った。部屋の扉が開いていて、彼女はそこに姿を消す。仕事部屋のようで、デスクの上に大きなタブレット型ＰＣが設置されている。壁際には書架が並んでいて、資料に使うのか大きな判型の本がたくさん詰まっていた。

ベランダに通じる窓を開けて、梓はそこに佇んでいた。

「梓、無理をすることはない」

冷たい夜風が、雲野の頬を撫でていく。

ベランダは広めで、小さな椅子とテーブルが置かれている。なるほど、ここで酒を飲んで星を見ていたのか。この場所からなら、確かに曽根本が住んでいたマンションがよく見える。

雲野は梓の肩に手を置いた。

ベランダに佇む彼女の横顔を、覗き込む。

梓は、眼を閉じている。

深呼吸をしていた。

「梓――」

彼女の瞳が開かれる。

驚愕と畏怖《いふ》が入り交じったような漆黒の瞳が、雲野の姿を捉えて揺らいだ。

「雲野さん」

まさか、と畏怖した。

「なにか……。思い出したのか」

梓はなにも答えない。

ただ、身体をふらつかせるように、一歩を下がった。

「えっと」

彼女の唇から声が漏れる。

「いえ、その」

微かに唇が青ざめて震えているのは、寒さのせいではないのだろう。

仕方ない。

殺すしかない。

銃は、雲野の腰の後ろに収まっている。

雲野は筋書きを考えた。目撃者の死となれば、事故や自殺を装っても不自然だろう。ならば潔く銃を使う方がいい。曽根本を射殺した犯人が、自分を目撃した女を探し当てて殺す。

大丈夫。雲野が関与している物証さえ残さなければいい。

車で来てしまったのはまずかったが、このまま彼女を放置するわけにはいかない。

惜しくはあるが、自分が本気になればもっと若くて美しい女を手に入れることができるだろう。いや、そもそも自分が愛しているのは、今もこれからも亡くなった妻だけだ。そう、梓に固執する理由はない。

「あたし、なにも思い出してません」

慌てたように、梓が言う。

「それはなによりだ」

雲野は腰の後ろへと、静かに手を回す。

そのとき、インターフォンが鳴った。

雲野は動きを止めた。インターフォンが再度鳴る。

はっと我に返ったように、梓が声を上げた。

「あ、はーい。今出ます！」

梓が部屋を飛び出していく。まずい。だが、雲野は動くことができなかった。第三者が来たタイミングで、撃ち殺すわけにはいかない。だとしたら、訪問者ごと始末するべきか？　それとも、訪問者に罪をなすりつけるべきか？

ベランダにいるせいか、外の声が辛うじて聞こえてきた。

「あのぅ。夜分遅くにすみません。城塚と申しますぅ」

よりにもよって、来たのはあの女か——！

雲野は梓を追って慌てて階段を下りた。二階にある玄関へと駆け足で向かう。犯人の顔を思い出したと伝えられては面倒だ。

玄関の扉を開けて立っていたのは、ベージュのコートに身を包んだ城塚翡翠だった。梓が応対しているが、なにかを翡翠に伝えた様子は覗えない。雲野は警戒しながら廊下を歩んで、翡翠の下へと近づく。

「あらら、社長さん。奇遇ですね」

柔らかな巻き毛を揺らして、翡翠が首を傾げた。

今日も眼鏡をかけておらず、翠の瞳が鋭く雲野を射貫いている。

「さて、どうだろうね。私には君の計算どおりに思えるんだが」

「なんのお話でしょう？」

翡翠はそう言ってとぼけた。

「あの、なんのご用でしょうか」

警戒するように言ったのは梓だった。その言葉に翡翠が笑いかける。

「中にお邪魔させていただけませんでしょうか。外はどうにも寒くて」

「もう遅い時間だ。失礼だとは思わないか」

雲野の言葉を、翡翠は無視した。

「お願いします。大事なお話なのです」

梓は躊躇ったようだが、静かに頷いた。

ドアを開け放ち、翡翠を室内へと招く。

翡翠はブーツを脱ぐために、片足立ちになった。

「よっと……。あらっ？　あわわっ」

バランスを崩して、翡翠が前につんのめる。

支えを求めた手が、雲野の腕を摑んだ。

慌てて、雲野は彼女を引き離す。

「ひどい」

翡翠は唇を尖らせて、雲野を睨んだ。

「どうせ、わざとなのだろう？」

この女のことだ。なにを考えているかわからない。雲野の腰に手を回されてしまったら、拳銃の存在に気づかれてしまう。

翡翠は唇を尖らせたまま、ストッキングに包まれた爪先《つまさき》でスリッパを突っかけた。

「あの、こちらへどうぞ」

「梓――」

「だって、せっかく来てくださったんですし、マジックを観られたのは城塚さんのおかげなんだから」

咎める雲野に、梓はそう答える。だが、雲野は梓の様子に違和感を覚えた。雲野の観察では、梓は犯人の顔を思い出してしまったはずだ。一瞬だったが、雲野を見て恐怖の眼差しすら浮かべていたのがその証左だ。だというのに、梓はもう怖がる様子を見せていない。普通であれば、翡翠に助けを求めるのではないだろうか？

梓はダイニングルームに翡翠を招いた。

四人がけの食卓には、二人が飲んでいたワインのグラスがそのまま放置されている。

「あの、城塚さんはなにかお飲みになります？」

「いえ、お構いなく。あまり長居をするつもりはないのです」

翡翠は答えると、テーブルの向こうの窓辺に近づいた。そこからも、曽根本のマンションが見えるはずである。

「事件当夜に梓さんが向かいのマンションを見た場所は、このベランダです？」

「いいえ。三階の方です」

「そうですか」

「いったい、君はなにをしに来たんだ？」

梓の背後から、雲野は言う。

カーテンの隙間から窓の向こうを覗いていた翡翠は、振り返った。

「もちろん。梓さんから、犯人の名前を聞き出すためですよ」

やはり、そうなのか――。

いつでも拳銃を取り出せるように身構えながら、雲野は部屋の奥にいる翡翠を見据えた。

翡翠は梓が記憶を取り戻すために行動するよう、巧《たく》みに誘導したのだ。そして、あのＦＢＩの手法とやらに一定の効果があることを知っていたのだろう。実際、あのマジックで梓は抜群の記憶力を示した。梓がその気になって記憶を取り戻そうとすれば、犯人の顔を思い出すだろうという可能性に賭《か》けたのだ——。

そんな確実性の乏《とぼ》しい賭けにこちらが負けるとは……。

「梓さん、もう、なにかを思い出したのではないですか？」

翡翠の瞳が、まっすぐに梓を睨んだ。

「その……」

だが、雲野はまだ諦めず、必死に頭を巡らせていた。梓は本当に思い出したのか？　思い出したとして、それに有効性はどれだけあるのか？　泥酔状態だったのだ。裁判では役に立たないかもしれない。だが、令状を取られて家宅捜索をされてしまえば、たとえ殺人の証拠が出てこなくとも、雲野の悪事の数々が露見するだろう。そうなればせっかく大きくした会社はお終《しま》いだ。雲野自身もただではすまない。ならば、やはりここで二人を殺すべきか？　だが、そもそも城塚翡翠は一人でここに来たのか？　実は周囲に誰かが隠れ潜んでいる可能性は？

雲野は梓の背に隠れるように立ったまま、腰の後ろに静かに手を伸ばす。

そこにある硬質な感触を確かめた。

どうする？

「あの——」

梓が、静かに口を開いた。

「城塚さん——。そういうことでしたら、その、帰っていただけませんか」

梓がそう言い放つと、翡翠は意外そうな顔で眼を細めた。

「あたし、なにも思い出せませんでした。結局のところ、犯人の顔なんて最初から見てなかったんだと思います」

「梓さん」翡翠は眼をしばたたかせた。「そんなはずはありません。先ほど、玄関を開けたときのあなたの表情は、なにかを訴えようとしていましたよ。あれはなんです?」

「なにも思い出してません!」

梓は鋭くそう言い放った。彼女はヒステリーを起こしたように言葉を続けた。

「城塚さん、もう帰って! いいですか、あたし……。あたしたち、結婚を前提にお付き合いしてるんです! もう雲野さんを犯人扱いしようだなんてこと、やめてください! そんなことしても無駄です! 雲野さんはあたしが護《まも》ります!」

翡翠の双眸が、驚愕に見開かれる。

まるで事前に計算しておいた筋書きが狂ったかのように、その表情に動揺が走った。

それから、彼女は天井を見上げる。

どうしたものか、といった表情だ。

「なるほど、そう来るか……」

呻くように、翡翠は呟いた。

雲野は、小さく肩を震わせた。

なるほど。

「残念だったな」

雲野は梓の肩を、片手で優しく抱きとめた。

「こんなにも素晴らしく尽くしてくれる女性を、私は他に知らない。ああ、私なら、彼女を幸せにすることができるだろう」

勝負に勝った。逆転だ。

そう。なぜなら、梓の愛は、雲野が犯人だと知ったあとでも揺るがなかったからだ。

動揺はしたのだろう。だが、梓は翡翠を拒《こば》んだ。

愛ゆえに――。

交際は、懐柔して証言をコントロールするために始めたのだが、まさかこんな結果を生んでくれることになるとは――。

「星の導きというやつだよ。こればかりは、君でも予測はできなかったろう」

「言いましたでしょう」ふてくされたような表情で、翡翠が言う。「魔法使いの魔法は、零時には切れます。彼はあなたを幸せにはしてくれませんよ」

「そんなこと、ありません……！」

「城塚さん、もう帰ってくれないか」

これで、二対一だ。

勝利を確信しながら、雲野は告げる。

だが、翡翠は首を傾げた。

「困りました。どうせ社長さんは、梓さんの証言がなくても捕まります」

「え？」

梓がぽかんとした声を漏らす。

「なので、結婚なんてしてもらえませんし、犯人に有利な証言をするというのなら、あなたも檻の中です。残念です」

「どういう、ことです？」

狼狽《ろうばい》したような声が、梓から漏れる。

翡翠は勝ち誇ったように、とくとくと語った。

「いえ、お金持ちと結婚したい気持ちはわかりますよ。お父さまはご病気で、実家が経済的に苦しいのもわかります。このビルも買い手を探しているそうじゃないですか。イラストレーターといえば聞こえはいいですが、実際は自営業でやってくるお仕事はごく僅か。そしてこの前あなたを振った、若くてハンサムだけれどお金を持っていない彼とは、先日よりを戻してデートをしましたよね？　朝まで池袋のラブホテルにお泊まりだったじゃないですか」

「え、あ、あの……」

「梓？」

梓の動揺の声と、雲野の困惑が重なった。

「お金持ちと結婚して、そそくさと本命の彼と不倫するおつもりでした？」

この女――。

雲野は梓の横顔を睨みつけ、その身体から手を離した。

「いえ、あの、ち、違います！」

梓は雲野を振り返って訴える。明らかに動揺していた。

「違うんです！　う、嘘です！　あたし、そんな！　この女の嘘よ！」

「自分さえ証言をしなければ、お金に不自由しない生活ができると踏みましたか？　この男は殺人鬼ですよ。あなたは、自分だけは殺されないと根拠もなく信じ込んでいるんです？」

雲野は内心の動揺を必死に収めた。

そうか。まずい。これでは逆転される。

雲野を庇う理由をなくして、思い出したことを証言させるつもりか！

「なるほど……。こちらの信頼関係を崩してくるか」

なかなかの反撃だ、と笑いたい気分にもなってくる。

だが、これくらいなら落ち着けば対処できる。こちらの信頼関係を壊すことが翡翠の奥の手だったのだろうが、そうはいかない。まだ、勝機は充分に残されている。

「問題は切り分けて考えるべきだろう」

雲野は動じずに、静かに言った。

「まぁ、結婚は、なるほど無理だとしても、利害関係は一致している。私は金には不自由していないからね。そう。融通するくらいはわけもない。梓――。君が、なにも思い出さなければ、の話だが」

雲野の提案に、梓はこくこくと頷いた。

これで、翡翠の策を防いだ――。

逆転だ。

雲野は微かに唇の端を吊り上げる。

「ですから」

だが、翡翠は呆れたように溜息を漏らすだけだった。

それから、肩を竦めて言う。

「社長さん、あなたの負けなんですよ」

「なんだと？」

「言ったでしょう。実は梓さんの証言なんて、本当はどうでもいいんです。そんなものがなくても、雲野さんは捕まります」

「ハッタリだ」雲野は笑う。「それとも、なにか？　私が犯人だという証拠が、目撃証言以外にも見つかったのかね？」

「はい」

あっさりと、翡翠は頷いた。

「なに——？」

「苦労をしまして、先ほどようやく手に入れました」

「先ほど？　なにを言っている？」

翡翠の狙いが読めず、雲野は眼を細めた。

「わたしの本命は、こっちだったんです」

そう言いながら、翡翠はコートのポケットから、それを取り出して見せた。

指先から、はらり、とそれが垂れている。

腕時計。

雲野の腕時計だ。

「馬鹿な」

慌てて、自分の左手首を見る。

そこに嵌めてあったはずの腕時計が、なくなっていた。

どういうことだ？

どうして、腕時計が翡翠の手に？

先ほどの記憶が、フラッシュバックする。

ブーツを脱いでよろめいた翡翠が、雲野の腕を掴んだ。

腕時計をしていた、左腕を——。

いや、馬鹿な。

腕時計だぞ？

どうやって……。

「ありえない、そんな」

「ピックポケットやウォッチスティールは、海外ではパフォーマンスとして成立しています。ありえないなんてことはありません」

一瞬だったはずだ。自分は拳銃に気づかれないように、すぐに翡翠から身を離した。接触は、ほんの一瞬しかなかった。だが、雲野が注意を払っていたのは拳銃だけだ。自分の腕時計のことにまで、まるで気が回っていなかったのは確かである。

「いや……。だが……。しかし、そんなのが、なんの証拠に」

「あらら？　わかりません？　わかりませんか？」

煽《あお》るように、開いている掌を泳がせて、翡翠が嗤《わら》う。

「犯人は決して現場に証拠を残していない。それは認めましょう。完璧《かんぺき》でした。なので、わたしはこう考えてみたのです。現場に残っていなくとも、犯人の身体に残っている可能性があるのでは——？」

雲野は、翡翠の真の狙いをようやく知った。

身体中から、嫌な汗が噴《ふ》き出《だ》していく。

「曽根本さんは、自殺に見せかけられて殺されていました。すなわち、拳銃を握った手や衣服に発射残渣があったのです。ということはです。犯人が超能力で身体を操って曽根本さんに引き金を引かせたのではない限り、考えられる手法はひとつしかありません。拳銃を突きつけ、わざと油断を見せて反撃を誘い、拳銃に手が伸びたタイミングで引き金を引く——。もちろん、必要以上の抵抗をされないように、身体を腕で押さえていたはずです。ということは、ということはですよ。犯人の身体にも、縄などを使うと痕が残ってしまいますから。ということは、ということはですよ。犯人の身体にも、発射残渣や曽根本さんの血液、彼の指紋などが残っているはずです。普通なら、普通ならば、そんなものはすぐに消えてしまいます。シャワーを浴びて、着替えて、洗濯をすればいいのです。ところがですねえ……」

翡翠は、摘まんだ腕時計を、ぷらぷらと揺らして示す。

「もし、もしですよ。犯人が、そうはできないものを、身につけていたとしたら……」

雲野は小さく呻く。

汗が、額に湧き出ているのを感じた。

翡翠との対決の中で、初めて感じると言っていいほどの動揺が、内心を駆け巡っていく。

「奥さまとの思い出の時計です。身につけていらっしゃるものの中で、これだけに古い年月が刻まれている。日焼けの跡が残るほど、欠かさずに身につけていらっしゃったのでしょう。あちこちに細かい傷がありますね。この革ベルトは損耗具合からして新品ではありません。もちろん革ですから水濡れは厳禁です。洗うことはできません……」

「馬鹿な……」雲野は、ようやくそれだけを呻く。「なにも、出るはずはない……」

「どうでしょう？　コートやジャケットの袖に隠れていた可能性はありますが、曽根本さんを拘束する際には激しい動きを伴うはずですから、かなり露出していたはずです。十中八九、なにかが残っていると思いますよ。発射残渣の微量な金属片、曽根本さんの血痕と、もしかすると、彼が抵抗を示したときについた指紋がまだ残っている可能性も……。特にこの細かい傷の間には期待ができそうです。科学捜査に詳しい人間なら、よくおわかりでしょう。眼に見えないほどの僅かな血痕というものが、どれだけ多くの犯罪の真実を浮き彫りにしてきたのかを――」

馬鹿な。

確かに犯行時、雲野はコートを脱いでいたし、すぐに時間を確認できるよう袖を捲ってもいた。そうでなくとも翡翠の言うとおり、曽根本を拘束したときに腕時計は露出してしまっていたはず。腕時計の細かな傷や隙間に、発射残渣や血痕が付着している可能性は否定しきれない。古い時計でそれほど生活防水に信頼はおけず、洗うのは軽くに止めてあった。そんなものを証拠品として提出を求められるとは思っていなかったし、求められたところで断ることもできるからだ。革ベルトには血痕が付着しているようには見えないが、眼に見えない血飛沫《ちしぶき》がかかっている可能性はありえる。それらはルミノール反応で容易く発見されることだろう。曽根本のウォッチを装着するときに、センサーに付着していた血液が眼に見えないほどの微量となって雲野の腕に付着し、それが腕時計の裏蓋についている可能性だってある。曽根本の指紋は残っていないはずだが、確実に残っていないとは言い切れない。そう、可能性をあげれば、きりがない……。

そして刑事としての経験から、これらの証拠がどれだけの犯人を追い詰めてきたのか、雲野はそれをよく知ってしまっていた。

「そんなもの……。役に立つはずがない。不正に入手した証拠品だ」

「不正に？」

翡翠は首を傾げる。

「常に身につけている腕時計を、どう不正に入手するんです？」

「なん――」

「確かに、裁判では使えないかもしれませんが、腕時計を盗んだなんて話が通用するでしょうか？　合法的な手段で提出していただき検査をした結果、被告に不利な物証が出たので、あれは盗まれたのだとわけのわからないことを喚《わめ》き散《ち》らしている……。そう思われるのがオチでしょうね。仮に裁判で使えないとしても、わたしがこれを届ければ、家宅捜索の令状が取れます。そして、あなたの存在を快《こころよ》く思っていない人間は警察にも検察にもごまんといますよ。こわーい権力者が、あなたの口を封じられるならと、裁判所になにか働きかけてくれるかもしれません。そうとなれば皆さん、徹底的にあなたの悪事を暴き立てることでしょう」

雲野は唇を嚙みしめる。

必死になって、頭を巡らせた。

「どうやら、ツケが回ってきたようですね？」

腕時計から、証拠が出ない可能性は大きい。

僅かな痕跡だ。発射残渣などは付着していたとしても、消えている可能性もある。

それに賭けるべきか？

だが、万が一、なにか見つかったら？

僅かにでも疑わしい証拠が検出されれば、警察は家宅捜索に踏み切るだろう。

たとえなにも見つからなかったとしても、翡翠が言うように自分を快く思わない人間の手によって、腕時計の証拠を捏造《ねつぞう》されてしまう可能性は……？　いや、そうか、それが狙いか……。

証拠が出る出ないは関係がないのだ。僅かでも物証になり得る可能性を提供してしまった時点で、雲野の敗北は決定している。それこそが、城塚翡翠の狙い――。

なにか、起死回生の策はないか？

ここを、どう切り抜ける――？

いや――。

賭けるべき手段なら、もうひとつある。

「いいだろう」

雲野は言った。

「君はよくやったよ」

翡翠は、怪訝そうに眼を細めた。

「君が物証を見つけたことに関しては、素直に敗北を認めよう」

「それはどうも？」

「だが、詰めが甘かったな」

「と、言いますと？」

「たとえば、私は刑事ドラマを観ていて常々思うんだが……。追い詰められた犯人というのは、随分と潔いものだな。普通だったら、もっと抗《あらが》う。君が、今までどれだけの犯罪者を捕まえてきたのか知らないが……。みんな、紳士的すぎたのではないか？」

「言っている意味がわかりません」

「こういうことだよ」

雲野は銃を抜いた。

銃口を、翡翠へと突きつける。

翡翠は眼を細めて、雲野を見返した。

「君を殺して時計を回収すれば、なんの問題もない」

「馬鹿なことは、およしになった方がいいでしょう」

翡翠は冷静に告げた。

「周囲には警察がいます」

「どうだろうか？　私は、君が単独で行動していることに賭けるね」

雲野が仕掛けた圧力が有効ならば、稼働できる捜査員はそう多くはない。

彼女が一人きりだという可能性に賭ける価値は、充分にある。

翡翠は、一瞬だけまばたきを繰り返す。

雲野は、そこに隠れた感情を読み取った。

長い刑事人生で培ったもの。どんな名優であろうと隠しきることのできない表情の奥にある感情の乱れ――。翡翠はほんの僅かな瞬間ではあるが、間違いなく狼狽した。演技ではありえない動揺。雲野はそれを見逃さなかった。雲野ほどの経験がなければ、気づくこともできなかったろう。警察はいない。

雲野は勝利を確信した。

翡翠が息を吸う。

その前髪に隠れた額に、汗が浮かんでいる。

「たとえ、わたしを殺したとしても、あなたはすぐに捕まりますよ。わたしにはパートナーがいるのです。すぐにあなたを取り押さえることでしょう」

「さて、どうかな？　警視庁に重宝される君が、これまでどれだけ多くの犯罪者を捕まえてきたのかはわからない。だが、今回ばかりは自分を過信したな。相手が悪かったよ。残念だが、この私には勝てない」

翡翠の身体が緊張に強ばる。
「さようならだ。なかなか楽しかったよ」
雲野が躊躇いなく引き金を引くのと、翡翠が舌打ちするのは、同時だった。
発砲音。
狙いは外さず、心臓に一発。
かつての射撃訓練を、身体は正確に思い出していた。
翡翠は避けようとしたが、銃弾を避けられる人間など存在しない。
心臓から血飛沫が散る。
城塚翡翠の、予測に裏切られたような表情。
やや遅れて、その細い体軀が、倒れる。
心臓を撃ち抜かれて無事でいられる人間はおらず、即死だ。
背後から、悲鳴が上がった。
雲野は振り向く。
梓が、悲鳴を上げながら廊下に出ていく。
「人殺し！　誰か！」
「待ちなさい」
雲野は慌てて梓を追う。
廊下に出て、玄関の方へ銃口を向ける。
だが、梓の姿がない。階段を下りるような音がして、はっとそちらを振り返る。
廊下の奥に、一階へ続く階段があった。

雲野はそちらへ走り、階段を駆け下りる。

テナントに続く階段らしかった。

室内は薄暗い。階段からの光が、ぼんやりと届くだけだ。

梓が外へ続く扉らしきものへと、駆け寄ろうとするのが見えた。

「動くな!」

雲野は梓へと銃口を向けた。

*

千和崎真は発砲音を、愕然《がくぜん》と聞いていた。

耳鳴りに耐えながらも、装着したイヤフォンは外さず、それを手で押さえ込んだ。

翡翠が撃たれた?

真は自分の思考が入り乱れているのを感じる。

どういうことだ? どうして? わけがわからず、疑問ばかりがぐるぐると駆け巡る。嫌な予感がしていた。それは認める。あの男が、平気で人を殺す人間だということも感じ取っていた。

だが、それは翡翠も同じだったはずだ。

「ちょっと、翡翠?」

呼びかけるが、返事はない。

圧力の影響が大きく、警察が待機していないという雲野の読みは正確なものだった。故に救援は望めない。

「どういうことなの? 説明して!」

イヤフォンからは、なにも聞こえてこない。

「嘘でしょ……」

意味がわからない。

なんだこの展開は。

翡翠が用意した筋書きでは、ここで犯人を捕らえるのではなかったか？

どうしていつも、自分の前で推理小説における読者への挑戦を演じるのか、疑問に思って訊いたことがある。

「それはもちろん。わたしになにかあったときに、真ちゃんが名探偵になれるようにです」

冗談だろうと、真は微笑んで言う翡翠の言葉を聞き流していた。どうして唐突にそんなことを思い出すのか。そう、おかしいではないか。よくよく考えたらおかしい。そんなこと……。

そうだ、自分は混乱している。

とにかく、彼女の下へ駆けつけないと。

すべてはそれから。

動揺している場合じゃない。

千和崎真は城塚翡翠の下へと駆け出した。

＊

雲野泰典は、悲鳴と共に逃げようとする梓の背に向けて、一発を撃った。

だが、室内の薄暗さのせいで外してしまったらしい。

梓が、その破裂音に居竦んだように、ドアの前にしゃがんで動かなくなる。

雲野は彼女に銃口を向けながら、視線を巡らせる。

当たりをつけたとおりに、傍らに電灯のスイッチがあった。

片手でそれを操作すると、室内を光が照らし出す。

扉の前に座り込んでいる梓が、身を震わせてこちらを見上げた。

「あ、あの、あ、ああ、あたし、なにも見てません」

ガタガタと歯を鳴らしながら、梓は訴えた。

開いた瞳から、ぽろぽろと涙が零れて落ちていく。

「ほ、本当に。黙ります。黙ってます！　お、お金も要りません！」

銃口を向けながら、慎重に近づく。

乱れた呼吸を、静かに整えた。

冷静に冷静に。落ち着かなくてはならない。

何度も銃声を鳴らせば、それだけ近隣住民がここへやってくるリスクが高まる。

だが、どうやら自分は最初の賭けには勝ったようだ。

二発も銃声を鳴らしたが、警官が駆けつけてくる様子は微塵もない。周囲は静かなものだった。雲野の狙いどおり、翡翠は一人だったのだろう。

あとは、梓を片付ければいい。

偽装工作については、後ほど考えるとしよう。

落ち着いて対処すれば、どうにかできるはず。

自分はそうやって、今日まで生きてきたのだから。

「ほ、ほんとです。あの、ご、ごめんなさい！　あれは、あの、あの女の嘘です！　あたし、あたし、本当に、そうです！　本当に雲野さんが好きで！　だから黙ってます！　殺さないで！」

「残念だよ」

雲野は冷酷に言った。

君がそんな女だったとはね。

妻に似ていると思ったのに……。

「私は、よく知っているんだ」

「な、なにをですか？」

「目撃者ほど、信用ならない存在はいない」

そいつらは、脅迫者と同様だ。

なぜなら、自分がそうなのだから。

こんな信用のならない女を、放っておくことはできない。

「私は脅迫する側であって、脅迫される側ではないんだ」

雲野は引き金を引いた。

発砲音。

血が散って、梓が倒れる。

まぁ、即死だろう。痛みを与えてやらなかったぶん、感謝してほしい。

溢れる血液が床に血溜まりを作るのを眺めて、雲野は溜息を漏らした。

さて……、大変なのはここからだ。

どういう計画を立てるか。

流石に、発砲音を聞きつけた人間は多いだろう。

三つも続けば、通報されるだろうか？

だが、小さな発砲音だ。普通は爆竹か、花火だと思うだろう。

曽根本のときだってそうだった。

それなら、ゆっくりと証拠を隠滅すればいい。

一度に二人も射殺したというのに、相変わらず冷静でいる自分を自覚して、雲野は微かに笑った。妻を失って自分が失くしたものがあるとすれば、それは刑事時代に抱いていた正義心というものかもしれない。かつての自分は犯罪を憎んだ。人殺しを憎んでいた。だが、その正義は自分を疲弊させ、妻を苦しめていくだけで、なにも生み出しはしなかった。正義ではなにも得られない。せめて金さえあれば、彼女を病から救ってやることができたかもしれないのに……。

もし、あの世というものがあって、今の雲野のことを見ていたとしたら、妻はどう思うだろう。変わらずに、愛してくれるだろうか？

雲野は踵《きびす》を返した。そのまま、階段の方へと歩みを進める。

まずは、腕時計を回収してこなくては。

数歩を歩いた、そのときだった。

背筋に、悪寒が走るのを感じる。

なぜなら。

いや、ありえない。

論理的に考えて、それはない。

なぜなら――。

「んふっ……。んふふふっ、ふふふっ、ふふふっ……」

そんな、奇妙な笑い声が、すぐ背後から聞こえてきたせいだ。

雲野は振り返る。

そこにあるのは、涼見梓の死体。

わけがわからず、恐怖した。

なぜなら、撃ち殺したはずの梓が床に伏したまま、お腹《なか》を抱えておかしそうに身体を震わせているからだ。

「んふっ、ふふふっ、ふふふふっ……」

なんだ？

なんだこれは？

自分はなにを見ている？

当たらなかったのか？　いや、心臓を撃ち抜いたはずだ。間違いなく血も散った。即死だ。そもそも、奇跡的に心臓に当たらなかったとして、身体に命中したのだ。どうして笑っていられる？　意味がわからず、まるでこの世のものとは思えないものを見ているような気になって、雲野は恐怖にかられた。

反射的に拳銃を構えて、撃つ。

だが、なにも起きない。

なんだ？

拳銃を見る。

スライドが後退したままになっていた。

銃弾が尽きたことを示すホールドオープン状態だ。

おかしい。まだ三発しか撃っていない。

「あはっ、んふふふふっ……」

血に塗れた梓が顔を上げて、笑っている。上体を起こし、流し目のような視線で、雲野を見ながら。

けたけたと、笑っている。

気がふれてしまったみたいに。

「んふっ……、ふふふっ……、弾なら、ここですよ……、ふふっ」

ゆらりと、まるで幽鬼のように梓が立ち上がる。胸から血が垂れて服を汚していたが、彼女はそれを気にする様子もなく小刻みに肩を震わせていた。垂れた黒髪がほつれて動く。

梓はなにもない掌を、雲野へ見せた。

その掌にどこからともなく取り出したハンカチをかぶせて。

「こうしておまじないをかけますと」

ハンカチが除《の》けられた掌から、じゃらじゃらと、鉛色の弾丸が零れ出た。

なんだ？　これは……。

意味がわからない。

夢でも見ているのか？

まるで、世界が足元からガラガラと音を立てて崩れていくような……。

いや、違う。

反転だ。

すべてが、覆って。

ひっくり返っていくような。

涼見梓が、首を傾げて笑う。

にやりと、赤い唇が、哄笑《こうしょう》のかたちを描いた。

その瞳が、まるで獲物を追いつめる狩猟者の如《ごと》く、翠色に煌めいている――。

翠色？

「社長さんってば……。もしかしてですけど、ご自身が名探偵に相対する最強の敵だなんて、そんな思い違いをしていたんじゃないです？」

「なん――」

ふらふらと、童女のように首を傾けながら、梓が笑う。

「噂によると、あなたのことをモリアーティに喩えた人がいるみたいですねぇ。そのせいで調子に乗っちゃいましたか？　ですけど……。実は、最初から勝負は決していたのです」

「なんだ、お前は……。お前は……」

「わたしですか？　そうですねぇ」

梓は、人差し指をくるくるとその黒髪に巻きつけながら、不敵に笑う。

「わたしのことを形容する言葉として、皆さん、こうおっしゃいます。霊媒師、詐欺《さぎ》師、奇術師、コン・アーティスト。あるいは、メンタリスト？　名探偵？　けれど、この場においての本質を表現するのは、ある殺人者が評したこの言葉でしょう。エリミネーター――。あなたのような社会のルールから逸脱した憎むべき敵を、排除する者です」

「涼見梓じゃ、ない……？」

女は、髪に巻きつけていた指先の動きを止めた。

手を離すと、しゅるりと音を立てるように髪がほどけて、元のウェーブを描く。

「申し遅れました。わたしが、ほんものの城塚翡翠です」

女は、透明なスカートを摘まむ仕草と共に、お辞儀をした。

「馬鹿な……。なら、あの女は」

雲野は振り返る。とたん、視界が反転した。肩に激痛が走る。

身体に加重がかかり、関節が悲鳴を上げた。

気づけば、雲野は床に組み伏せられていた。

拳銃が手から離れて、床を滑っていく。

「ちょっと！　説明しなさいよ！」

雲野の関節をへし折ろうとしている女が、そう声を上げる。

視界の端に、その女の顔が見えた。わけがわからない。

城塚翡翠と名乗っていた女だ。

撃ち殺したはずだ……。

雲野を組み伏せる女は自らの髪を毟《むし》り取り、唸《うな》るように梓を睨んだ。巻き毛はウィッグかなにかだったらしい。梓を名乗っていた女は、首を傾げて視線を虚空に向ける。

「うーん、真ちゃんからのお叱《しか》りは、あとで受けさせてください」

「はぁ？」

雲野の上に乗っている女が、憤慨したように声を漏らした。

雲野泰典は、組み伏せられて、為《な》す術《すべ》がない。

なんなんだこれは……。

「お、お前が梓じゃないなら、なら、最初から……」

「そのとおり。すべて最初からです。このわたしと互角に闘えていると思い込んでました？　まぁ、真ちゃんは本気で焦っていましたから、彼女の表情を読んだあなたは確信していたことでしょうね。けれど残念ながら、すべてはわたしの計画どおりなのです」

梓が――。

いや、城塚翡翠が片手を上げて、指を鳴らす。

「ライトアップです」

とたん、窓から赤い光が差し込んできた。

警察車両の赤色灯であることは、雲野にはすぐに理解できた。

扉が開いて、男たちが靴音を響かせながら、幾人も室内に入り込んでくる。

瞬く間に、雲野は複数の警察官たちに包囲されていた。

静かに近づいてきた城塚翡翠が、哀《あわ》れむように雲野を見下ろして言う。

「あなたは、わたしが対峙《たいじ》してきた犯罪者の中では、強敵どころか小物ですよ」

「なんだ、と……」

雲野は必死になって顔を上げ、翡翠を睨んだ。

城塚翡翠は片手で髪を払うと、大仰に肩を竦めてみせた。

それから、人差し指を指揮棒のように動かしながら、歌うように語り出す。

「わたしが推理小説においてもっとも安易だと考える退屈な手がかりは、いわゆる秘密の暴露というやつなのですが、あなたはその間抜けな手がかりを最初から晒《さら》してしまっています。これまでの犯人の中でも、もっともうっかりさんな、ザコ中のザコです」

「手が、かり……？」

馬鹿な。自分は完璧だったはずだ。教壇の上で講義をするように、静かに左右に歩む翡翠の動きを、雲野は視線だけで追う。強引に身体を持ち上げようとすると、すぐ背中に加重がかかり、関節がねじ切られそうになるからだ。

「あなたは城塚翡翠を名乗るそちらの真ちゃんと初めて会ったとき、目撃情報の話を聞いてこうおっしゃったんです。『つまり、その人物は、犯人が曽根本を撃ち殺す瞬間を見ていた、というわけですか』と――。そのあと、こうも言っていますね。『だとしたら、それは拳銃を手にして躊躇っていた曽根本自身だった可能性を否定できないのでは？』とも――」

「なにが、おかしい……」

「おかしいです。おかしすぎますよ？」

ひらひらと両手を動かしながら、翡翠は雲野を見下ろして嗤った。

「よろしいですか。よろしいですか。真ちゃんが言ったのは、拳銃を手にした不審人物の目撃情報です。不審者の目撃情報ですよ？　そう聞いて、普通の人が最初に思い浮かべるのはどんなものでしょう？　普通は不審者が夜道などを歩いているところです。まして、あのときは、犯人が拳銃を持って逃亡した話を直前にしています。となれば、普通の人であれば、拳銃を持ち去った犯人を通行人が目撃したのだと考えます。だって、マンションの一室ですよ？　犯行の瞬間を？　たまたま遠くから？　窓越しに目撃していただなんて――。そんなこと、普通は誰も想像できません。そんなことを言う人がいたら、想像力が逞しすぎます」

雲野は、愕然としていた。

確かにあのとき、拳銃を持ち去った可能性についての話をしていた。おそらく、拳銃の指紋のことなど、最初からどうでもよかったのだ。わざと拳銃を持ち去った話まで運んだあとで、目撃者の話を持ち出し、自分がどう反応するのか、この女はそれを試していたというのか――。

雲野を押さえ込んでいた女が退いて、刑事らしき男と代わった。

雲野は自分を拘束しようとする刑事に訴える。

「違う。私は……。私は、この女に嵌められたんだ！　確かに銃は撃ったかもしれないが、曽根本を殺したのは私じゃない！」

「あらら、この期に及んで、往生際が悪すぎますね。でも、あなたの大失敗は、それだけじゃなかったんですよ？」

まだ、なにかあるというのか？

「あなたは目撃者の証言を変えるべく、行動に出ましたね。これも大失敗です。なぜって、い、いどうして目撃者の自宅がわかったんです？　そんなの、犯人しか知り得ない情報じゃないですか」

「違う……。私は……。聞き込みに回って、たまたま……」

「近隣住民の方は、誰もあなたがやってきたとおっしゃっていません」

「それは、たまたま、ヤマをかけて、当てたんだ……」

「わざわざ対岸まで来なくても、他にもアパートはありました」

「そうだ……。警察関係者に聞いたんだ！　私はそっちの情報網を持っている！　捜査情報を聞いていたんだ！　だからここだとわかったし、目撃者が窓から見ていたことも知っていたんだ！　それだけだ！」

「どなたから聞いたんです？」

「江尻《えじり》警視監だ！」

「あなたが弱みを握っていらっしゃる？」

「そんなのは知らない！　懇意にしてもらっているだけだ！」

「まぁ、いいでしょう。警察から、この場所を聞いたと」

「そうだ。なにも不思議ではない。私は犯人ではない！　銃だって、空砲だと知っていたんだ！　驚かすつもりだっただけだ！」

翡翠は天井を見上げた。

呆れたように吐息を漏らし、肩を竦める。

「目撃者の話を真ちゃんがしたとき——。まぁ、わたしが、そうするように指示していたのですが……。お二人とも、びっくりしましたでしょう？」

翡翠の視線を追うと、雲野の下にやってきた二人の刑事の姿があった。二人が頷く。

「雲野さんは、こう思ったのではないでしょうか。部外者の小娘が勝手に捜査情報を漏らしたので、刑事たちが驚いたのだ、と——」

「違う、のか……？」

「蝦名さん、どうして驚いたのか、おっしゃって」

「ええと」

優美に差し出された翡翠の片手に促されるようにして、童顔の刑事が答える。

「や、初耳だったもんで、びっくりしたんすよ。ハッタリかなって……」

その言葉を聞いて、雲野はすべてを理解した。

まさか。

まさか、こいつは——。

「はい。つまりですねぇ」

翡翠が、ふわりとスカートの裾を膨らませる勢いで、しゃがみ込んだ。

童女のように屈んで、お椀形《わんがた》にした両手に頬を載せながら。

振り子のように小さな顔を左右に揺らし、屈服するしかない雲野の顔を、にこやかに覗き込んで——。

「警察は、知らなかったのです。目撃者がいたなんてこと」

「まさか、そんな……」

「本物の涼見梓さんは、事件発覚後も通報しなかったんです。彼女、徹夜続きで、ぐっすり寝ていたんですね。近くのマンションにパトカーが駐まっていて、事件があったということすらも知りませんでした。睡眠不足だったようで」

「だったら、どうして……」

「目撃者は名乗り出たのではなく、わたしが探し出したのです」

「どうやって……」

翡翠は翠の瞳を輝かせた。

両手の指先を祈るように合わせながら告げる。

雲野はその両手の動きを、どこかで見たことがあるように感じた。

そうか。それは、あの有名な、シャーロック・ホームズの……。

「靴下ですよ。現場を見て、わたしはすぐに円形ハンガーになにも吊るされていないことに気づきました。調べてみると、ソファの下に靴下が片側だけ落ちていて、対になるものが室内のどこにもありません。それで犯人が持ち去った可能性を検討しました。もし、犯人が持ち去ったのだとすると、どんな理由が考えられるでしょう？」

翡翠は静かに立ち上がった。数歩を歩きながら、仕草を交えて説明を続ける。

「犯人の立場になってみると、偽装工作をしている間に、カーテンが開きっぱなしなのは居心地が悪いので、いったんカーテンを閉めるためにハンガーを下ろしたのかもしれないと考えました。その場合、どうなると靴下を持ち去らなければならない状況になるのか。犯人の行動をトレースして、実際にやってみました。すると、いったんハンガーを下ろしたときに、靴下の先端が床に溜まった血液に触れたのではないか、と思い至ったのです」

城塚翡翠は、パントマイムの要領で、ややコミカルにその様子を再現する。

翡翠の言葉は正しい。

雲野が靴下を持ち去らなくてはならなかった理由は、正しくそれだった。

こいつはそれを、最初から知っていた——。

「さて、調べてみると、円形ハンガーの持ち手の部分には誰の指紋もついていませんでした。犯人は指紋を拭き取るような形跡すら残していないのに、ここにだけそんな痕跡がある。となると、やむを得ずに触ってしまった可能性が高いです。咄嗟に円形ハンガーを素手で触ってしまう理由はなんでしょう？　事件当夜は獅子座流星群が観測できる日です。犯人が外からの視線に気づいて慌ててカーテンを閉ざした可能性は、一考の価値がありそうです。確実性に乏しいので警察の方にはお願いせず、独力で聞き込みをして、梓さんを見つけたのです」

「実際に探し回ったのはあんたじゃないけどね」

先ほどまで雲野にのしかかっていた女が、不満げに言った。

「まぁ、そうとも言います」

翡翠は天井を見上げ、唇を尖らせた。

「ともかく……。あなたが初めてこの場所を訪れた日も、捜査関係者は目撃者のことをなにも知らなかったのです」

翡翠は雲野を静かに見下ろした。

合わせた五指の指先。その先端が、伏した雲野を追及するように、差し向けられる。

「つまり、つまりですね……。一足飛びにここへやってくることができる人間は、目、撃、者、を目撃した人間――。つまり、犯人だけなのです」

雲野は、もはやなにも言えない。

言い逃れる術が、なにも思いつかなかった。

そんなに早い段階から、仕組まれていたというのか……。

「最初から、私を騙すつもりだったのか……」

「ええ。どうしても物的証拠が見つからないときに備えて、拳銃を使って城塚翡翠か涼見梓を殺してくれるよう誘導しました。あなたはわたしが演じる偽の涼見梓と接触したときに、わたしを殺そうとしましたから、間違いなく誘導に乗ると踏みました」

そうか、CMで顔を見た、と言っていたときだ。あのとき咄嗟に雲野が抱いた殺意を、彼女はのほほんとした表情を浮かべたまま、鋭敏に感じ取っていたのだ。

「拳銃の種類は事前にわかっていたわけですから、空砲を用意して、あなたにミルクティーを買ってきてもらう間に、すり替えたというわけです。真ちゃんが缶珈琲を落としたときの声の様子から、なにか探られたくないものを普段から車に隠しているのだろうと思っていました。狙いどおり、座席の下に隠してありましたね」

あのときか、と雲野は思い返す。確かに座席の下に手を伸ばされて、雲野は強く声を上げてしまった。もちろん、あのときは尾行に気づいていたし、使用する予定もなかったので車には隠していなかったのだが、予定外のことに反射的に声を上げてしまったのだ。

「警察の方々には一度、わざと下手な尾行をつけさせて、圧力のあとは本気で取りかかってもらいました。そうすることで監視がないと思い込んだあなたは、いつでも涼見梓を殺せるよう、こちらの狙いどおりに拳銃を車に隠し、持ち出してくれたというわけです」

なるほど、と笑えてくる。

こちらが尾行に気づいたのではなく、気づかされていただけとは……。

「なら、本物の、涼見梓は……?」

「事情を説明して、サイパン旅行をプレゼントしました。あなたよりも、言いくるめるのは得意なもので」

城塚翡翠を名乗る女が会社にやってきたときには、既に自分は疑われていたということなのだろう。そして、目撃証言に対する雲野の反応を見て確信し、罠を仕掛けてきた……。

「君は、私の会社にそこの彼女を送り込んできた時点で、既に私を疑っていたようだが……。それは、どうしてだ? なぜ、最初に私を怪しんだ?」

「現象を成立させることのできる人間が、限られていたからですよ」

城塚翡翠は、両手の指を合わせながら、静かに語る。

「これは奇術にも似たような理論があります。現象はそれが手法と直結している場合に、再現する方法が類推できてしまうものなのです。今回の場合、自殺ではないとした場合に、そう見せかけることのできる人物は限られていました。現場を密室にしたせいで、あなたはわざわざ自分が犯人だと自白していたようなものなのです。もし現場が密室ではなく、遺書も用意されていなかった場合、容疑者を絞り込むには、もう少し時間がかかったことでしょう」

「そうか……」

最初から、自分は敗北していたのか。

雲野は自嘲気味に笑う。

完膚《かんぷ》なきまでに叩きのめされた気分で、不思議と怒りも湧いてこない。

なんだろう。

やっと楽になれる。

そんな気すら湧いてくるから、不思議だ。

自分は、なんて恐ろしい存在を相手にしていたのだろう。

「君を利用しているつもりで、私は利用されていたということか……。君があの連続殺人鬼を捕まえたという噂は、本当らしいな」

「そうですねぇ」

翡翠はなにか激しい恨みでもあるのか、顔を顰めながら吐きすてる。

「あの変態殺人シスコンクソ野郎は人間の心を持っていないので、まったく尻尾《しっぽ》を摑めずに苦戦しましたが……。あなたはごく普通の犯罪者です。人間の心を持っている」

「それは、どういう意味だね」

翡翠が目配せをすると、真がハンカチ越しに摘まんだ腕時計を差し出した。

翡翠はそれを受け取って眺めた。

「すてきな腕時計です。あなたの敗因は、あなたが奥さまを愛していたこと、それに尽きますよ」

雲野は思い返していた。涼見梓を演じている翡翠に、自分は腕時計の話をしてしまった。失くしてしまった指輪にまつわる後悔も……。

「そうか……」

あの話を聞いて、翡翠は雲野が犯行時にも腕時計を身につけていた可能性が高いと踏んだのかもしれない。指輪のように二度と失くさないため、どんなときでも腕時計を身につけていたことが、自分を追い詰める結果に繋がったのだろう。ひょっとすると、この恐ろしい相手ならば、それ以外の物証を見つけ出すこともできたのかもしれないが、どうせ負けるならばそういうことにしておきたい。

雲野は亡き妻の顔を思い浮かべた。

そういう敗北の仕方なら、諦めがつくというものだ。

雲野は刑事たちに腕を摑まれ、身体を引き上げられた。

「城塚さん……。君に本当の霊能力があればよかったのにと思うよ。そうすれば、妻が今の私をどう思っているか、きっと教えてもらえただろうに」

翡翠は静かにかぶりを振った。

「その必要はありません。ご自身の胸に訊いてくだされば、それで充分です」

「そうか。きっと愛想《あいそ》を尽かされただろうな」雲野は溜息を漏らす。「ほんの一瞬だけ、夢を見たんだよ。君の演じる涼見梓に対して——。妻と歩めなかった未来を、梓となら取り戻せるんじゃないかと……。どう足掻《あが》いたところで、失った時間は戻らないのにな」

既に城塚翡翠の表情からは、殺人者と相対するときの凜々《りり》しさは失われていた。

彼女は雲野を見ず、なにかを思い出すように、眼を伏せたまま告げる。

「人間は、死に取り憑かれるものです。そこから再び歩みを進めることは、一人きりでは、とても難しい」

なるほど、と雲野はようやく理解した。

もしかすると自分は、こんな最後を望んでいたのかもしれない。

雲野泰典という人間には護るべきものはなく、目指すべきところも存在しない。

人生に必要だったものを、失ってしまったあのときから。

自分の正義がなにも生み出さないことを知って、雲野はすべての終わりを望んでいたのだ。

それが、ようやく終えられる……。

雲野は顔を上げた。

「城塚さん。あなたの正義が、報われるものであることを祈るよ」

翡翠は、雲野の言葉の意味を理解しただろうか。

彼女はまっすぐに雲野を見返して、小さく頷いた。

「それから、その腕時計は、なるべく早く返してほしいのだが……」

「証拠ですから」翡翠は困ったように首を傾げた。「ですが、すべて証言していただいて、滞りなく裁判が終われば、そのぶんだけ早くお手元に戻るかもしれません。わたしも可能な限り取り計らいましょう」

翡翠はそう言って微笑んだ。

その瞳は澄んでいて、優しげな微笑は、やはり亡くした妻の笑顔を連想させた。

それは、あるいはただの幻だったのかもしれないが。

信用のならない女でも、その言葉くらいは信じていいかもしれない。

雲野は力なく笑った。

「善処するとしよう」

「連れていってあげてください」

翡翠の言葉と共に、雲野泰典は男たちに連行されていく。

それは奇《く》しくも、翡翠の掌にある腕時計が、深夜零時を指し示した時間だった。

“Unreliable Witness” ends.

…and again.

千和崎真は、無言で城塚翡翠を突き飛ばした。

可愛くない悲鳴を上げてソファに倒れた彼女に、のしかかる。

「説明をしなさい」

言いながら、その愛らしい頬を両手の指先で摘まんで、引き伸ばす。

「いひゃいれす」

「いいから、説明しなさい！　この口で言ってたよね！　今回の敵は手強いって！」

「ひょうひゅうひゃれひゃへらないれす」

翡翠は涙を浮かべながらなにかを言ったが、まるでわからない。

仕方なく、真は翡翠の頬から手を離した。

翡翠は頬を押さえて呻く。

「うう、痛いじゃないですか……」

「なにも説明しないあんたが悪い！」

すべてを終えて、帰宅したところだった。

翡翠は真が施したメイクを落として着替えてきたところだ。老《ふ》けさせるためのメイクを取ったことで、すっかり見違えて若々しい。すっぴんのはずなのだが、腹が立つほど顔がよい女なのでそうは見えない。理不尽ではあるが、そのことも真の苛立ちを後押しするひとつの要素となっていた。リビングへと鼻歌交じりに戻ってきた翡翠を、真は怒りのままにはっ倒したのである。

真が翡翠の代わりを務めることは、稀にある。その理由のひとつは、真が自分自身で推理をこなし、観察力を磨《みが》くための修練という名目だった。どこまで本気かは知らないが、翡翠がいわゆる挑戦状の茶番を演じるのも、その一環のようだ。だが、今回の事件に限って言うならば、単純に翡翠が生理でダウンしていたという理由が大きいだろう。時間が経てば経つだけ、証拠は隠滅されてしまう。犯罪者は探偵を待っていてはくれないのだ。ゆえに翡翠が不調なとき、こうして真が代役を務めることがある。

翡翠の髪型と服装、そしてその独特な口調は、相手を油断させたり苛立たせるのに役立つからと、真似を強制させられる。まぁ、それが効果的なのは、わからなくはない。真は学生時代に演劇をしていたので、他人に成り代わるのは得意なのだが、翡翠の真似は未だに慣れない。演じていて自分で腹が立ってくる。そう、いつも、翡翠の真似事をするのは気が乗らないのだ。

とはいえ、探偵活動以外のときでも、真が翡翠の真似をする機会は多い。たとえば霊媒師として城塚翡翠が活動するときなどはそうだ。翡翠がミステリアスな性格を演じるので、案内人を兼ねる真は親しみやすい雰囲気を作れるよう、翡翠の性格を参考にして明るく振る舞っている。あざとさを学んでいるうちに、なんだかんだで声真似もできるようになってしまったくらいだ。

正確に真似る必要はないのだが、翡翠からのダメ出しは多い。曰《いわ》く。

「真ちゃん。相手をもっとも苛立たせる言葉は、あわわ、ではなく、はわわ。あらら、ではなく、あれれ、です――」

どうでもよくないか？

真が翡翠を演じるとき、当の翡翠は真が身につけている小型カメラつきの眼鏡とイヤフォンを用いて、近くの車などから無線やネット越しに指示をしてくる。論理の部分など、事前に台本を用意してもらって暗記することもあるが、基本的にはアドリブを挟みながら、リアルタイムに送られてくるセリフを口にする。

長い指示を聞いている間はドジっ子のふりをして時間を稼ぐといいでしょう、とは翡翠の弁だ。普段の翡翠も相手を苛立たせるために、なんの話でしたっけ、ととぼけた言葉を返すことがあるので、一石二鳥で効果的なのだろう。今回はイヤフォンを新調したせいか、どうにも耳から抜け落ちそうになり、それが不安で頻に手を伸ばしてしまうことが多かった。そこは反省しなくてはならないだろう。後半は、以前から使っていたイヤフォンに替えたので、その不自然なクセは出さないで済むようになった。

城塚翡翠に協力要請があったのは、拳銃自殺した曽根本の勤める会社が雲野泰典のものだったためらしい。警察組織に雲野を快く思っていない人間は多く、証拠はなにもないものの、彼の裏稼業の尻尾を摑みたいと考えている者もいた。自殺ならそれに乗じて雲野を探り、他殺なら雲野が犯人である可能性を探って、どうにか彼を逮捕する方針だった。

翡翠は靴下が持ち去られている可能性から涼見梓を探し出し、その目撃証言から他殺を確信したようだ。スマートウォッチのパスコードや、鍵の複製を作れる人物から、親しい人間を洗い出し、最初に出てきた容疑者が雲野泰典だった。そういった意味でも、翡翠曰く、雲野は小物、らしい。

最初の接触で雲野が犯人だと確信した翡翠は、彼が涼見梓の下へ向かう可能性を考慮し、涼見に成り代わった。正確には、雲野が涼見を殺害する可能性を口にしたのは真が先だ。流石にそこまでリスクを負う行動は取らないだろうと翡翠は油断していたが、雲野の危険性を真はこの肌で感じ取っていた。では雲野が涼見に接触するかどうか、ケーキを賭けて勝負しようということになり、涼見梓に命の危険が迫っているという事情を説明した上で、翡翠は梓に成り代わって雲野を待ち受けたのだ。梓は現金な性格で、海外旅行をプレゼントすると素直に従ってくれた。「お金持ちのイケメンじゃなくて、お金持ちのお嬢さまかぁ」と無念そうにしていたものである。なんの話かというと、星占いのことらしい。翡翠はそうした情報から、偽の梓のリアリティを構築していった。

涼見梓は本名でイラストレーターとして活動しているが、三十代後半という年齢も公表していたので、真はそれに合わせて翡翠にメイクを施した。ブログを立ち上げて、翡翠が知り合いの作家と撮影した写真をネットにアップするなど、周囲を固めていくことも忘れない。なにせ相手は本職の探偵だ。このあたりは、本物の涼見梓がそれほど著名ではなく、顔出しもしていなかったのが功を奏した。メイクでは雲野を落とすために、彼の亡くなった妻の写真を探し出し、少しだけそれを意識して、髪も黒く染め直した。顔も肌もよすぎるので真の腕でも老けさせるメイクに苦労したが、翡翠曰く、肝心なのは第一印象だけだという。

「最初の接触は、玄関先だけにします。照明を落とすので、メイクの不自然さは出ないでしょう。あとは会う度に、徐々にメイクの手を抜きます。そうすると雲野は逆に、わたしがメイクを頑張っているから若く美しく見えるのだろうと思い込むわけです」

たとえば、頰に詰め物をしたままでは食事ができないので、そうした小細工は第一印象のときに限り、その後は髪型などで頰の輪郭《りんかく》をごまかしていく、といった方向性だ。

結果として、雲野泰典は翡翠が演じる涼見梓と接触し、真が賭けに勝ったわけである。

自分の分析が外れた翡翠はふてくされて、ピタゴラ装置を作ることで現実逃避をしていたようだが、そうこうしているうちに海外旅行中の本物の涼見梓からも、やっぱり自分が目撃したのは、自殺した当人だった気がするという連絡を受けてしまった。当てにしていた目撃者からなにも証言を引き出せず、翡翠は焦っているように見えた。

そう。気落ちしているところも増えたから、真はてっきり、相手が強敵なのだと……。

もしかすると、あのケーキを賭けた勝負すら、真を騙すための芝居だったのではないか。

翡翠は、雲野の性格や行動を読んでいたのでは……。そうだ。だいたい、梓の安全を確保するだけなら、翡翠が彼女に成り代わったり、その後の交際を続ける必要もないではないか。そもそも、体調不良で真を送り出したことすら、相手を陥れるための作戦だったのでは？

考えれば考えるほどに、自分は騙されていたのかと腹が立ってくる。

「正確には、現場に物証を残さないという意味では手強い、と言ったんです」

翡翠は頰をさすりながら、覆いかぶさる真から逃れようとする。

「はぁ？」

「叙述トリックです。現場に証拠は残していませんが、彼の時計や行動、証言にはたくさん証拠が残っていました」

「ふざけんな！」

真は翡翠の頭をクッションで殴る。

ぎゃふっ、と可愛くない声が漏れた。

「どうして肝心のことを説明しないのかって言ってるの！」

真は、拳銃のことまで知らされていなかった。

基本的に翡翠を演じるときのファッションは、彼女の衣装を借用している。あざとい服装と飾り立てては翡翠の方が手慣れているので、今日も作戦前に鏡の前に立った真の胸元へと、翡翠は変わったブローチを取りつけていた。不審がる真の眼鏡に手を添えると、それを外しながら鏡を覗き込んでこう笑ったのである。

「カメラは必要ないですし、今回も眼鏡なしで行きましょう。ほら、わたしほどではありませんが、なかなか可愛らしいじゃないですか」

はっ倒したくなるというものだ。実際、そう言われて真は翡翠の額を叩いた。だが、それだけでは手ぬるかったらしい。あのとき、銃声が鳴ったとたん、そのブローチから赤い液体が飛び散ったのだから。

「びっくりしましたでしょう？　ドッキリテヘペロ大成功」

翡翠はちろりと舌を出した。

「それは手品だけにしろ！」

手にしたクッションでもう一度翡翠を叩く。

また、可愛くない悲鳴が漏れた。

「なにが叙述トリックだ！　ふざけんなよ！」

ただ驚かせるだけの小説を批判するようなことを言っていたくせに。銃口を向けられたときにこっちがどれだけ驚いたと思っているんだ？

そのままクッションを彼女の顔に押しつけて、窒息させてやる。

じたばたと暴れる様を楽しんだが、真の気は済まない。

力を抜くと、翡翠が大きく息を吸い込んで、クッションをはね除けた。

「殺す気ですか！」

「こっちのセリフだ！　撃たれるかと思ったんだぞ！」

実際には、撃たれても大丈夫なのだろう、とは途中で気がついた。

銃口を向けて勝利を確信したセリフを告げる雲野の後ろで、翡翠がぺろりと舌を出していたからである。銃声と共に自分の胸から血が散ったときは、本当に撃たれたかと一瞬錯覚したが、どうにか倒れる芝居を打つことができた。

翡翠が用意した筋書きでは、梓が犯人の顔を思い出し、そこに腕時計を突きつける、という流れだったのだ。だが、梓を演じる翡翠は急に雲野を庇《かば》い始めるし、そもそも腕時計で相手が投了するはずだと翡翠が言っていたので、拳銃を向けられたときは本当に焦った。そのあと、翡翠が悲鳴を上げて逃げていくときも、もうわけがわからなかった。イヤフォンに呼びかけたが返事はなく、銃声が鳴ったので慌てて彼女を追いかけたが、よくよく考えると自分も翡翠に一杯食わされたのではと思い直した。

まぁ、なんというか、嫌な予感はしていたのだ。

翡翠はけほけほと咳き込《こ》んでから、涙目でこちらを睨んだ。

「相手は元刑事、表情を読むプロとして名高かった人ですよ。何度も論理を斬り返され、真ちゃんが本心から焦っていく様子を見せて、油断させておく必要があったのです。銃を撃たせるときも、生半可な芝居では見抜かれる可能性もありました。そういう意味では、手強い相手といえなくもなかったです」

「あんたねえ……」

真は翡翠に覆いかぶさったまま、項垂れた。

心配していた自分が、馬鹿みたいではないか。

「こっちが、どれだけ――」

銃声が鳴り響いた、あの瞬間の恐怖が甦る。あのとき、梓を演じていた翡翠を追って雲野は姿を消した。すぐに階下から銃声が鳴り響き、混乱していた真は本当に翡翠が撃たれたと錯覚したのだ。それこそ、心臓が止まりかねない思いだった。だというのに――。

「真ちゃん……」

押し倒した翡翠を見下ろす。

彼女は眉尻を下げて、困ったような表情で真を見つめていた。

「その……。真ちゃんの安全には、充分に気を遣ったつもりで……」

「そういうことじゃない」

真は溜息を吐いて、翡翠のおでこを叩く。

小さな悲鳴を耳にしながら、真は上体を起こした。

「もういいよ」

そのまま、真はソファに身を委ねる。

なんだか酷く疲れてしまった。真面目に腹を立てたところで、このふざけた女にはそんなものは通用しないに違いない。

「それより、気になることが山ほどあるんだけれど」

「なんです？」

ソファに倒れた姿勢のまま、不思議そうにこちらを見上げている翡翠へと、真は抱えている疑問を口にする。

「たとえばさ、あのコールド・リーディングを見破られて、霊能力がイカサマだって気づかれたのとか、もしかして、わざとやってたわけ？」

翡翠はもぞもぞと身を起こし、ウェーブを描く黒髪を片手で梳いた。

「そうですよ？　あんなのコールド・リーダーが耳にしたら失笑ものの内容です」

「カメラ越しで表情が読みづらいのかなって、こっちは焦ってたんだぞ！」

翡翠は両手の指を合わせながら得意げに笑う。

「リーディングにおいて、表情を読むのは活用する情報のごくごく一部に過ぎません。だいたい、コールド・リーディングとは、情報を当てる技術ではなく情報を当てたと錯覚させる技術なのですから、わたしなら電話越しだろうが、手紙のやりとりだけだろうが、失敗はしません」

「なら、時計は？　あれはいつスリとったの？」

雲野は真がブーツを脱ぐ際に転んだ拍子《ひょうし》に腕を摑んだので、そのときにスリとられたと考えていただろう。あの演技をするよう指示したのは翡翠だ。だが、真にはウォッチスティールの技術はない。腕時計は、玄関を開けて応対した翡翠が、手筈《てはず》どおりにこっそりと真に手渡したものだった。

「ショーから車に戻る途中、イチャイチャと腕を組んで歩いたときですよ」

まだ痛むのか、翡翠は頬をさすりながら言う。

「よく気づかれなかったね。いや、スリとる技術があるのはわかるんだけど、自分が長い時間腕時計をつけてなかったら、気づくでしょう？」

「時計を気にさせないほど夢中にさせてあげればいいんです。冬なので、コートの袖で腕時計は隠れてしまいますから、よっぽど意識しなければ気づきません。そちらの腕を取って組んで歩けば、万が一の可能性もないでしょう」

「じゃあ、あのマジックは？　ＦＢＩがどうのこうのって、嘘っぱちでしょう。雲野が言ったカードがあった枚数は、どうやってわかったの？　あんなのマジックでも無理じゃない？」

「それは憶えました」

翡翠はけろりと笑って言う。

「まさか、あの一瞬で記憶したの？」

ぎょっとして、真は呻く。

翡翠はこちらの神経を逆撫でするような、誇らしげな表情で言った。

「わたしを誰だと思っているんです？」

これがドヤ顔というやつか、と真は思う。

現場状況や何気ない証言をいつまでも憶えている翡翠だ。そういえば、交ぜたトランプの並びを短時間で記憶する競技があるという話も聞いたことがある。

この名探偵なら、それも不可能ではないのだろう。

翡翠が鼻歌を口ずさんでいる。ヴァイオリンを弾く真似をするときのあの音程だ。

シャーロック・ホームズの真似か。それが意味するところは、やはり一瞬の記憶力だろう。

相変わらず化け物だな……。

これと対峙しなければならない犯罪者たちが気の毒に思えてしまう。

「そういえば、拳銃の弾をすり替えるタイミングだけれど、ショーの最中にしなかったのはどうして？」

真もすべてを把握しているわけではないが、翡翠には警察以外の協力者も多い。たとえば、日本人を相手にしたスリの技術は、そうした知り合いに学んだと聞いたことがある。真が焦る反応を引き出すなら、銃弾のすり替えを真自身にやらせるわけにはいかないが、他の誰かにやらせることはできたはずだ。翡翠なら雲野のコートから車の鍵をスリ取り、ショーの混雑に紛れて鍵を協力者に渡して、ショーを観ている間にすり替えてきてもらうといった手法も可能だったろう。そちらの方が時間をたっぷりと使えるはずだ。

「確かに、そのやり方もありました。その方が確実でしたね」

翡翠は天井をちろりと見上げて、自身の頭を小突いた。

「わたしったら、うっかりさん」

どうやら本当に失念していたらしい。

真が呆れていると、翡翠はソファから飛び降りて、小さく伸びをした。

「さて、疑問が解消したのなら、わたしはお風呂《ふろ》に入ってくるとします」

真は溜息を漏らす。

「いいよ。行ってきな」

しっしと追い払うように手を払って、翡翠を促す。

彼女は唇を尖らせて真を見たが、すぐに廊下へと消えていった。

真は、そのままソファへ横になる。

なんだか、ひどく疲れてしまった。

奇妙な虚《むな》しさに、胸中を支配される。

その原因はわかっている。城塚翡翠が、どのような手段を用いても殺人者と闘う人間だということを、真は知っているつもりだった。けれど翡翠は、その真すら利用して犯人を欺いた。真はそのことが気に食わない。自分がどれだけ心配したと思っているのだろう。こんな方法を使っていたら、いつかは彼女の身を滅ぼしかねないというのに。

やはり、自分であっても、城塚翡翠のことはなにもわからないのだな、と思った。

彼女は決して、自分の胸の内を明かさない。

どんな姿の彼女も、本物ではないように見える。

自分はこんなにも近くで、彼女のことを見ているのに。

彼女の真実が、なにも見えない。

なにも明かされない。

それは、真に対する信用のなさの表れだろう。

自分では、彼女のワトソンには、なれないのか。

なんか、腹が立つな。

眠くなってきて、瞼が落ちそうになる。

「真ちゃん」

不意に声がかかって、飛び起きた。

廊下から、翡翠が顔を覗かせている。

気を緩めたときの彼女の顔立ちは、ひどく幼い。

そのせいで、心なしか親に叱られる前の子どもみたいな顔だ、と思った。

「なに？」

「あの……。いえ、すみません……」

翡翠は扉の陰に隠れるように横顔を向けて、自身の髪を弄《もてあそ》びながら言った。

「その、きちんと謝っていなかったなと思いまして」

「え、ああ、うん」

翡翠はちらりとこちらを見た。

「その……、相手の油断を誘うための作戦だったのです」

「それは聞いた」

「腕時計から物証が出なかったときに備えて、どうしても拳銃を撃たせる必要があったんです。もちろん、真ちゃんを危険に晒すことになるわけですから、わたしにとっても苦渋の決断でした。そのう、わかってくれましたでしょうか……」

「理解はした」

素っ気なく言うと、翡翠は眉尻を落とした。

「ごめんなさい」

彼女は視線を落とし、ぽつりと言葉を零す。

真は頭を掻いた。

翡翠の様子を見て、真はひとつの推理を組み立てていた。先ほど、ショーの間に銃弾をすり替えなかった理由を訊いたときのことだ。翡翠は一瞬だけ天井を見遣った。それは都合の悪いことを訊かれたときにする翡翠のクセだ。彼女がその方法に気づかなかったはずがない。だとしたら、それを実行しなかった理由は真にはひとつしか思いつかない。しかし、それはうぬぼれが過ぎる推理ともいえるだろう。ありえないかもしれないが、まぁ、万が一そうだったら、赦してやってもいい。

それにもしかすると、すべてが計算どおりというのは、翡翠が真に見せるただの強がりで、本当の苦心や苦労を見せられる相手がいないだけという見方もできる。翡翠が悩んでいたように見えたのも、他人を危険に晒す作戦を実行しなくてはならないという、良心の呵責《かしゃく》と向き合っていたためかもしれない。前向きではなかった真が最後まで付き合うと宣言したことで、あの作戦に踏み切る決心がついたのではないだろうか？　力ない彼女の表情を見ると、そんなふうにも思えてしまう。

だとすると、いつかは彼女のすべてを理解し、支えてやれる人間が現れるといいのにな、と真は思う。

そうでなければ、城塚翡翠の正義が報われないではないか。

溜息を吐いてから、真は笑って言った。

「まぁ、いいよ。お風呂から上がったら、事件解決を祝って、ワインでも開ける？」

真が言うと、翡翠は子どもみたいに顔を輝かせる。

「はい！」

それから、鼻歌と共に、翡翠は廊下へと消えていった。

真はそれを見届けてから、再びソファに倒れ込む。

参ったな。あんな表情を見せられると、怒る気にもなれやしない。

いや、待てよ……。

あれも、本当の彼女ではないのでは？　すべては彼女の計算どおりで、今もチョロいやつだと真のことを内心で笑ってるんじゃないか？　こちらの推理を、暗示によって誘導して……。

ありえるな。そっちの方がありえる。それとも、穿《うが》ちすぎか？

真には翡翠のことがわからない。その名前や年齢、聞かされた生まれや、彼女の闘う理由だって、疑い出せば事実は一瞬で反転し、なにもかもが虚構のように思えてきてしまう。いったい、どれが本当の城塚翡翠なのだろう？

すべてが、幻。

城塚翡翠は、あらゆるすべてが、中間の狭間《はざま》だ――。

「まったく信用のならないやつ……」

なんだかもう、考えるのが億劫になってきたな。

真は鼻を鳴らし、瞼を閉ざす。

そのまま、彼女はまどろみの中に身を委ねていった。

"invert" closed.

初出
「泡沫の審判」は「小説現代」二〇二一年一月号に掲載されました。
「雲上の晴れ間」「信用ならない目撃者」は書き下ろしです。

invert《インヴァート》 城塚翡翠倒叙集《じょうづかひすいとうじょしゅう》

2021年7月5日　第1刷発行
2022年12月15日　第4刷発行

著者　相沢沙呼《あいざわさこ》
発行者　鈴木章一
発行所　株式会社講談社
〒112-8001　東京都文京区音羽2-12-21
電話　出版　03-5395-3502
　　　販売　03-5395-5817
　　　業務　03-5395-3615

本文データ制作　大日本印刷株式会社
印刷所　大日本印刷株式会社
製本所　株式会社若林製本工場

KODANSHA

定価はカバーに表示してあります。
落丁本・乱丁本は購入書店名を明記のうえ、
小社業務宛にお送りください。
送料小社負担にてお取り替えいたします。
なお、この本についてのお問い合わせは、
文芸第二出版部宛にお願いいたします。

ISBN978-4-06-523732-8
N.D.C.913　428p　20cm

invert